LE COMTE DE MONTE-CRISTO

TOME 2

ALEXANDRE DUMAS

LE COMTE DE MONTE-CRISTO
TOME 2

Illustrations :
Christophe Rouil

HACHETTE
Jeunesse

Certaines œuvres littéraires peuvent, par leur ampleur, sembler difficilement accessibles à de jeunes lecteurs. Ni adaptation, ni résumé, ce livre propose une version abrégée du texte original : les coupures y sont effectuées de manière à laisser intacts le ton et le style de l'auteur…

33

La hausse et la baisse

Quelques jours après, Albert de Morcerf vint faire visite au comte de Monte-Cristo dans sa maison des Champs-Élysées, qui avait déjà pris cette allure de palais que le comte, grâce à son immense fortune, donnait à ses habitations même les plus passagères. Il venait lui renouveler les remerciements de Mme Danglars, que lui avait déjà apportés une lettre signée baronne Danglars, née Herminie de Servieux.

Albert était accompagné de Lucien Debray, lequel joignit aux paroles de son ami quelques compliments qui n'étaient pas officiels sans doute, mais dont, grâce à la finesse de son coup d'œil, le comte ne pouvait suspecter la source.

Il lui sembla même que Lucien venait le voir mû par un double sentiment de curiosité, et que la moitié de ce sentiment émanait de la rue de la Chaussée-d'Antin. Mais le comte ne parut pas soupçonner la moindre corrélation entre la visite de Lucien et la curiosité de la baronne.

« Vous êtes en rapports presque continuels avec le baron Danglars ? demanda-t-il à Albert de Morcerf.

— Mais oui, monsieur le comte ; vous savez ce que je vous ai dit ?

— Cela tient donc toujours ?

— Plus que jamais, dit Lucien, c'est une affaire arrangée. »

Et Lucien, jugeant sans doute que ce mot mêlé à la conversation lui donnait le droit d'y demeurer étranger, plaça son lorgnon d'écaille dans son œil, et mordant la pomme d'or de sa badine, se mit à faire le tour de la chambre en examinant les armes et les tableaux.

« Ah ! dit Monte-Cristo. Mais, à vous entendre, je n'avais pas cru à une si prompte solution.

— Que voulez-vous ? les choses marchent sans qu'on s'en doute ; pendant que vous ne songez pas à elles, elles songent à vous ; et quand vous vous retournez vous êtes étonné du chemin qu'elles ont fait. Mon père et M. Danglars ont servi ensemble en Espagne, mon père dans l'armée, M. Danglars dans les vivres. C'est là que mon père, ruiné par la révolution, et M. Danglars, qui n'avait, lui, jamais eu de patrimoine, ont jeté les fondements, mon père, de sa fortune politique et militaire qui est belle, M. Danglars, de sa fortune politique et financière qui est admirable.

— Oui, en effet, dit Monte-Cristo, je crois que pendant

la visite que je lui ai faite, M. Danglars m'a parlé de cela ; et, continua-t-il en jetant un coup d'œil de côté sur Lucien qui feuilletait un album, et est-elle jolie, Mlle Eugénie ? car je crois me rappeler que c'est Eugénie qu'elle s'appelle.

— Fort jolie, ou plutôt fort belle, répondit Albert, mais d'une beauté que je n'apprécie pas, je suis un indigne !

— Savez-vous, dit Monte-Cristo en baissant la voix, que vous ne me paraissez pas enthousiaste de ce mariage ?

— Oh ! mon Dieu ! dit Morcerf, cette répugnance, si répugnance il y a, ne vient pas toute de mon côté.

— Mais de quel côté donc ? car vous m'avez dit que votre père désirait ce mariage.

— Du côté de ma mère, et ma mère est un œil prudent et sûr. Eh bien ! elle ne sourit pas à cette union, elle a je ne sais quelle prévention contre les Danglars. Oh ! pour ne pas faire de peine à mon excellente mère, je me brouillerais avec le comte, je crois. »

Monte-Cristo se détourna ; il semblait ému.

« Eh ! dit-il à Debray assis dans un fauteuil profond à l'extrémité du salon, et qui tenait de la main droite un crayon et de la gauche un carnet, que faites-vous donc ? un croquis d'après Le Poussin ?

— Moi, dit-il tranquillement, oh ! bien oui ! un croquis, j'aime trop la peinture pour cela ! Non pas, je fais tout l'opposé de la peinture, je fais des chiffres.

— Des chiffres ?

— Oui, je calcule, cela vous regarde indirectement, vicomte ; je calcule ce que la maison Danglars a gagné sur la dernière hausse d'Haïti : de deux cent six le fonds est monté à quatre cent neuf en trois jours, et le prudent banquier avait acheté beaucoup à deux cent six. Il a dû gagner trois cent mille livres. S'il eût attendu aujourd'hui, le fonds retombait à deux cent cinq, et au lieu de gagner trois cent mille francs, il en perdait vingt ou vingt-cinq mille.

— Et pourquoi le fonds est-il retombé de quatre cent neuf à deux cent six ? demanda Monte-Cristo. Je vous demande pardon, je suis fort ignorant de toutes ces intrigues de Bourse.

— Parce que, répondit en riant Albert, les nouvelles se suivent et ne se ressemblent pas.

— Ah ! diable, fit le comte, M. Danglars joue à gagner ou à perdre trois cent mille francs en un jour ! Ah, çà, mais il est donc énormément riche ?

— Ce n'est pas lui qui joue, s'écria vivement Lucien, c'est Mme Danglars ; elle est véritablement intrépide.

— Mais vous qui êtes raisonnable, Lucien, et qui connaissez le peu de stabilité des nouvelles, puisque vous êtes à la source, vous devriez l'empêcher, dit Morcerf avec un sourire.

— Comment le pourrais-je, si son mari n'y réussit pas ? demanda Lucien. Vous connaissez le caractère de la baronne ; personne n'a d'influence sur elle, et elle ne fait absolument que ce qu'elle veut.

— Oh ! si j'étais à votre place, dit Albert.

— Eh bien ?

— Je la guérirais, moi ; ce serait un service à rendre à son futur gendre.

— Comment cela ?

— Ah ! pardieu, c'est bien facile. Je lui donnerais une leçon.

— Une leçon !

— Oui. Votre position de secrétaire du ministre vous donne une grande autorité pour les nouvelles ; vous n'ouvrez pas la bouche que les agents de change ne sténographient au plus vite vos paroles ; faites-lui perdre une centaine de mille francs coup sur coup, et cela la rendra prudente.

— Je ne comprends pas, balbutia Lucien.

— C'est cependant limpide, répondit le jeune homme avec une naïveté qui n'avait rien d'affecté ; annoncez-lui un beau matin quelque chose d'inouï, une nouvelle télégraphique que vous seul puissiez savoir ; cela fera monter les fonds, elle établira son coup de bourse là-dessus, et elle perdra certainement. »

Lucien se mit à rire du bout des lèvres. Monte-Cristo, quoique indifférent en apparence, n'avait pas perdu un mot de cet entretien, et son œil perçant avait même cru lire un secret dans l'embarras du secrétaire intime.

Il résulta de cet embarras de Lucien, qui avait complètement échappé à Albert, que Lucien abrégea sa visite ; il se sentait évidemment mal à l'aise. Le comte lui dit en le reconduisant quelques mots à voix basse auxquels il répondit :

« Bien volontiers, monsieur le comte, j'accepte. »

Le comte revint au jeune de Morcerf :

« Ne pensez-vous pas, en y réfléchissant, lui dit-il, que vous avez eu tort de parler comme vous l'avez fait de votre belle-mère devant M. Debray ?

— Tenez, comte, dit Morcerf, je vous en prie, ne dites pas d'avance ce mot-là.

— Vraiment, et sans exagération, la comtesse est à ce point contraire à ce mariage ?

— A ce point que la baronne vient rarement à la maison, et que ma mère, je crois, n'a pas été deux fois dans sa vie chez Mme Danglars.

— Alors, dit le comte, me voilà enhardi à vous parler à cœur ouvert : M. Danglars est mon banquier, M. de Villefort m'a comblé de politesses en remerciements du service qu'un heureux hasard m'a mis à même de lui rendre. Je devine sous tout cela une avalanche de dîners et de raouts. Or, pour ne pas paraître brocher fastueusement sur le tout, et même pour avoir le mérite de prendre les devants, si vous voulez, j'ai projeté de réunir dans ma maison de campagne d'Auteuil M. et Mme Danglars, M. et Mme de Villefort. Si je vous invite à ce dîner, ainsi que M. le comte et Mme la comtesse de Morcerf, cela n'aura-t-il pas l'air d'une espèce de rendez-vous matrimonial, ou du moins Mme la comtesse de Morcerf n'envisagera-t-elle point la chose ainsi, surtout si M. le baron Danglars me fait l'honneur d'amener sa fille ? Alors votre mère me prendra en horreur, et je ne veux aucunement de cela, moi ; je tiens, au contraire, et dites-le-lui toutes les fois que l'occasion s'en présentera, à rester au mieux dans son esprit.

— Ma foi, comte, dit Morcerf, je vous remercie d'y mettre avec moi cette franchise, et j'accepte l'exclusion que vous me proposez. Vous dites que vous tenez à rester au mieux dans l'esprit de ma mère, où vous êtes déjà à merveille ?

— Vous croyez ? fit Monte-Cristo avec intérêt.

— Oh ! j'en suis sûr. Quand vous nous avez quittés l'autre jour, nous avons causé une heure de vous : mais j'en reviens à ce que nous disions. Eh bien ! si ma mère pouvait savoir cette attention de votre part, et je me hasarderai à la lui dire, je suis sûr qu'elle vous en serait on ne peut plus reconnaissante ; il est vrai que, de son côté, mon père serait furieux. »

Le comte se mit à rire.

« Eh bien ! dit-il à Morcerf, vous voilà prévenu. Mais, j'y pense, il n'y aura pas que votre père qui sera furieux ; M. et Mme Danglars vont me considérer comme un homme de fort mauvaise façon. Ils savent que je vous vois avec une certaine intimité, que vous êtes même ma plus ancienne connaissance parisienne, et ils ne vous trouveront pas chez moi ; ils me demanderont pourquoi je ne vous ai pas invité. Songez au moins à vous munir d'un engagement antérieur qui ait quelque apparence de probabilité, et dont vous me ferez part au moyen d'un petit mot. Vous le savez, avec les banquiers, les écrits seuls sont valables.

— Je ferai mieux que cela, monsieur le comte, dit Albert ; ma mère veut aller respirer l'air de la mer. A quel jour est fixé votre dîner ?

— A samedi.

— Nous sommes à mardi, bien ; demain soir nous partons, après-demain matin nous serons au Tréport. Savez-vous, monsieur le comte, que vous êtes un homme charmant de mettre ainsi les gens à leur aise ?

— Moi ! en vérité vous me tenez pour plus que je ne vaux ; je désire vous être agréable, voilà tout.

— Eh bien ! voilà qui est conclu ; mais vous, viendrez-vous voir ma mère avant demain ?

— Avant demain, c'est difficile ; puis je tomberais au milieu de vos préparatifs de départ.

— Eh bien ! faites mieux que cela. Vous êtes aujourd'hui libre comme l'air, venez dîner avec moi ; nous serons en petit comité, vous, ma mère et moi seulement. Vous avez à peine aperçu ma mère ; mais vous la verrez de près. C'est une femme fort remarquable, et je ne regrette qu'une chose, c'est que sa pareille n'existe pas avec vingt ans de moins ; il y aurait bientôt, je vous le jure, une comtesse et une vicomtesse de Morcerf. Quant à mon père, vous ne le trouverez pas, il est de commission ce soir et dîne chez le grand-référendaire. Voyons, acceptez, ma mère vous remerciera.

— Mille grâces, dit le comte, l'invitation est des plus gracieuses, et je regrette vivement de ne pouvoir l'accepter. Je ne suis pas libre comme vous le pensiez, et j'ai, au contraire, un rendez-vous des plus importants.

— Hum ! fit Morcerf, voilà déjà deux fois que vous refusez de dîner avec ma mère. C'est un parti pris, comte. »

Monte-Cristo tressaillit.

« Oh ! vous ne le croyez pas, dit-il ; d'ailleurs voici ma preuve qui vient. »

Baptistin entra et se tint sur la porte debout et attendant.

« Baptistin, que vous ai-je dit ce matin quand je vous ai appelé dans mon cabinet de travail ?

— De faire fermer la porte de M. le comte une fois cinq heures sonnées, répondit le valet.

— Ensuite ?

— Ensuite, de ne recevoir que M. le major Bartolomeo Cavalcanti et son fils.

— Vous entendez, M. le major Bartolomeo Cavalcanti ;

un homme de la plus vieille noblesse d'Italie, et son fils, un charmant jeune homme de votre âge, à peu près, vicomte, portant le même titre que vous, et qui fait son entrée dans le monde parisien avec les millions de son père. Le major m'amène ce soir son fils Andrea, le contino, comme nous disons en Italie. Il me le confie. Je le pousserai, s'il a quelque mérite. Vous m'aiderez, n'est-ce pas?

— Sans doute! dit Albert. Faites bien mes compliments au seigneur Cavalcante dei Cavalcanti; et si par hasard il tenait à établir son fils, trouvez-lui une femme bien riche, bien noble, du chef de sa mère du moins, et bien baronne du chef de son père. Je vous y aiderai, moi.

— Oh! oh! répondit Monte-Cristo, en vérité, vous en êtes là?

— Oui.

— Ma foi, il ne faut jurer de rien.

— Ah! comte, s'écria Morcerf, quel service vous me rendriez, et comme je vous aimerais cent fois davantage encore si, grâce à vous, je restais garçon, ne fût-ce que dix ans.

— Tout est possible », répondit gravement Monte-Cristo.

Et, prenant congé d'Albert, il rentra chez lui et frappa trois fois sur son timbre.

Bertuccio parut.

« Monsieur Bertuccio, dit-il, vous saurez que je reçois samedi dans ma maison d'Auteuil. »

Bertuccio eut un léger frisson.

« Bien, monsieur, dit-il.

— J'ai besoin de vous, continua le comte, pour que

tout soit préparé convenablement. Cette maison est fort belle, ou du moins peut être fort belle.

— Il faudrait tout changer pour en arriver là, monsieur le comte, car les tentures ont vieilli.

— Changez donc tout, à l'exception d'une seule, celle de la chambre à coucher de damas rouge ; vous la laisserez même absolument telle qu'elle est. Vous ne toucherez pas au jardin non plus.

— Je ferai tout mon possible pour que monsieur le comte soit content ; je serais plus rassuré cependant si monsieur le comte me voulait dire ses intentions pour le dîner.

— Je n'en sais rien encore, et vous n'avez pas besoin de le savoir non plus. Lucullus dîne chez Lucullus, voilà tout. »

Bertuccio s'inclina et sortit.

34

Le major Cavalcanti

Ni le comte ni Baptistin n'avaient menti en annonçant à Morcerf cette visite du major lucquois, qui servait à Monte-Cristo de prétexte pour refuser le dîner qui lui était offert.

Sept heures venaient de sonner, et M. Bertuccio, selon l'ordre qu'il en avait reçu, était parti depuis deux heures pour Auteuil, lorsqu'un fiacre s'arrêta à la porte de l'hôtel, et sembla s'enfuir tout honteux aussitôt qu'il eut déposé près de la grille un homme de cinquante-deux ans environ, vêtu d'une de ces redingotes vertes à brandebourgs noirs dont l'espèce est impérissable, à ce qu'il paraît, en Europe.

On introduisit l'étranger dans le salon le plus simple.

Le comte l'y attendait et alla au-devant de lui d'un air riant.

« Ah! cher monsieur, dit-il, soyez le bienvenu, je vous attendais.

— Vraiment, dit le Lucquois, Votre Excellence m'attendait?

— Oui, j'avais été prévenu de votre arrivée pour aujourd'hui à sept heures. Voyons, n'êtes-vous pas monsieur le marquis Bartolemeo Cavalcanti?

— Bartolomeo Cavalcanti, répéta le Lucquois joyeux : c'est bien cela.

— Vous m'êtes adressé par cet excellent abbé Busoni?

— C'est cela, s'écria le major joyeux.

— Et vous avez une lettre?

— La voilà.

— Et pardieu! vous voyez bien. Donnez donc! »

Et Monte-Cristo prit la lettre, qu'il ouvrit et qu'il lut.

Le major regardait le comte avec de gros yeux étonnés qui se portaient curieusement sur chaque partie de l'appartement, mais qui revenaient invariablement à son propriétaire.

« C'est bien cela... ce cher abbé... "Le major Cavalcanti, un digne patricien de Lucques, descendant des Cavalcanti de Florence, continua Monte-Cristo tout en lisant, jouissant d'une fortune d'un demi-million de revenu. Et auquel il ne manquait qu'une chose pour être heureux."

— Oh, mon Dieu! oui, une seule! dit le Lucquois avec un soupir.

— "De retrouver un fils adoré."

« — Un fils adoré?

« “Enlevé dans sa jeunesse, soit par un ennemi de sa noble famille, soit par des Bohémiens.”

— A l’âge de cinq ans, monsieur ! dit le Lucquois avec un profond soupir et en levant les yeux au ciel.

— Pauvre père ! » dit Monte-Cristo.

Le comte continua.

« Je lui rends l’espoir, je lui rends la vie, monsieur le comte, en lui annonçant que ce fils que depuis quinze ans il cherche vainement, vous pouvez le lui faire retrouver. »

Le Lucquois regarda Monte-Cristo, avec une indéfinissable expression d’inquiétude.

« Je le puis », répondit Monte-Cristo.

Le major se redressa.

« Ah ! ah ! dit-il, la lettre était donc vraie jusqu’au bout ?

— En aviez-vous douté, cher monsieur Bartolomeo ?

— Non pas, jamais ! Comment donc ! un homme grave, un homme revêtu d’un caractère religieux comme l’abbé Busoni, ne se serait pas permis une plaisanterie pareille ; mais vous n’avez pas tout lu, Excellence !

— Ah ! c’est vrai, dit Monte-Cristo, il y a un *post-scriptum*.

— Oui, répéta le Lucquois… oui… il… y… a… un… *post-scriptum*.

— “Pour ne point causer au major Cavalcanti l’embarras de déplacer des fonds de chez son banquier, je lui envoie une traite de deux mille francs pour ses frais de voyage, et le crédit sur vous de la somme de quarante-huit mille francs que vous restez me redevoir.” »

Le major suivait des yeux ce *post-scriptum* avec une visible anxiété.

« Bon ! se contenta de dire le comte.

— Il a dit bon, murmura le Lucquois. Ainsi… monsieur, reprit-il.

— Ainsi ?… demanda Monte-Cristo.

— Ainsi, le *post-scriptum*…

— Eh bien ! le *post-scriptum ?*…

— Est accueilli par vous aussi favorablement que le reste de la lettre ?

— Certainement. Nous sommes en compte l'abbé Busoni et moi. Je ne sais pas si c'est quarante-huit mille livres précisément que je reste lui redevoir, mais nous n'en sommes pas entre nous à quelques billets de banque. »

Le major roulait de gros yeux ébahis.

« Mais asseyez-vous donc, dit Monte-Cristo ; en vérité, je ne sais ce que je fais… je vous tiens debout depuis un quart d'heure.

— Ne faites pas attention. »

Le major tira un fauteuil et s'assit.

« Vous avez deviné sans doute que je vous avais ménagé une surprise ?

— Agréable ? demanda le Lucquois.

— Ah ! dit Monte-Cristo, je vois bien qu'on ne trompe pas plus l'œil que le cœur d'un père.

— Hum ! fit le major.

— On vous a fait quelque révélation indiscrète, ou plutôt vous avez deviné qu'il était là.

— Qui, là ?

— Votre enfant, votre fils, votre Andrea.

— Je l'ai deviné, répondit le Lucquois avec le plus grand flegme du monde ; ainsi il est ici ?

— Ici même, dit Monte-Cristo.

— Ah ! fort bien ! ah ! fort bien ! dit le major en resserrant à chaque exclamation les brandebourgs de sa polonaise.

— Mon cher monsieur, dit Monte-Cristo, je comprends toute votre émotion, il faut vous donner le temps de vous remettre ; je veux aussi préparer le jeune homme à cette entrevue tant désirée, car je présume qu'il n'est pas moins impatient que vous.

— Je le crois, dit Cavalcanti.

— Eh bien ! dans un petit quart d'heure, nous sommes à vous.

— A propos, dit le major, vous savez que je n'ai emporté avec moi que les deux mille francs que ce bon abbé Busoni m'avait fait passer. Là-dessus j'ai fait le voyage, et...

— Et vous avez besoin d'argent... c'est trop juste, cher monsieur Cavalcanti. Tenez, voici pour faire un compte, huit billets de mille francs. »

Les yeux du major brillèrent comme des escarboucles.

« Et maintenant, dit Monte-Cristo, que votre cœur est affermi contre les sensations trop vives, préparez-vous, cher monsieur Cavalcanti, à revoir votre fils Andrea. »

Et faisant un charmant salut au Lucquois ravi en extase, Monte-Cristo disparut derrière la tapisserie.

Le comte de Monte-Cristo entra dans le salon voisin, que Baptistin avait désigné sous le nom de salon bleu, et où venait de le précéder un jeune homme de tournure dégagée, assez élégamment vêtu, et qu'un cabriolet de place avait, une demi-heure auparavant, jeté à la porte de l'hôtel.

Quand le comte entra dans le salon, le jeune homme était négligemment étendu sur un sofa, fouettant avec distraction sa botte d'un petit jonc à pomme d'or.

En apercevant Monte-Cristo, il se leva vivement.

« Monsieur est le comte de Monte-Cristo ? dit-il.

— Oui, monsieur, répondit celui-ci, et j'ai l'honneur de parler, je crois, à monsieur le comte Andrea Cavalcanti ?

— Le comte Andrea Cavalcanti, répéta le jeune homme en accompagnant ces mots d'un salut plein de désinvolture.

— Vous devez avoir une lettre qui vous accrédite près de moi ? dit Monte-Cristo.

— Je ne vous en parlais pas à cause de la signature, qui m'a paru étrange.

— Simbad le Marin, n'est-ce pas ?

— Justement. Or, comme je n'ai jamais connu d'autre Simbad le Marin que celui des *Mille et une nuits*...

— Eh bien ! c'est un de ses descendants, un de mes amis fort riche, un Anglais plus qu'original, presque fou, dont le véritable nom est Lord Wilmore.

— Ah ! voilà qui m'explique tout, dit Andrea. Alors cela va à merveille. C'est ce même Anglais que j'ai connu... à... oui, très bien !... Monsieur le comte, je suis votre serviteur.

— Si ce que vous me faites l'honneur de me dire est vrai, répliqua en souriant le comte, j'espère que vous serez assez bon pour me donner quelques détails sur vous et votre famille.

— Volontiers, monsieur le comte, répondit le jeune

homme avec une volubilité qui prouvait la solidité de sa mémoire. Je suis, comme vous l'avez dit, le comte Andrea Cavalcanti, fils du major Bartolomeo Cavalcanti. J'ai été, à l'âge de cinq ou six ans, enlevé par un gouverneur infidèle, de sorte que depuis quinze ans je n'ai point revu l'auteur de mes jours. Depuis que je suis libre et maître de moi, je le cherche, mais inutilement. Enfin cette lettre de votre ami Simbad m'annonce qu'il est à Paris, et m'autorise à m'adresser à vous pour en obtenir des nouvelles.

— En vérité, monsieur, tout ce que vous me racontez là est fort intéressant, dit le comte regardant avec une sombre satisfaction cette mine dégagée, empreinte d'une beauté pareille à celle du mauvais ange, et vous avez fort bien fait de vous conformer en toutes choses à l'invitation de mon ami Simbad, car votre père est en effet ici et vous cherche. »

Le comte, depuis son entrée au salon, n'avait pas perdu de vue le jeune homme; il avait admiré l'assurance de son regard et la sûreté de sa voix; mais à ces mots si naturels : *Votre père est en effet ici et vous cherche*, le jeune Andrea fit un bond et s'écria :

« Mon père! mon père ici!

— Sans doute, répondit Monte-Cristo, votre père le major Bartolomeo Cavalcanti. »

L'impression de terreur répandue sur les traits du jeune homme s'effaça presque aussitôt.

« Ah! oui, c'est vrai, dit-il, le major Bartolomeo Cavalcanti. Et vous dites, monsieur le comte, qu'il est ici, ce cher père?

— Oui, monsieur. J'ajouterai même que je le quitte à l'instant; que l'histoire qu'il m'a contée de ce fils chéri, perdu autrefois, m'a fort touché ; en vérité, ses douleurs, ses craintes, ses espérances à ce sujet composeraient un poème attendrissant. Vous allez le voir, il est un peu raide, un peu guindé ; mais c'est une question d'uniforme, et quand on saura que depuis dix-huit ans il est au service de l'Autriche, tout s'excusera. En somme, c'est un père fort suffisant, je vous assure.

— Ah ! vous me rassurez, monsieur ; je l'avais quitté depuis si longtemps, que je n'avais de lui aucun souvenir.

— Et puis, vous savez, une grande fortune fait passer sur bien des choses.

— Mon père est donc réellement riche, monsieur ?

— Millionnaire… cinq cent mille livres de rente.

— Alors, demanda le jeune homme avec anxiété, je vais me trouver dans une position… agréable ?

— Des plus agréables, mon cher monsieur ; il vous fait cinquante mille livres de rente par an pendant tout le temps que vous resterez à Paris.

— Mais j'y resterai toujours, en ce cas.

— Heu ! qui peut répondre des circonstances, mon cher monsieur ? l'homme propose et Dieu dispose. »

Andrea poussa un soupir.

« Mais enfin, dit-il, pour tout le temps que je resterai à Paris, et… qu'aucune circonstance ne me forcera pas de m'éloigner, cet argent dont vous me parliez tout à l'heure m'est-il assuré ?

— Oh ! parfaitement.

— Par mon père ? demanda Andrea avec inquiétude.

— Oui, mais garanti par Lord Wilmore, qui vous a,

sur la demande de votre père, ouvert un crédit de cinq mille francs par mois chez M. Danglars, un des plus sûrs banquiers de Paris.

— Et mon père compte rester longtemps à Paris? demanda Andrea avec inquiétude.

— Quelques jours seulement, répondit Monte-Cristo. Son service ne lui permet pas de s'absenter plus de deux ou trois semaines.

— Oh! ce cher père! dit Andrea visiblement enchanté de ce prompt départ.

— Aussi, dit Monte-Cristo, faisant semblant de se tromper à l'accent de ses paroles, aussi, je ne veux pas retarder d'un instant l'heure de votre réunion. Êtes-vous préparé à embrasser ce digne M. Cavalcanti?

— Vous n'en doutez pas, je l'espère?

— Eh bien! entrez donc dans le salon, mon jeune ami, et vous trouverez votre père qui vous attend. »

Andrea fit un profond salut au comte et entra dans le salon.

Le comte le suivit des yeux, et, l'ayant vu disparaître, poussa un ressort correspondant à un tableau, lequel, en s'écartant du cadre, laissait, par un interstice habilement ménagé, pénétrer la vue dans le salon.

Andrea referma la porte derrière lui et s'avança vers le major, qui se leva dès qu'il entendit le bruit des pas qui s'approchaient.

« Ah! monsieur et cher père, dit Andrea à haute voix et de manière à ce que le comte l'entendît à travers la porte fermée, est-ce bien vous?

— Bonjour, mon cher fils, dit gravement le major.

— Après tant d'années de séparation, dit Andrea en

continuant de regarder du côté de la porte, quel bonheur de nous revoir !

— En effet, la séparation a été longue.

— Ne nous embrassons-nous pas, monsieur ? reprit Andrea.

— Comme vous voudrez, mon fils », dit le major.

Et les deux hommes s'embrassèrent comme on s'embrasse au Théâtre-Français, c'est-à-dire en se passant la tête par-dessus l'épaule.

« Ainsi donc nous voici réunis ! dit Andrea.

— Nous voici réunis, reprit le major.

— Pour ne plus nous séparer ?

— Si fait ; je crois, mon cher fils, que vous regardez maintenant la France comme une seconde patrie ?

— Le fait est, dit le jeune homme, que je serais désespéré de quitter Paris.

— Et moi, vous comprenez que je ne saurais vivre hors de Lucques. Je retournerai donc en Italie aussitôt que je pourrai.

— Mais avant de partir, très cher père, vous me remettrez sans doute les papiers à l'aide desquels il me sera facile de constater le sang dont je sors ?

— Sans aucun doute, car je viens exprès pour cela, et j'ai eu trop de peine à vous rencontrer afin de vous les remettre, pour que nous recommencions encore à nous chercher ; cela prendrait la dernière partie de ma vie.

— Et ces papiers ?

— Les voici. »

Andrea saisit avidement l'acte de mariage de son père, son certificat de baptême à lui, et, après avoir ouvert le tout avec une avidité bien naturelle à un bon fils, il parcourut les deux pièces avec une rapidité et une habitude qui dénotaient le coup d'œil le plus exercé en même temps que l'intérêt le plus vif.

Lorsqu'il eut fini, une indéfinissable expression de joie brilla sur son front, et regardant le major avec un étrange sourire :

« Ah çà ! dit-il en excellent toscan, il n'y a donc pas de galère en Italie... ? »

Le major se redressa.

« Et pourquoi cela ? dit-il.

— Qu'on y fabrique impunément de pareilles pièces. Pour la moitié de cela, mon très cher père, en France on vous enverrait prendre l'air à Toulon pour cinq ans.

— Plaît-il ? dit le Lucquois en essayant de conquérir un air majestueux.

— Mon cher monsieur Cavalcanti, dit Andrea en pressant le bras du major, combien vous donne-t-on pour être mon père ? »

Le major voulut parler.

« Chut ! dit Andrea en baissant la voix, je vais vous donner l'exemple de la confiance : on me donne cinquante mille francs par an pour être votre fils, par conséquent vous comprenez que ce n'est pas moi qui serai jamais disposé à nier que vous soyez mon père. »

Le major regarda avec inquiétude autour de lui.

« Eh ! soyez tranquille, nous sommes seuls, dit Andrea ; d'ailleurs nous parlons italien.

— Eh bien ! à moi, dit le Lucquois, on me donne cinquante mille francs une fois payés.

— Monsieur Cavalcanti, dit Andrea, aviez-vous foi aux contes de fées ?

— Non, pas autrefois, mais maintenant il faut bien que j'y croie.

— Vous avez donc eu des preuves ? »

Le major tira de son gousset une poignée d'or.

« Palpables, comme vous voyez.

— Vous pensez donc que je puis croire aux promesses qu'on m'a faites ?

— Je le crois.

— Et que ce brave homme de comte les tiendra ?

— De point en point. Mais vous comprenez, pour arriver à ce but, il faut jouer notre rôle.

— Comment donc ?...

— Moi de tendre père...

— Et moi de fils respectueux.

— Y comprenez-vous quelque chose ?

— Ma foi, non.

— Il y a une dupe dans tout cela.

— En tout cas, ce n'est ni vous ni moi ?

— Non, certainement.

— Eh bien ! alors...

— Peu nous importe, n'est-ce pas ?

— Justement, c'est que je voulais dire : allons jusqu'au bout et jouons serré.

— Soit, vous verrez que je suis digne de faire votre partie.

— Je n'en ai pas douté un seul instant, mon cher père.

— Vous me faites honneur, mon cher fils. »

Monte-Cristo choisit ce moment pour rentrer dans le salon. En entendant le bruit de ses pas, les deux hommes se jetèrent dans les bras l'un de l'autre ; le comte les trouva embrassés.

« Eh bien! monsieur le marquis, dit Monte-Cristo, il paraît que vous avez retrouvé un fils selon votre cœur?

— Ah! monsieur le comte, je suffoque de joie.

— Et vous, jeune homme?

— Ah! monsieur le comte, j'étouffe de bonheur.

— Heureux père! heureux enfant! dit le comte.

— Une seule chose m'attriste, dit le major : c'est la nécessité où je suis de quitter Paris si vite.

— Oh! cher monsieur Cavalcanti, dit Monte-Cristo, vous ne partirez pas, je l'espère, que je ne vous aie présenté à quelques amis.

— Je suis aux ordres de monsieur le comte, dit le major.

— Maintenant, voyons, jeune homme, confessez-vous.

— A qui?

— Mais à monsieur votre père; dites-lui quelques mots de l'état de vos finances.

— Ah diable! fit Andrea, vous touchez la corde sensible.

— Entendez-vous, major? » dit Monte-Cristo.

Monte-Cristo passa entre les deux hommes.

« Tenez, dit-il à Andrea en lui glissant un paquet de billets de banque dans la main.

— Qu'est-ce que cela?

— La réponse de votre père. Il me charge de vous remettre cela.

— A compte sur mes revenus?

— Non, pour vos frais d'installation.

— Oh! cher père!

— Silence, dit Monte-Cristo, vous voyez bien qu'il ne veut pas que je dise que cela vient de lui.

— J'apprécie cette délicatesse, dit Andrea en enfonçant ses billets de banque dans le gousset de son pantalon.

— C'est bien, dit Monte-Cristo, maintenant, allez.

— Et quand aurons-nous l'honneur de revoir monsieur le comte ? demanda Cavalcanti.

— Ah ! oui, demanda Andrea, quand aurons-nous cet honneur ?

— Samedi, si vous voulez... oui... tenez... samedi. J'ai à dîner à ma maison d'Auteuil, rue de la Fontaine, n° 28, plusieurs personnes, et entre autres M. Danglars, votre banquier ; je vous présenterai à lui, il faut bien qu'il vous connaisse tous deux pour vous compter votre argent.

— Grande tenue ? demanda à demi-voix le major.

— Grande tenue : uniforme, croix, culotte courte.

— Et moi ? demanda Andrea.

— Oh ! vous, très simplement : pantalon noir, bottes vernies, gilet blanc, habit noir ou bleu, cravate longue ; prenez Blin ou Véronique pour vous habiller. Si vous ne connaissez pas leurs adresses, Baptistin vous les donnera. Moins vous affecterez de prétention dans votre mise, étant riche comme vous l'êtes, meilleur effet cela fera. Si vous achetez des chevaux, prenez-les chez Devedeux, si vous achetez un phaéton, allez chez Baptiste.

— A quelle heure pourrons-nous nous présenter ? demanda le jeune homme.

— Mais vers six heures et demie.

— C'est bien, on y sera », dit le major en portant la main à son chapeau.

Les deux Cavalcanti saluèrent le comte et sortirent.

Le comte s'approcha de la fenêtre et les vit qui traversaient la cour bras dessus bras dessous.

« En vérité, dit-il, voilà deux grands misérables ! Quel malheur que ce ne soit pas véritablement le père et le fils ! »

35

Les fantômes

A la première vue, et examinée du dehors, la maison d'Auteuil n'avait rien de splendide, rien de ce qu'on pouvait attendre d'une habitation destinée au magnifique comte de Monte-Cristo ; mais cette simplicité tenait à la volonté du maître, qui avait positivement ordonné que rien ne fût changé à l'extérieur ; il n'était besoin pour s'en convaincre que de considérer l'intérieur. En effet, à peine la porte était-elle ouverte que le spectacle changeait.

M. Bertuccio s'était surpassé lui-même pour le goût des ameublements et la rapidité de l'exécution : comme autrefois le duc d'Antin avait fait abattre en une nuit une allée d'arbres qui gênaient le regard de Louis XIV, de même en trois jours M. Bertuccio avait fait planter une cour entièrement nue, et de beaux peupliers, des sycomores venus avec leurs blocs énormes de racines, ombrageaient la façade principale de la maison, devant laquelle, au lieu de pavés à moitié cachés par l'herbe, s'étendait une pelouse de gazon dont les plaques avaient été posées le matin même.

Vue ainsi, la maison était devenue méconnaissable ; et Bertuccio lui-même protestait qu'il ne la reconnaissait plus, emboîtée qu'elle était dans son cadre de verdure.

A cinq heures précises le comte arriva, suivi d'Ali, devant la maison d'Auteuil. Bertuccio attendait cette arrivée avec une impatience mêlée d'inquiétude ; il espérait quelques compliments, tout en redoutant un froncement de sourcils.

Monte-Cristo descendit dans la cour, parcourut toute la maison, et fit le tour du jardin, silencieux et sans donner le moindre signe d'approbation ni de mécontentement.

Seulement, en entrant dans sa chambre à coucher, située du côté opposé à la chambre fermée, il étendit la main vers le tiroir d'un petit meuble en bois de rose qu'il avait déjà distingué à son premier voyage.

« Cela ne peut servir qu'à mettre des gants, dit-il.

— En effet, Excellence, répondit Bertuccio ravi, ouvrez et vous y trouverez des gants. »

Dans les autres meubles, le comte trouva encore ce qu'il comptait y trouver, flacons, cigares, bijoux.

« Bien ! » dit-il encore.

Et M. Bertuccio se retira l'âme ravie, tant était grande, puissante et réelle l'influence de cet homme sur tout ce qui l'entourait.

A six heures précises on entendit piétiner un cheval

devant la porte d'entrée. C'était notre capitaine de spahis, qui arrivait sur *Médéah*, son nouveau cheval, acheté grâce à la générosité du comte.

Monte-Cristo attendait Maximilien sur le perron, le sourire aux lèvres.

« Me voilà le premier, j'en suis bien sûr, lui cria Morrel ; je l'ai fait exprès pour vous avoir un instant à moi seul avant tout le monde. Ah ! mais savez-vous que c'est magnifique ici ? Dites-moi, comte, est-ce que vos gens auront bien soin de mon cheval ?

— Soyez tranquille, mon cher Maximilien, ils s'y connaissent.

— C'est qu'il a besoin d'être bouchonné. Si vous saviez de quel train il a été ? Une véritable trombe. M. de Château-Renaud et M. Debray courent après moi en ce moment, et encore sont-ils talonnés par les chevaux de la baronne Danglars, qui vont d'un trot à faire tout bonnement leurs six lieues à l'heure.

— Alors, ils vous suivent ? demanda Monte-Cristo.

— Tenez, les voilà. »

En effet, au moment même, un coupé à l'attelage tout fumant et deux chevaux de selle hors d'haleine arrivèrent devant la grille de la maison, qui s'ouvrit devant eux. Aussitôt le coupé décrivit son cercle et vint s'arrêter au perron, suivi de deux cavaliers.

En un instant Debray eut mis pied à terre et se trouva à la portière. Il offrit sa main à la baronne, qui lui fit en descendant un geste imperceptible pour tout autre que pour Monte-Cristo.

Mais le comte ne perdait rien, et dans ce geste il vit reluire un petit billet blanc aussi imperceptible que le geste, et qui passa, avec une aisance qui indiquait l'habitude de cette manœuvre, de la main de Mme Danglars dans celle du secrétaire du ministère.

Derrière sa femme descendit le banquier, pâle comme s'il fût sorti du sépulcre au lieu de sortir de son coupé.

Mme Danglars jeta autour d'elle un regard rapide et investigateur que Monte-Cristo seul put comprendre, et dans lequel elle embrassa la cour, le péristyle, la façade de la maison; puis, réprimant une légère émotion qui se fût certes traduite sur son visage s'il eût été permis à son visage de pâlir, elle monta le perron tout en disant à Morrel :

« Monsieur, si vous étiez de mes amis, je vous demanderais si votre cheval est à vendre. »

Morrel fit un sourire qui ressemblait fort à une grimace, et se retourna vers Monte-Cristo, comme pour le prier de le tirer de l'embarras où il se trouvait.

Le comte le comprit.

« Ah! madame, répondit-il, pourquoi n'est-ce point à moi que cette demande s'adresse?

— Avec vous, monsieur, dit la baronne, on n'a le droit de rien désirer, car on est trop sûr d'obtenir. Aussi était-ce à M. Morrel que je m'adressais.

— Malheureusement, reprit le comte, je suis témoin que M. Morrel ne peut céder son cheval, son honneur étant engagé à ce qu'il le garde.

— Comment cela?

— Il a parié de dompter *Médéah* dans l'espace de six mois. Vous comprenez maintenant, baronne, que s'il s'en défaisait avant le terme fixé par le pari, non seulement il le perdrait, mais encore on dirait qu'il a eu peur; et un capitaine de spahis, même pour passer un caprice à une jolie femme, ce qui est, à mon avis, une des choses les plus sacrées de ce monde, ne peut laisser courir un pareil bruit.

— Vous voyez, madame... dit Morrel tout en adressant à Monte-Cristo un sourire reconnaissant.

— Il me semble d'ailleurs, dit Danglars avec un ton bourru mal déguisé par un sourire épais, que vous en avez assez comme cela, de chevaux. »

Ce n'était point l'habitude de Mme Danglars de laisser passer de pareilles attaques sans y riposter, et cependant, au grand étonnement des jeunes gens, elle fit semblant de ne pas entendre et ne répondit rien.

« M. le major Bartolomeo Cavalcanti ; M. le comte Andrea Cavalcanti », annonça Baptistin.

Un col de satin noir sortant des mains du fabricant, une barbe fraîche, des moustaches grises, l'œil assuré, un habit de major orné de trois plaques et de cinq croix, en somme une tenue irréprochable de vieux soldat, tel apparut le major Bartolomeo Cavalcanti, ce tendre père que nous connaissons.

Près de lui, couvert d'habits tout flambant neufs, s'avançait, le sourire sur les lèvres, le comte Andrea Cavalcanti, ce respectueux fils que nous connaissons encore.

« Qu'est-ce que ces messieurs ? demanda Danglars au comte de Monte-Cristo.

— Vous avez entendu, des Cavalcanti.

— Cela m'apprend leur nom, et voilà tout.

— Ah ! c'est vrai, vous n'êtes pas au courant de nos noblesses d'Italie : qui dit Cavalcanti, dit races de princes.

— Belle fortune ? demanda le banquier.

— Fabuleuse.

— Que font-ils ?

— Ils essayent de la manger sans pouvoir en venir à bout. Ils ont d'ailleurs des crédits sur vous, à ce qu'ils m'ont dit en me venant voir avant-hier. Je les ai même invités à votre intention. Je vous les présenterai.

— Mais il me semble qu'ils parlent très purement le français, dit Danglars.

— Le fils a été élevé dans un collège du Midi, à Marseille ou dans les environs, je crois. Vous le trouverez dans l'enthousiasme.

— De quoi ? demanda la baronne.

— Des Françaises, madame. Il veut absolument prendre femme à Paris.

— Une belle idée qu'il a là ! » dit Danglars en haussant les épaules.

Mme Danglars regarda son mari avec une expression qui, dans tout autre moment, eût présagé un orage ; mais pour la seconde fois elle se tut.

« Le baron paraît bien sombre aujourd'hui, dit Monte-Cristo à Mme Danglars ; est-ce qu'on voudrait le faire ministre, par hasard ?

— Non, pas encore, que je sache. Je crois plutôt qu'il aura joué à la Bourse, qu'il aura perdu, et qu'il ne sait à qui s'en prendre.

— M. et Mme de Villefort ! » cria Baptistin.

Les deux personnes annoncées entrèrent, M. de Villefort, malgré sa puissance sur lui-même, était visiblement ému. En touchant sa main, Monte-Cristo sentit qu'elle tremblait.

« Décidément il n'y a que les femmes pour savoir

dissimuler », se dit Monte-Cristo à lui-même et en regardant Mme Danglars qui souriait au procureur du roi et qui embrassait sa femme.

Après les premiers compliments, le comte vit Bertuccio qui, occupé jusque-là du côté de l'office, se glissait dans un petit salon attenant à celui dans lequel on se trouvait.

Il alla à lui.

« Que voulez-vous, monsieur Bertuccio ? lui dit-il.

— Son Excellence ne m'a pas dit le nombre de ses convives.

— Ah ! c'est vrai.

— Combien de couverts ?

— Comptez vous-même.

— Tout le monde est-il arrivé, Excellence ?

— Oui. »

Bertuccio glissa son regard à travers la porte entrebâillée.

Monte-Cristo le couvait des yeux.

« Ah ! mon Dieu ! s'écria-t-il.

— Quoi donc ? demanda le comte.

— Cette femme !... cette femme !...

— Laquelle ?

— Celle qui a une robe blanche et tant de diamants !... la blonde !...

— Mme Danglars ?

— Je ne sais pas comment on la nomme, mais c'est elle, monsieur, c'est elle !

— Qui, elle ?

— La femme du jardin ! celle qui était enceinte ! celle qui se promenait en attendant !... en attendant !... »

Bertuccio demeura la bouche ouverte, pâle et les cheveux hérissés.

« En attendant qui ? »

Bertuccio, sans répondre, montra Villefort du doigt, à peu près du même geste dont Macbeth montra Banco.

« Oh !... oh !... murmura-t-il enfin, voyez-vous ?

— Quoi ? Qui !

— Lui !

— Lui !... M. le procureur du roi Villefort ? Sans doute, que je le vois.

— Mais je ne l'ai donc pas tué !

— Ah çà ! mais je crois que vous devenez fou, mon brave monsieur Bertuccio, dit le comte.

— Mais il n'est donc pas mort ?

— Eh non ! il n'est pas mort, vous le voyez bien : au lieu de le frapper entre la sixième et la septième côte gauche, comme c'est la coutume de vos compatriotes, vous aurez frappé plus haut ou plus bas ; et ces gens de justice, ça vous a l'âme chevillée dans le corps ; ou bien plutôt rien de ce que vous m'avez raconté n'est vrai, c'est un rêve de votre imagination, une hallucination de votre esprit. Voyons, rappelez votre calme et comptez : M. et Mme de Villefort, deux ; M. et Mme Danglars, quatre ; M. de Château-Renaud, M. Debray, M. Morrel, sept ; M. le major Bartolomeo, huit.

— Huit ! répéta Bertuccio.

— Attendez donc ! attendez donc ! vous êtes bien pressé de vous en aller. Que diable ! vous oubliez un de mes convives. Appuyez un peu à gauche, tenez... M. Andrea Cavalcanti, ce jeune homme en habit noir qui regarde la Vierge de Murillo, qui se retourne. »

Cette fois, Bertuccio commença un cri que le regard de Monte-Cristo éteignit sur ses lèvres.

« Benedetto ! murmura-t-il tout bas, fatalité !

— Voilà six heures et demie qui sonnent, monsieur Bertuccio, dit sévèrement le comte ; c'est l'heure où j'ai donné l'ordre qu'on se mît à table : vous savez que je n'aime point attendre. »

Et Monte-Cristo rentra dans la salle où l'attendaient ses convives, tandis que Bertuccio regagnait la salle à manger en s'appuyant contre les murailles.

Cinq minutes après, les deux portes du salon s'ouvrirent. Bertuccio parut, et faisant, comme Vatel à Chantilly, un dernier et héroïque effort :

« Monsieur le comte est servi », dit-il.

Monte-Cristo offrit le bras à Mme de Villefort.

« Monsieur de Villefort, dit-il, faites-vous le cavalier de Mme la baronne Danglars, je vous prie. »

Villefort obéit, et l'on passa dans la salle à manger.

36

Le dîner

Il était évident qu'en passant dans la salle à manger, un même sentiment animait tous les convives. Ils se demandaient quelle bizarre influence les avait amenés tous dans cette maison, et cependant, tout étonnés et même tout inquiets que quelques-uns étaient de s'y trouver, ils n'eussent point voulu ne pas y être ; et cependant des relations de date récente, la position excentrique et isolée, la fortune inconnue et presque fabuleuse du comte, faisaient un devoir aux hommes d'y être circonspects, et aux femmes une loi de ne pas entrer dans cette maison où il n'y avait point de femmes pour les recevoir : et cependant hommes et femmes avaient passé les uns sur la circonspection, les autres sur la convenance ; et la curiosité, les pressant de son irrésistible aiguillon, l'avait emporté sur le tout.

Il n'y avait point jusqu'à Cavalcanti père et fils qui, l'un malgré sa raideur, l'autre malgré sa désinvolture, ne parussent préoccupés de se trouver réunis chez cet homme dont ils ne pouvaient comprendre le but, à d'autres hommes qu'ils voyaient pour la première fois.

Mme Danglars avait fait un mouvement en voyant, sur l'invitation de Monte-Cristo, M. de Villefort s'approcher d'elle pour lui offrir le bras, et M. de Villefort avait senti son regard se troubler sous ses lunettes d'or en sentant le bras de la baronne se poser sur le sien.

Aucun de ces deux mouvements n'avait échappé au comte, et déjà, dans cette simple mise en contact des individus, il y avait pour l'observateur de cette scène un fort grand intérêt.

M. de Villefort avait à sa droite Mme Danglars, et à sa gauche Morrel.

Le comte était assis entre Mme de Villefort et Danglars.

Les autres intervalles étaient remplis par Debray, assis entre Cavalcanti père et Cavalcanti fils, et par Château-Renaud, assis entre Mme de Villefort et Morrel.

Le repas fut magnifique. Monte-Cristo avait pris à tâche de renverser complètement la symétrie parisienne et de donner plus encore à la curiosité qu'à l'appétit de ses convives l'aliment qu'elle désirait. Ce fut un festin oriental qui leur fut offert, mais oriental à la manière dont pouvaient l'être les festins des fées arabes.

Tous les fruits que les quatre parties du monde peuvent verser intacts et savoureux dans la corne d'abondance de l'Europe, étaient amoncelés en pyramide dans les vases de Chine et dans les coupes du Japon. Les oiseaux rares, les poissons monstrueux étendus sur des lames d'argent, tous les vins de l'Archipel, de l'Asie-Mineure et du Cap, enfermés dans des fioles aux formes bizarres, défilèrent devant ces Parisiens qui comprenaient bien que l'on pût dépenser mille louis à un dîner de dix personnes, mais à la condition que, comme Cléopâtre, on mangerait des perles, ou que, comme Laurent de Médicis, on boirait de l'or fondu.

Monte-Cristo vit l'étonnement général, et se mit à rire et à se railler tout haut.

« Messieurs, dit-il, vous admettez bien ceci, n'est-ce pas, c'est qu'arrivé à un certain degré de fortune, il n'y a plus de nécessaire que le superflu, comme ces dames admettront qu'arrivé à un certain degré d'exaltation, il n'y a plus de positif que l'idéal? Or, en poursuivant le raisonnement, qu'est-ce que le merveilleux? ce que nous ne comprenons pas. Qu'est-ce qu'un bien véritablement désirable? un bien que nous ne pouvons pas avoir. Or, voir des choses que je ne puis comprendre, me procurer des choses impossibles à avoir, telle est l'étude de toute ma vie. J'y arrive avec deux moyens : l'argent et la volonté. Je mets à poursuivre une fantaisie, par exemple, la même persévérance que vous mettez, vous, monsieur Danglars, à créer une ligne de chemin de fer; vous, monsieur de Villefort à faire condamner un homme à mort; vous, monsieur Debray, à pacifier un royaume; vous, monsieur de Château-Renaud, à plaire à une femme; et vous, Morrel, à dompter un cheval que personne ne peut monter. Ainsi, par exemple, voyez ces deux poissons, nés, l'un à cinquante lieues de Saint-Pétersbourg, l'autre à cinq lieues de Naples : n'est-ce pas amusant de les réunir sur la même table?

— Mais comment a-t-on fait pour transporter ces deux poissons à Paris?

— Oh, mon Dieu! rien de plus simple : on a apporté ces deux poissons chacun dans un grand tonneau matelassé, l'un de roseaux et d'herbes du fleuve, l'autre de joncs et de plantes du lac. Et tous deux vivaient parfaitement lorsque mon cuisinier s'en est emparé pour faire mourir l'un dans du lait, l'autre dans du vin. Vous ne le croyez pas, monsieur Danglars?

— Je doute au moins, répondit Danglars en souriant de son sourire épais.

— Baptistin, dit Monte-Cristo, faites apporter l'autre sterlet et l'autre lamproie, vous savez, ceux qui sont venus dans d'autres tonneaux et qui vivent encore. »

Danglars ouvrit des yeux effarés; l'assemblée battit des mains.

Quatre domestiques apportèrent deux tonneaux garnis de plantes marines, dans chacun desquels palpitait un poisson pareil à ceux qui étaient servis sur la table.

« Mais pourquoi deux de chaque espèce? demanda Danglars.

— Parce que l'un pouvait mourir, répondit simplement Monte-Cristo.

— Vous êtes vraiment un homme prodigieux, dit Danglars, et les philosophes ont beau dire, c'est superbe d'être riche.

— Et surtout d'avoir des idées, dit Mme Danglars.

— Oh! ne me faites pas honneur de celle-ci, madame : elle était fort en honneur chez les Romains, et Pline raconte qu'on envoyait d'Ostie à Rome, avec des relais d'esclaves qui les portaient sur leur tête, des poissons de l'espèce de celui qu'il appelle le mulus, et qui, d'après le portrait qu'il en fait, est probablement la dorade. C'était aussi un luxe de l'avoir vivant, et un spectacle fort amusant que de le voir mourir ; car en mourant il changeait trois ou quatre fois de couleur, et, comme un arc-en-ciel qui s'évapore, passait par toutes les nuances du prisme, après quoi on l'envoyait aux cuisines. Son agonie faisait partie de son mérite. Si on ne le voyait pas vivant, on le méprisait mort.

— Oui, dit Debray ; mais il n'y a que sept ou huit lieues d'Ostie à Rome.

— Ah ! ça c'est vrai, dit Monte-Cristo ; mais où serait le mérite de venir dix-huit cents ans après Lucullus, si l'on ne faisait pas mieux que lui ? »

Les deux Cavalcanti ouvraient des yeux énormes, mais ils avaient le bon esprit de ne pas dire un mot.

« Tout cela est fort aimable, dit Château-Renaud ; cependant ce que j'admire le plus, je l'avoue, c'est l'admirable promptitude avec laquelle vous êtes servi. N'est-il pas vrai, monsieur le comte, que vous n'avez acheté cette maison qu'il y a cinq ou six jours ?

— Ma foi, tout au plus, dit Monte-Cristo.

— Eh bien ! je suis sûr qu'en huit jours elle a subi une transformation complète ; car elle était fort vieille, la maison, et même fort triste. Je me rappelle avoir été chargé par ma mère de la visiter, quand M. de Saint-Méran l'a mise en vente il y a deux ou trois ans.

— M. de Saint-Méran ! dit Mme de Villefort ; mais cette maison appartenait donc à M. de Saint-Méran avant que vous ne l'achetiez, monsieur le comte ?

— Il paraît que oui, répondit Monte-Cristo.

— Comment, il paraît ! Vous ne savez pas à qui vous avez acheté cette maison ?

— Ma foi non, c'est mon intendant qui s'occupe de tous ces détails.

— Il est vrai qu'il y a au moins dix ans qu'elle n'avait été habitée, dit Château-Renaud, et c'était une grande tristesse que de la voir avec ses persiennes fermées, ses portes closes et ses herbes dans la cour. En vérité, si elle n'eût point appartenu au beau-père d'un procureur du roi, on eût pu la prendre pour une de ces maisons maudites où quelque grand crime a été commis. »

Villefort, qui jusque-là n'avait point touché aux trois ou quatre verres de vins extraordinaires placés devant lui, en prit un au hasard et le vida d'un seul trait.

Monte-Cristo laissa s'écouler un instant ; puis, au milieu du silence qui avait suivi les paroles de Château-Renaud :

« C'est bizarre, dit-il, monsieur le baron, mais la même pensée m'est venue la première fois que j'y entrai ; et cette maison me parut si lugubre, que jamais je ne l'eusse achetée si mon intendant n'eût fait la chose pour moi. Probablement que le drôle avait reçu quelque pourboire du tabellion.

— C'est probable, balbutia Villefort en essayant de sourire, mais croyez que je ne suis pour rien dans cette corruption. M. de Saint-Méran a voulu que cette maison, qui fait partie de la dot de sa petite-fille, fût vendue, parce qu'en restant trois ou quatre ans inhabitée encore, elle serait tombée en ruine. »

Ce fut Morrel qui pâlit à son tour.

« Il y avait surtout, continua Monte-Cristo, une chambre, ah! mon Dieu! bien simple en apparence, une chambre comme toutes les chambres, tendue de damas rouge, qui m'a paru, je ne sais pourquoi, dramatique au possible.

— Pourquoi cela? demanda Debray, pourquoi dramatique?

— Est-ce que l'on se rend compte des choses instinctives? dit Monte-Cristo; est-ce qu'il n'y a pas des endroits où il semble qu'on respire naturellement la tristesse? pourquoi? on n'en sait rien; par un enchaînement de souvenirs, par un caprice de la pensée qui nous reporte à d'autres temps, à d'autres lieux, qui n'ont peut-être aucun rapport avec les temps et les lieux où nous nous trouvons. Eh! ma foi, tenez, puisque nous avons fini de dîner, il faut que je vous la montre; puis nous redescendrons prendre le café au jardin : après le dîner, le spectacle. »

Monte-Cristo fit un signe pour interroger ses convives. Mme de Villefort se leva, Monte-Cristo en fit autant, tout le monde imita leur exemple.

Villefort et Mme Danglars demeurèrent un instant comme cloués à leur place; ils s'interrogeaient des yeux, froids, muets et glacés.

« Avez-vous entendu? dit Mme Danglars.

— Il faut y aller », répondit Villefort en se levant et lui offrant le bras.

Tout le monde était déjà épars dans la maison, poussé par la curiosité; car on pensait que la visite ne se bornerait pas à cette chambre, et qu'en même temps on parcourrait le reste de cette masure dont Monte-Cristo avait fait un palais. Chacun s'élança donc par les portes ouvertes. Monte-Cristo attendit les deux retardataires ; puis, quand ils furent passés à leur tour, il ferma la marche avec un sourire qui, s'ils eussent pu le comprendre, eût épouvanté les convives bien autrement que cette chambre dans laquelle on allait entrer.

On commença en effet par parcourir les appartements, les chambres meublées à l'orientale avec des divans et des coussins pour tout lit, des pipes et des armes pour tous meubles ; les salons tapissés des plus beaux tableaux des vieux maîtres ; les boudoirs en étoffes de Chine, aux couleurs capricieuses, aux dessins fantastiques, aux tissus merveilleux ; puis enfin on arriva dans la fameuse chambre.

Elle n'avait rien de particulier, si ce n'est que, quoique le jour tombât, elle n'était point éclairée, et qu'elle était dans la vétusté, quand toutes les autres chambres avaient revêtu une parure neuve.

Ces deux causes suffisaient en effet pour lui donner une teinte lugubre.

« Hou ! s'écria Mme de Villefort, c'est effrayant, en effet. »

Mme Danglars essaya de balbutier quelques mots qu'on n'entendit pas.

Plusieurs observations se croisèrent, dont le résultat fut qu'en effet la chambre de damas rouge avait un aspect sinistre.

« N'est-ce pas ? dit Monte-Cristo. Voyez donc comme ce lit est bizarrement placé, quelle sombre et sanglante tenture ; et ces deux portraits au pastel que l'humidité a fait pâlir, ne semblent-ils pas dire avec leurs lèvres blêmes et leurs yeux effarés : J'ai vu ! »

Villefort devint livide ; Mme Danglars tomba sur une chaise longue placée près de la cheminée.

« Oh ! dit Mme de Villefort en souriant, avez-vous bien le courage de vous asseoir sur cette chaise où peut-être le crime a été commis ? »

Mme Danglars se leva vivement.

« Et puis, dit Monte-Cristo, ce n'est pas tout.

— Qu'y a-t-il donc encore ? demanda Debray, à qui l'émotion de Mme Danglars n'échappait point.

— Ah ! oui, qu'y a-t-il encore ? demanda Danglars ; car jusqu'à présent j'avoue que je n'y vois pas grand'chose… Et vous, monsieur Cavalcanti ?

— Ah ! dit celui-ci, nous avons à Pise la tour d'Ugolin, à Ferrare la prison du Tasse, et à Rimini la chambre de Francesca et de Paolo.

— Oui, mais vous n'avez pas ce petit escalier, dit Monte-Cristo en ouvrant une porte perdue dans la tenture : regardez-le-moi et dites ce que vous en pensez.

— Quelle sinistre cambrure d'escalier ! dit Château-Renaud en riant.

— Le fait est, dit Debray, que je ne sais si c'est le vin de Chio qui porte à la mélancolie, mais certainement je vois cette maison tout en noir. »

Quant à Morrel, depuis qu'il avait été question de la dot de Valentine, il était demeuré triste et n'avait pas prononcé un mot.

« Vous figurez-vous, dit Monte-Cristo, un Othello ou un abbé de Ganges quelconque, descendant pas à pas, par une nuit sombre et orageuse, cet escalier avec quelque lugubre fardeau qu'il a hâte de dérober à la vue des hommes, sinon au regard de Dieu ? »

Mme Danglars s'évanouit à moitié au bras de Villefort, qui fut lui-même obligé de s'adosser à la muraille.

« Ah ! mon Dieu ! madame, s'écria Debray, qu'avez-vous donc ? comme vous pâlissez !

— Ce qu'elle a, dit Mme de Villefort, c'est bien simple : elle a que M. de Monte-Cristo nous raconte des histoires épouvantables dans l'intention sans doute de nous faire mourir de peur.

— En vérité, madame, dit Monte-Cristo, est-ce que cette terreur est sérieuse ?

— Non, monsieur, dit Mme Danglars ; mais vous avez une façon de supposer les choses qui donne à l'illusion l'aspect de la réalité.

— Oh ! mon Dieu, oui, dit Monte-Cristo en souriant et tout cela est une affaire d'imagination ; car aussi bien pourquoi ne pas plutôt se représenter cette chambre comme une bonne et honnête chambre de mère de famille ? ce lit avec ses tentures couleur de pourpre, comme un lit visité par la déesse Lucine, et cet escalier mystérieux comme le passage par où, doucement et pour ne pas troubler le sommeil réparateur de l'accouchée, passe le médecin ou la nourrice, ou le père lui-même, emportant l'enfant qui dort ?... »

Cette fois, Mme Danglars, au lieu de se rassurer à cette douce peinture, poussa un gémissement et s'évanouit tout à fait.

« Mme Danglars se trouve mal, balbutia Villefort ; peut-être faudrait-il la transporter à sa voiture.

— Oh, mon dieu ! dit Monte-Cristo, et moi qui ai oublié mon flacon.

— J'ai le mien », dit Mme de Villefort.

Et elle passa à Monte-Cristo un flacon plein d'une liqueur rouge pareille à celle dont le comte avait essayé sur Édouard la bienfaisante influence.

« Ah! dit Monte-Cristo en le prenant des mains de Mme de Villefort.

— Oui, murmura celle-ci, sur vos indications j'ai essayé.

— Et vous avez réussi?

— Je le crois. »

On avait transporté Mme Danglars dans la chambre à côté. Monte-Cristo laissa tomber sur ses lèvres une goutte de liqueur rouge, et elle revint à elle.

« Oh! dit-elle, quel rêve affreux! »

Villefort lui serra fortement le poignet pour lui faire comprendre qu'elle n'avait pas rêvé.

On chercha M. Danglars; mais, peu disposé aux impressions poétiques, il était descendu au jardin, et causait avec M. Cavalcanti père d'un projet de chemin de fer de Livourne à Florence.

Monte-Cristo semblait désespéré; il prit le bras de Mme Danglars et la conduisit au jardin, où l'on retrouva M. Danglars prenant le café entre MM. Cavalcanti père et fils.

« En vérité, madame, lui dit-il, est-ce que je vous ai fort effrayée?

— Non, monsieur; mais vous savez, les choses nous impressionnent selon la disposition d'esprit où nous nous trouvons. »

Villefort s'efforça de rire.

« Et alors vous comprenez, dit-il, il suffit d'une supposition, d'une chimère...

— Eh bien! dit Monte-Cristo, vous m'en croirez si vous voulez, j'ai la conviction qu'un crime a été commis dans cette maison.

— Prenez garde, dit Mme de Villefort, nous avons ici le procureur du roi.

— Ma foi, répondit Monte-Cristo, puisque cela se rencontre ainsi, j'en profiterai pour faire ma déclaration.

— Votre déclaration? dit Villefort.

— Oui, et en face de témoins. Venez par ici, messieurs; venez, monsieur de Villefort; pour que la déclaration soit valable, elle doit être faite aux autorités compétentes. »

Monte-Cristo prit le bras de Villefort, et en même temps qu'il serrait sous le sien celui de Mme Danglars, il traîna le procureur du roi jusque sous le platane où l'ombre était la plus épaisse.

Tous les autres convives suivaient.

« Tenez, dit Monte-Cristo, ici, à cette place même (et il frappait la terre du pied), ici, pour rajeunir ces arbres déjà vieux, j'ai fait creuser et mettre du terreau; eh bien! mes travailleurs, en creusant, ont déterré un coffre ou plutôt des ferrures de coffre au milieu desquelles était le squelette d'un enfant nouveau-né. Ce n'est pas de la fantasmagorie, cela, j'espère. »

Monte-Cristo sentit se raidir le bras de Mme Danglars et frissonner le poignet de Villefort.

« Un enfant nouveau-né, répéta Debray; diable! ceci devient sérieux, ce me semble.

— Eh bien! dit Château-Renaud, je ne me trompais donc pas, quand je prétendais que les maisons avaient une âme. La maison était triste parce qu'elle avait des remords, elle avait des remords parce qu'elle cachait un crime.

— Oh ! qui dit que c'est un crime ? reprit Villefort, tentant un dernier effort.

— Comment ! un enfant enterré vivant dans un jardin, ce n'est pas un crime ? s'écria Monte-Cristo. Comment appelez-vous donc cette action-là, monsieur le procureur du roi ?

— Mais qui dit qu'il a été enterré vivant ?

— Pourquoi l'enterrer là, s'il était mort ? ce jardin n'a jamais été un cimetière.

— Que fait-on aux infanticides dans ce pays-ci ? demanda naïvement le major Cavalcanti.

— Oh ! mon Dieu ! on leur coupe tout bonnement le cou, répondit Danglars.

— Ah ! on leur coupe le cou ? fit Cavalcanti.

— Je le crois… N'est-ce pas, monsieur de Villefort ? demanda Monte-Cristo.

— Oui, monsieur le comte », répondit celui-ci avec un accent qui n'avait plus rien d'humain.

Monte-Cristo vit que c'était tout ce que pouvaient supporter les deux personnes pour lesquelles il avait préparé cette scène, et, ne voulant pas la pousser trop loin :

« Mais le café, messieurs, dit-il, il me semble que nous l'oublions. »

Et il ramena ses convives vers la table placée au milieu de la pelouse.

« En vérité, monsieur le comte, dit Mme Danglars, j'ai honte d'avouer ma faiblesse ; mais toutes ces affreuses histoires m'ont bouleversée. Laissez-moi m'asseoir, je vous prie. »

Et elle tomba sur une chaise.

Monte-Cristo la salua et s'approcha de Mme de Villefort.

« Je crois que Mme Danglars a encore besoin de votre flacon », dit-il.

Mais avant que Mme de Villefort se fût rapprochée de son amie, le procureur du roi avait déjà dit à l'oreille de Mme Danglars :

« Il faut que je vous parle.

— Quand cela?

— Demain.

— Où?

— A mon bureau, – au parquet si vous voulez; c'est encore là l'endroit le plus sûr.

— J'irai. »

En ce moment Mme de Villefort s'approcha.

« Merci, chère amie, dit Mme Danglars en essayant de sourire, ce n'est plus rien et je me sens tout à fait mieux. »

37

Le mendiant

La soirée s'avançait ; Mme de Villefort avait manifesté le désir de regagner Paris, ce que n'avait point osé faire Mme Danglars, malgré le malaise évident qu'elle éprouvait.

Sur la demande de sa femme, M. de Villefort donna le premier le signal du départ. Il offrit une place dans son landau à Mme Danglars, afin qu'elle eût les soins de sa femme. Quant à M. Danglars, absorbé dans une conversation industrielle des plus intéressantes avec M. Cavalcanti, il ne faisait aucune attention à tout ce qui se passait.

Monte-Cristo, tout en demandant son flacon à Mme de Villefort, avait remarqué que M. de Villefort s'était rapproché de Mme Danglars ; et, guidé par la situation, il avait deviné ce qu'il lui avait dit, quoiqu'il eût parlé si bas qu'à peine si Mme Danglars elle-même l'avait entendu.

Il laissa, sans s'opposer à aucun arrangement, partir Morrel, Debray et Château-Renaud à cheval, et monter les deux dames dans le landau de M. de Villefort. De son côté, Danglars, de plus en plus enchanté de Cavalcanti père, l'invita à monter avec lui dans son coupé.

Quant à Andrea Cavalcanti, il gagna son tilbury, qui l'attendait devant la porte, et dont un groom qui exagérait les agréments de la fashion anglaise, lui tenait, en se hissant sur la pointe de ses bottes, l'énorme cheval gris de fer. Le groom tendit les rênes à Andrea, qui les prit et posa légèrement sa botte vernie sur le marchepied.

En ce moment une main s'appuya sur son épaule. Le jeune homme se retourna, pensant que Danglars ou Monte-Cristo avait oublié quelque chose à lui dire et revenait à la charge au moment du départ.

Mais au lieu de l'un ou de l'autre, il n'aperçut qu'une figure étrange, hâlée par le soleil, encadrée dans une barbe de modèle, des yeux brillants comme des escarboucles, et un sourire railleur épanouissant une bouche où brillaient, rangées à leur place et sans qu'il en manquât une seule, trente-deux dents blanches, aiguës et affamées comme celles d'un loup ou d'un chacal. Un mouchoir à carreaux rouges coiffait cette tête aux cheveux grisâtres et terreux.

Le jeune homme tressaillit et se recula vivement.

« Que voulez-vous ? dit-il.

— Pardon, notre bourgeois, répondit l'homme en portant la main à son mouchoir rouge, je vous dérange peut-être, mais c'est que j'ai à vous parler.

— Voyons, dit Andrea avec assez de force pour que le domestique ne s'aperçût point de son trouble, que voulez-vous ? dites vite, mon ami.

— Eh bien ! je veux que tu me laisses monter dans ta belle voiture et que tu me reconduises. »

Andrea pâlit, mais ne répondit point.

« Oh ! mon Dieu oui, dit l'homme au mouchoir rouge en regardant le jeune homme avec des yeux provocateurs, c'est une idée que j'ai comme cela, entends-tu, mon petit Benedetto ? »

A ce nom, le jeune homme réfléchit sans doute, car il s'approcha de son groom et lui dit :

« Cet homme a été chargé par moi d'une commission dont il a à me rendre compte. Allez à pied jusqu'à la barrière ; là, vous prendrez un cabriolet afin de n'être point trop en retard. »

Le valet, surpris, s'éloigna.

Andrea poussa son cheval jusqu'à la dernière maison du village sans dire un seul mot à son compagnon. Une fois hors d'Auteuil, Andrea regarda autour de lui pour s'assurer sans doute que nul ne pouvait ni les voir ni les entendre, et alors, arrêtant son cheval et se croisant les bras devant l'homme au mouchoir rouge :

« Ah çà ! lui dit-il, pourquoi venez-vous me troubler dans ma tranquillité ?

— Mais toi-même, mon garçon, pourquoi te défies-tu de moi ?

— Et en quoi me suis-je défié de vous ?

— En quoi ? tu le demandes ? Nous nous quittons au pont du Var ? tu me dis que tu vas voyager en Piémont et en Toscane, et pas du tout, tu viens à Paris.

— En quoi cela vous gêne-t-il ?

— En rien ; au contraire, j'espère même que cela va m'aider.

— Ah ! ah ! dit Andrea, c'est-à-dire que vous spéculez sur moi.

— Allons ! voilà les gros mots qui arrivent.

— C'est que vous auriez tort, maître Caderousse, je vous en préviens.

— Eh, mon Dieu ! ne te fâche pas, le petit ; tu dois pourtant savoir ce que c'est que le malheur : eh bien, le malheur, ça rend jaloux.

— Voyons, dit Andrea ; que vous faut-il ?

— Tu ne me tutoies plus, c'est mal, Benedetto, un ancien camarade. Prends garde, tu vas me rendre exigeant. »

Cette menace fit tomber la colère du jeune homme ; le vent de la contrainte venait de souffler dessus.

Il remit son cheval au trot.

« Voyons, que te faut-il ?

— Je crois qu'avec cent francs par mois…

— Eh bien !

— Je vivrais…

— Avec cent francs ?

— Mais mal, tu comprends ; mais avec…

— Avec ?

— Cent cinquante francs, je serais fort heureux.

— En voilà deux cents », dit Andrea.

Et il mit dans la main de Caderousse dix louis d'or.

« Bon ! fit Caderousse.

— Présente-toi tous les premiers du mois, et tu en trouveras autant. Et maintenant que tu as ce que tu veux et que nous sommes arrivés, saute en bas de ma voiture et disparais.

— Non pas, cher ami.

— Comment, non pas ?

— Mais songes-y donc, le petit, au mouchoir rouge sur la tête, presque pas de souliers, pas de papiers du tout, et dix napoléons en or dans ma poche, mais on m'arrêterait immanquablement à la barrière. De là information, enquête ; on apprend que j'ai quitté Toulon sans donner congé, et l'on me reconduit, de brigade en brigade, jusqu'au bord de la Méditerranée ; je redeviens purement et simplement le n° 106, et adieu mon rêve de ressembler à un boulanger retiré ! Non pas, mon fils ; je préfère rester honorablement dans la capitale. »

Andrea fronça le sourcil, jeta un coup d'œil rapide autour de lui, et comme son regard achevait de décrire le cercle investigateur, sa main descendit innocemment dans son gousset, où elle commença de caresser la sous-garde d'un pistolet de poche.

Mais pendant ce temps, Caderousse, qui ne perdait pas de vue son compagnon, passait ses mains derrière son dos et ouvrait tout doucement un long couteau espagnol qu'il portait sur lui à tout événement.

Les deux amis, comme on le voit, étaient dignes de se comprendre et se comprirent ; la main d'Andrea sortit inoffensive de sa poche, et remonta jusqu'à sa moustache rousse, qu'elle caressa quelque temps.

« Bon Caderousse, dit-il, tu vas donc être heureux !

— Je ferai tout mon possible, répondit l'aubergiste du pont du Gard en renfonçant son couteau dans sa manche.

— Allons, voyons, rentrons donc dans Paris. Mais comment vas-tu faire pour passer la barrière sans éveiller les soupçons ? Il me semble qu'avec ton costume tu risques encore plus en voiture qu'à pied.

— Attends, dit Caderousse, tu vas voir. »

Il prit le chapeau d'Andrea, la houppelande à grand collet que le groom exilé du tilbury avait laissée à sa place, et la mit sur son dos ; après quoi il prit la pose renfrognée d'un domestique de bonne maison dont le maître conduit lui-même.

On traversa la barrière sans accident.

A la première rue transversale, Andrea arrêta son cheval, et Caderousse sauta à terre.

« Eh bien ! dit Andrea, et le manteau de mon domestique ? et mon chapeau ?

— Ah ! répondit Caderousse, tu ne voudrais pas que je risquasse de m'enrhumer.

— Mais moi ?

— Toi, tu es jeune, tandis que moi, je commence à me faire vieux. Au revoir, Benedetto. »

Et il s'enfonça dans la ruelle, où il disparut.

« Hélas ! dit Andrea en poussant un soupir, on ne peut donc pas être complètement heureux dans ce monde ! »

38

Projets de mariage

Le lendemain, en sortant de la Chambre, Danglars, qui avait donné de violentes marques d'agitation pendant la séance, et qui surtout avait été plus acerbe que jamais contre le ministère, remonta dans sa voiture et ordonna au cocher de le conduire avenue des Champs-Élysées, n° 30.

Monte-Cristo était chez lui ; seulement il était avec quelqu'un, et il priait Danglars d'attendre un instant au salon.

Un instant après, Monte-Cristo parut.

« Pardon, dit-il, cher baron, mais un de mes bons amis, l'abbé Busoni, vient d'arriver à Paris : il y avait fort longtemps que nous étions séparés, et je n'ai pas eu le courage de le quitter tout aussitôt ; j'espère qu'en faveur du motif vous m'excuserez de vous avoir fait attendre.

— Comment donc, dit Danglars, c'est tout simple, c'est moi qui ai mal pris mon moment, et je vais me retirer.

— Point du tout, asseyez-vous donc, au contraire. Mais, bon Dieu ! qu'avez-vous donc ? vous avez l'air tout soucieux ; en vérité, vous m'effrayez ; un capitaliste chagrin est comme les comètes, il présage toujours quelque grand malheur au monde.

— J'ai, mon cher monsieur, dit Danglars, que la mauvaise chance est sur moi depuis plusieurs jours, et que je n'apprends que des sinistres.

— Ah ! mon Dieu ! dit Monte-Cristo, est-ce que vous avez eu une rechute à la Bourse ?

— Non, j'en suis guéri, pour quelques jours du moins ; il s'agit tout bonnement pour moi d'une banqueroute à Trieste.

— Vraiment ! est-ce que votre banqueroutier serait par hasard Jacopo Manfredi ?

— Justement ! Figurez-vous un homme qui faisait depuis je ne sais combien de temps pour huit ou neuf cent mille francs par an d'affaires avec moi. Jamais un mécompte, jamais un retard ; un gaillard qui payait comme un prince... qui paye. Je me mets en avance d'un million avec lui, et ne voilà-t-il pas mon diable de Jacopo Manfredi qui suspend ses paiements ! Avec mon affaire d'Espagne, cela me fait une gentille fin de mois.

— Mais est-ce vraiment une perte, votre affaire d'Espagne ?

— Certainement, sept cent mille francs hors de ma caisse, rien que cela.

— Comment diable avez-vous fait une pareille école, vous, un vieux loup cervier ?

— Eh ! c'est la faute de ma femme ; elle a rêvé que don Carlos était entré en Espagne : elle croit aux rêves. Sur sa conviction, je lui permets de jouer ; il est vrai que ce n'est pas mon argent, mais le sien qu'elle joue. Cependant, n'importe, vous conviendrez que lorsque sept cent mille francs sortent de la poche de la femme, le mari s'en aperçoit toujours bien un peu. Comment ne saviez-vous pas cela ? mais la chose a fait un bruit énorme.

— Si fait, j'en avais entendu parler, mais j'ignorais les détails ; puis je suis on ne peut plus ignorant de toutes ces affaires de bourse.

— Vous ne jouez donc pas ?

— Moi ! et comment voulez-vous que je joue ? moi qui ai déjà tant de peine à régler mes revenus. Je suis forcé, outre mon intendant, de prendre encore un commis et un garçon de caisse. Mais à propos d'Espagne, il me semble que la baronne n'avait pas tout à fait rêvé l'histoire de la rentrée de don Carlos. Les journaux n'ont-ils pas dit quelque chose de cela ?

— Vous croyez donc aux journaux, vous ?

— Moi, pas le moins du monde ; mais il me semble que cet honnête *Messager* faisait exception à la règle, et qu'il n'annonçait que les nouvelles certaines, les nouvelles télégraphiques.

— Eh bien ! voilà ce qui est inexplicable, reprit Danglars, c'est que cette rentrée de don Carlos était effectivement une nouvelle télégraphique.

— En sorte, dit Monte-Cristo, que c'est dix-sept cent mille francs à peu près que vous perdez ce mois-ci ?

— Il n'y a pas d'à peu près, c'est juste mon chiffre.

— Diable! pour une fortune de troisième ordre, dit Monte-Cristo avec compassion, c'est un rude coup.

— De troisième ordre! dit Danglars un peu humilié; que diable entendez-vous par là?

— Sans doute, continua Monte-Cristo, je fais trois catégories dans les fortunes. J'appelle fortunes de premier ordre celles qui se composent de trésors que l'on a sous la main, les terres, les mines, les revenus sur des États comme la France, l'Autriche et l'Angleterre, pourvu qu'ils forment un total d'une centaine de millions. J'appelle fortune de second ordre les exploitations manufacturières, les entreprises par association, les vice-royautés et les principautés, le tout formant un capital d'une cinquantaine de millions. J'appelle enfin fortune de troisième ordre les capitaux fructifiant par intérêts composés, les gains dépendant de la volonté d'autrui ou des chances du hasard, le tout formant un capital fictif ou réel d'une quinzaine de millions. N'est-ce point là votre position à peu près, dites?

— Mais dame! oui, répondit Danglars.

— Il en résulte qu'avec six fins de mois comme celle-ci, continua imperturbablement Monte-Cristo, une maison de troisième ordre serait à l'agonie.

— Oh! dit Danglars avec un sourire fort pâle, comme vous y allez!

— Mettons sept mois, répliqua Monte-Cristo du même ton. Quand l'homme meurt, il n'a que sa peau, de même qu'en sortant des affaires, vous n'avez que votre bien réel, cinq ou six millions tout au plus; car les fortunes de troisième ordre ne représentent guère que le tiers ou le quart de leur apparence. Eh bien! sur ces cinq ou six millions qui forment votre actif réel, vous venez d'en perdre à peu près deux, qui diminuent d'autant votre fortune fictive ou votre crédit; c'est-à-dire, mon cher monsieur Danglars, que votre peau vient d'être ouverte par une saignée qui, réitérée quatre fois, entraînerait la mort. Eh! eh! faites attention, mon cher monsieur Danglars. Avez-vous besoin d'argent? voulez-vous que je vous en prête?

— Que vous êtes un mauvais calculateur! s'écria Danglars en appelant à son aide toute la philosophie et toute la dissimulation de l'apparence : à l'heure qu'il est, l'argent est rentré dans mes coffres par d'autres spéculations qui ont réussi. J'ai perdu une bataille en Espagne, j'ai été battu à Trieste; mais mon armée navale de l'Inde aura pris quelques galions; mes pionniers du Mexique auront découvert quelque mine.

— Tant mieux, mille fois tant mieux, cher monsieur Danglars, dit Monte-Cristo, et je vois que je m'étais trompé et que vous rentrez dans les fortunes de second ordre.

— Je crois pouvoir arriver à cet honneur, dit Danglars avec un de ces sourires stéréotypés qui faisait à Monte-Cristo l'effet d'une de ces lunes pâteuses dont les mauvais peintres badigeonnent leurs ruines; mais, puisque nous en sommes à parler d'affaires, ajouta-t-il enchanté de trouver ce motif de changer la conversation, dites-moi donc un peu ce que je puis faire pour M. Cavalcanti.

— Mais lui donner de l'argent s'il a un crédit sur vous et que ce crédit vous paraisse bon.

— Excellent! il s'est présenté ce matin avec un bon de quarante mille francs payable à vue sur vous, signé Busoni, et renvoyé par vous à moi avec votre endos. Vous comprenez que je lui ai compté à l'instant même ses quarante billets carrés. »

Monte-Cristo fit un signe de tête qui indiquait toute son adhésion.

« Mais ce n'est pas tout, continua Danglars ; il a ouvert à son fils un crédit chez moi.

— Combien, sans indiscrétion, donne-t-il au jeune homme ?

— Cinq mille francs par mois.

— Soixante mille francs par an. Je m'en doutais bien, dit Monte-Cristo en haussant les épaules ; ce sont des pleutres que les Cavalcanti. Que veut-il qu'un jeune homme fasse avec cinq mille francs par mois ?

— Mais vous comprenez que si le jeune homme a besoin de quelques mille francs de plus…

— N'en faites rien, le père vous les laisserait pour votre compte. Vous ne connaissez pas tous les millionnaires ultramontains, ce sont de véritables Harpagons. Et par qui lui est ouvert ce crédit ?

— Oh ! par la maison Fenzi, l'une des meilleures de Florence.

— Je ne veux pas dire que vous perdrez, tant s'en faut ; mais tenez-vous cependant dans les termes de la lettre.

— Vous n'auriez donc pas confiance dans ce Cavalcanti ?

— Moi, je lui donnerais dix millions sur sa signature. Cela rentre dans les fortunes de second ordre dont je vous parlais tout à l'heure, mon cher monsieur Danglars.

— Et avec cela, comme il est simple ! Je l'aurais pris pour un major, rien de plus.

— Et vous lui eussiez fait honneur ; car, vous avez

raison, il ne paye pas de mine. Quand je l'ai vu pour la première fois, il m'a fait l'effet d'un vieux lieutenant moisi sous la contre-épaulette. Mais tous les Italiens sont comme cela ; ils ressemblent à de vieux juifs quand ils n'éblouissent pas comme des mages d'Orient.

— Le jeune homme est mieux, dit Danglars.

— Oui. Un peu timide, peut-être ; mais en somme, il m'a paru convenable. J'en étais inquiet.

— Pourquoi cela ?

— Parce que vous l'avez vu chez moi à peu près à son entrée dans le monde, à ce que l'on m'a dit, du moins. Il a voyagé avec un précepteur très sévère, et n'était jamais venu à Paris.

— Tous ces Italiens de qualité ont l'habitude de se marier entre eux, n'est-ce pas ? demanda négligemment Danglars ; ils aiment à associer leurs fortunes.

— D'habitude ils font ainsi, c'est vrai ; mais Cavalcanti est un original qui ne fait rien comme les autres. On ne m'ôtera pas de l'idée qu'il envoie son fils en France pour qu'il y trouve une femme.

— Vous croyez ?

— J'en suis sûr.

— Et vous avez entendu parler de sa fortune ?

— Écoutez, je le connais à peine ; je crois l'avoir vu trois fois dans ma vie. Ce que j'en sais, c'est par l'abbé Busoni et par lui-même ; il me parlait ce matin de ses projets sur son fils, et me laissait entrevoir que, las de voir dormir des fonds considérables en Italie, qui est un pays mort, il voudrait trouver un moyen, soit en France, soit en Angleterre, de faire fructifier ses millions. Mais remarquez bien toujours que, quoique j'aie la plus grande confiance dans l'abbé Busoni, personnellement, moi, je ne réponds de rien.

— N'importe, merci du client que vous m'avez envoyé ; c'est un fort beau nom à inscrire sur mes registres, et mon caissier, à qui j'ai expliqué ce que c'était que les Cavalcanti, en est tout fier. A propos, et ceci est un simple détail de touriste, quand ces gens-là marient leurs fils, leur donnent-ils des dots ?

— Eh ! mon Dieu ! c'est selon. Admettons qu'Andrea se marie selon les vues de son père, il lui donnera peut-être un, deux, trois millions. Si c'était avec la fille d'un banquier, par exemple, peut-être prendrait-il un intérêt dans la maison du beau-père de son fils. Puis, supposez à côté de cela que sa bru lui déplaise : bonsoir ; le père Cavalcanti met la main sur la clef de son coffre-fort, donne un double tour à la serrure, et voilà maître Andrea obligé de vivre comme un fils de famille parisien, en biseautant des cartes ou en pipant des dés.

— Ce garçon-là trouvera une princesse bavaroise ou péruvienne ; il voudra une couronne fermée, un Eldorado traversé par le Potose.

— Non, tous ces grands seigneurs de l'autre côté des monts épousent fréquemment de simples mortelles ; ils sont comme Jupiter, ils aiment à croiser les races. Ah çà ! mais est-ce que vous voulez marier Andrea, mon cher monsieur Danglars, que vous me faites toutes ces questions-là ?

— Ma foi, dit Danglars, cela ne me paraîtrait pas une mauvaise spéculation ; et je suis un spéculateur, moi.

— Ce n'est pas avec Mlle Danglars, que je présume ;

vous ne voudriez pas faire égorger ce pauvre Andrea par Albert ?

— Albert ! dit Danglars en haussant les épaules ; ah ! bien oui, il se soucie pas mal de cela.

— Mais il est fiancé avec votre fille, je crois ?

— C'est-à-dire que M. de Morcerf et moi nous avons quelquefois causé de ce mariage ; mais Mme de Morcerf et Albert…

— N'allez-vous pas me dire que celui-ci n'est pas un bon parti ?

— Eh ! eh ! Mlle Danglars vaut bien M. de Morcerf, ce me semble !

— Mais enfin, dit le comte, si Albert n'est point aussi riche que Mlle Danglars, vous ne pouvez nier qu'il porte un beau nom ?

— Soit, mais j'aime autant le mien, dit Danglars.

— Certainement, votre nom est populaire, et il a orné le titre dont on a cru l'orner, mais vous êtes un homme trop intelligent pour n'avoir point compris que, selon certains préjugés trop puissamment enracinés pour qu'on les extirpe, noblesse de cinq siècles vaut mieux que noblesse de vingt ans.

— Et voilà justement pourquoi, dit Danglars avec un sourire qu'il essayait de rendre sardonique, voilà pourquoi je préférerais M. Andrea Cavalcanti à M. Albert de Morcerf.

— Mais cependant, dit Monte-Cristo, je suppose que les Morcerf ne le cèdent pas aux Cavalcanti !

— Les Morcerf !… Tenez, mon cher comte, reprit Danglars, vous êtes connaisseur en blason ?

— Un peu.

— Eh bien ! regardez la couleur du mien ; elle est plus solide que celle du blason de Morcerf.

— Pourquoi cela ?

— Parce que, moi, si je ne suis pas baron de naissance, je m'appelle Danglars au moins, tandis que lui ne s'appelle pas Morcerf.

— Comment, il ne s'appelle pas Morcerf ?

— Pas le moins du monde.

— Allons donc !

— Moi, quelqu'un m'a fait baron, de sorte que je le suis ; lui s'est fait comte tout seul, de sorte qu'il ne l'est pas.

— Impossible.

— Écoutez, mon cher comte, continua Danglars, M. de Morcerf est mon ami, ou plutôt ma connaissance depuis trente ans ; eh bien ! quand j'étais petit commis, moi, Morcerf était simple pêcheur.

— Et alors on l'appelait ?

— Fernand Mondego.

— Vous en êtes sûr ?

— Pardieu ! il m'a vendu assez de poisson pour que je le connaisse.

— Alors, pourquoi lui donniez-vous votre fille ?

— Parce que Fernand et Danglars étant deux parvenus, tous deux anoblis, tous deux enrichis, se valent au fond, sauf certaines choses cependant qu'on a dites de lui et qu'on n'a jamais dites de moi.

— Quoi donc ?

— Rien.

— Ah ! oui, je comprends ; ce que vous me dites là me rafraîchit la mémoire à propos du nom de Fernand Mondego. J'ai entendu prononcer ce nom-là en Grèce.

— A propos de l'affaire d'Ali-Pacha?

— Justement.

— Voilà le mystère, reprit Danglars, et j'avoue que j'eusse donné bien des choses pour le découvrir.

— Ce n'était pas difficile, si vous en aviez eu grande envie.

— Comment cela?

— Sans doute, vous avez bien quelque correspondant en Grèce?

— Pardieu!

— A Janina?

— J'en ai partout…

— Eh bien! écrivez à votre correspondant de Janina, et demandez-lui quel rôle a joué dans la catastrophe d'Ali-Tebelin un Français nommé Fernand.

— Vous avez raison! s'écria Danglars en se levant vivement, j'écrirai aujourd'hui même.

— Faites.

— Je vais le faire.

— Et si vous avez quelque nouvelle bien scandaleuse…

— Je vous la communiquerai.

— Vous me ferez plaisir. »

Danglars s'élança hors de l'appartement, et ne fit qu'un bond jusqu'à sa voiture.

39

L'invitation

Le même jour, une calèche de voyage, entrant dans la rue du Helder, franchissait la porte du n° 27, et s'arrêtait dans la cour.

Au bout d'un instant la portière s'ouvrait, et Mme de Morcerf en descendait, appuyée au bras de son fils.

A peine Albert eut-il reconduit sa mère chez elle, que, commandant un bain et ses chevaux, après s'être mis seulement aux mains de son valet de chambre, il se fit conduire aux Champs-Élysées, chez le comte de Monte-Cristo.

Le comte le reçut avec son sourire habituel. C'était une étrange chose, jamais on ne paraissait faire un pas en avant dans le cœur ou dans l'esprit de cet homme ; ceux qui voulaient, si l'on peut dire cela, forcer le passage de son intimité, trouvaient un mur.

Morcerf, qui accourait à lui les bras ouverts, laissa, en le voyant et malgré son sourire amical, tomber ses bras, et osa tout au plus lui tendre la main.

De son côté, Monte-Cristo la lui toucha, comme il faisait toujours, mais sans la lui serrer.

« Eh bien ! me voilà, dit-il, cher comte.

— Soyez le bienvenu.

— Je suis arrivé depuis une heure.

— De Dieppe ?

— Du Tréport.

— Ah ! c'est vrai !

— Et ma première visite est pour vous.

— C'est charmant de votre part, dit Monte-Cristo, comme s'il eût dit tout autre chose.

— Eh bien ! voyons, quelles nouvelles ?

— Des nouvelles ? vous demandez cela à moi, à un étranger ?

— Je m'entends : quand je demande quelles nouvelles, je demande si vous avez fait quelque chose pour moi ?

— M'aviez-vous donc chargé de quelque commission ? dit Monte-Cristo en jouant l'inquiétude.

— Allons ! allons, dit Albert, ne simulez pas l'indifférence. Vous avez, sinon travaillé pour moi, du moins pensé à moi.

— Cela est possible, dit Monte-Cristo. J'ai, en effet, pensé à vous.

— Vraiment ! contez-moi cela, je vous prie.

— C'est facile, M. Danglars a dîné chez moi avec M. Andrea Cavalcanti, le marquis son père, Mme Danglars,

M. et Mme de Villefort, des gens charmants, M. Debray, Maximilien Morrel, et puis qui encore?... attendez donc... ah! M. de Château-Renaud.

— On a parlé de moi?

— On n'en a pas dit un mot.

— Tant pis.

— Pourquoi cela? il me semble que si l'on vous a oublié, on n'a fait, en agissant ainsi, que ce que vous désiriez?

— Mon cher comte, si l'on n'a point parlé de moi, c'est qu'on y pensait beaucoup, et alors je suis désespéré.

— Que vous importe, puisque Mlle Danglars n'était point au nombre de ceux qui y pensaient ici? Ah! il est vrai qu'elle pouvait y penser chez elle.

— Oh! quant à cela, non, j'en suis sûr; ou, si elle y pensait, c'est certainement de la même façon que je pense à elle.

— Touchante sympathie! dit le comte. Alors vous vous détestez?

— Écoutez, dit Morcerf, si Mlle Danglars était femme à prendre en pitié le martyre que je ne souffre pas pour elle, et à m'en récompenser en dehors des conventions matrimoniales arrêtées entre nos deux familles, cela m'irait à merveille. Bref, je crois que Mlle Danglars serait une maîtresse charmante, mais comme femme, diable!...

— Ainsi, dit Monte-Cristo en riant, voilà votre façon de penser sur votre future? Vous êtes difficile, vicomte.

— Oui, car souvent je pense à une chose impossible.

— A laquelle?

— A trouver une femme pour moi comme mon père en a trouvé une pour lui. »

Monte-Cristo pâlit et regarda Albert en jouant avec des pistolets magnifiques dont il faisait rapidement crier les ressorts.

« Ainsi, votre père a été bien heureux ? dit-il.

— Vous avez mon opinion sur ma mère, monsieur le comte : un ange du ciel ; voyez-la encore belle, spirituelle toujours, meilleure que jamais. J'arrive du Tréport ; pour tout autre fils, eh ! mon Dieu ! accompagner sa mère serait une complaisance ou une corvée ; mais moi, j'ai passé quatre jours en tête-à-tête avec elle, plus satisfait, plus reposé, plus poétique, vous le dirai-je, que si j'eusse emmené au Tréport la reine Mab et Titania.

— C'est une perfection désespérante, et vous donnez à tous ceux qui vous entendent de graves envies de rester célibataires.

— Voilà justement, reprit Morcerf, pourquoi, sachant qu'il existe au monde une femme accomplie, je ne me soucie pas d'épouser Mlle Danglars. Voilà pourquoi je sauterai de joie le jour où Mlle Danglars s'apercevra que je ne suis qu'un chétif atome, et que j'ai à peine autant de cent mille francs qu'elle a de millions. »

Monte-Cristo sourit.

« Voyons, sérieusement, reprit le comte en changeant d'intonation, avez-vous envie de rompre ?

— Je donnerais cent mille francs pour cela.

— Eh bien ! soyez heureux : M. Danglars est prêt à en donner le double pour atteindre au même but.

— Est-ce bien vrai ce bonheur-là ? dit Albert, qui cependant en disant cela ne put empêcher qu'un imperceptible nuage passât sur son front. Mais, mon cher comte, M. Danglars a donc des raisons ?

— Ah! te voilà bien, nature orgueilleuse et égoïste! à la bonne heure, je retrouve l'homme qui veut trouer l'amour-propre d'autrui à coups de hache, et qui crie quand on troue le sien avec une aiguille.

— Non! mais c'est qu'il me semble que M. Danglars...

— Devait être enchanté de vous, n'est-ce pas? Eh bien! M. Danglars est un homme de mauvais goût, c'est convenu, et il est encore plus enchanté d'un autre...

— De qui donc?

— Je ne sais pas, moi; étudiez, regardez, saisissez les allusions à leur passage, et faites-en votre profit.

— Bon, je comprends; écoutez : ma mère... non! pas ma mère, je me trompe, mon père, a eu l'idée de donner un bal.

— Un bal dans ce moment-ci de l'année?

— Les bals d'été sont à la mode.

— Ils n'y seraient pas que la comtesse n'aurait qu'à vouloir, elle les y mettrait.

— Pas mal; vous comprenez, ce sont des bals pur-sang; ceux qui restent à Paris dans le mois de juillet sont de vrais Parisiens. Voulez-vous vous charger d'une invitation pour MM. Cavalcanti?

— Dans combien de jours a lieu votre bal?

— Samedi.

— M. Cavalcanti père sera parti.

— Mais M. Cavalcanti fils demeure. Voulez-vous vous charger d'amener M. Cavalcanti fils?

— Écoutez, vicomte, je ne le connais pas. Il m'a été recommandé par un brave abbé qui peut lui-même avoir été trompé. Invitez-le directement, à merveille; mais ne me dites pas de vous le présenter. S'il allait plus tard épouser Mlle Danglars, vous m'accuseriez de manège, et vous voudriez vous couper la gorge avec moi ; d'ailleurs, je ne sais pas si j'irai moi-même.

— Où ?

— A votre bal.

— Pourquoi n'y viendriez-vous point ?

— D'abord parce que vous ne m'avez pas encore invité.

— Je viens exprès pour vous apporter votre invitation moi-même.

— Oh ! c'est charmant, mais je puis en être empêché.

— Quand je vous aurai dit une chose, vous serez assez aimable pour nous sacrifier tous les empêchements.

— Dites.

— Ma mère vous en prie.

— Mme la comtesse de Morcerf ? reprit Monte-Cristo en tressaillant.

— Ah ! comte, dit Albert, je vous préviens que Mme de Morcerf cause librement avec moi ; et pendant quatre jours nous n'avons parlé que de vous.

— De moi ? en vérité, vous me comblez !

— Écoutez, c'est le privilège de votre emploi, quand on est un problème vivant !

— Ah ! je suis donc aussi un problème pour madame votre mère ! En vérité, je l'aurais crue trop raisonnable pour se livrer à de pareils écarts d'imagination !

— Problème, mon cher comte, problème pour tous, pour ma mère comme pour les autres, problème accepté, mais non deviné ; vous demeurez toujours à l'état d'énigme, rassurez-vous. Ainsi vous viendrez samedi ?

— Puisque Mme de Morcerf m'en prie.

— Vous êtes charmant. »

Albert prit son chapeau et se leva ; le comte le reconduisit jusqu'à la porte.

Puis il se retourna, et trouvant Bertuccio derrière lui :

« Eh bien ? demanda-t-il.

— Elle est allée au Palais, répondit l'intendant.

— Elle y est restée longtemps ?

— Une heure et demie.

— Et elle est rentrée chez elle ?

— Directement.

— Eh bien ! mon cher monsieur Bertuccio, dit le comte, si j'ai maintenant un conseil à vous donner, c'est d'aller voir en Normandie si vous ne trouverez pas cette petite terre dont je vous ai parlé. »

Bertuccio salua, et comme ses désirs étaient en parfaite harmonie avec l'ordre qu'il avait reçu, il partit le soir même.

40

Le bal

On était arrivé aux plus chaudes journées de juillet, lorsque vint se présenter à son tour, dans l'ordre des temps, ce samedi où devait avoir lieu le bal de M. de Morcerf.

Il était dix heures du soir ; les grands arbres du jardin de l'hôtel du comte se détachaient en vigueur sur un ciel où glissaient, découvrant une tenture d'azur parsemée d'étoiles d'or, les dernières vapeurs d'un orage qui avait grondé menaçant toute la journée.

Au moment où la comtesse de Morcerf rentrait dans ses salons après avoir donné ses derniers ordres, les salons commençaient à se remplir d'invités qu'attirait la charmante hospitalité de la comtesse, bien plus que la position distinguée du comte; car on était sûr d'avance que cette fête offrirait, grâce au bon goût de Mercédès, quelques détails dignes d'être racontés ou copiés au besoin.

Mme Danglars non seulement belle de sa propre beauté, mais encore éblouissante de luxe, entrait par une porte au moment même où Mercédès entrait par l'autre.

La comtesse détacha Albert au-devant de Mme Danglars; Albert s'avança, fit à la baronne sur sa toilette les compliments mérités, et lui prit le bras pour la conduire à la place qu'il lui plairait de choisir.

Albert regarda autour de lui.

« Vous cherchez ma fille? dit en souriant la baronne.

— Je l'avoue, dit Albert; auriez-vous eu la cruauté de ne pas nous l'amener?

— Rassurez-vous, elle a rencontré Mlle de Villefort et a pris son bras; tenez, les voici qui nous suivent toutes les deux en robes blanches, l'une avec un bouquet de camélias, l'autre avec un bouquet de myosotis; mais dites-moi donc?

— Que cherchez-vous à votre tour? demanda Albert en souriant.

— Est-ce que vous n'aurez pas ce soir le comte de Monte-Cristo?

— Dix-sept! répondit Albert.

— Que voulez-vous dire?

— Je veux dire que cela va bien, reprit le vicomte en riant, et que vous êtes la dix-septième personne qui me fait la même question. Il va bien le comte!... je lui en ferai mon compliment...

— Et répondez-vous à tout le monde comme à moi?

— Ah! c'est vrai, je ne vous ai pas répondu; rassurez-vous, madame, nous aurons l'homme à la mode, nous sommes des privilégiés.

— Tenez, laissez-moi ici, et allez saluer Mme de Villefort, dit la baronne : je vois qu'elle meurt d'envie de vous parler. »

Albert salua Mme Danglars et s'avança vers Mme de Villefort, qui ouvrit la bouche à mesure qu'il approchait.

« Je parie, dit Albert en l'interrompant, que je sais ce que vous allez me dire?

— Ah! par exemple! dit Mme de Villefort.

— Si je devine juste, me l'avouerez-vous?

— Oui.

— D'honneur?

— D'honneur!

— Vous alliez me demander si le comte de Monte-Cristo était arrivé ou allait venir.

— Pas du tout. Ce n'est pas de lui que je m'occupe en ce moment. J'allais vous demander si vous aviez des nouvelles de M. Franz.

— Oui, hier.

— Que vous disait-il?

— Qu'il partait en même temps que sa lettre.

— Bien. Maintenant, le comte?

— Le comte viendra, soyez tranquille. »

En ce moment, un beau jeune homme aux yeux vifs, aux cheveux noirs, à la moustache luisante, vint saluer respectueusement Mme de Villefort. Albert lui tendit la main.

« Madame, dit Albert, j'ai l'honneur de vous présenter

M. Maximilien Morrel, capitaine aux spahis, l'un de nos bons et surtout de nos braves officiers.

— J'ai déjà eu le plaisir de rencontrer monsieur à Auteuil, chez M. le comte de Monte-Cristo », répondit Mme de Villefort en se détournant avec une froideur marquée.

Cette réponse, et surtout le ton dont elle était faite, serrèrent le cœur du pauvre Morrel ; mais une compensation lui était ménagée : en se retournant, il vit dans l'encoignure de la porte une belle et blanche figure dont les yeux bleus dilatés, et sans expression apparente, s'attachaient sur lui, tandis que le bouquet de myosotis montait lentement à ses lèvres.

Ce salut fut si bien compris, que Morrel, avec la même expression de regard, approcha à son tour son mouchoir de sa bouche ; et les deux statues vivantes, dont le cœur battait si rapidement sous le marbre, apparent de leur visage, séparées l'une de l'autre par toute la largeur de la salle, s'oublièrent un instant, ou plutôt un instant oublièrent le monde dans cette muette contemplation.

Elles eussent pu rester plus longtemps ainsi perdues l'une dans l'autre, sans que personne remarquât leur oubli de toutes choses : le comte de Monte-Cristo venait d'entrer.

Nous l'avons déjà dit, le comte, soit prestige factice, soit prestige naturel, attirait l'attention partout où il se présentait. Il pouvait y avoir des hommes plus beaux, mais il n'y en avait certes pas de plus *significatifs* : tout dans le comte voulait dire quelque chose, et avait sa valeur ; car l'habitude de la pensée utile avait donné à ses traits, à l'expression de son visage et au plus insignifiant de ces gestes, une souplesse et une fermeté incomparables.

Et puis, notre monde parisien est si étrange qu'il n'eût peut-être point fait attention à tout cela, s'il n'y eût eu sous tout cela une mystérieuse histoire dorée par une immense fortune.

Quoi qu'il en soit, il s'avança, sous le poids des regards et à travers l'échange des petits saluts, jusqu'à Mme de Morcerf, qui, debout devant la cheminée garnie de fleurs, l'avait vu apparaître dans une glace placée en face de la porte, et s'était préparée pour le recevoir.

Elle se retourna donc vers lui avec un sourire composé, au moment même où il s'inclinait devant elle.

Sans doute elle crut que le comte allait lui parler ; sans doute, de son côté, le comte crut qu'elle allait lui adresser la parole ; mais des deux côtés, ils restèrent muets, tant une banalité leur semblait sans doute indigne de tous deux ; et, après un échange de saluts, Monte-Cristo se dirigea vers Albert, qui venait à lui la main ouverte.

« Vous avez vu ma mère ? demanda Albert.

— Je viens d'avoir l'honneur de la saluer, dit le comte, mais je n'ai point aperçu monsieur votre père.

— Tenez ! il cause là-bas politique dans ce petit groupe de grandes célébrités.

— En vérité, dit Monte-Cristo, ces messieurs que je vois là-bas sont des célébrités ? je ne m'en serais pas douté. Et de quel genre ? Il y a des célébrités de toute espèce, comme vous savez.

— Il y a d'abord un savant, ce grand monsieur sec ; il a découvert dans la campagne de Rome une espèce de lézard qui a une vertèbre de plus que les autres, et il est revenu faire part à l'Institut de cette découverte. Le grand monsieur sec n'était que chevalier de la Légion d'honneur, on l'a nommé officier.

— A la bonne heure! dit Monte-Cristo, voilà une croix qui me paraît sagement donnée; alors, s'il trouve une seconde vertèbre, on le fera commandeur?

— C'est probable, dit Morcerf.

— Et cet autre?

— L'habit bleu barbeau?

— Oui.

— C'est un collègue de M. de Morcerf, celui qui vient de s'opposer le plus chaudement à ce que la Chambre des pairs ait un uniforme; il a eu un grand succès de tribune à ce propos-là, il était mal avec les gazettes libérales, mais sa noble opposition aux désirs de la cour vient de le raccommoder avec elle; on parle de le nommer ambassadeur.

— Et quels sont ses titres à la pairie?

— Il a fait deux ou trois opéras-comiques, pris quatre ou cinq actions au *Siècle*, et voté cinq ou six ans pour le ministère.

— Bravo, vicomte, dit Monte-Cristo en riant, vous êtes un charmant cicerone; maintenant vous me rendrez un service, n'est-ce pas?

— Lequel?

— Vous ne me présenterez pas à ces messieurs, et s'ils demandent à m'être présentés, vous me préviendrez. »

En ce moment le comte sentit qu'on lui posait la main sur le bras; il se retourna, c'était Danglars.

« Ah! c'est vous, baron? dit-il.

— Pourquoi m'appelez-vous baron? dit Danglars;

vous savez bien que je ne tiens pas à mon titre. Ce n'est pas comme vous, vicomte; vous y tenez, n'est-ce pas, vous?

— Certainement, répondit Albert, attendu que si je n'étais pas vicomte, je ne serais plus rien, tandis que vous, vous pouvez sacrifier votre titre de baron, vous resterez encore millionnaire.

— Ce qui me paraît le plus beau titre sous la royauté de Juillet, reprit Danglars.

— Malheureusement, dit Monte-Cristo, on n'est pas millionnaire à vie comme on est baron, pair de France ou académicien; témoin les millionnaires Frank et Poulmann, de Francfort, qui viennent de faire banqueroute.

— Vraiment? dit Danglars en pâlissant.

— Ma foi, j'en ai reçu la nouvelle ce soir par courrier; j'avais quelque chose comme un million chez eux; mais, averti à temps, j'en ai exigé le remboursement, voici un mois à peu près.

— Ah! mon Dieu! reprit Danglars, ils ont tiré sur moi pour deux cent mille francs.

— Eh bien! vous voilà prévenu, leur signature vaut cinq pour cent.

— Oui, mais je suis prévenu trop tard, dit Danglars, j'ai fait honneur à leur signature.

— Bon! dit Monte-Cristo, voilà deux cent mille francs qui sont allés rejoindre…

— Chut! dit Danglars; ne parlez donc pas de ces choses-là… puis, s'approchant de Monte-Cristo… surtout devant M. Cavalcanti fils », ajouta le banquier, qui, en prononçant ces mots, se tourna en riant du côté du jeune homme.

Morcerf avait quitté le comte pour aller parler à sa mère. Danglars le quitta pour saluer Cavalcanti fils. Monte-Cristo se trouva un instant seul.

Cependant la chaleur commençait à devenir excessive. Les valets circulaient dans les salons avec des plateaux chargés de fruits et de glaces.

Monte-Cristo essuya avec son mouchoir son visage mouillé de sueur ; mais il se recula quand le plateau passa devant lui, et ne prit rien pour se rafraîchir.

Mme de Morcerf ne perdait pas du regard Monte-Cristo. Elle vit passer le plateau sans qu'il y touchât ; elle saisit même le mouvement par lequel il s'en éloigna.

« Albert, dit-elle, avez-vous remarqué une chose ?

— Laquelle ? ma mère.

— C'est que le comte n'a jamais voulu accepter de dîner chez M. de Morcerf.

— Oui, mais il a accepté de déjeuner chez moi, puisque c'est par ce déjeuner qu'il a fait son entrée dans le monde.

— Chez vous ce n'est pas chez votre père, murmura Mercédès, et depuis qu'il est ici, je l'examine.

— Eh bien ?

— Eh bien ! il n'a encore rien pris.

— Oui ; mais en quoi cela peut-il vous préoccuper ?

— Vous le savez, Albert, les femmes sont singulières. J'aurais vu avec plaisir le comte prendre quelque chose chez moi, ne fût-ce qu'un grain de grenade. Peut-être, ayant toujours habité les climats brûlants, est-il moins sensible qu'un autre à la chaleur.

— Je ne crois pas, car il se plaignait d'étouffer, et il

demandait pourquoi, puisqu'on a déjà ouvert les fenêtres, on n'a pas aussi ouvert les jalousies.

— En effet, dit Mercédès, c'est un moyen de m'assurer si cette abstinence est un parti pris. »

Et elle sortit du salon.

Un instant après les persiennes s'ouvrirent, et l'on put, à travers les jasmins et les clématites qui garnissaient les fenêtres, voir tout le jardin illuminé avec les lanternes et le souper servi sous la tente.

Danseurs et danseuses, joueurs et causeurs, poussèrent un cri de joie, tous ces poumons altérés aspiraient avec délices l'air qui entrait à flots.

Au même moment, Mercédès reparut, plus pâle qu'elle n'était sortie, mais avec cette fermeté de visage qui était remarquable chez elle dans certaines circonstances. Elle alla droit au groupe dont son mari formait le centre :

« N'enchaînez pas ces messieurs ici, monsieur le comte, dit-elle, ils aimeront autant, s'ils ne jouent pas, respirer au jardin qu'étouffer dans ce salon.

— Ah ! madame, dit un vieux général fort galant, nous n'irons pas seuls au jardin.

— Soit, dit Mercédès, je vais donc donner l'exemple. »

Et se retournant vers Monte-Cristo :

« Monsieur le comte, dit-elle, faites-moi l'honneur de m'offrir votre bras. »

Le comte chancela presque à ces simples paroles ; puis il regarda un moment Mercédès. Ce moment eut la rapidité de l'éclair, et cependant il parut à la comtesse qu'il durait un siècle, tant Monte-Cristo avait mis de pensées dans ce seul regard.

Il offrit son bras à la comtesse ; elle s'y appuya, ou pour mieux dire, elle l'effleura de sa petite main, et tous deux descendirent un des escaliers du perron bordé de rhododendrons et de camélias.

Derrière eux, et par l'autre escalier, s'élancèrent dans le jardin avec de bruyantes exclamations de plaisir, une vingtaine de promeneurs.

Mme de Morcerf entra sous la voûte de feuillage avec son compagnon : cette voûte était une allée de tilleuls qui conduisait à une serre.

« Il faisait trop chaud dans le salon, n'est-ce pas, monsieur le comte ? dit-elle.

— Oui, madame, et votre idée de faire ouvrir les portes et les persiennes est une excellente idée. »

En achevant ces mots, le comte s'aperçut que la main de Mercédès tremblait.

« Mais vous, avec cette robe légère, et sans autre préservatif autour du cou que cette écharpe de gaze, vous aurez peut-être froid ? dit-il.

— Savez-vous où je vous mène ? dit la comtesse, sans répondre à la question de Monte-Cristo.

— Non, madame, répondit celui-ci ; mais, vous le voyez, je ne fais pas de résistance.

— A la serre, que vous voyez là, au bout de l'allée que nous suivons. »

Le comte regarda Mercédès comme pour l'interroger ; mais elle continua son chemin sans rien dire, et de son côté Monte-Cristo resta muet.

On arriva dans le bâtiment, tout garni de fruits magnifiques qui, dès le commencement de juillet, atteignaient leur maturité sous cette température toujours calculée pour remplacer la chaleur du soleil, si souvent absente chez nous.

La comtesse quitta le bras de Monte-Cristo, et alla cueillir à un cep une grappe de raisin muscat.

« Tenez, monsieur le comte, dit-elle avec un sourire si triste que l'on eût pu voir poindre les larmes au bord de ses yeux ; tenez, nos raisins de France ne sont point comparables, je le sais, à vos raisins de Sicile et de Chypre, mais vous serez indulgent pour notre pauvre soleil du Nord. »

Le comte s'inclina, et fit un pas en arrière.

« Vous me refusez ? dit Mercédès d'une voix tremblante.

— Madame, répondit Monte-Cristo, je vous prie bien humblement de m'excuser, mais je ne mange jamais de muscat. »

Mercédès laissa tomber la grappe en soupirant.

Une pêche magnifique pendait à un espalier voisin, chauffé, comme le cep de vigne, par cette chaleur artificielle de la serre. Mercédès s'approcha du fruit velouté et le cueillit.

« Prenez cette pêche, alors », dit-elle.

Mais le comte fit le même geste de refus.

« Oh ! encore ! dit-elle avec un accent si douloureux, qu'on sentait que cet accent étouffait un sanglot ; en vérité j'ai du malheur. »

Un long silence suivit cette scène ; la pêche comme la grappe de raisin avait roulé sur le sable.

« Monsieur le comte, reprit enfin Mercédès en regardant Monte-Cristo d'un œil suppliant, il y a une touchante coutume arabe qui fait amis éternellement ceux qui ont partagé le pain et le sel sous le même toit.

— Je la connais, madame, répondit le comte ; mais nous sommes en France, et non en Arabie, et en France il n'y a pas plus d'amitiés éternelles que de partage du sel et du pain.

— Mais enfin, dit la comtesse palpitante et les yeux attachés sur les yeux de Monte-Cristo, dont elle ressaisit presque convulsivement le bras avec ses deux mains, nous sommes amis, n'est-ce pas ? »

Le sang afflua au cœur du comte, qui devint pâle comme la mort ; puis, remontant du cœur à la gorge, il envahit ses joues, et ses yeux nagèrent dans le vague pendant quelques secondes, comme ceux d'un homme frappé d'éblouissement.

« Certainement que nous sommes amis, madame, répliqua-t-il ; d'ailleurs pourquoi ne le serions-nous pas ? »

Ce ton était si loin de celui que désirait Mme de Morcerf, qu'elle se retourna pour laisser échapper un soupir qui ressemblait à un gémissement.

« Merci », dit-elle.

Et elle se remit à marcher.

Ils firent ainsi le tour du jardin sans prononcer une seule parole.

« Monsieur, reprit tout à coup la comtesse après dix minutes de promenade silencieuse, est-il vrai que vous ayez tant vu, tant voyagé, tant souffert ?

— J'ai beaucoup souffert, oui, madame, répondit Monte-Cristo.

— Mais vous êtes heureux, maintenant ?

— Sans doute, répondit le comte, car personne ne m'entend me plaindre.

— N'êtes-vous point marié ? demanda la comtesse.

— Moi, marié ! répondit Monte-Cristo en tressaillant, qui a pu vous dire cela ?

— On ne me l'a pas dit, mais plusieurs fois on vous a vu conduire à l'Opéra une jeune et belle personne.

— C'est une esclave que j'ai achetée à Constantinople, madame, une fille de prince dont j'ai fait ma fille, n'ayant pas d'autre affection au monde.

— Vous vivez seul ainsi ?

— Je vis seul.

— Comment pouvez-vous vivre ainsi, sans rien qui vous attache à la vie !

— Ce n'est pas ma faute, madame. A Malte, j'ai aimé une jeune fille, et j'allais l'épouser, quand la guerre est venue et m'a enlevé loin d'elle comme un tourbillon. J'avais cru qu'elle m'aimait assez pour m'attendre, pour demeurer fidèle même à mon tombeau. Quand je suis revenu, elle était mariée. C'est l'histoire de tout homme qui a passé par l'âge de vingt ans. J'avais peut-être le cœur plus faible que les autres, et j'ai souffert plus qu'ils n'eussent fait à ma place, voilà tout. »

La comtesse s'arrêta un moment, comme si elle eût eu besoin de cette halte pour respirer.

« Oui, dit-elle, et cet amour vous est resté au cœur.... On n'aime bien qu'une fois... Et avez-vous jamais revu cette femme ?

— Jamais.

— Jamais !

— Je ne suis point retourné dans le pays où elle était.

— A Malte ?

— Oui, à Malte.

— Elle est à Malte, alors ?

— Je le pense.

— Et lui avez-vous pardonné ce qu'elle vous a fait souffrir?

— A elle, oui.

— Mais à elle seulement? vous haïssez toujours ceux qui vous ont séparé d'elle?

— Moi, pas du tout; pourquoi les haïrais-je? »

La comtesse se plaça en face de Monte-Cristo; elle tenait encore à la main un fragment de la grappe parfumée.

« Prenez, dit-elle.

— Jamais je ne mange de muscat, madame », répondit Monte-Cristo comme s'il n'eût été question de rien entre eux à ce sujet.

La comtesse lança la grappe dans un massif le plus proche avec un geste de désespoir.

« Inflexible! » murmura-t-elle.

Monte-Cristo demeura aussi impassible que si le reproche ne lui était pas adressé.

Albert accourait en ce moment.

« Oh! ma mère, dit-il, un grand malheur!

— Quoi? qu'est-il arrivé? demanda la comtesse en se redressant comme si après le rêve elle eût été amenée à la réalité; un malheur, avez-vous dit? En effet, il doit arriver des malheurs!

— M. de Villefort ici!

— Eh bien?

— Il vient chercher sa femme et sa fille.

— Et pourquoi cela!

— Parce que Mme la marquise de Saint-Méran est arrivée à Paris, apportant la nouvelle que M. de Saint-Méran est mort en quittant Marseille, au premier relais.

Mme de Villefort, qui était fort gaie, ne voulait ni comprendre ni croire ce malheur; mais Mlle Valentine, aux premiers mots, et quelques précautions qu'ait prises son père, a tout deviné : ce coup l'a terrassée comme la foudre, et elle est tombée évanouie.

— Et qu'est M. de Saint-Méran à Mlle de Villefort? demanda le comte.

— Son grand-père maternel. Il venait pour hâter le mariage de Franz et de sa petite-fille.

— Ah! vraiment!

— Voilà Franz retardé. Pourquoi M. de Saint-Méran n'est-il pas aussi bien un aïeul de Mlle Danglars?

— Albert! Albert! dit Mme de Morcerf du ton d'un doux reproche; que dites-vous là? Ah! monsieur le comte, vous pour qui il a une si grande considération, dites-lui donc qu'il a mal parlé! »

Et elle fit quelques pas en avant.

Monte-Cristo la regarda si étrangement et avec une expression à la fois si rêveuse et si empreinte d'une affectueuse admiration, qu'elle revint sur ses pas.

Alors elle lui prit la main en même temps qu'elle pressait celle de son fils, et les joignant toutes les deux :

« Nous sommes amis, n'est-ce pas? dit-elle.

— Oh! votre ami, madame, je n'ai point cette prétention, dit le comte; mais en tous cas je suis votre bien respectueux serviteur. »

La comtesse partit avec un inexprimable serrement de cœur, et, avant qu'elle eût fait dix pas, le comte lui vit mettre son mouchoir à ses yeux.

« Est-ce que vous n'êtes pas d'accord, ma mère et vous? demanda Albert avec étonnement.

— Au contraire, répondit Monte-Cristo, puisque Mme la comtesse vient de me dire devant vous que nous étions amis. »

Et ils regagnèrent le salon, que venaient de quitter Valentine et M. et Mme de Villefort.

Il va sans dire que Morrel était sorti derrière eux.

41

Mme de Saint-Méran

Le lendemain, en entrant chez sa grand'mère, Valentine trouva celle-ci au lit : un feu sombre brillait dans les yeux de la vieille marquise, et elle paraissait en proie à une violente irritation nerveuse.

« Oh ! mon Dieu ! bonne maman, souffrez-vous ? s'écria Valentine en apercevant tous ces symptômes d'agitation.

— Non, ma fille, non, dit Mme de Saint-Méran, mais j'attendais avec impatience que tu fusses arrivée pour envoyer chercher ton père.

— Mon père ! demanda Valentine inquiète.

— Oui, je veux lui parler. »

Valentine n'osa point s'opposer au désir de son aïeule,

dont d'ailleurs elle ignorait la cause, et un instant après Villefort entra.

« Monsieur, dit Mme de Saint-Méran, sans employer aucune circonlocution, et comme si elle eût paru craindre que le temps lui manquât, il est question, m'avez-vous écrit, d'un mariage pour cette enfant ?

— Oui, madame, répondit Villefort ; c'est même plus qu'un projet, c'est une convention.

— Eh bien ! monsieur, dit après quelques secondes de réflexion Mme de Saint-Méran, il faut vous hâter, car j'ai peu de temps à vivre.

— Vous, madame ! vous, bonne maman ! s'écrièrent ensemble M. de Villefort et Valentine.

— Je sais ce que je dis, reprit la marquise ; il faut donc vous hâter, afin que n'ayant plus sa mère, elle ait au moins sa grand'mère pour bénir son mariage. Je suis la seule qui lui reste du côté de ma pauvre Renée, que vous avez si vite oubliée, monsieur.

— Ah ! madame, dit Villefort, veuillez vous rappeler qu'il fallait donner une mère à cette pauvre enfant qui n'en avait plus.

— Une belle-mère n'est jamais une mère, monsieur. Mais ce n'est pas de cela qu'il s'agit, il s'agit de Valentine ; laissons les morts tranquilles. »

Tout cela était dit avec une telle volubilité et un tel accent, qu'il y avait quelque chose dans cette conversation qui ressemblait à un commencement de délire.

« Il sera fait selon votre désir, madame, dit Villefort, et cela d'autant mieux que votre désir est d'accord avec le mien ; et aussitôt l'arrivée de M. d'Épinay à Paris.

— Quand revient M. d'Épinay ?

— Nous l'attendons d'un moment à l'autre.

— C'est bien ; aussitôt qu'il sera arrivé, prévenez-moi. Hâtons-nous, hâtons-nous. Puis, je voudrais aussi voir un notaire pour m'assurer que tout notre bien revient à Valentine.

— Oh ! ma mère, murmura Valentine, en appuyant ses lèvres sur le front brûlant de l'aïeule, vous voulez donc me faire mourir ? Mon Dieu ! vous avez la fièvre. Ce n'est pas un notaire qu'il faut appeler, c'est un médecin.

— Un médecin ! dit-elle en haussant les épaules ; je ne souffre pas ; j'ai soif, voilà tout.

— Que buvez-vous, bonne maman ?

— Comme toujours, tu sais bien, mon orangeade. Mon verre est là sur cette table ; passe-le-moi, Valentine. »

Valentine versa l'orangeade de la carafe dans un verre et le prit pour le donner à sa grand'mère.

La marquise le vida d'un seul trait.

Puis elle se retourna sur son oreiller en répétant :

« Le notaire ! le notaire ! »

M. de Villefort sortit, Valentine s'assit près du lit de sa grand'mère. La pauvre enfant semblait avoir grand besoin elle-même de ce médecin qu'elle avait recommandé à son aïeule. Une rougeur pareille à une flamme brûlait la pommette de ses joues, sa respiration était courte et haletante, et son pouls battait comme si elle avait eu la fièvre.

C'est qu'elle songeait, la pauvre enfant, au désespoir de Maximilien quand il apprendrait que Mme de Saint-Méran, au lieu de lui être une alliée, agissait, sans le connaître, comme si elle lui était ennemie.

Deux heures à peu près s'écoulèrent ainsi. Mme de

Saint-Méran dormait d'un sommeil ardent et agité. On annonça le notaire.

Quoique cette annonce eût été faite très bas, Mme de Saint-Méran se souleva sur son oreiller.

« Le notaire? dit-elle; qu'il vienne! qu'il vienne! »

Le notaire était à la porte, il entra.

« Va-t'en, Valentine, dit Mme de Saint-Méran, et laisse-moi avec monsieur.

— Mais, ma mère…

— Va, va. »

La jeune fille baisa son aïeule au front et sortit, le mouchoir sur les yeux.

A la porte, elle trouva le valet de chambre qui lui dit que le médecin attendait au salon.

Valentine descendit rapidement. Le médecin était un ami de la famille, et en même temps un des hommes les plus habiles de l'époque : il aimait beaucoup Valentine, qu'il avait vue venir au monde. Il avait une fille de l'âge de Mlle de Villefort à peu près, mais née d'une mère poitrinaire; aussi sa vie, à lui, était une crainte continuelle à l'égard de son enfant.

« Oh! dit Valentine, cher monsieur d'Avrigny, nous vous attendions avec bien de l'impatience. Mais, avant toutes choses, comment se portent Madeleine et Antoinette? »

Madeleine était la fille de M. d'Avrigny, et Antoinette sa nièce.

M. d'Avrigny sourit tristement.

« Très bien, Antoinette, dit-il; assez bien, Madeleine. Mais vous m'avez envoyé chercher, chère enfant? dit-il. Ce n'est ni votre père, ni Mme de Villefort qui sont malades?

— Non, dit-elle, c'est pour ma pauvre grand'mère.

Vous savez le malheur qui nous est arrivé, n'est-ce pas?

— Je ne sais rien, dit M. d'Avrigny.

— Hélas! dit Valentine en comprimant ses sanglots, mon grand-père est mort.

— M. de Saint-Méran?

— Oui.

— Subitement?

— D'une attaque d'apoplexie foudroyante.

— D'une apoplexie? répéta le médecin.

— Oui. De sorte que ma pauvre grand'mère est frappée de l'idée que son mari, qu'elle n'avait jamais quitté, l'appelle, et qu'elle va aller le rejoindre. Oh! monsieur d'Avrigny, je vous recommande bien ma pauvre grand'mère!

— Où est-elle?

— Dans sa chambre, avec le notaire.

— Et qu'éprouve votre grand-mère?

— Une excitation nerveuse singulière, un sommeil agité et étrange; ce matin elle m'a fait grand'peur, je l'ai crue folle; et mon père lui-même a paru fortement impressionné.

— Nous allons voir, dit M. d'Avrigny; ce que vous me dites là me semble étrange. »

Le notaire descendait, on vint prévenir Valentine que sa grand'mère était seule.

« Montez, dit-elle au docteur.

— Et vous?

— Oh! moi, je n'ose, elle m'avait défendu de vous envoyer chercher; puis, moi-même je suis agitée, fiévreuse, mal disposée, je vais faire un tour au jardin pour me remettre. »

Le docteur serra la main à Valentine, et, tandis qu'il montait chez sa grand'mère, la jeune fille descendit le perron.

Nous n'avons pas besoin de dire quelle portion du jardin était la promenade favorite de Valentine. Valentine fit, selon son habitude, deux ou trois tours au milieu de ses fleurs, mais sans en cueillir, puis elle s'achemina vers son allée. A mesure qu'elle avançait, il lui semblait entendre une voix qui prononçait son nom. Elle s'arrêta étonnée.

Alors cette voix arriva plus distincte à son oreille, et elle reconnut la voix de Maximilien.

42

La promesse

C'était en effet Morrel, qui depuis la veille ne vivait plus : avec cet instinct particulier aux amants et aux mères, il avait deviné qu'il allait, à la suite de ce retour de Mme de Saint-Méran et de la mort du marquis, se passer quelque chose chez Villefort qui intéresserait son amour pour Valentine.

« Vous à cette heure?

— Oui, pauvre amie, répondit Morrel. Je viens chercher et apporter de mauvaises nouvelles.

— C'est donc la maison du malheur! dit Valentine; parlez, Maximilien; mais, en vérité, la somme de douleurs est déjà bien suffisante.

— Chère Valentine, dit Morrel, essayant de se remettre

de sa propre émotion pour parler convenablement, écoutez-moi bien, je vous prie; car tout ce que je vais vous dire est solennel. A quelle époque compte-t-on vous marier?

— Écoutez, dit à son tour Valentine, je ne veux rien vous cacher, Maximilien. Ce matin on a parlé de mon mariage, et ma grand'mère, sur laquelle j'avais compté comme sur un appui qui ne me manquerait pas, non seulement s'est déclarée pour ce mariage, mais encore le désire à tel point que le retour seul de M. d'Épinay le retarde, et que le lendemain de son arrivée le contrat sera signé. »

Un pénible soupir ouvrit la poitrine du jeune homme, et il regarda longuement et tristement la jeune fille.

« Hélas! reprit-il à voix basse, puisque, dites-vous, on n'attend plus que M. d'Épinay pour signer le contrat, puisque vous serez à lui le lendemain de son arrivée, c'est demain que vous serez engagée à M. d'Épinay, car il est arrivé à Paris ce matin. »

Valentine poussa un cri.

« Voyons, maintenant, répondez-moi comme à un homme à qui votre réponse va donner la mort ou la vie : que comptez-vous faire? »

Valentine baissa la tête; elle était accablée.

« Écoutez, dit Morrel, ce n'est pas la première fois que vous pensez à la situation où nous sommes arrivés; elle est grave, elle est pesante, suprême; je ne crois pas que ce soit le moment de s'abandonner à une douleur stérile; quiconque se sent la volonté de lutter ne perd pas un temps précieux, et rend immédiatement à la fortune le coup qu'il en a reçu. Est-ce votre volonté de lutter contre la mauvaise fortune, Valentine ! dites, car c'est cela que je viens vous demander. »

Valentine tressaillit, et regarda Morrel avec de grands yeux effarés. Cette idée de résister à son père, à sa grand'mère, à toute sa famille enfin, ne lui était pas même venue.

« Que me dites-vous, Maximilien ? demanda Valentine, et qu'appelez-vous une lutte ? Oh ! dites un sacrilège. Quoi, moi, je lutterais contre l'ordre de mon père, contre le vœu de mon aïeule mourante ! C'est impossible ! »

Morrel fit un mouvement.

« Vous êtes un trop noble cœur pour ne pas me comprendre, et vous me comprenez si bien, cher Maximilien, que je vous vois réduit au silence. Lutter, moi ! Dieu m'en préserve !

— Vous avez bien raison, dit flegmatiquement Morrel.

— Comme vous me dites cela, mon Dieu ! s'écria Valentine blessée.

— Je vous dis cela comme un homme qui vous admire, mademoiselle, reprit Maximilien.

— Mademoiselle ! s'écria Valentine, mademoiselle ! oh ! l'égoïste ! il me voit au désespoir et feint de ne pas me comprendre.

— Vous vous trompez et je vous comprends parfaitement, au contraire. Vous ne voulez pas contrarier M. de Villefort, vous ne voulez pas désobéir à la marquise, et demain vous signerez le contrat qui doit vous lier à votre mari.

— Mais, mon Dieu ! puis-je donc faire autrement ? Que m'eussiez-vous donc proposé, Morrel, si vous m'aviez trouvée disposée à accepter votre proposition ? Voyons, répondez. Il ne s'agit pas de dire : Vous faites mal, il faut donner un conseil.

— Est-ce sérieusement que vous dites cela, Valentine, et dois-je le donner, ce conseil, dites ?

— Certainement, cher Maximilien, car s'il est bon, je le suivrai, vous savez bien que je suis dévouée à mes affections. »

La jeune fille leva les yeux au ciel et poussa un soupir.

« Je suis libre, reprit Maximilien, je suis assez riche pour nous deux ; je vous jure que vous serez ma femme avant que mes lèvres se soient posées sur votre front.

— Vous me faites trembler ! dit la jeune fille.

— Suivez-moi, continua Morrel ; je vous conduis chez ma sœur qui est digne d'être votre sœur ; nous nous embarquerons pour Alger, pour l'Angleterre ou pour l'Amérique, si vous n'aimez pas mieux nous retirer ensemble dans quelque province, où nous attendrons, pour revenir à Paris, que nos amis aient vaincu la résistance de votre famille. »

Valentine secoua la tête.

« Je m'y attendais, Maximilien, dit-elle ; c'est un conseil d'insensé, et je serais encore plus insensée que vous, si je ne vous arrêtais pas à l'instant avec ce seul mot : impossible, Morrel, impossible.

— Vous suivrez donc votre fortune, telle que le sort vous la fera et sans même essayer de la combattre ? dit Morrel rembruni.

— Oui, dussé-je en mourir !

— Eh bien ! Valentine, reprit Maximilien, demain vous serez irrévocablement promise à M. Franz d'Épinay.

— Encore une fois, vous me désespérez, Maximilien, dit Valentine ; encore une fois, vous retournez le poignard dans la plaie ! Que feriez-vous, dites, si votre sœur écoutait un conseil comme celui que vous me donnez ?

— Mademoiselle, reprit Morrel avec un sourire amer, je suis un égoïste, vous l'avez dit, et en ma qualité d'égoïste, je ne pense qu'à ce que je compte faire, moi. Je pense que je vous connais depuis un an ; que j'ai mis, du jour où je vous ai connue, toutes mes chances de bonheur sur votre amour ; qu'un jour est venu où vous m'avez dit que vous m'aimiez ; que de ce jour, j'ai mis toutes mes chances d'avenir sur votre possession, c'était ma vie. Je ne pense plus rien maintenant ; je me dis seulement que les chances ont tourné, que j'avais cru gagner le ciel, et que je l'ai perdu. »

Morrel prononça ces mots avec un calme parfait ; Valentine le regarda un instant de ses grands yeux scrutateurs, essayant de ne pas laisser pénétrer ceux de Morrel jusqu'au trouble qui bouillonnait déjà au fond de son cœur.

« Mais enfin, qu'allez-vous faire ? demanda Valentine.

— Je vais avoir l'honneur de vous dire adieu, mademoiselle, en attestant Dieu, qui entend mes paroles et qui lit au fond de mon cœur, que je vous souhaite une vie assez calme, assez heureuse et assez remplie pour qu'il n'y ait pas place pour mon souvenir.

— Oh ! murmura Valentine.

— Adieu, Valentine, adieu ! » dit Morrel en s'inclinant.

Valentine secoua la grille avec une force dont on l'aurait crue incapable, et comme Morrel s'éloignait, elle passa ses deux mains à travers la grille, et les joignant en se tordant les bras.

« Qu'allez-vous faire? je veux le savoir! s'écria-t-elle; où allez-vous?

— Écoutez-moi, ma chère, mon adorée Valentine, dit-il de sa voix mélodieuse et grave; sans paroles, sans protestations, sans serments, j'ai mis ma vie en vous; du moment où vous vous éloignez de moi, Valentine, je reste seul au monde. Ma sœur est heureuse près de son mari; personne n'a donc besoin sur la terre de mon existence devenue inutile. Voilà ce que je ferai : j'attendrai jusqu'à la dernière seconde que vous soyez mariée, et quand mon malheur sera certain, sans remède, sans espérance, j'écrirai une lettre confidentielle à mon beau-frère, une autre lettre au préfet de police, pour leur donner avis de mon dessein, et du coin de quelque bois, sur le revers de quelque fossé, au bord de quelque rivière, je me ferai sauter la cervelle, aussi vrai que je suis le fils du plus honnête homme qui ait jamais vécu en France. »

Un tremblement convulsif agita les membres de Valentine; elle lâcha la grille qu'elle tenait des deux mains, ses bras retombèrent à ses côtés, et deux grosses larmes roulèrent sur ses joues.

Le jeune homme demeura devant elle, sombre et résolu.

Valentine tomba à genoux en étreignant son cœur qui se brisait.

« Maximilien, dit-elle, Maximilien, mon ami, mon frère sur la terre, mon véritable époux au ciel, je t'en prie, fais comme moi, vis avec la souffrance, un jour peut-être nous serons réunis.

— Adieu, Valentine, répéta Morrel.

— Mon Dieu, dit Valentine en levant ses deux mains au ciel avec une expression sublime, vous le voyez, j'ai prié, supplié, imploré ; il n'a écouté ni mes prières, ni mes supplications, ni mes pleurs. Eh bien ! continua-t-elle en essuyant ses larmes et en reprenant sa fermeté, eh bien ! je ne veux pas mourir de remords, j'aime mieux mourir de honte. Vous vivrez, Maximilien, et je ne serai à personne qu'à vous. Oui, Maximilien, je te suivrai, je quitterai la maison paternelle, tout. Oh ! ingrate que je suis, s'écria Valentine en sanglotant, tout, même mon grand-père que j'oubliais !

— Non, dit Maximilien, tu ne le quitteras pas. M. Noirtier a paru éprouver, dis-tu, de la sympathie pour moi ; eh bien ! avant de fuir, tu lui diras tout ! puis, aussitôt mariés, il viendra avec nous : au lieu d'un enfant, il en aura deux.

— Oh ! regarde, Maximilien, regarde quelle est ta puissance sur moi, tu me fais presque croire à ce que tu me dis, et cependant ce que tu me dis est insensé, car mon père me maudira, lui ; car je le connais, lui, le cœur inflexible, jamais il ne pardonnera. Aussi, écoutez-moi, Maximilien, si par artifice, par prière, par accident, que sais-je, moi ? si enfin, par un moyen quelconque je puis retarder le mariage, vous attendrez, n'est-ce pas ?

— Je me fie à vous, Valentine, dit Morrel, tout ce que vous ferez sera bien fait ; seulement si l'on passe outre à vos prières, si votre père, si Mme de Saint-Méran, exigent que M. d'Épinay soit appelé demain à signer le contrat...

— Alors vous avez ma parole, Morrel.

— Au lieu de signer...

— Je viens vous rejoindre et nous fuyons.

— Mais comment savoir... ?

— Par moi-même. Je vous écrirai. Mon Dieu ! ce mariage, Maximilien, m'est aussi odieux qu'à vous !

— Bien ! bien ! merci, ma Valentine adorée ! reprit Morrel. Alors tout est dit, une fois que je sais l'heure, j'accours ici, vous franchissez ce mur dans mes bras, la chose vous sera facile ; une voiture nous attendra à la porte de l'enclos, vous y montez avec moi, je vous conduis chez ma sœur.

— Soit, dit Valentine, à votre tour je vous dirai : Maximilien, ce que vous ferez sera bien fait.

— Oh !

— Eh bien, êtes-vous content de votre femme ? dit tristement la jeune fille.

— Ma Valentine adorée, c'est bien peu dire que oui.

— Dites toujours. »

Valentine s'était approchée, ou plutôt avait approché ses lèvres de la grille, et ses paroles glissaient avec son souffle parfumé jusqu'aux lèvres de Morrel, qui collait sa bouche de l'autre côté de la froide et inexorable clôture.

« Au revoir, dit Valentine, s'arrachant à ce bonheur, au revoir.

— J'aurai une lettre de vous ?

— Oui.

— Merci, chère femme, au revoir. »

Le bruit d'un baiser innocent et perdu retentit, et Valentine s'enfuit sous les tilleuls.

Morrel écouta les derniers bruits de sa robe frôlant les

charmilles, de ses pieds faisant crier le sable, leva les yeux au ciel avec un ineffable sourire, pour remercier le ciel de ce qu'il permettait qu'il fût aimé ainsi, et disparut à son tour.

Le jeune homme rentra chez lui et attendit pendant tout le reste de la soirée et pendant toute la journée du lendemain, sans rien recevoir. Enfin ce ne fut que le surlendemain vers dix heures du matin, comme il allait s'acheminer vers M. Deschamps notaire, qu'il reçut par la poste un petit billet qu'il reconnut pour être de Valentine, quoiqu'il n'eût jamais vu son écriture.

Il était conçu en ces termes :

« Larmes, supplications, prières n'ont rien fait. Hier, pendant deux heures, j'ai été à l'église Saint-Philippe-du-Roule, et pendant deux heures j'ai prié Dieu du fond de l'âme ; Dieu est insensible comme les hommes, et la signature du contrat est fixée à ce soir neuf heures.

« Je n'ai qu'une parole comme je n'ai qu'un cœur, Morrel, et cette parole vous est engagée, ce cœur est à vous.

« Ce soir donc, à neuf heures moins un quart, à la grille.

« Votre femme,

« VALENTINE DE VILLEFORT. »

Le jeune homme relut vingt fois dans la journée la lettre de Valentine. C'était la première fois qu'elle lui écrivait, et à quelle occasion ! A chaque fois qu'il relisait cette lettre, Maximilien se renouvelait à lui-même le serment de rendre Valentine heureuse. En effet, quelle autorité n'a pas la jeune fille qui prend une résolution si courageuse !

quel dévouement ne mérite-t-elle pas de la part de celui à qui elle a tout sacrifié ! Comme elle doit être réellement pour son amant le premier et le plus digne objet de son culte ! c'est à la fois la reine et la femme, et l'on n'a point assez d'une âme pour la remercier et l'aimer.

Enfin l'heure s'approcha.

Morrel entra dans le clos comme huit heures sonnèrent à Saint-Philippe-du-Roule.

Le cheval et le cabriolet furent cachés derrière une petite masure en ruine dans laquelle Morrel avait l'habitude de se cacher.

Peu à peu le jour tomba, et les feuillages du jardin se massèrent en grosses touffes d'un noir opaque.

Alors Morrel sortit de la cachette et vint regarder, le cœur palpitant, au trou de la grille : il n'y avait encore personne.

La maison, qu'on apercevait à travers les feuillages, restait sombre, et ne présentait aucun des caractères d'une maison qui s'ouvre pour un événement aussi important que l'est une signature de contrat de mariage.

L'horloge sonna neuf heures et demie.

C'était déjà une demi-heure d'attente de plus que Valentine n'avait fixée elle-même.

Ce fut le moment le plus terrible pour le cœur du jeune homme, sur lequel chaque seconde tombait comme un marteau de plomb.

Le plus faible bruit du feuillage, le moindre cri du vent, appelaient son oreille et faisaient monter la sueur à son front. Alors, tout frissonnant, il assujettissait son échelle, et, pour ne pas perdre de temps, posait le pied sur le premier échelon.

Au milieu de ces alternatives de crainte et d'espoir, au milieu de ces dilatations et de ces serrements de cœur, dix heures sonnèrent à l'église.

« Oh ! murmura Maximilien avec terreur, il est impossible que la signature d'un contrat dure aussi longtemps, à moins d'événements imprévus. J'ai pesé toutes les chances, calculé le temps que durent toutes les formalités, il s'est passé quelque chose. »

Et alors, tantôt il se promenait avec agitation devant la grille, tantôt il revenait appuyer son front brûlant sur le fer glacé. Valentine s'était-elle évanouie après le contrat, ou Valentine avait-elle été arrêtée dans sa fuite ? C'étaient là les deux seules hypothèses où le jeune homme pouvait s'arrêter, toutes deux désespérantes.

L'idée à laquelle il s'arrêta fut qu'au milieu de sa fuite même la force avait manqué à Valentine, et qu'elle était tombée évanouie au milieu de quelque allée.

Enfin la demie avait sonné à son tour ; il était impossible de se leurrer plus longtemps, tout était supposable. Les tempes de Maximilien battaient avec force ; des nuages passaient devant ses yeux ; il enjamba le mur et sauta de l'autre côté.

Il était chez Villefort ; il venait d'y entrer par escalade. Il songea aux suites que pouvait avoir une pareille action, mais il n'était pas venu jusque-là pour reculer.

Il rasa quelque temps le mur, et, traversant l'allée d'un seul bond, il s'élança dans un massif.

En un instant il fut à l'extrémité de ce massif. Du point où il était parvenu on découvrait la maison.

Au lieu des lumières qu'il pensait voir briller à chaque fenêtre, ainsi qu'il est naturel aux jours de cérémonie, il ne vit rien que la masse grise et voilée encore par un grand rideau d'ombre que projetait un nuage immense répandu sur la lune. Le jeune homme fut encore plus épouvanté de cette obscurité et de ce silence, qu'il ne l'avait été de l'absence de Valentine.

Éperdu, fou de douleur, décidé à tout braver pour revoir Valentine et s'assurer du malheur qu'il pressentait, quel qu'il fût, Morrel gagna la lisière du massif et s'apprêtait à traverser le plus rapidement possible le parterre, complètement découvert, quand un son de voix encore assez éloigné, mais que le vent lui apportait, parvint jusqu'à lui.

A ce bruit, il fit un pas en arrière. Déjà à moitié sorti du feuillage, il s'y enfonça complètement et demeura immobile et muet, enfoui dans son obscurité.

La lune alors sortit du nuage qui la cachait, et, sur la porte du perron, Morrel vit apparaître Villefort suivi d'un homme vêtu de noir. Ils descendirent les marches et s'avancèrent vers le massif. Ils n'avaient pas fait quatre pas que, dans cet homme vêtu de noir, Morrel avait reconnu le docteur d'Avrigny.

Bientôt le sable cessa de crier sous les pas des deux promeneurs.

« Ah! cher docteur, dit le procureur du roi, voici le ciel qui se déclare décidément contre notre maison. Quelle horrible mort! quel coup de foudre! N'essayez pas de me consoler. Hélas! il n'y a pas de consolation pour un pareil malheur; la plaie est trop vive et trop profonde! Morte! morte! »

Une sueur froide glaça le front du jeune homme et fit claquer ses dents. Qui donc était mort dans

cette maison que Villefort lui-même disait maudite?

« Mon cher monsieur de Villefort, répondit le médecin avec un accent qui redoubla la terreur du jeune homme, je ne vous ai point amené ici pour vous consoler, tout au contraire.

— Que voulez-vous dire? demanda le procureur du roi effrayé.

— Je veux vous dire que derrière le malheur qui vient de vous arriver, il en est un autre plus grand encore, peut-être.

— Oh! mon Dieu! murmura Villefort en joignant les mains, qu'allez-vous me dire encore?

— Sommes-nous bien seuls, mon ami?

— Oh! oui, bien seuls. Mais que signifient toutes ces précautions?

— Elles signifient que j'ai une confidence terrible à vous faire, dit le docteur. Asseyons-nous. »

Villefort tomba plutôt qu'il ne s'assit sur un banc. Le docteur resta debout devant lui, une main posée sur son épaule.

Morrel, glacé d'effroi, tenait d'une main son front et de l'autre comprimait son cœur, dont il craignait qu'on n'entendît les battements.

« Morte! morte! » répétait-il dans sa pensée avec la voix de son cœur.

Et lui-même se sentait mourir.

« Parlez, docteur, j'écoute, dit Villefort; frappez, je suis préparé à tout.

— Mme de Saint-Méran était bien âgée sans doute, mais elle jouissait d'une santé excellente. »

Morrel respira pour la première fois depuis dix minutes.

« Le chagrin l'a tuée, dit Villefort; oui, le chagrin, docteur! Cette habitude de vivre depuis quarante ans près du marquis...

— Ce n'est pas le chagrin, mon cher Villefort, dit le docteur. Le chagrin peut tuer, quoique les cas soient rares, mais il ne tue pas en un jour, mais il ne tue pas en une heure, mais il ne tue pas en dix minutes. »

Villefort ne répondit rien; seulement il leva sa tête qu'il avait tenue baissée jusque-là, et regarda le docteur avec des yeux effarés.

« Avez-vous remarqué les symptômes du mal auquel Mme de Saint-Méran a succombé?

— Certainement : Mme de Saint-Méran a eu trois attaques successives, à chaque fois plus rapprochées et plus graves. Depuis la fin de la première, j'avais reconnu le tétanos; vous me confirmâtes dans cette opinion.

— Oui, devant tout le monde, reprit le docteur; mais maintenant nous sommes seuls.

— Qu'allez-vous me dire, mon Dieu?

— Que les symptômes du tétanos et de l'empoisonnement par les matières végétales sont absolument les mêmes. »

M. de Villefort se dressa sur ses pieds, puis, après un instant d'immobilité et de silence, il retomba sur son banc.

« Oh! mon Dieu! docteur, dit-il, songez-vous bien à ce que vous me dites là? »

Morrel ne savait pas s'il faisait un rêve ou s'il veillait.

« Écoutez, dit le docteur, je connais l'importance de

ma déclaration et le caractère de l'homme à qui je la fais.

— Est-ce au magistrat ou à l'ami que vous parlez? demanda Villefort.

— A l'ami, à l'ami seul en ce moment; à l'ami, je dis : non seulement Mme de Saint-Méran est morte empoisonnée, mais encore je dirais quel poison l'a tuée.

— Monsieur! monsieur!

— Tout y est, voyez-vous, somnolence interrompue par des crises nerveuses, surexcitation du cerveau, torpeur des centres. Mme de Saint-Méran a succombé à une dose violente de brucine ou de strychnine, que par hasard sans doute, que par erreur peut-être on lui a administrée. »

Villefort saisit la main du docteur.

« Oh! c'est impossible! je rêve! mon Dieu! je rêve! C'est effroyable d'entendre dire des choses pareilles à un homme comme vous! Au nom du ciel, je vous en supplie, cher docteur, dites-moi que vous pouvez vous tromper.

— Sans doute, je le puis, mais...

— Mais?...

— Mais je ne le crois pas.

— Docteur, prenez pitié de moi : depuis quelques jours il m'arrive tant de choses inouïes, que je crois à la possibilité de devenir fou.

— Écoutez, Villefort, dit le docteur, existe-t-il un de mes confrères en qui vous ayez autant de confiance qu'en moi?

— Pourquoi cela, dites? où voulez-vous en venir?

— Appelez-le, je lui dirai ce que j'ai vu, ce que j'ai remarqué, nous ferons l'autopsie.

— Et vous trouverez des traces de poison?

— Non, pas du poison, je n'ai pas dit cela, mais nous constaterons l'exaspération du système, nous reconnaîtrons l'asphyxie patente, incontestable, et nous vous dirons, cher Villefort : Si c'est par négligence que la chose est arrivée, veillez sur vos serviteurs ; si c'est par haine, veillez sur vos ennemis !

— Oh ! mon Dieu ! que me proposez-vous là, d'Avrigny? répondit Villefort abattu ; du moment où il y aura un autre que vous dans le secret, une enquête deviendra nécessaire, et une enquête chez moi, impossible ! Introduire dans ma maison tant de scandale après tant de douleur ! Oh ! ma femme et ma fille en mourront ; et moi, moi, docteur, vous le savez, un homme n'a pas été procureur du roi vingt-cinq ans sans s'être amassé bon nombre d'ennemis ; les miens sont nombreux. Cette affaire ébruitée sera pour eux un triomphe qui les fera tressaillir de joie, et moi me couvrira de honte. Docteur, pardonnez-moi ces idées mondaines. Si vous étiez un prêtre, je n'oserais vous dire cela ; mais vous êtes un homme, mais vous connaissez les autres hommes ; docteur, docteur, vous n'en avez rien dit, n'est-ce pas?

— Mon cher monsieur de Villefort, répondit le docteur ébranlé, mon premier devoir est l'humanité. J'eusse sauvé Mme de Saint-Méran si la science eût eu le pouvoir de le faire, mais elle est morte, je me dois aux vivants. Ensevelissons au plus profond de nos cœurs ce terrible secret. Je permettrai, si les yeux de quelques-uns s'ouvrent là-dessus, qu'on impute à mon ignorance le silence que j'aurai gardé. Cependant, monsieur, cherchez toujours, cherchez activement, car peut-être cela ne s'arrêtera-t-il point là… Et quand vous aurez trouvé le coupable, si vous le trouvez, c'est moi qui vous dirai : Vous êtes magistrat, faites ce que vous voudrez !

— Oh ! merci, merci, docteur ! dit Villefort avec une joie indicible, je n'ai jamais eu de meilleur ami que vous. »

Et comme s'il eût craint que le docteur d'Avrigny ne revînt sur cette concession, il se leva et entraîna le docteur du côté de la maison.

Ils s'éloignèrent.

Morrel, comme s'il eût eu besoin de respirer, sortit sa tête du taillis, et la lune éclaira ce visage si pâle qu'on eût pu le prendre pour un fantôme.

« Dieu me protège d'une manifeste mais terrible façon ! dit-il. Mais Valentine ! Valentine ! pauvre amie ! résistera-t-elle à tant de douleurs ? »

A l'extrémité du bâtiment, il vit s'ouvrir une des trois fenêtres aux rideaux blancs. Une bougie placée sur la cheminée jeta au-dehors quelques rayons de sa pâle lumière, et une ombre vint un instant s'accouder au balcon.

Morrel frissonna : il crut se voir appeler par l'ombre de la fenêtre ; son esprit troublé le lui disait, son cœur ardent le lui répétait, il bondit hors de sa cachette, et en deux enjambées, il franchit ce parterre que la lune faisait large et blanc comme un lac, et gagnant la rangée de caisses d'orangers qui s'étendait devant la maison, il atteignit les marches du perron qu'il monta rapidement, et poussa la porte, qui s'ouvrit sans résistance devant lui.

Par bonheur, il ne vit personne.

Ce fut alors surtout que cette connaissance qu'il avait

prise par Valentine du plan intérieur de la maison lui servit ; il arriva sans accident au haut de l'escalier, et comme arrivé là, il s'orientait, un sanglot dont il reconnut l'expression lui indiqua le chemin qu'il avait à suivre, il se retourna : une porte entrebâillée laissait arriver à lui le reflet d'une lumière et le son de la voix gémissante. Il poussa cette porte et entra.

Au fond d'une alcôve, sous le drap blanc qui recouvrait sa tête et dessinait sa forme, gisait la morte, plus effrayante encore aux yeux de Morrel depuis la révélation du secret dont le hasard l'avait fait possesseur.

A côté du lit, à genoux, et la tête ensevelie dans les coussins d'une large bergère, Valentine, frissonnante et soulevée par les sanglots, étendait au-dessus de sa tête, qu'on ne voyait pas, ses deux mains jointes et raidies.

Morrel poussa un soupir, murmura un nom, et la tête noyée dans les pleurs se releva et demeura tournée vers lui.

Valentine le vit et ne témoigna point d'étonnement. Il n'y a plus d'émotions intermédiaires dans un cœur gonflé par un désespoir suprême.

Ni l'un ni l'autre n'osaient parler dans cette chambre. Chacun hésitait à rompre ce silence que semblait commander la mort debout dans quelque coin et le doigt sur les lèvres.

Enfin Valentine osa la première.

« Ami, dit-elle, comment êtes-vous ici ? Hélas ! je vous dirais : soyez le bienvenu, si ce n'était pas la mort qui vous eût ouvert la porte de cette maison.

— Valentine, dit Morrel d'une voix tremblante et les mains jointes, j'étais là depuis huit heures et demie ; et je ne vous voyais point venir, l'inquiétude m'a pris, j'ai sauté par-dessus le mur, j'ai pénétré dans le jardin, alors des voix qui s'entretenaient du fatal accident...

— Quelles voix? » dit Valentine.

Morrel frémit, car toute la conversation du docteur et de M. de Villefort lui revint à l'esprit.

« Les voix de vos domestiques, dit-il, m'ont tout appris.

— Mais venir jusqu'ici, c'est nous perdre, mon ami, dit Valentine sans effroi et sans colère.

— Pardonnez-moi, répondit Morrel du même ton, je vais me retirer.

— Non, dit Valentine, on vous rencontrerait, restez.

— Mais si l'on venait? »

La jeune fille secoua la tête.

« Personne ne viendra, dit-elle, soyez tranquille, voilà notre sauvegarde. »

Et elle montra la forme du cadavre moulée par le drap.

« Mais qu'est-il arrivé de M. d'Épinay, dites-moi, je vous en supplie? reprit Morrel.

— M. Franz est arrivé pour signer le contrat au moment où ma bonne grand'mère rendait le dernier soupir.

— Hélas! dit Morrel avec un sentiment de joie égoïste, car il songeait en lui-même que cette mort retardait indéfiniment le mariage de Valentine.

— Mais ce qui redouble ma douleur, continua la jeune fille, comme si ce sentiment eût dû recevoir à l'instant même sa punition, c'est que cette pauvre chère aïeule, en mourant, a ordonné qu'on terminât le mariage le plus tôt possible ; elle aussi, mon Dieu ! en croyant me protéger, elle aussi agissait contre moi.

— Écoutez ! » dit Morrel.

Les deux jeunes gens firent silence.

Des pas firent craquer le parquet du corridor et les marches de l'escalier.

« C'est mon père qui sort de son cabinet », dit Valentine.

On entendit la porte de la rue se fermer. M. de Villefort alla donner en outre un tour de clef à celle du jardin, puis il remonta l'escalier.

Arrivé dans l'antichambre, il s'arrêta un instant comme s'il hésitait s'il devait entrer chez lui ou dans la chambre de Mme de Saint-Méran. Morrel se jeta derrière une portière. Valentine ne fit pas un mouvement ; on eût dit qu'une suprême douleur la plaçait au-dessus des craintes ordinaires.

M. de Villefort rentra chez lui.

« Maintenant, dit Valentine, il n'y a plus qu'une issue permise et sûre, c'est celle de l'appartement de mon grand-père. »

Elle se leva.

« Venez, dit-elle.

— Où cela ? demanda Maximilien.

— Chez mon grand-père.

— Moi, chez M. Noirtier !

— Oui.

— Prenez garde, Valentine, dit Morrel, hésitant à faire ce que lui ordonnait la jeune fille ; prenez garde, le bandeau est tombé de mes yeux : en venant ici, j'ai accompli un acte de démence. Avez-vous bien vous-même toute votre raison, ma chère amie ?

— Oui, dit Valentine, et je n'ai qu'un scrupule au monde, c'est de laisser seuls les restes de ma pauvre grand'mère, que je me suis chargée de garder.

— Valentine, dit Morrel, la mort est sacrée par elle-même.

— Oui, répondit la jeune fille ; d'ailleurs ce sera court, venez. »

Valentine traversa le corridor et descendit un petit escalier qui conduisait chez Noirtier. Morrel la suivait sur la pointe du pied. Arrivés sur le palier de l'appartement, ils trouvèrent le vieux domestique.

« Barrois, dit Valentine, fermez la porte et ne laissez entrer personne. »

Elle passa la première.

Noirtier, encore dans son fauteuil, attentif au moindre bruit, instruit par son vieux serviteur de tout ce qui se passait, fixait des regards avides sur l'entrée de la chambre ; il vit Valentine, et son œil brilla.

Il y avait dans la démarche et dans l'attitude de la jeune fille quelque chose de grave et de solennel qui frappa le vieillard. Aussi, de brillant qu'il était, son œil devint-il interrogateur.

« Cher père, dit-elle d'une voix brève, écoute-moi bien : tu sais que bonne maman Saint-Méran est morte il y a une heure, et que maintenant, excepté toi, je n'ai plus personne qui m'aime au monde ? »

Une expression de tendresse infinie passa dans les yeux du vieillard.

« C'est donc à toi seul, n'est-ce pas, que je dois confier mes chagrins ou mes espérances ? »

Le paralytique fit signe que oui.

Valentine prit Maximilien par la main.

« Alors, lui dit-elle, regarde bien monsieur. »

Le vieillard fixa son œil scrutateur et légèrement étonné sur Morrel.

« C'est M. Maximilien Morrel, dit-elle, le fils de cet honnête négociant de Marseille dont tu as sans doute entendu parler.

— Oui, fit le vieillard.

— Eh bien! bon papa, dit Valentine en se mettant à deux genoux devant le vieillard et en montrant Maximilien d'une main, je l'aime et ne serai qu'à lui! Si l'on me force d'en épouser un autre, je me laisserai mourir ou je me tuerai. »

Les yeux du paralytique exprimaient tout un monde de pensées tumultueuses.

« Tu aimes M. Maximilien Morrel, n'est-ce pas, bon papa? demanda la jeune fille.

— Oui, fit le vieillard immobile.

— Et tu veux nous protéger, nous qui sommes aussi tes enfants, contre la volonté de mon père? »

Noirtier attacha son regard intelligent sur Morrel, comme pour lui dire :

« C'est selon. »

Maximilien comprit.

« Mademoiselle, dit-il, vous avez un devoir sacré à remplir dans la chambre de votre aïeule; voulez-vous me permettre d'avoir l'honneur de causer un instant avec M. Noirtier?

— Oui, oui, c'est cela », fit l'œil du vieillard.

Puis il regarda Valentine avec inquiétude.

« Comment il fera pour te comprendre, veux-tu dire, bon père?

— Oui.

— Oh ! sois tranquille ; nous avons si souvent parlé de toi, qu'il sait bien comment je te parle. »

Puis se tournant vers Maximilien avec un adorable sourire, quoique ce sourire fût voilé par une profonde tristesse :

« Il sait tout ce que je sais », dit-elle.

Valentine se releva, approcha un siège pour Morrel, recommanda à Barrois de ne laisser entrer personne ; et après avoir tendrement embrassé son grand-père et dit adieu tristement à Morrel, elle partit.

« D'abord, dit Morrel, permettez-moi, monsieur, de vous raconter qui je suis, comment j'aime Mlle Valentine, et quels sont mes desseins à son égard.

— J'écoute », fit Noirtier.

Sa figure, empreinte d'une noblesse et d'une austérité remarquables, imposait à Morrel, qui commença son récit en tremblant.

Il raconta alors comment il avait connu, comment il avait aimé Valentine, et comment Valentine, dans son isolement et son malheur, avait accueilli l'offre de son dévouement. Il lui dit quelle était sa naissance, sa position, sa fortune.

« Maintenant, dit Morrel quand il eut fini cette première partie de son récit, maintenant que je vous ai dit, monsieur, mon amour et mes espérances, dois-je vous dire nos projets ?

— Oui, fit le vieillard.

— Eh bien ! voilà ce que nous avions résolu. »

Et alors il raconta tout à Noirtier, comment un cabriolet attendait dans l'enclos, comment il comptait enlever

Valentine, la conduire chez sa sœur, l'épouser, et, dans une respectueuse attente, espérer le pardon de M. de Villefort.

« Non, dit Noirtier.

— Non? reprit Morrel, ce n'est pas ainsi qu'il faut agir?

— Non.

— Eh bien! il y a un autre moyen, dit Morrel. J'irai trouver M. Franz d'Épinay, et je me conduirai avec lui de façon à le forcer d'être un galant homme : je lui raconterai les liens qui m'unissent à Mlle Valentine; si c'est un homme délicat, il prouvera sa délicatesse en renonçant de lui-même à la main de sa fiancée; s'il refuse, je me battrai avec lui; si je le tue, il n'épousera pas Valentine; s'il me tue, je serai bien sûr que Valentine ne l'épousera pas. »

Noirtier considérait avec un plaisir indicible cette noble et sincère physionomie sur laquelle se peignaient tous les sentiments que sa langue exprimait, en y ajoutant par l'expression d'un beau visage tout ce que la couleur ajoute à un dessin solide et vrai.

Cependant, lorsque Morrel eut fini de parler, Noirtier ferma les yeux à plusieurs reprises, ce qui était, comme on sait, sa manière de dire non.

« Non? dit Morrel. Ainsi vous désapprouvez ce second projet, comme vous avez déjà désapprouvé le premier.

— Oui, je le désapprouve, fit le vieillard.

— Mais que faire alors, monsieur? demanda Morrel. De qui nous viendra le secours que nous attendons du ciel? »

Le vieillard sourit des yeux comme il avait l'habitude de sourire quand on lui parlait du ciel. Il était toujours resté un peu d'athéisme dans les idées du vieux jacobin.

« Du hasard? reprit Morrel.

— Non.

— De vous?

— Oui.

— De vous?

— Oui, répéta le vieillard.

— Vous en êtes sûr?

— Oui.

— Mais le contrat? »

Le même sourire reparut.

« Voulez-vous donc me dire qu'il ne sera pas signé?

— Oui, dit Noirtier.

— Ainsi le contrat ne sera même pas signé! s'écria Morrel. Oh! pardonnez, monsieur! à l'annonce d'un grand bonheur, il est bien permis de douter; le contrat ne sera pas signé?

— Non », dit le paralytique.

Malgré cette assurance, Morrel hésitait à croire. Cette promesse d'un vieillard impotent était si étrange, qu'au lieu de venir d'une force de volonté, elle pouvait émaner d'un affaiblissement des organes; n'est-il pas naturel que l'insensé qui ignore sa folie prétende réaliser des choses au-dessus de sa puissance?

Soit que Noirtier eût compris l'indécision du jeune homme; soit qu'il n'ajoutât pas complètement foi à la docilité qu'il avait montrée, il le regarda fixement.

« Que voulez-vous, monsieur? demanda Morrel; que je vous renouvelle ma promesse de ne rien faire? »

Le regard de Noirtier demeura fixe et ferme, comme

pour dire qu'une promesse ne lui suffisait pas ; puis il passa du visage à la main.

« Voulez-vous que je jure, monsieur ? demanda Maximilien.

— Oui, fit le paralytique avec la même solennité, je le veux. »

Morrel comprit que le vieillard attachait une grande importance à ce serment.

Il étendit la main.

« Sur mon honneur, dit-il, je vous jure d'attendre ce que vous aurez décidé pour agir contre M. d'Épinay.

— Bien, fit des yeux le vieillard.

— Maintenant, monsieur, demanda Morrel, ordonnez-vous que je me retire ?

— Oui. »

Morrel fit signe qu'il était prêt à obéir.

« Maintenant, continua Morrel, permettez-vous, monsieur, que votre fils vous embrasse comme l'a fait tout à l'heure votre fille ? »

Il n'y avait pas à se tromper à l'expression des yeux de Noirtier.

Le jeune homme posa sur le front du vieillard ses lèvres au même endroit où la jeune fille avait posé les siennes.

Puis il salua une seconde fois le vieillard et sortit.

Sur le carré il trouva le vieux serviteur prévenu par Valentine ; celui-ci attendait Morrel, et le guida par les détours d'un corridor sombre qui le conduisit à une petite porte donnant sur le jardin.

Arrivé là, Morrel gagna la grille ; par la charmille, il fut en un instant au haut du mur, et par son échelle, en une seconde, il fut dans l'enclos à la luzerne, où son cabriolet l'attendait toujours.

Il y monta, et brisé par tant d'émotions, mais le cœur plus libre, il rentra vers minuit rue Meslay, se jeta sur son lit, et dormit comme s'il eût été plongé dans une profonde ivresse.

43

Le caveau de la famille Villefort

A deux jours de là, une foule considérable se trouvait rassemblée, vers dix heures du matin, à la porte de M. de Villefort, et l'on avait vu s'avancer une longue file de voitures de deuil et de voitures particulières tout le long du faubourg Saint-Honoré et de la rue de la Pépinière.

Dans chacune des voitures qui suivaient le deuil, la conversation était à peu près pareille : on s'étonnait de ces deux morts si rapprochées et si rapides; mais dans aucune on ne soupçonnait le terrible secret qu'avait, dans sa promenade nocturne, révélé M. d'Avrigny à M. de Villefort.

Au bout d'une heure de marche à peu près, on arriva à la porte du cimetière. Il faisait un temps calme, mais sombre, et par conséquent assez en harmonie avec la funèbre cérémonie qu'on y venait accomplir. Le caveau de la famille de Villefort formait un carré de pierres blanches d'une hauteur de vingt pieds environ ; une séparation intérieure divisait en deux compartiments la famille Saint-Méran et la famille Villefort, et chaque compartiment avait sa porte d'entrée.

Les deux cercueils entrèrent dans le caveau de droite : c'était celui de la famille Saint-Méran. Ils furent placés sur des tréteaux préparés et qui attendaient d'avance leur dépôt mortel. Villefort, Franz et quelques proches parents pénétrèrent seuls dans le sanctuaire.

Comme les cérémonies religieuses avaient été accomplies à la porte, et qu'il n'y avait pas de discours à prononcer, les assistants se séparèrent aussitôt : Château-Renaud, Albert et Morrel se retirèrent de leur côté, et Debray et Beauchamp du leur.

Au moment où Franz allait quitter M. de Villefort :

« Monsieur le baron, avait dit celui-ci, quand vous reverrai-je ?

— Quand vous voudrez, monsieur, avait répondu Franz.

— Le plus tôt possible.

— Je suis à vos ordres, monsieur ; vous plaît-il que nous revenions ensemble ?

— Si cela ne vous cause aucun dérangement.

— Aucun. »

Villefort et Franz revinrent au faubourg Saint-Honoré.

Le procureur du roi, sans entrer chez personne, sans parler ni à sa femme ni à sa fille, fit passer le jeune homme dans son cabinet, et lui montrant une chaise :

« Monsieur d'Épinay, lui dit-il, je dois vous rappeler, et le moment n'est peut-être pas si mal choisi qu'on pourrait le croire au premier abord, car l'obéissance aux morts est la première offrande qu'il faut déposer sur le cercueil ; je dois donc vous rappeler le vœu qu'exprimait avant-hier Mme de Saint-Méran sur son lit d'agonie, c'est que le mariage de Valentine ne souffre pas de retard. Le notaire m'a montré hier les actes qui permettent de rédiger d'une manière définitive le contrat de mariage.

— Monsieur, répondit d'Épinay, ce n'est pas le moment peut-être pour Mlle Valentine, plongée comme elle l'est dans la douleur, de songer à un époux. En vérité, je craindrais…

— Valentine, interrompit M. de Villefort, n'aura pas de plus vif désir que celui de remplir les dernières intentions de sa grand'mère ; ainsi les obstacles ne viendront pas de ce côté, je vous en réponds.

— En ce cas, monsieur, répondit Franz, comme ils ne viendront pas non plus du mien, vous pouvez faire à votre convenance : ma parole est engagée, et je l'acquitterai, non seulement avec plaisir, mais encore avec bonheur.

— Alors, dit Villefort, rien ne nous arrête plus ; le contrat devait être signé il y a trois jours, nous le trouverons donc tout préparé ; on peut le signer aujourd'hui.

— Mais le deuil ? dit en hésitant Franz.

— Soyez tranquille, monsieur, reprit Villefort ; ce n'est point dans ma maison que les convenances sont négligées : Mlle de Villefort pourra se retirer pendant trois mois dans sa terre de Saint-Méran. Là, dans huit jours, si vous le voulez bien, sans bruit, sans éclat, sans faste, le mariage civil sera conclu. Vous pourrez alors revenir à

Paris, tandis que votre femme passera le temps de son deuil avec sa belle-mère.

— Comme il vous plaira, monsieur, dit Franz.

— Alors, reprit M. de Villefort, prenez la peine d'attendre une demi-heure ; Valentine va descendre au salon. J'enverrai chercher le notaire, nous lirons et signerons le contrat séance tenante, et dès ce soir Mme de Villefort conduira Valentine à sa terre, où dans huit jours nous irons les rejoindre.

— Monsieur, dit Franz, j'ai une seule demande à vous faire.

— Laquelle ?

— Je désire qu'Albert de Morcerf et Raoul de Château-Renaud soient présents à cette signature ; vous savez qu'ils sont mes témoins.

— Une demi-heure suffit pour les prévenir ; voulez-vous les aller chercher vous-même ? voulez-vous les envoyer chercher ?

— Je préfère y aller, monsieur.

— Je vous attendrai donc dans une demi-heure, baron, et dans une demi-heure Valentine sera prête. »

Franz salua M. de Villefort et sortit.

A peine la porte de la rue se fut-elle refermée derrière le jeune homme, que Villefort envoya prévenir Valentine qu'elle eût à descendre au salon dans une demi-heure, parce qu'on attendait le notaire et les témoins de M. d'Épinay.

Cette nouvelle inattendue produisit une grande sensation dans la maison. Mme de Villefort n'y voulait pas croire, et Valentine en fut écrasée comme d'un coup de foudre.

Elle voulut descendre chez son grand-père ; mais elle

rencontra sur l'escalier M. de Villefort qui la prit par le bras et l'amena dans le salon.

Dans l'antichambre Valentine rencontra Barrois, et jeta au vieux serviteur un regard désespéré.

Un instant après Valentine, Mme de Villefort entra au salon avec le petit Édouard. Il était visible que la jeune femme avait eu sa part des chagrins de famille : elle était pâle et semblait horriblement fatiguée.

Elle s'assit, prit Édouard sur ses genoux, et de temps en temps pressait, avec des mouvements presque convulsifs sur sa poitrine, cet enfant sur lequel semblait se concentrer sa vie tout entière.

Bientôt on entendit le bruit de deux voitures qui entraient dans la cour.

L'une était celle du notaire, l'autre celle de Franz et de ses amis.

En un instant tout le monde fut réuni au salon.

Valentine était si pâle que l'on voyait les veines bleues de ses tempes se dessiner autour de ses yeux et courir le long de ses joues.

Franz ne pouvait se défendre d'une émotion assez vive.

Château-Renaud et Albert se regardaient avec étonnement; la cérémonie qui venait de finir ne leur semblait pas plus triste que celle qui allait commencer.

M. de Villefort était, comme toujours, impassible.

Le notaire, après avoir, avec la méthode ordinaire aux gens de loi, rangé les papiers sur la table, avoir pris place dans son fauteuil et avoir relevé ses lunettes, se retourna vers Franz :

« C'est vous, dit-il, qui êtes M. Franz de Quesnel,

baron d'Épinay? demanda-t-il, quoiqu'il le sût parfaitement.

— Oui, monsieur », répondit Franz.

Le notaire s'inclina.

« Je dois donc vous prévenir, monsieur, dit-il, et cela de la part de M. de Villefort, que votre mariage projeté avec Mlle de Villefort a changé les dispositions de M. Noirtier envers sa petite-fille, et qu'il aliène entièrement la fortune qu'il devait lui transmettre.

— Monsieur, dit Franz, je suis fâché qu'on ait devant Mlle Valentine soulevé une pareille question. Je ne me suis jamais informé du chiffre de sa fortune, qui, si réduite qu'elle soit, sera plus considérable encore que la mienne. Ce que ma famille a recherché dans l'alliance de M. de Villefort, c'est la considération ; ce que je recherche, c'est le bonheur. »

Valentine fit un signe imperceptible de remerciement, tandis que deux larmes silencieuses roulaient le long de ses joues.

« D'ailleurs, monsieur, dit Villefort s'adressant à son futur gendre, à part cette perte d'une portion de vos espérances, ce testament inattendu n'a rien qui doive personnellement vous blesser ; elle s'explique par la faiblesse d'esprit de M. Noirtier. Ce qui déplaît à mon père, ce n'est point que Mlle de Villefort vous épouse, c'est que Valentine se marie : une union avec tout autre lui eût inspiré le même chagrin. La vieillesse est égoïste, monsieur, et Mlle de Villefort faisait à M. Noirtier une fidèle compagnie que ne pourra plus lui faire Mme la baronne d'Épinay. L'état malheureux dans lequel se trouve mon père fait qu'on lui parle rarement d'affaires sérieuses, que la faiblesse de son esprit ne lui permettrait pas de suivre, et je suis parfaitement convaincu qu'à cette heure, tout en conservant le souvenir que sa petite-fille se marie, M. Noirtier a oublié jusqu'au nom de celui qui va devenir son petit-fils. »

A peine M. de Villefort achevait-il ces paroles auxquelles Franz répondait par un salut, que la porte du salon s'ouvrit et que Barrois parut.

« Messieurs, dit-il d'une voix étrangement ferme pour un serviteur qui parle à ses maîtres dans une circonstance si solennelle, messieurs, M. Noirtier de Villefort désire parler sur-le-champ à M. Franz de Quesnel, baron d'Épinay. »

Lui aussi, comme le notaire, et afin qu'il ne pût y avoir erreur de personnes, donnait tous ses titres au fiancé.

Villefort tressaillit, Mme de Villefort laissa glisser son fils de dessus ses genoux, Valentine se leva, pâle et muette comme une statue.

« Dites à M. Noirtier, reprit Villefort, que ce qu'il demande ne se peut pas.

— Alors M. Noirtier prévient ces messieurs, reprit Barrois, qu'il va se faire apporter lui-même au salon. »

L'étonnement fut à son comble.

Une espèce de sourire se dessina sur le visage de Mme de Villefort. Valentine, comme malgré elle, leva les yeux au plafond pour remercier le ciel.

« Valentine, dit M. de Villefort, allez un peu savoir, je vous prie, ce que c'est que cette nouvelle fantaisie de votre grand-père. »

Valentine fit vivement quelques pas pour sortir, mais M. de Villefort se ravisa.

« Attendez, dit-il, je vous accompagne.

— Pardon, monsieur, dit Franz à son tour, il me semble que, puisque c'est moi que M. Noirtier fait demander, c'est surtout à moi de me rendre à ses désirs ; d'ailleurs je serai heureux de lui présenter mes respects, n'ayant point encore eu l'occasion de solliciter cet honneur.

— Oh ! mon Dieu ! dit Villefort avec une inquiétude visible, ne vous dérangez donc pas.

— Excusez-moi, monsieur, dit Franz du ton d'un homme qui a pris sa résolution. Je désire ne point manquer cette occasion de prouver à M. Noirtier combien il aurait tort de concevoir contre moi des répugnances que je suis décidé à vaincre, quelles qu'elles soient, par mon profond dévouement. »

Et sans se laisser retenir plus longtemps par Villefort, Franz se leva à son tour et suivit Valentine, qui déjà descendait l'escalier avec la joie d'un naufragé qui met la main sur une roche.

M. de Villefort les suivit tous deux.

44

Le procès-verbal

Noirtier attendait, vêtu de noir, et installé dans son fauteuil.

Lorsque les trois personnes qu'il comptait voir venir furent entrées, il regarda la porte que son valet de chambre ferma aussitôt.

« Faites attention, dit Villefort bas à Valentine qui ne pouvait celer sa joie, que si M. Noirtier veut vous communiquer des choses qui empêchent votre mariage, je vous défends de le comprendre. »

Valentine rougit, mais ne répondit pas.

Villefort s'approcha de Noirtier.

« Voici M. Franz d'Épinay, lui dit-il ; vous l'avez mandé, monsieur, et il se rend à vos désirs. Sans doute nous souhaitons cette entrevue depuis longtemps, et je serai charmé qu'elle vous prouve combien votre opposition au mariage de Valentine était peu fondée. »

Noirtier ne répondit que par un regard qui fit courir le frisson dans les veines de Villefort.

Il fit de l'œil signe à Valentine de s'approcher.

En un moment, grâce aux moyens dont elle avait l'habitude de se servir dans les conversations avec son père, elle eut trouvé le mot *clef*.

Alors elle consulta le regard du paralytique, qui se fixa sur le tiroir d'un petit meuble placé entre les deux fenêtres.

Elle ouvrit le tiroir et trouva effectivement une clef.

Quand elle eut cette clef et que le vieillard lui eut fait signe que c'était bien celle-là qu'il demandait, les yeux du paralytique se dirigèrent vers un vieux secrétaire oublié depuis bien des années, et qui ne renfermait, croyait-on, que des paperasses inutiles.

« Faut-il que j'ouvre le secrétaire ? demanda Valentine.

— Oui, fit le vieillard.

— Faut-il que j'ouvre les tiroirs ?

— Oui.

— Ceux des côtés ?

— Non.

— Celui du milieu ?

— Oui. »

Valentine l'ouvrit, et en tira une liasse.

« Est-ce ce que vous désirez, bon père ? dit-elle.

— Non. »

Les yeux de Noirtier étaient fixés sur le dictionnaire.

« Oui, bon père, je vous comprends », dit la jeune fille.

Et elle répéta l'une après l'autre chaque lettre de l'alphabet ; à l'S, Noirtier l'arrêta.

Elle ouvrit le dictionnaire, et chercha jusqu'au mot secret.

« Ah ! il y a un secret ? dit Valentine.

— Oui, fit Noirtier.

— Et qui connaît ce secret ? »

Noirtier regarda la porte par laquelle était sorti le domestique.

« Barrois ? dit-elle.

— Oui », fit Noirtier.

Valentine alla à la porte et appela Barrois.

Pendant ce temps, la sueur de l'impatience ruisselait sur le front de Villefort, et Franz demeurait stupéfait d'étonnement.

Le vieux serviteur parut.

« Barrois, dit Valentine, mon grand-père m'a commandé de prendre la clef dans cette console, d'ouvrir ce secrétaire et de tirer ce tiroir ; maintenant il y a un secret à ce tiroir, il paraît que vous le connaissez, ouvrez-le. »

Barrois regarda le vieillard.

« Obéissez », dit l'œil intelligent de Noirtier.

Barrois obéit ; un double fond s'ouvrit et présenta une liasse de papiers nouée avec un ruban noir.

« Est-ce cela que vous désirez, monsieur ? demanda Barrois.

— Oui, fit Noirtier.

— A qui faut-il remettre ces papiers ? à M. de Villefort ?

— Non.

— A Mlle Valentine ?

— Non.

— A M. Franz d'Épinay?

— Oui. »

Franz, étonné, fit un pas en avant.

« A moi, monsieur? dit-il.

— Oui. »

Franz reçut les papiers des mains de Barrois, et jetant les yeux sur la couverture, il lut :

« Pour être déposé après ma mort chez mon ami le général Durand, qui lui-même en mourant léguera ce paquet à son fils, avec injonction de le conserver comme renfermant un papier de la plus grande importance. »

« Eh bien! monsieur, demanda Franz, que voulez-vous que je fasse de ce papier?

— Vous désirez peut-être que monsieur le lise? demanda Valentine.

— Oui, répondit le vieillard.

— Vous entendez, monsieur le baron, mon grand-père vous prie de lire ce papier, dit Valentine.

— Lisez », dirent les yeux du vieillard.

Franz défit l'enveloppe, et un grand silence se fit dans la chambre. Au milieu de ce silence, il lut :

« Extrait des procès-verbaux d'une séance du club bonapartiste de la rue Saint-Jacques, tenue le 5 février 1815. »

Franz s'arrêta.

« Le 5 février 1815, dit-il, c'est le jour où mon père a été assassiné! »

Valentine et Villefort restèrent muets; l'œil seul du vieillard dit clairement : Continuez.

« Mais c'est en sortant de ce club, continua Franz, que mon père a disparu ! »

Le regard de Noirtier continua de dire : Lisez.

Il reprit :

« Les soussignés Louis-Jacques Beaurepaire, lieutenant-colonel d'artillerie ; Étienne Duchampy, général de brigade, et Claude Lecharpal, directeur des eaux et forêts,

« Déclarent que le 4 février 1815, une lettre arriva de l'île d'Elbe, qui recommandait à la bienveillance et à la confiance des membres du club bonapartiste le général Flavien de Quesnel, qui, ayant servi l'empereur depuis 1804 jusqu'en 1814, devait être tout dévoué à la dynastie napoléonienne, malgré le titre de baron que Louis XVIII venait d'attacher à sa terre d'Épinay.

« En conséquence, un billet fut adressé au général de Quesnel, qui le priait d'assister à la séance du lendemain 5. Le billet annonçait au général que, s'il voulait se tenir prêt, on le viendrait prendre à neuf heures du soir.

« A neuf heures, le président du club se présenta chez le général : le général était prêt ; le président lui dit qu'une des conditions de son introduction était qu'il ignorerait éternellement le lieu de la réunion, et qu'il se laisserait bander les yeux en jurant de ne point chercher à soulever le bandeau.

« Le général de Quesnel accepta la condition, et promit sur l'honneur de ne pas chercher à voir où on le conduirait.

« La voiture s'arrêta devant une allée de la rue Saint-Jacques. Le général descendit en s'appuyant au bras du président. On traversa l'allée, on monta un étage, et l'on entra dans la chambre des délibérations.

« La séance était commencée. Les membres du club, prévenus de l'espèce de présentation qui devait avoir lieu ce soir-là, se trouvaient au grand complet. Arrivé au milieu de la salle, le général fut invité à ôter son bandeau. Il se rendit aussitôt à l'invitation, et parut fort étonné de voir un si grand nombre de figures de connaissance dans une société dont il n'avait pas même soupçonné l'existence jusqu'alors.

« On l'interrogea sur ses sentiments, mais il se contenta de répondre que les lettres de l'île d'Elbe avaient dû les faire connaître...

« Le président prit alors la parole pour engager le général à s'expliquer; mais M. de Quesnel répondit qu'il voulait avant tout savoir ce que l'on désirait de lui.

« Il fut alors donné communication au général de cette même lettre de l'île d'Elbe qui le recommandait au club comme un homme sur le concours duquel on pouvait compter.

« La lecture terminée, il demeura silencieux et le sourcil froncé.

« "Eh bien! demanda le président, que dites-vous de cette lettre, monsieur le général?

« — Je dis qu'il y a bien peu de temps, répondit-il, qu'on a prêté serment au roi Louis XVIII, pour le violer déjà au bénéfice de l'ex-empereur."

« Cette fois la réponse était trop claire pour que l'on pût se tromper à ses sentiments.

« "Monsieur, dit le président, on vous a prié de vous rendre au sein de l'assemblée, on ne vous y a point traîné de force; on vous a proposé de vous bander les yeux, vous avez accepté. Quand vous avez accédé à cette double demande, vous saviez parfaitement que nous ne nous occupions pas d'assurer le trône de Louis XVIII, sans quoi nous n'eussions pas pris tant de soin de nous cacher à la police. Maintenant, vous le comprenez, il serait trop commode de mettre un masque à l'aide duquel on surprend le secret des gens, et de n'avoir ensuite qu'à ôter ce masque pour perdre ceux qui se sont fiés à vous. Vous êtes un homme trop grave et trop sensé pour ne pas comprendre les conséquences de la situation où nous nous trouvons les uns en face des autres, et votre franchise même nous dicte les conditions qu'il nous reste à vous faire : vous allez donc jurer sur l'honneur de ne rien révéler de ce que vous avez entendu."

« Le général porta la main à son épée et s'écria :

« "Je ne jurerai pas.

« — Alors, monsieur, vous mourrez", répondit tranquillement le président.

« M. d'Épinay devint fort pâle ; il regarda tout autour de lui ; plusieurs membres du club chuchotaient et cherchaient des armes sous leurs manteaux.

« "Général, dit le président, soyez tranquille ; vous êtes parmi des gens d'honneur qui essaieront de tous les moyens de vous convaincre avant de se porter contre vous à la dernière extrémité ; mais aussi, vous l'avez dit, vous êtes parmi les conspirateurs, vous tenez notre secret, il faut nous le rendre."

« Le général, dompté par cette supériorité du chef de l'assemblée, hésita un instant ; mais enfin, s'avançant jusqu'au bureau du président.

« "Quelle est la formule ? demanda-t-il.

« — La voici : Je jure sur l'honneur de ne jamais révéler

à qui que ce soit au monde ce que j'ai vu et entendu, le 5 février 1815, entre neuf et dix heures du soir, et je déclare mériter la mort si je viole mon serment."

« Le général prononça le serment exigé, mais d'une voix si basse, qu'à peine si on l'entendit : aussi plusieurs membres exigèrent-ils qu'il le répétât à voix plus haute et plus distincte, ce qui fut fait.

« "Maintenant je désire me retirer, dit le général. Suis-je enfin libre?"

« Le président se leva, désigna trois membres de l'assemblée pour l'accompagner, et monta en voiture avec le général, après lui avoir bandé les yeux.

« "Où voulez-vous que nous vous reconduisions? demanda le président.

« — Partout où je pourrai être délivré de votre présence, répondit M. d'Épinay.

« — Monsieur, reprit alors le président, prenez garde, vous n'êtes plus ici dans l'assemblée, vous n'avez plus affaire qu'à des hommes isolés : ne les insultez pas si vous ne voulez pas être rendu responsable de l'insulte."

« Mais au lieu de comprendre ce langage, M. d'Épinay répondit :

« "Vous êtes toujours aussi brave dans une voiture que dans votre club, par la raison, monsieur, que quatre hommes sont toujours plus forts qu'un seul."

« Le président fit arrêter la voiture.

« On était juste à l'endroit du quai des Ormes où se trouve l'escalier qui descend à la rivière.

« "Pourquoi faites-vous arrêter ici? demanda M. d'Épinay.

« — Parce que, monsieur, dit le président, vous avez insulté un homme, et que cet homme ne veut pas faire un pas de plus sans vous demander loyalement réparation.

« — Encore une manière d'assassiner! dit le général en haussant les épaules.

« — Pas de bruit, monsieur, répondit le président, si vous ne voulez pas que je vous regarde vous-même comme un de ces hommes que vous désigniez tout à l'heure, c'est-à-dire comme un lâche qui prend sa faiblesse pour bouclier. Vous êtes seul, un seul répondra; vous avez une épée au côté, j'en ai une dans cette canne; vous n'avez pas de témoin, un de ces messieurs sera le vôtre. Maintenant, si cela vous convient, vous pouvez ôter votre bandeau."

« Le général arracha à l'instant même le mouchoir qu'il avait sur les yeux.

« "Enfin, dit-il, je vais donc savoir à qui j'ai affaire."

« On ouvrit la voiture : les quatre hommes descendirent... »

Franz s'interrompit encore une fois; il essuya une sueur froide qui coulait sur son front. Il y avait quelque chose d'effrayant à voir le fils tremblant et pâle, lisant tout haut les détails ignorés jusqu'alors de la mort de son père.

Valentine joignait les mains comme si elle eût été en prière.

Noirtier regardait Villefort avec une expression presque sublime de mépris et d'orgueil.

Franz continua :

« Un des témoins alla chercher une lanterne dans un bateau à charbon, et à la lueur de cette lanterne on examina les armes.

« L'épée du président, qui était simplement, comme il

l'avait dit, une épée qu'il portait dans une canne, était plus courte de cinq pouces que celle de son adversaire, et n'avait pas de garde.

« Le général d'Épinay proposa de tirer au sort les deux épées ; mais le président répondit que c'était lui qui avait provoqué, et qu'en provoquant il avait prétendu que chacun se servît de ses armes.

« Les témoins essayèrent d'insister, le président leur imposa silence.

« On posa la lanterne à terre : les deux adversaires se mirent de chaque côté ; le combat commença.

« La lumière faisait des deux épées deux éclairs. Quant aux hommes, à peine si on les apercevait, tant l'ombre était épaisse.

« M. le général passait pour une des meilleures lames de l'armée ; mais il fut pressé si vivement dès les premières bottes, qu'il rompit.

« Trois fois le général recula, se trouvant trop engagé, et revint à la charge.

« A la troisième fois, il tomba.

« Les témoins, voyant qu'il ne se relevait pas, s'approchèrent de lui et tentèrent de le remettre sur ses pieds ; mais celui qui l'avait pris à bras-le-corps sentit sous sa main une chaleur humide.

« C'était du sang.

« Le général, qui était à peu près évanoui, reprit ses sens.

« "Ah ! dit-il, on m'a dépêché quelque spadassin, quelque maître d'armes de régiment."

« Le président, sans répondre, s'approcha de celui des deux témoins qui tenait la lanterne, et, relevant sa

manche, il montra son bras percé de deux coups d'épée ; puis ouvrant son habit et déboutonnant son gilet, il fit voir son flanc entamé par une troisième blessure.

« Cependant il n'avait pas même poussé un soupir.

« Le général d'Épinay entra en agonie et expira cinq minutes après... »

Franz lut ces derniers mots d'une voix si étranglée, qu'à peine on put les entendre, et après les avoir lus, il s'arrêta, passant sa main sur ses yeux comme pour en chasser un nuage.

Mais après un instant de silence il continua :

« Le président remonta l'escalier après avoir repoussé son épée dans sa canne. Une trace de sang marquait son chemin sur la neige. Il n'était pas encore en haut de l'escalier, qu'il entendit un clapotement sourd dans l'eau : c'était le corps du général, que les témoins venaient de précipiter dans la rivière après avoir constaté la mort.

« Le général a donc succombé dans un duel loyal, et non dans un guet-apens, comme on pourrait le dire.

« En foi de quoi nous avons signé le présent pour établir la vérité des faits, de peur qu'un moment n'arrive où quelqu'un des acteurs de cette scène terrible ne se trouve accusé de meurtre avec préméditation ou de forfaiture aux lois de l'honneur.

« Signé : Beauregard, Duchampy et Lecharpal. »

Quand Franz eut terminé cette lecture si terrible pour un fils ; quand Valentine, pâle d'émotion, eut essuyé une larme ; quand Villefort, tremblant et blotti dans un coin, eut essayé de conjurer l'orage par des regards suppliants adressés au vieillard implacable :

« Monsieur, dit d'Épinay à Noirtier, puisque vous connaissez cette terrible histoire dans tous ses détails, ne me refusez pas une dernière satisfaction, dites-moi le nom du président du club, que je connaisse enfin celui qui a tué mon pauvre père. »

Villefort chercha, comme égaré, le bouton de la porte ; Valentine, qui avait compris avant tout le monde la réponse du vieillard, et qui souvent avait remarqué sur son avant-bras la trace de deux coups d'épée, recula d'un pas en arrière.

« Au nom du ciel ! faites ce que vous pourrez... arrivez, je vous en supplie, à m'indiquer, à me faire comprendre...

— Oui, répondit Noirtier.

— Oh ! mademoiselle ! mademoiselle ! s'écria Franz, aidez-moi... vous le comprenez... prêtez-moi votre concours. »

Noirtier regarda le dictionnaire.

Franz le prit avec un tremblement nerveux, et prononça successivement les lettres de l'alphabet jusqu'à l'M.

A cette lettre, le vieillard fit signe que oui.

« Monsieur ? » répéta Franz.

Le doigt du jeune homme glissa sur les mots, mais à tous les mots Noirtier répondait par un signe négatif.

Valentine cachait sa tête entre ses mains.

Enfin Franz arriva au mot MOI.

« Oui ! fit le vieillard.

— Vous ! s'écria Franz, dont les cheveux se dressèrent sur sa tête ; vous, monsieur Noirtier, c'est vous qui avez tué mon père ?

— Oui », répondit Noirtier en fixant sur le jeune homme un majestueux regard.

Franz tomba sans force sur un fauteuil.

Villefort ouvrit la porte et s'enfuit, car l'idée lui venait d'étouffer ce peu d'existence qui restait encore dans le cœur du terrible vieillard.

45

Les progrès de Cavalcanti fils

Cependant M. Cavalcanti père était parti pour aller reprendre son service, non pas dans l'armée de S.M. l'empereur d'Autriche, mais à la roulette des bains de Lucques, dont il était un des plus assidus courtisans.

M. Andrea avait hérité à ce départ de tous les papiers qui constataient qu'il avait bien l'honneur d'être le fils du marquis Bartolomeo et de la marquise Leonora Corsinari.

Il était à peu près ancré dans cette société parisienne, si facile à recevoir les étrangers et à les traiter, non pas d'après ce qu'ils sont, mais d'après ce qu'ils veulent être.

Andrea avait donc pris en une quinzaine de jours une assez bonne position : on l'appelait M. le comte ; on disait qu'il avait cinquante mille livres de rente, et on parlait des trésors immenses de monsieur son père, enfouis, disait-on, dans les carrières de Saravezza.

Un savant devant qui on mentionnait cette dernière circonstance comme un fait déclara avoir vu les carrières dont il était question, ce qui donna un grand poids à des assertions qui dès lors prirent la consistance de la réalité.

On en était là dans ce cercle de la société parisienne où nous avons introduit nos lecteurs, lorsque Monte-Cristo vint un soir faire visite à M. Danglars. M. Danglars était sorti, mais on proposa au comte de l'introduire près de la baronne qui était visible, ce qu'il accepta.

Ce n'était jamais sans une espèce de tressaillement nerveux que, depuis le dîner d'Auteuil, Mme Danglars entendait prononcer le nom de Monte-Cristo. Si la présence du comte ne suivait pas le bruit de son nom, la sensation douloureuse devenait plus intense; si au contraire le comte paraissait, sa figure ouverte, ses yeux brillants, son amabilité, sa galanterie même pour Mme Danglars, chassaient bientôt jusqu'à la dernière impression de crainte; il paraissait à la baronne impossible qu'un homme si charmant à la surface pût nourrir contre elle de mauvais desseins; d'ailleurs les cœurs les plus corrompus ne peuvent croire au mal qu'en le faisant reposer sur un intérêt quelconque; le mal inutile et sans cause répugne comme une anomalie.

Lorsque Monte-Cristo entra dans le boudoir où nous avons déjà une fois introduit nos lecteurs, et où la baronne suivait d'un œil assez inquiet des dessins que lui passait sa fille après les avoir regardés avec M. Cavalcanti fils, sa présence produisit son effet ordinaire, et ce fut en souriant qu'après avoir été quelque peu bouleversée par son nom, la baronne reçut le comte.

Celui-ci, de son côté, embrassa toute la scène d'un coup d'œil.

Près de la baronne, à peu près couchée sur une causeuse, Eugénie se tenait assise, et Cavalcanti debout.

Cavalcanti, habillé de noir comme un héros de Goethe, en souliers vernis et en bas de soie blancs à jours, passait une main assez blanche et assez soignée dans ses cheveux blonds. Ce mouvement était accompagné de regards assassins lancés sur Mlle Danglars, et de soupirs envoyés à la même adresse que les regards.

Mlle Danglars était toujours la même, c'est-à-dire belle, froide et railleuse.

Eugénie salua froidement le comte, et profita des premières préoccupations de la conversation pour se retirer dans son salon d'étude, d'où bientôt deux voix s'exhalant rieuses et bruyantes, mêlées aux premiers accords d'un piano, firent savoir à Monte-Cristo que Mlle Danglars venait de préférer à la sienne et à celle de M. Cavalcanti la société de Mlle Louise d'Armilly, sa maîtresse de chant.

Bientôt le banquier rentra. Son premier regard fut pour Monte-Cristo, c'est vrai, mais le second fut pour Andrea.

Quant à sa femme, il la salua à la façon dont certains maris saluent leur femme, et dont les célibataires ne pourront se faire une idée que lorsqu'on aura publié un code très étendu de la conjugalité.

« Est-ce que ces demoiselles ne vous ont pas invité à faire de la musique avec elles? demanda Danglars à Andrea.

— Hélas! non, monsieur », répondit Andrea avec un soupir plus remarquable encore que les autres.

Danglars s'avança aussitôt vers la porte de communication et l'ouvrit.

« Eh bien! demanda le banquier à sa fille, nous sommes donc exclus, nous autres? »

Alors il mena le jeune homme dans le petit salon, et, soit hasard, soit adresse, derrière Andrea la porte fut repoussée de manière à ce que de l'endroit où ils étaient assis, Monte-Cristo et la baronne ne pussent rien voir; mais comme le banquier avait suivi Andrea, Mme Danglars ne parut pas même remarquer cette circonstance.

Bientôt après, le comte entendit la voix d'Andrea résonner aux accords du piano, accompagnant une chanson corse.

Pendant que le comte écoutait en souriant cette chanson qui lui faisait oublier Andrea pour lui rappeler Benedetto, Mme Danglars vantait à Monte-Cristo la force d'âme de son mari, qui le matin encore avait, dans une faillite milanaise, perdu trois ou quatre cent mille francs.

Et en effet l'éloge était mérité; car, si le comte ne l'eût su par la baronne ou peut-être par un des moyens qu'il avait de tout savoir, la figure du baron ne lui en eût pas dit un mot.

« Bon! pensa Monte-Cristo, il en est déjà à cacher ce qu'il perd; il y a un mois, il s'en vantait. »

Puis tout haut :

« Oh! madame, dit le comte, M. Danglars connaît si bien la bourse, qu'il rattrapera toujours là ce qu'il pourra perdre ailleurs.

— Je vois que vous partagez l'erreur commune, dit Mme Danglars.

— Et quelle est cette erreur? dit Monte-Cristo.

— C'est que M. Danglars joue, tandis qu'au contraire il ne joue jamais.

— Ah! oui, c'est vrai, madame, je me rappelle que M. Debray m'a dit que c'était vous qui sacrifiiez au démon du jeu.

— J'ai eu ce goût pendant quelque temps, je l'avoue, dit Mme Danglars, mais je ne l'ai plus.

— Et vous avez tort, madame. Eh! mon Dieu, les chances de la fortune sont précaires, et si j'étais femme d'un banquier, quelque confiance que j'aie dans le bonheur de mon mari, je commencerais toujours par m'assurer une fortune indépendante, dussé-je acquérir cette fortune en mettant mes intérêts dans des mains qui lui seraient inconnues. »

Mme Danglars rougit malgré elle.

« Tenez, dit Monte-Cristo comme s'il n'avait rien vu, on parle d'un beau coup qui a été fait hier sur les bons de Naples.

— Je n'en ai pas, dit vivement la baronne, et je n'en ai même jamais eu; mais en vérité, c'est assez parler bourse comme cela, monsieur le comte, nous avons l'air de deux agents de change. Parlons un peu de ces pauvres Villefort, si tourmentés en ce moment par la fatalité. Vous saviez qu'ils allaient marier leur fille…

— A M. Franz d'Épinay… Est-ce que le mariage est manqué?

— Hier matin, à ce qu'il paraît, Franz leur a rendu leur parole.

— Ah! vraiment... Et connaît-on les causes de cette rupture?

— Non.

— Que m'annoncez-vous là, bon Dieu! madame... et M. de Villefort, comment accepte-t-il ce malheur?

— Comme toujours, en philosophe. »

En ce moment, Danglars rentra seul.

« Eh bien! dit la baronne, vous laissez M. Cavalcanti avec votre fille?

— Et Mlle d'Armilly, dit le banquier, pour qui la prenez-vous donc?

— Mais voyez, dit la baronne, à quoi vous vous exposez. Si M. de Morcerf venait par hasard, et qu'il trouvât ce jeune homme près de votre fille, il pourrait être mécontent.

— Lui! oh! mon Dieu! vous vous trompez; M. Albert ne nous fait pas l'honneur d'être jaloux de sa fiancée, il ne l'aime point assez pour cela. D'ailleurs, que m'importe qu'il soit mécontent ou non!

— Cependant, au point où nous en sommes...

— Oui, au point où nous en sommes : voulez-vous le savoir le point où nous en sommes? c'est qu'au bal de sa mère, il a dansé une seule fois avec ma fille, que M. Cavalcanti a dansé trois fois avec elle, et qu'il ne l'a pas même remarqué.

— M. le vicomte Albert de Morcerf! » annonça le valet de chambre.

La baronne se leva vivement. Elle allait passer au salon d'étude pour avertir sa fille, quand Danglars l'arrêta par le bras.

« Laissez », dit-il.

Elle le regarda étonnée.

Monte-Cristo feignit de ne pas avoir vu ce jeu de scène.

Albert entra; il était fort beau et fort gai. Il salua la baronne avec aisance, Danglars avec familiarité, Monte-Cristo avec affection; puis, se retournant vers la baronne :

« Voulez-vous me permettre, madame, lui dit-il, de vous demander comment se porte Mlle Danglars?

— Fort bien, monsieur, répondit vivement Danglars; elle fait en ce moment de la musique dans son petit salon avec M. Cavalcanti. »

Albert conserva son air calme et indifférent : peut-être éprouvait-il quelque dépit intérieur; mais il sentait le regard de Monte-Cristo fixé sur lui.

« M. Cavalcanti a une très belle voix de ténor, dit-il, et Mlle Eugénie un magnifique soprano, sans compter qu'elle joue du piano comme Thalberg. Ce doit être un charmant concert.

— Le fait est, dit Danglars, qu'ils s'accordent à merveille. »

Albert parut n'avoir pas remarqué cette équivoque, si grossière cependant, que Mme Danglars en rougit.

« Me sera-il permis, répéta Morcerf, de présenter mes hommages à Mlle Danglars?

— Oh! attendez, attendez, je vous en supplie, dit le banquier en arrêtant le jeune homme; entendez-vous la délicieuse cavatine, ta, ta, ta, ti, ta, ti, ta, ta; c'est ravissant, cela va être fini... une seule seconde, parfait! bravo! bravi! brava! »

Et le banquier se mit à applaudir avec frénésie.

« En effet, dit Albert, c'est exquis, et il est impossible

de mieux comprendre la musique de son pays que ne le fait le prince Cavalcanti. Vous devriez nous faire un plaisir, monsieur Danglars : sans la prévenir qu'il y a là un étranger, vous devriez prier Mlle Danglars et M. Cavalcanti de commencer un autre morceau. C'est une chose si délicieuse que de jouir de la musique d'un peu loin, dans une pénombre, sans être vu, sans voir, et par conséquent sans gêner le musicien, qui peut ainsi se livrer à tout l'instinct de son génie ou à tout l'élan de son cœur. »

Cette fois, Danglars fut démonté par le flegme du jeune homme.

Il prit Monte-Cristo à part.

« Eh bien! lui dit-il, que dites-vous de notre amoureux?

— Dame! il me paraît froid, c'est incontestable; mais que voulez-vous? vous êtes engagé!

— Sans doute, je suis engagé, mais de donner ma fille à un homme qui l'aime et non à un homme qui ne l'aime pas. Voyez celui-ci, froid comme un marbre, orgueilleux comme son père; s'il était riche encore, s'il avait la fortune des Cavalcanti, on passerait par là-dessus. Ma foi, je n'ai pas consulté ma fille; mais si elle avait bon goût...

— Oh! dit Monte-Cristo, je ne sais si c'est mon amitié pour lui qui m'aveugle, mais je vous assure, moi, que M. de Morcerf est un jeune homme charmant, qui rendra votre fille heureuse, et qui arrivera tôt ou tard à quelque chose; car enfin la position de son père est excellente.

— Hum! fit Danglars.

— Pourquoi ce doute?

— Il y a toujours le passé... ce passé obscur.

— Mais le passé du père ne regarde pas le fils.

— Si fait! si fait!

— Voyons, ne vous montez pas la tête ; vous ne pouvez rompre ainsi ; les Morcerf comptent sur ce mariage.

— Alors qu'ils s'expliquent. Vous devriez glisser deux mots de cela au père, mon cher comte, vous qui êtes si bien dans la maison.

— Moi ! et où diable avez-vous vu cela ?

— Mais à leur bal, ce me semble. Comment ! la comtesse, la fière Mercédès, la dédaigneuse Catalane, qui daigne à peine ouvrir la bouche à ses vieilles connaissances, vous a pris le bras, est sortie avec vous dans le jardin, a pris les petites allées, et n'a reparu qu'une demi-heure après.

— Ah ! baron, baron, dit Albert, vous nous empêchez d'entendre : pour un mélomane comme vous, quelle barbarie !

— C'est bien, c'est bien, monsieur le railleur », dit Danglars.

Puis, se retournant vers Monte-Cristo :

« Vous chargez-vous de lui dire cela, au père ?

— Volontiers, si vous le désirez.

— Mais que pour cette fois cela se fasse d'une manière explicite et définitive ; surtout qu'il me demande ma fille, qu'il fixe une époque, qu'il déclare ses conditions d'argent, enfin que l'on s'entende ou qu'on se brouille ; mais, vous comprenez, plus de délais.

— Eh bien ! la démarche sera faite.

— Je ne vous dirai pas que je l'attends avec plaisir, mais enfin je l'attends : un banquier, vous le savez, doit être esclave de sa parole. »

Et Danglars poussa un de ces soupirs que poussait Cavalcanti une demi-heure auparavant.

« Bravi! bravo! brava! » cria Morcerf, parodiant le banquier et applaudissant la fin du morceau.

Danglars commençait à regarder Albert de travers, lorsqu'on vint lui dire deux mots tout bas.

« Je reviens, dit le banquier à Monte-Cristo : attendez-moi, j'aurai peut-être quelque chose à vous dire tout à l'heure. »

Et il sortit.

La baronne profita de l'absence de son mari pour repousser la porte du salon d'étude de sa fille, et l'on vit se dresser comme un ressort M. Andrea, qui était assis devant le piano avec Mlle Eugénie.

Albert salua en souriant Mlle Danglars, qui, sans paraître aucunement troublée, lui rendit un salut aussi froid que d'habitude.

Cavalcanti parut évidemment embarrassé ; il salua Morcerf, qui lui rendit son salut de l'air le plus impertinent du monde.

Alors Albert commença de se confondre en éloges sur la voix de Mlle Danglars. Cavalcanti, laissé à lui-même, prit à part Monte-Cristo.

« Voyons, dit Mme Danglars, assez de musique et de compliments comme cela, venez prendre le thé.

— Viens, Louise », dit Mlle Danglars à son amie.

On passa dans le salon voisin, où effectivement le thé était préparé.

Au moment où l'on commençait à laisser, à la manière anglaise, les cuillers dans les tasses, la porte se rouvrit, et Danglars reparut visiblement fort agité.

Monte-Cristo surtout remarqua cette agitation et interrogea le banquier du regard.

« Eh bien ! dit Danglars, je viens de recevoir mon courrier de Grèce.

— Ah ! ah ! fit le comte, c'est pour cela qu'on vous avait appelé ?

— Oui.

— Comment se porte le roi Othon ? » demanda Albert du ton le plus enjoué.

Danglars le regarda de travers sans lui répondre, et Monte-Cristo se détourna pour cacher l'expression de pitié qui venait de paraître sur son visage et qui s'effaça presque aussitôt.

Albert ne pouvait rien comprendre à ce regard du banquier ; aussi, se retournant vers Monte-Cristo qui avait parfaitement compris :

« Avez-vous vu, dit-il, comme il m'a regardé ?

— Oui, répondit le comte ; mais trouvez-vous quelque chose de particulier dans son regard ?

— Je le crois bien ; mais que veut-il dire avec ses nouvelles de Grèce ?

— Comment voulez-vous que je sache cela ?

— Parce que vous avez, je le présume, des intelligences dans le pays ! »

Monte-Cristo sourit comme on sourit toujours quand on veut se dispenser de répondre.

« Tenez, dit Albert, le voilà qui s'approche de vous. Je vais faire compliment à Mlle Danglars sur son camée ; pendant ce temps, le père aura le temps de vous parler. »

Albert s'avança vers Eugénie, le sourire sur les lèvres.

Pendant ce temps, Danglars se pencha à l'oreille du comte.

« Vous m'avez donné un excellent conseil, dit-il, et il

y a toute une histoire horrible sur ces deux mots : Fernand et Janina.

— Ah bah ! fit Monte-Cristo.

— Oui, je vous conterai cela ; mais emmenez le jeune homme, je serais trop embarrassé de rester maintenant avec lui.

— C'est ce que je fais, il m'accompagne. Maintenant, faut-il toujours que je vous envoie le père ?

— Plus que jamais.

— Bien. »

Le comte fit un signe à Albert.

Tous deux saluèrent les dames et sortirent, Albert avec un air parfaitement indifférent pour les mépris de Mlle Danglars, Monte-Cristo, en réitérant à Mme Danglars ses conseils sur la prudence que doit avoir une femme de banquier d'assurer son avenir.

M. Cavalcanti demeura maître du champ de bataille.

46

On nous écrit de Janina

Franz était sorti de la chambre de Noirtier si chancelant et si égaré, que Valentine elle-même avait eu pitié de lui.

Villefort, qui n'avait articulé que quelques mots sans suite, et qui s'était enfui dans son cabinet, reçut deux heures après la lettre suivante :

« Après ce qui a été révélé ce matin, M. Noirtier de Villefort ne peut supposer qu'une alliance soit possible entre sa famille et celle de M. Franz d'Épinay. M. Franz d'Épinay a horreur de songer que M. de Villefort, qui paraissait connaître les événements racontés ce matin, ne l'ait pas prévenu dans cette pensée. »

Quiconque eût vu en ce moment le magistrat ployé sous le coup, n'eût pas cru qu'il le prévoyait ; en effet, jamais il n'eût pensé que son père eût poussé la franchise, ou plutôt la rudesse, jusqu'à raconter une pareille histoire. Il est vrai que jamais M. Noirtier, assez dédaigneux de l'opinion de son fils, ne s'était préoccupé d'éclaircir le fait aux yeux de Villefort, et que celui-ci avait toujours cru que le général de Quesnel, ou le baron d'Épinay, selon qu'on voudra l'appeler, ou du nom qu'il s'était fait ou du nom qu'on lui avait fait, était mort assassiné et non tué loyalement en duel.

Mme de Villefort se contenta de dire au notaire et aux témoins que M. Noirtier, ayant eu au commencement de la conférence une espèce d'attaque d'apoplexie, le contrat était naturellement remis à quelques jours. Les auditeurs se regardèrent étonnés et se retirèrent sans dire une parole.

Puis Mme de Villefort était montée chez Noirtier.

Noirtier la regarda de cet œil sombre et sévère avec lequel il avait coutume de la recevoir.

« Monsieur, lui dit-elle, je n'ai pas besoin de vous apprendre que le mariage de Valentine est rompu, puisque c'est ici que cette rupture a eu lieu. »

Noirtier resta impassible.

« Mais, continua Mme de Villefort, ce que vous ne savez pas, monsieur, c'est que j'ai toujours été opposée à ce mariage, qui se faisait malgré moi. Or, maintenant que ce mariage est rompu, je viens faire près de vous une démarche que ni M. de Villefort ni Valentine ne peuvent faire. »

Les yeux de Noirtier demandèrent quelle était cette démarche.

« Je viens vous prier, monsieur, continua Mme de

Villefort, comme la seule qui en ait le droit, car je suis la seule à qui il n'en reviendra rien ; je viens vous prier de rendre, je ne dirai pas vos bonnes grâces, elle les a toujours eues, mais votre fortune à votre petite-fille. »

Les yeux de Noirtier demeurèrent un instant incertains : il cherchait évidemment les motifs de cette démarche, et ne pouvait les trouver.

« Puis-je espérer, monsieur, dit Mme de Villefort, que vos intentions étaient en harmonie avec la prière que je venais vous faire ?

— Oui, fit Noirtier.

— En ce cas, monsieur, dit Mme de Villefort, je me retire à la fois reconnaissante et heureuse. »

Et, saluant M. Noirtier, elle se retira.

En effet, dès le lendemain Noirtier fit venir le notaire : le premier testament fut déchiré, et un second fut fait, dans lequel il laissa toute sa fortune à Valentine, à la condition qu'on ne la séparerait pas de lui.

Quelques personnes alors calculèrent de par le monde que Mlle de Villefort, héritière du marquis et de la marquise de Saint-Méran, et rentrée en la grâce de son grand-père, aurait un jour bien près de trois cent mille livres de rente.

Tandis que ce mariage se rompait chez les Villefort, M. le comte de Morcerf avait reçu la visite de Monte-Cristo, et, pour montrer son empressement à Danglars, il endossait son grand uniforme de lieutenant général, qu'il avait fait orner de toutes ses croix, et demandait ses meilleurs chevaux.

Ainsi paré, il se rendit rue de la Chaussée-d'Antin et se fit annoncer à Danglars, qui faisait son relevé de fin de mois.

Ce n'était pas le moment où, depuis quelque temps, il fallait prendre le banquier pour le trouver de bonne humeur.

Aussi, à l'aspect de son ancien ami, Danglars prit son air majestueux et s'établit carrément dans son fauteuil.

Morcerf, si empesé d'habitude, avait emprunté au contraire un air riant et affable ; en conséquence, à peu près sûr qu'il était que son ouverture allait recevoir un bon accueil, il ne fit point de diplomatie, et arrivant au but d'un seul coup :

« Baron, dit-il, me voici. Depuis longtemps nous tournons autour de nos paroles d'autrefois… »

Morcerf s'attendait, à ces mots, à voir s'épanouir la figure du banquier, dont il attribuait le rembrunissement à son silence ; mais au contraire, cette figure devint plus impassible et plus froide encore. Voilà pourquoi Morcerf s'était arrêté au milieu de sa phrase.

« Quelles paroles, monsieur le comte ? demanda le banquier comme s'il cherchait vainement dans son esprit l'explication de ce que le général voulait dire.

— Oh ! dit le comte, vous êtes formaliste, mon cher monsieur, et vous me rappelez que le cérémonial doit se faire selon tous les rites. Très bien ! ma foi. Pardonnez-moi : comme je n'ai qu'un fils, et que c'est la première fois que je songe à le marier, j'en suis encore à mon apprentissage ; allons, je m'exécute. »

Et Morcerf, avec un sourire forcé, se leva, fit une profonde révérence à Danglars, et lui dit :

« Monsieur le baron, j'ai l'honneur de vous demander la main de Mlle Eugénie Danglars, votre fille, pour mon fils le vicomte Albert de Morcerf. »

Mais Danglars, au lieu d'accueillir ces paroles avec une faveur que Morcerf pouvait espérer de lui, fronça le sourcil, et, sans inviter le comte, qui était resté debout, à s'asseoir :

« Monsieur le comte, dit-il, avant de vous répondre, j'aurais besoin de réfléchir.

— De réfléchir ! reprit Morcerf de plus en plus étonné ; n'avez-vous donc pas eu le temps de réfléchir depuis tantôt huit ans que nous causâmes de ce mariage pour la première fois ?

— Monsieur le comte, dit Danglars, tous les jours il arrive des choses qui font que les réflexions que l'on avait faites sont à refaire.

— Comment cela ? demanda Morcerf ; je ne vous comprends plus, baron !

— Monsieur le comte, vous devez être à bon droit surpris de ma réserve, je comprends cela ; aussi croyez bien que moi, tout le premier, je m'en afflige ; croyez bien qu'elle m'est commandée par des circonstances vraiment impérieuses.

— Ce sont là des propos en l'air, mon cher monsieur, dit le comte, et dont pourrait peut-être se contenter le premier venu ; mais le comte de Morcerf n'est pas le premier venu ; et quand un homme comme lui vient trouver un autre homme, lui rappelle la parole donnée, et que cet homme manque à sa parole, il a le droit d'exiger en place qu'on lui donne au moins une bonne raison. »

Danglars était lâche, mais il ne voulait point le paraître ; il fut piqué du ton que Morcerf venait de prendre.

« Aussi n'est-ce pas la bonne raison qui me manque, répliqua-t-il.

— Que prétendez-vous dire ?

— Que la bonne raison, je l'ai, mais qu'elle est difficile à donner.

— Vous sentez cependant, dit Morcerf, que je ne puis me payer de vos réticences ; et une chose, en tout cas, me paraît claire, c'est que vous refusez mon alliance.

— Non, monsieur, dit Danglars, je suspends ma résolution, voilà tout.

— J'ai le droit, dit Morcerf en faisant un violent effort sur lui-même, j'ai le droit d'exiger que vous vous expliquiez ; est-ce donc contre Mme de Morcerf que vous avez quelque chose ? Est-ce ma fortune qui n'est pas suffisante ? Sont-ce mes opinions qui, étant contraires aux vôtres ?...

— Rien de tout cela, monsieur, dit Danglars ; je serais impardonnable, car je me suis engagé connaissant tout cela. Non, ne cherchez plus, je suis vraiment honteux de vous faire cet examen de conscience ; restons-en là, croyez-moi. Prenons le terme moyen du délai, qui n'est ni une rupture, ni un engagement. Rien ne presse, mon Dieu ! Ma fille a dix-sept ans, et votre fils vingt et un. Pendant notre halte le temps marchera, lui ; il amènera les événements ; les choses qui paraissent obscures la veille sont parfois trop claires le lendemain ; parfois ainsi avec un mot, parfois ainsi en un jour tombent les plus cruelles calomnies.

— Des calomnies ! avez-vous dit, monsieur ? s'écria Morcerf en devenant livide. On me calomnie, moi !

— Monsieur le comte, ne nous expliquons pas, vous dis-je.

— Ainsi, monsieur, il me faudra subir tranquillement ce refus ?

— Pénible surtout pour moi, monsieur. Oui, plus pénible pour moi que pour vous, car je comptais sur l'honneur de votre alliance, et un mariage manqué fait toujours plus de tort à la fiancée qu'au fiancé.

— C'est bien, monsieur, n'en parlons plus », dit Morcerf.

Et froissant ses gants avec rage, il sortit de l'appartement.

Danglars remarqua que pas une seule fois Morcerf n'avait osé demander si c'était à cause de lui, Morcerf, que Danglars retirait sa parole.

Le soir, il eut une longue conférence avec plusieurs amis, et M. Cavalcanti, qui s'était constamment tenu dans le salon des dames, sortit le dernier de la maison du banquier.

Le lendemain en se réveillant, Danglars demanda les journaux : on les lui apporta aussitôt. Il en écarta trois ou quatre et prit *L'Impartial*.

C'était celui dont Beauchamp était le rédacteur-gérant.

Il brisa rapidement l'enveloppe, l'ouvrit avec une précipitation nerveuse, passa dédaigneusement sur le *premier-Paris*, et, arrivant aux faits divers, s'arrêta avec son méchant sourire sur un entrefilet commençant par ces mots : *On nous écrit de Janina.*

« Bon ! dit-il après avoir lu, voici un petit bout d'article sur le colonel Fernand qui, selon toute probabilité, me dispensera de donner des explications à M. le comte de Morcerf. »

Au même moment, c'est-à-dire comme neuf heures du matin sonnaient, Albert de Morcerf, vêtu de noir, boutonné méthodiquement, se faisait conduire chez Beauchamp ;

Beauchamp était à son journal. Albert se fit conduire au journal.

Beauchamp était dans un cabinet sombre et poudreux, comme sont de fondation les bureaux de journaux.

On lui annonça Albert de Morcerf. Il fit répéter deux fois l'annonce ; puis, mal convaincu encore, il cria : « Entrez ! »

Albert parut.

Beauchamp poussa une exclamation de surprise en voyant son ami franchir les liasses de papier, et fouler d'un pied mal assuré les journaux de toutes grandeurs qui jonchaient non point le parquet, mais le carreau rougi de son bureau.

« Par ici, par ici, mon cher Albert ! dit-il, en tendant la main au jeune homme ; qui diable vous amène ? êtes-vous perdu comme le petit Poucet, ou venez-vous tout bonnement me demander à déjeuner ? Tâchez de trouver une chaise : tenez, là-bas, près de ce géranium qui, seul ici, me rappelle qu'il y a au monde des feuilles qui ne sont pas des feuilles de papier.

— Beauchamp, dit Albert, c'est de votre journal que je viens vous parler.

— Vous, Morcerf ? Que désirez-vous ?

— Je désire une rectification.

— Vous, une rectification ! A propos de quoi, Albert ? mais asseyez-vous donc !

— Merci, répondit Albert pour la seconde fois, et avec un léger signe de tête.

— Expliquez-vous.

— Une rectification sur un fait qui porte atteinte à l'honneur d'un membre de ma famille.

— Allons donc ! dit Beauchamp surpris. Quel fait ? Cela ne se peut pas.

— Le fait qu'on vous a écrit de Janina.

— De Janina ?

— Oui, de Janina. En vérité vous avez l'air d'ignorer ce qui m'amène ?

— Sur mon honneur !... Baptiste ! un journal d'hier ! cria Beauchamp.

— C'est inutile, je vous apporte le mien. »

Beauchamp lut en bredouillant :

« On nous écrit de Janina, etc., etc. »

« Vous comprenez que le fait est grave, dit Morcerf quand Beauchamp eut fini.

— Cet officier est donc votre parent ? demanda le journaliste.

— C'est mon père, tout simplement, dit Albert ; M. Fernand Mondego, comte de Morcerf, un vieux militaire qui a vu vingt champs de bataille, et dont on voudrait couvrir les nobles cicatrices avec la fange impure ramassée dans le ruisseau.

— C'est votre père, dit Beauchamp, alors c'est autre chose ; je conçois votre indignation, mon cher Albert. Relisons donc... »

Et il relut la note en pesant cette fois sur chaque mot.

« Mais où voyez-vous, demanda Beauchamp, que le Fernand du journal soit votre père ?

— Nulle part, je le sais bien ; mais d'autres le verront. C'est pour cela que je veux que le fait soit démenti. »

Aux mots *je veux*, Beauchamp leva les yeux sur Morcef, et, les baissant presque aussitôt, il demeura un instant pensif.

« Vous démentirez ce fait, n'est-ce pas, Beauchamp? répéta Morcerf avec une colère croissante, quoique toujours concentrée.

— Oui, dit Beauchamp, quand je me serai assuré que le fait est faux.

— Comment!

— Oui, la chose vaut la peine d'être éclaircie, et je l'éclaircirai.

— Mais que voyez-vous donc à éclaircir dans tout cela, monsieur? dit Albert hors de toute mesure. Si vous ne croyez pas que ce soit mon père, dites-le tout de suite; si vous croyez que ce soit lui, rendez-moi raison de cette opinion. »

Beauchamp regarda Albert avec ce sourire qui lui était particulier et qui savait prendre la nuance de toutes les passions.

« Monsieur, reprit-il, puisque monsieur il y a, si c'est pour me demander raison que vous êtes venu, il fallait le faire d'abord et ne point venir me parler d'amitié et d'autres choses oiseuses comme celles que j'ai la patience d'entendre depuis une demi-heure. Est-ce bien sur ce terrain que nous allons marcher désormais, voyons?

— Oui, si vous ne rétractez pas l'infâme calomnie!

— Un moment! pas de menaces, s'il vous plaît, monsieur Fernand de Mondego[1], vicomte de Morcerf; je n'en souffre pas de mes ennemis, à plus forte raison de mes amis. Donc, vous voulez que je démente le fait sur le colonel Fernand, fait auquel je n'ai, sur mon honneur, pris aucune part?

1. Il faut comprendre : monsieur Albert Mondego, car Beauchamp s'adresse au fils et non au père.

— Oui, je le veux! dit Albert, dont la tête commençait à s'égarer.

— Eh bien! dit Beauchamp, voici ma réponse, mon cher monsieur : ce fait n'a pas été inséré par moi, je ne le connaissais pas; mais vous avez, par votre démarche, attiré mon attention sur ce fait, elle s'y cramponne; il subsistera donc jusqu'à ce qu'il soit démenti ou confirmé par qui de droit.

— Monsieur! dit Albert en se levant, je vais donc avoir l'honneur de vous envoyer mes témoins; vous discuterez avec eux le lieu et les armes.

— Parfaitement, mon cher monsieur.

— Et ce soir, s'il vous plaît, ou demain au plus tard, nous nous rencontrerons.

— Non pas! non pas! Je serai sur le terrain quand il faudra. Je consens à me couper la gorge avec vous, mais je veux trois semaines; dans trois semaines vous me retrouverez pour vous dire : Oui, le fait est faux, et je l'efface, ou bien : Oui, le fait est vrai, et je sors les épées du fourreau, ou les pistolets de la boîte, à votre choix.

— Trois semaines! s'écria Albert; mais trois semaines, c'est trois siècles pendant lesquels je suis déshonoré!

— Si vous étiez resté mon ami, je vous eusse dit : Patience, ami; vous vous êtes fait mon ennemi et je vous dis : Que m'importe à moi, monsieur?

— Eh bien! dans trois semaines, soit! dit Morcerf. Mais songez-y, dans trois semaines il n'y aura plus ni délai ni subterfuge qui puisse vous dispenser...

— Monsieur Albert de Morcerf, dit Beauchamp en se levant, je ne puis vous jeter par les fenêtres que dans trois semaines, et vous, vous n'avez le droit de me pourfendre qu'à cette époque. Nous sommes le 29 du mois d'août, au 21 donc du mois de septembre ! Jusque-là, croyez-moi, et c'est un conseil de gentilhomme que je vous donne, jusque-là, épargnons-nous les aboiements de deux dogues enchaînés à distance. »

Et Beauchamp, saluant gravement le jeune homme, lui tourna le dos et passa dans son imprimerie.

Albert se vengea sur une pile de journaux qu'il dispersa en les cinglant à grands coups de badine ; après quoi il partit, non sans s'être retourné deux ou trois fois vers la porte de l'imprimerie.

47

La limonade

Morrel était bien heureux.

M. Noirtier venait de l'envoyer chercher, et il avait si grande hâte de savoir pour quelle cause, qu'il n'avait pas pris de cabriolet, se fiant bien plus à ses deux jambes qu'aux quatre jambes d'un cheval de place ; il était donc parti tout courant de la rue Meslay, et se rendait au faubourg Saint-Honoré.

Morrel marchait au pas gymnastique, et le pauvre Barrois le suivait de son mieux. Morrel avait trente et un ans, Barrois en avait soixante ; Morel était ivre d'amour, Barrois était altéré par la grande chaleur.

En arrivant, Morrel n'était pas même essoufflé : l'amour donne des ailes ; mais Barrois, qui depuis longtemps n'était plus amoureux, Barrois était en nage.

Le vieux serviteur fit entrer Morrel par la porte particulière, ferma la porte du cabinet, et bientôt un froissement de robe sur le parquet annonça la visite de Valentine.

Valentine était belle à ravir sous ses vêtements de deuil.

Le rêve devenait si doux, que Morrel se fût presque passé de converser avec Noirtier ; mais le fauteuil du vieillard roula bientôt sur le parquet, et il entra.

Noirtier accueillit par un regard bienveillant les remerciements que Morrel lui prodiguait pour cette merveilleuse intervention qui les avait sauvés, Valentine et lui, du désespoir. Puis le regard de Morrel alla provoquer, sur la nouvelle faveur qui lui était accordée, la jeune fille qui, timide et assise loin de Morrel, attendait d'être forcée à parler.

Noirtier la regarda à son tour.

« Il faut donc que je dise ce dont vous m'avez chargée ? demanda-t-elle.

— Oui, fit Noirtier.

— Monsieur Morrel, dit alors Valentine au jeune homme qui la dévorait des yeux. Mon grand-père veut quitter cette maison ; Barrois s'occupe de lui chercher un appartement convenable.

— Mais vous, mademoiselle, dit Morrel, vous qui êtes si chère et si nécessaire à M. Noirtier ?

— Moi, reprit la jeune fille, je ne quitterai point mon grand-père ; c'est chose convenue entre lui et moi. Ou j'aurai le consentement de M. de Villefort pour aller habiter avec papa Noirtier, ou on me le refusera : dans le premier cas, je pars dès à présent ; dans le second, j'attends ma majorité, qui arrive dans dix mois. Alors, je serai libre, j'aurai une fortune indépendante, et…

— Et?… demanda Morrel.

— Et, avec l'autorisation de bon papa, je tiendrai la promesse que je vous ai faite. »

Valentine prononça ces derniers mots si bas, que Morrel n'eût pu les entendre sans l'intérêt qu'il avait à les dévorer.

« Une fois chez mon grand-père, ajouta Valentine, M. Morrel pourra me venir voir en présence de ce bon et digne protecteur. Si le lien que nos cœurs, peut-être ignorants ou capricieux, avaient commencé de former, paraît convenable et offre des garanties de bonheur futur à notre expérience (hélas! dit-on, les cœurs enflammés par les obstacles se refroidissent dans la sécurité!), alors M. Morrel pourra me demander à moi-même, je l'attendrai.

— Oh! s'écria Morrel tenté de s'agenouiller devant le vieillard comme devant Dieu, devant Valentine comme devant un ange; oh! qu'ai-je donc fait de bien dans ma vie pour mériter tant de bonheur! »

Cependant Noirtier les regardait tous deux avec tendresse. Barrois, qui était resté au fond comme un homme à qui l'on n'a rien à cacher, souriait en essuyant les grosses gouttes d'eau qui tombaient de son front chauve.

« Oh! mon Dieu, comme il a chaud, ce bon Barrois! dit Valentine.

— Ah! dit Barrois, c'est que j'ai bien couru, allez, mademoiselle; mais M. Morrel, je dois lui rendre cette justice-là, courait encore plus vite que moi. »

Noirtier indiqua de l'œil un plateau sur lequel étaient

servis une carafe de limonade et un verre. Ce qui manquait dans la carafe avait été bu une demi-heure auparavant par Noirtier.

« Tiens, bon Barrois, dit la jeune fille, prends, car je vois que tu couves des yeux cette carafe entamée.

— Le fait est, dit Barrois, que je meurs de soif, et que je boirai bien volontiers un verre de limonade à votre santé.

— Bois donc, dit Valentine, et reviens dans un instant. »

Barrois emporta le plateau, et à peine était-il dans le corridor, qu'à travers la porte qu'il avait oublié de fermer, on le voyait pencher la tête en arrière pour vider le verre que Valentine avait rempli.

Valentine et Morrel échangeaient leurs adieux en présence de Noirtier, quand on entendit la sonnette retentir dans l'escalier de Villefort.

C'était le signal d'une visite.

« Barrois ! appela Valentine ; Barrois, venez ! »

On entendit la voix du vieux serviteur qui répondait :

« J'y vais, mademoiselle.

— Barrois va vous reconduire jusqu'à la porte, dit Valentine à Morrel ; et maintenant rappelez-vous une chose, monsieur l'officier : c'est que mon bon papa vous recommande de ne risquer aucune démarche capable de compromettre notre bonheur.

— J'ai promis d'attendre, dit Morrel, et j'attendrai. »

En ce moment Barrois entra.

« Qui a sonné ? demanda Valentine.

— M. le docteur d'Avrigny, dit Barrois en chancelant sur ses jambes.

— Eh bien ! qu'avez-vous donc, Barrois ? » demanda Valentine.

Le vieillard ne répondit pas ; il regardait son maître avec des yeux effarés, tandis que de sa main crispée il cherchait un appui pour demeurer debout.

« Mais il va tomber ! » s'écria Morrel.

Noirtier, voyant Barrois ainsi troublé, multipliait ses regards dans lesquels se peignaient, intelligibles et palpitantes, toutes les émotions qui agitent le cœur de l'homme.

Barrois fit quelques pas vers son maître.

« Ah ! mon Dieu ! mon Dieu ! Seigneur ! dit-il, mais qu'ai-je donc ?... je souffre... je n'y vois plus ; mille pointes de feu me traversent le crâne. Oh ! ne me touchez pas, ne me touchez pas ! »

Valentine épouvantée poussa un cri ; Morrel la prit dans ses bras comme pour la défendre contre quelque danger inconnu.

« Monsieur d'Avrigny ! monsieur d'Avrigny ! cria Valentine d'une voix étouffée, à nous ! au secours ! »

Barrois tourna sur lui-même, fit trois pas en arrière, trébucha et vint tomber aux pieds de Noirtier, sur le genou duquel il appuya sa main en criant :

« Mon maître ! mon bon maître ! »

En ce moment M. de Villefort, attiré par les cris, parut sur le seuil de la chambre.

Morrel lâcha Valentine à moitié évanouie, et, se rejetant en arrière, s'enfonça dans l'angle de la chambre et disparut presque derrière un rideau.

Barrois, la face agitée, les yeux injectés de sang, le cou renversé en arrière, gisait, battant le parquet de ses mains, tandis qu'au contraire ses jambes raidies semblaient devoir rompre plutôt que plier.

Une légère écume montait à ses lèvres, et il haletait douloureusement.

Villefort, stupéfait, demeura un instant les yeux fixés sur ce tableau, qui, dès son entrée dans la chambre, attira ses regards.

Il n'avait pas vu Morrel.

Après un instant de contemplation muette pendant lequel on put voir son visage pâlir et ses cheveux se dresser sur sa tête :

« Docteur ! docteur ! s'écria-t-il en s'élançant dans l'escalier, venez, venez ! »

Morrel sortit de l'angle sombre où il s'était retiré, et où personne ne l'avait vu, tant la préoccupation était grande.

« Partez vite, Maximilien, lui dit Valentine, et attendez que je vous appelle. Allez ! »

Morrel serra la main de Valentine contre son cœur et sortit par le corridor dérobé. En même temps, Villefort et le docteur rentraient par la porte opposée.

Barrois commençait à revenir à lui : la crise était passée, sa parole revenait gémissante, et il se soulevait sur un genou.

D'Avrigny et Villefort portèrent Barrois sur une chaise longue.

« Qu'ordonnez-vous, docteur ? demanda Villefort.

— Qu'on m'apporte de l'eau et de l'éther. Vous en avez dans la maison ?

— Oui.

— Qu'on coure me chercher de l'huile de térébenthine et de l'émétique.

— Allez ! dit Villefort.

— Et maintenant que tout le monde se retire.

— Moi aussi ? demanda timidement Valentine.

— Oui, mademoiselle, vous surtout ! » dit rudement le docteur.

Valentine regarda M. d'Avrigny avec étonnement, embrassa M. Noirtier au front et sortit.

Derrière elle, le docteur ferma la porte d'un air sombre.

« Tenez ! tenez ! docteur, le voilà qui revient ; ce n'était qu'une attaque sans importance. »

M. d'Avrigny sourit d'un air sombre.

« Comment vous sentez-vous, Barrois ? demanda le docteur.

— Un peu mieux, monsieur.

— Pouvez-vous boire ce verre d'eau éthérée ?

— Je vais essayer. »

Barrois prit le verre, l'approcha de ses lèvres violettes et le vida à moitié à peu près.

« Où souffrez-vous ? demanda le docteur.

— Partout ; j'éprouve comme d'effroyables crampes.

— Quand cela vous a-t-il pris ?

— Tout à l'heure.

— Rapidement ?

— Comme la foudre !

— Qu'avez-vous mangé aujourd'hui ?

— Je n'ai rien mangé ; j'ai bu seulement un verre de la limonade de monsieur, voilà tout. »

Et Barrois fit de la tête un signe pour désigner Noirtier, qui, immobile dans son fauteuil, contemplait cette terrible scène sans en perdre un mouvement, sans laisser échapper une parole.

« Où est cette limonade? demanda vivement le docteur.

— Dans la cuisine.

— Voulez-vous que j'aille la chercher, docteur? demanda Villefort.

— Non, restez ici. J'y vais moi-même. »

D'Avrigny fit un bond, ouvrit la porte et s'élança dans l'escalier de service. Emporté par la puissance d'une seule idée, il sauta les trois ou quatre dernières marches, se précipita dans la cuisine, et aperçut le carafon aux trois quarts vide sur son plateau.

Il fondit dessus comme un aigle sur sa proie.

Haletant, il remonta au rez-de-chaussée et rentra dans la chambre.

« Cette limonade est la même que vous avez bue? demanda d'Avrigny.

— Je le crois.

— Quel goût lui avez-vous trouvé?

— Un goût amer. »

Le docteur versa quelques gouttes de limonade dans le creux de sa main, les aspira avec ses lèvres, et, après s'en être rincé la bouche comme on fait avec le vin que l'on veut goûter, il cracha la liqueur dans la cheminée.

« Qui a fait la limonade?

— Moi.

— L'avez-vous apportée à votre maître aussitôt après l'avoir faite?

— Non.

— Vous l'avez laissée quelque part, alors?

— A l'office : on m'appelait.

— Qui l'a apportée ici?

— Mlle Valentine. »

D'Avrigny se frappa le front.

« Oh ! mon Dieu ! mon Dieu ! murmura-t-il.

— Docteur ! docteur ! cria Barrois, qui sentait un autre accès arriver. J'ai la gorge qui se serre ; j'étouffe ! Oh ! mon cœur ! Oh ! ma tête !... Oh ! quel enfer !... »

Jetant un cri, il tomba renversé en arrière, comme s'il eût été foudroyé.

D'Avrigny posa une main sur son cœur, approcha une glace de ses lèvres.

« Eh bien ? demanda Villefort.

— Allez dire à la cuisine qu'on m'apporte bien vite du sirop de violettes. »

Villefort descendit à l'instant même.

« Ne vous effrayez pas, monsieur Noirtier, dit d'Avrigny, j'emporte le malade dans une autre chambre pour le saigner. En vérité, ces sortes d'attaques sont un affreux spectacle à voir. »

Et, prenant Barrois par-dessous le bras, il le traîna dans une chambre voisine ; mais presque aussitôt il rentra chez Noirtier pour prendre le reste de la limonade.

Villefort remontait ; d'Avrigny le rencontra dans le corridor.

« Eh bien ? demanda-t-il.

— Venez », dit d'Avrigny.

Et il l'emmena dans la chambre.

« Toujours évanoui ? demanda le procureur du roi.

— Il est mort. »

Villefort recula de trois pas, joignit les mains au-dessus de sa tête, et, avec une commisération non équivoque :

« Mort si promptement ! dit-il en regardant le cadavre.

— Oui, bien promptement, n'est-ce pas? dit d'Avrigny; mais cela ne doit pas vous étonner : M. et Mme de Saint-Méran sont morts tout aussi promptement. Oh! l'on meurt vite dans votre maison, monsieur de Villefort.

— Quoi! s'écria le magistrat avec un accent d'horreur et de consternation, vous en revenez à cette terrible idée!

— Toujours, monsieur, toujours, dit d'Avrigny avec solennité, car elle ne m'a pas quitté un instant; et pour que vous soyez bien convaincu que je ne me trompe pas cette fois, écoutez bien, monsieur de Villefort. »

Villefort tremblait convulsivement.

« Il y a un poison qui tue sans presque laisser de trace. Ce poison, je l'ai reconnu tout à l'heure chez le pauvre Barrois, comme je l'avais reconnu chez Mme de Saint-Méran. Ce poison, il y a une manière de reconnaître sa présence : il teint en vert le sirop de violettes. Tenez, voilà qu'on m'apporte ce que j'ai demandé. »

En effet, on entendait des pas dans le corridor; le docteur entrebâilla la porte, prit des mains de la femme de chambre un vase au fond duquel il y avait deux ou trois cuillerées de sirop, et referma la porte.

« Regardez », dit-il au procureur du roi dont le cœur battait si fort qu'on eût pu l'entendre.

Le docteur versa lentement quelques gouttes de limonade de la carafe dans la tasse, et l'on vit à l'instant même un nuage se former au fond de la tasse : ce nuage prit d'abord une nuance bleue; puis du saphir il passa à l'opale, et de l'opale à l'émeraude.

Arrivé à cette dernière couleur, il s'y fixa pour ainsi dire : l'expérience ne laissait aucun doute.

« Le malheureux Barrois a été empoisonné avec de

la fausse angusture ou de la noix de Saint-Ignace, dit d'Avrigny ; maintenant j'en répondrais devant les hommes et devant Dieu. »

Villefort ne dit rien, mais il leva les bras au ciel, ouvrit des yeux hagards, et tomba foudroyé sur un fauteuil.

M. d'Avrigny eut bientôt rappelé à lui le magistrat, qui semblait un second cadavre dans cette chambre funèbre.

« Oh ! la mort est dans ma maison ! s'écria Villefort.

— Dites le crime, répondit le docteur.

— Monsieur d'Avrigny ! s'écria Villefort, je ne puis vous exprimer tout ce qui se passe en moi en ce moment : c'est de l'effroi, c'est de la douleur, c'est de la folie.

— Oui, dit M. d'Avrigny avec un calme imposant ; mais je crois qu'il est temps que nous agissions, je crois qu'il est temps que nous opposions une digue à ce torrent de mortalité. Quant à moi, je ne me sens point capable de porter plus longtemps de pareils secrets sans espoir d'en faire bientôt sortir la vengeance pour la société et les victimes. Monsieur, vous avez chez vous, dans le sein de votre maison, dans votre famille peut-être, un de ces affreux phénomènes, comme chaque siècle en produit quelqu'un. »

Villefort poussa un cri, joignit les mains, et regarda le docteur avec un geste suppliant. Mais celui-ci poursuivit sans pitié :

« Cherche à qui le crime profite, dit un axiome de jurisprudence.

— Docteur ! s'écria Villefort, hélas ! docteur, combien de fois la justice des hommes n'a-t-elle pas été trompée par ces funestes paroles ! Je ne sais, mais il me semble que ce crime tombe sur moi seul et non sur les victimes. Je soupçonne quelque désastre pour moi sous tous ces désastres étranges.

— Oh ! homme, murmura d'Avrigny, le plus égoïste de tous les animaux, la plus personnelle de toutes les créatures ! Et ceux qui ont perdu la vie, n'ont-ils rien perdu, eux ? M. de Saint-Méran, Mme de Saint-Méran, M. Noirtier...

— Comment ? M. Noirtier !

— Eh oui ! Croyez-vous, par exemple, que ce soit à ce malheureux domestique qu'on en voulait ? Non. C'était Noirtier qui devait boire la limonade ; c'est Noirtier qui l'a bue selon l'ordre logique des choses ; l'autre ne l'a bue que par accident.

— Mais alors comment mon père n'a-t-il pas succombé ?

— Je vous l'ai déjà dit un soir, dans le jardin, après la mort de Mme de Saint-Méran, parce que son corps est fait à l'usage de ce poison même ; personne ne sait que depuis un an je traite avec la brucine la paralysie de M. Noirtier.

— Mon Dieu ! mon Dieu ! murmura Villefort en se tordant les bras.

— Suivez la marche du criminel ; il tue M. de Saint-Méran, il tue Mme de Saint-Méran ; double héritage à recueillir. »

Villefort essuya la sueur qui coulait sur son front.

« M. Noirtier, reprit de sa voix impitoyable M. d'Avrigny, M. Noirtier n'a pas plus tôt détruit son premier testament, il n'a pas plus tôt fait le second, que, de peur qu'il n'en fasse sans doute un troisième, on le frappe.

— Grâce pour ma fille, monsieur ! murmura Villefort.

— Vous voyez bien que c'est vous qui l'avez nommée, vous, son père !

— Grâce pour Valentine ! Écoutez, c'est impossible. J'aimerais autant m'accuser moi-même ! Valentine, un cœur de diamant, un lis d'innocence !

— Pas de grâce, monsieur le procureur du roi, le crime est flagrant. Mlle de Villefort a emballé elle-même les médicaments qu'on a envoyés à M. de Saint-Méran, et M. de Saint-Méran est mort.

« Mlle de Villefort a préparé les tisanes de Mme de Saint-Méran, et Mme de Saint-Méran est morte.

« Mlle de Villefort a pris des mains de Barrois, que l'on a envoyé dehors, le carafon de limonade que le vieillard vide ordinairement dans la matinée, et le vieillard n'a échappé que par miracle.

« Mlle de Villefort est la coupable ! c'est l'empoisonneuse ! Monsieur le procureur du roi, je vous dénonce Mlle de Villefort : faites votre devoir !

— Docteur, je ne résiste plus, je ne me défends plus, je vous crois ; mais, par pitié, épargnez ma vie, mon honneur !

— Monsieur de Villefort, reprit le docteur avec une force croissante, il est des circonstances où je franchis toutes les limites de la sotte circonspection humaine. Malheur à vous, monsieur de Villefort, si vous ne vous hâtez pas de frapper le premier ! Au bourreau l'empoisonneuse ! au bourreau ! Vous parlez de votre honneur, faites ce que je vous dis, et c'est l'immortalité qui vous attend ! »

Villefort, suffoquant, étreignit le bras du docteur.

« Écoutez-moi ! s'écria-t-il, plaignez-moi, secourez-moi... Non, ma fille n'est pas coupable... Traînez-nous devant un tribunal ; je dirai encore : Non, ma fille n'est pas coupable, il n'y a pas de crime dans ma maison... Je ne veux pas, entendez-vous, qu'il y ait un crime dans ma maison. Non, ma fille ne sera pas traînée par moi aux mains du bourreau !... Et si vous vous trompiez, docteur ! si c'était un autre que ma fille ! Si, un jour, je venais, pâle comme un spectre, vous dire : Assassin ! tu as tué ma fille !... Tenez, si cela arrivait, je suis chrétien, monsieur d'Avrigny, et cependant je me tuerais !

— C'est bien, dit le docteur après un instant de silence, j'attendrai. »

Villefort le regarda comme s'il doutait encore de ses paroles.

« Seulement, continua M. d'Avrigny d'une voix lente et solennelle, si quelque personne de votre maison tombe malade, si vous-même vous vous sentez frappé, ne m'appelez pas, car je ne viendrai plus. Je veux bien partager avec vous ce secret terrible, mais je ne veux pas que la honte et le remords aillent chez moi en fructifiant et en grandissant dans ma conscience, comme le crime et le malheur vont grandir et fructifier dans votre maison.

— Ainsi, vous m'abandonnez, docteur ?

— Toutes les horreurs qui souillent ma pensée me font votre maison odieuse et fatale. Adieu, monsieur.

— Un mot, un mot seulement encore, docteur ! Vous vous retirez en me laissant toute l'horreur de la situation. Mais de la mort instantanée, subite, de ce pauvre vieux serviteur, que va-t-on dire ?

— C'est juste, dit M. d'Avrigny, reconduisez-moi. »

Le docteur sortit le premier, M. de Villefort le suivit ;

les domestiques, inquiets, étaient dans les corridors et sur les escaliers par où devait passer le médecin.

« Monsieur, dit d'Avrigny à Villefort en parlant à haute voix de façon à ce que tout le monde l'entendît, le pauvre Barrois était trop sédentaire depuis quelques années : lui, habitué autrefois avec son maître à courir, à cheval ou en voiture, les quatre coins de l'Europe, il s'est tué à ce service monotone autour d'un fauteuil. Le sang est devenu lourd. Il était replet, il avait le cou gros et court, il a été frappé d'une apoplexie foudroyante, et l'on m'est venu avertir trop tard.

« A propos, ajouta-t-il tout bas, ayez bien soin de jeter cette tasse de violettes dans les cendres. »

Et le docteur, sans toucher la main de Villefort, sans revenir un seul instant sur ce qu'il avait dit, sortit escorté par les larmes et les lamentations de tous les gens de la maison.

Le soir même, tous les domestiques de Villefort, qui s'étaient réunis dans la cuisine et qui avaient longuement causé entre eux, vinrent demander à Mme de Villefort la permission de se retirer. Aucune instance, aucune proposition d'augmentation de gages ne les put retenir; à toutes les paroles ils répondaient :

« Nous voulons nous en aller, parce que la mort est dans la maison. »

Ils partirent donc, malgré les prières qu'on leur fit, témoignant que leurs regrets étaient vifs de quitter de si bons maîtres, et surtout Mlle Valentine, si bonne, si bienfaisante et si douce.

Villefort, à ces mots, regarda Valentine.

Elle pleurait.

Chose étrange ! à travers l'émotion que lui firent éprouver ces larmes, il regarda aussi Mme de Villefort, et il lui sembla qu'un sourire fugitif et sombre avait passé sur ses lèvres minces, comme ces météores qu'on voit glisser, sinistres, entre deux nuages au fond d'un ciel orageux.

48

La chambre du boulanger retiré

Le soir même du jour où le comte de Morcerf était sorti de chez Danglars avec une honte et une fureur que rend concevables le refus du banquier, M. Andrea Cavalcanti, les cheveux frisés et luisants, les moustaches aiguisées, les gants blancs dessinant les ongles, était entré, presque debout sur son phaéton, dans la cour du banquier de la rue de la Chaussée-d'Antin.

Au bout de dix minutes de conversation au salon, il avait trouvé moyen de conduire Danglars dans une embrasure de fenêtre, et là, après un adroit préambule, il avait exposé les tourments de sa vie depuis le départ de son noble père. Depuis ce départ, il avait, disait-il, dans la famille du banquier, où l'on avait bien voulu le recevoir comme un fils, il avait trouvé toutes les garanties de bonheur qu'un homme doit toujours rechercher avant les caprices de la passion, et, quant à la passion elle-même, il avait eu le bonheur de la rencontrer dans les beaux yeux de Mlle Danglars.

Danglars écoutait avec l'attention la plus profonde ; il y avait déjà deux ou trois jours qu'il attendait cette déclaration, et lorsqu'elle arriva enfin, son œil se dilata autant qu'il s'était couvert et assombri en écoutant Morcerf.

Cependant, il ne voulut pas accueillir ainsi la proposition du jeune homme sans lui faire quelques observations de conscience.

« Monsieur, dit Danglars, en admettant que vos propositions, qui m'honorent, soient agréées de ma femme et de ma fille, avec qui débattrions-nous les intérêts? C'est, il me semble, une négociation importante que les pères seuls savent traiter convenablement pour le bonheur de leurs enfants.

— Monsieur, mon père est un homme sage, plein de convenance et de raison. Il a prévu la circonstance probable où j'éprouverais le désir de m'établir en France ; il m'a donc laissé en partant une lettre par laquelle il m'assure cent cinquante mille livres de rente à partir du jour de mon mariage. C'est, autant que j'en puis juger, le quart du revenu de mon père.

— Moi, dit Danglars, j'ai toujours eu l'intention de donner à ma fille cinq cent mille francs en la mariant ; c'est d'ailleurs ma seule héritière.

— Eh bien! dit Andrea, vous voyez, la chose serait pour le mieux, en supposant que ma demande ne soit pas repoussée par Mme la baronne Danglars et par Mlle Eugénie. Nous voilà à la tête de cent soixante-quinze mille livres de rente. Supposons une chose : que j'obtienne du marquis qu'au lieu de me payer la rente il me donne le capital (ce ne sera pas facile, je le sais bien, mais enfin cela se peut), vous nous feriez valoir ces deux ou trois millions, et deux ou trois millions, entre des mains habiles, peuvent toujours rapporter dix pour cent.

— Je ne prends jamais qu'à quatre, dit le banquier, et même à trois et demi. Mais à mon gendre je prendrais à cinq, et nous partagerions les bénéfices.

— Eh bien! à merveille, beau-père », dit Cavalcanti, se laissant entraîner à la nature quelque peu vulgaire de ses habitudes, laquelle, de temps en temps, malgré ses efforts, faisait éclater le vernis d'aristocratie dont il essayait de les couvrir.

Mais aussitôt se reprenant :

« Oh! pardon, monsieur, dit-il, vous voyez, l'espérance seule me rend presque fou; que serait-ce donc de la réalité?

— Mais, dit Danglars, qui, de son côté, ne s'apercevait pas combien cette conversation, désintéressée d'abord, tournait promptement à l'agence d'affaires, il y a sans doute une portion de votre fortune que votre père ne peut vous refuser?

— Laquelle? demanda le jeune homme.

— Celle qui vient de votre mère.

— Eh! certainement, celle qui vient de ma mère, Léonora Corsinari.

— Et à combien peut monter cette portion de fortune?

— Ma foi, dit Andrea, je vous assure, monsieur, que je n'ai jamais arrêté mon esprit sur ce sujet; mais je l'estime à deux millions pour le moins. »

Danglars ressentit cette espèce d'étouffement joyeux que ressentent ou l'avare qui retrouve un trésor perdu, ou l'homme prêt à se noyer qui rencontre sous ses pieds la terre solide au lieu du vide dans lequel il allait s'engloutir.

« Eh bien ! monsieur, dit Andrea en saluant le banquier avec un tendre respect, puis-je espérer…

— Monsieur Andrea, dit Danglars, espérez, et croyez bien que si nul obstacle de votre part n'arrête la marche de cette affaire, elle est conclue.

— Ah ! vous me pénétrez de joie, monsieur. Maintenant, dit Andrea avec son plus charmant sourire, j'ai fini de parler au beau-père et je m'adresse au banquier.

— Que lui voulez-vous, voyons ? dit en riant Danglars à son tour.

— C'est après-demain que j'ai quelque chose comme quatre mille francs à toucher chez vous ; mais le comte de Monte-Cristo a compris que le mois dans lequel j'allais entrer amènerait peut-être un surcroît de dépenses et voici un bon de vingt mille francs qu'il m'a offert. Il est signé de sa main, comme vous voyez ; cela vous convient-il ?

— Apportez-m'en comme celui-là pour un million, et je vous les prends, dit Danglars, en mettant le bon dans sa poche ; dites-moi votre heure pour demain, et mon garçon de caisse passera chez vous avec un reçu de vingt-quatre mille francs.

— Mais à dix heures du matin, si vous voulez bien ; le plus tôt sera le mieux, je voudrais aller demain à la campagne.

— Soit, à dix heures ; à l'hôtel des Princes, toujours ?

— Oui. »

Le lendemain, avec une exactitude qui faisait honneur à la ponctualité du banquier, les vingt-quatre mille francs étaient chez le jeune homme, qui sortit effectivement, laissant deux cents francs pour Caderousse.

Cette sortie avait, de la part d'Andrea, pour but principal, d'éviter son dangereux ami ; aussi rentra-t-il le soir le plus tard possible.

Mais à peine eut-il mis le pied sur le pavé de la cour, qu'il trouva devant lui le concierge de l'hôtel, qui l'attendait la casquette à la main.

« Monsieur, dit-il, cet homme est venu.

— Quel homme ? demanda négligemment Andrea, comme s'il eût oublié celui dont au contraire il se souvenait trop bien.

— Celui à qui Votre Excellence fait cette petite rente.

— Ah ! oui, dit Andrea, cet ancien serviteur de mon père. Eh bien ! vous lui avez donné les deux cents francs que j'avais laissés pour lui ?

— Oui, Excellence, mais il n'a pas voulu les prendre. »

Andrea pâlit ; seulement, comme il faisait nuit, personne ne le vit pâlir.

« Comment ! il n'a pas voulu les prendre ? dit-il d'une voix légèrement émue.

— Non ! il voulait parler à Votre Excellence. J'ai répondu que vous étiez sorti. Il a insisté ; mais enfin il a paru se laisser convaincre, et m'a donné cette lettre qu'il avait apportée toute cachetée.

— Voyons », dit Andrea.

Il lut à la lanterne de son phaéton :

« Tu sais où je demeure ; je t'attends demain à neuf heures du matin. »

Andrea interrogea le cachet pour voir s'il avait été forcé ; or, le cachet était parfaitement intact.

« Très bien, dit-il. Pauvre homme ! c'est une bien excellente créature. »

Et il laissa le concierge édifié par ces paroles, et ne sachant pas lequel il devait le plus admirer, du jeune maître ou du vieux serviteur.

« Dételez vite, et montez chez moi », dit Andrea à son groom.

En deux bonds le jeune homme fut dans sa chambre et eut brûlé la lettre de Caderousse, dont il fit disparaître jusqu'aux cendres.

Il achevait cette opération lorsque le domestique entra.

« Tu es de la même taille que moi, Pierre, lui dit-il.

— J'ai cet honneur-là, Excellence, répondit le valet.

— J'ai affaire à une petite grisette à qui je ne veux dire ni mon titre ni ma condition : prête-moi ta livrée, et apporte-moi tes papiers, afin que je puisse, si besoin est, coucher dans une auberge. »

Pierre obéit.

Cinq minutes après, Andrea, complètement déguisé, sortait de l'hôtel sans être reconnu, prenait un cabriolet, et se faisait conduire à l'auberge du Cheval-Rouge, à Picpus.

Le lendemain, il sortit de l'auberge du Cheval-Rouge sans être remarqué, descendit le faubourg Saint-Antoine, prit le boulevard jusqu'à la rue Ménilmontant, et, s'arrêtant à la porte de la troisième maison à gauche, chercha à qui il pouvait, en l'absence du concierge, demander des renseignements.

« Que cherchez-vous, mon joli garçon? demanda la fruitière d'en face.

— M. Pailletin, s'il vous plaît, ma grosse maman, répondit Andrea.

— Un boulanger retiré? demanda la fruitière.

— Justement, c'est cela.

— Au fond de la cour, à gauche, au troisième. »

Andrea prit le chemin indiqué, et au troisième, trouva une patte de lièvre qu'il agita avec un sentiment de mauvaise humeur dont le mouvement précipité de la sonnette se ressentit.

Une seconde après, la figure de Caderousse apparut au grillage pratiqué dans la porte.

« Ah! tu es exact », dit-il.

Et il tira les verrous.

« Parbleu! » dit Andrea en entrant.

Et il lança devant lui sa casquette de livrée, qui, manquant la chaise, tomba à terre et fit le tour de la chambre en roulant sur sa circonférence.

« Allons, allons, dit Caderousse, ne te fâche pas, le petit. Voyons, tiens, j'ai pensé à toi, regarde un peu le bon déjeuner que nous aurons! rien que des choses que tu aimes, tron-de-l'air. »

Andrea sentit en effet, en respirant, une odeur de cuisine dont les arômes grossiers ne manquaient pas d'un certain charme pour un estomac affamé.

Dans la chambre voisine, Andrea vit en outre une table assez propre ornée de deux couverts, de deux bouteilles de vin cachetées, d'une bonne mesure d'eau-de-vie dans un carafon et d'une macédoine de fruits dans une large feuille de chou posée avec art sur une assiette de faïence.

« Si c'est pour déjeuner avec toi que tu m'as dérangé, que le diable t'emporte !

— Mon fils, dit sentencieusement Caderousse, en mangeant l'on cause : et puis, ingrat que tu es, tu n'as donc pas de plaisir à voir un peu ton ami? moi, j'en pleure de joie. »

Caderousse, en effet, pleurait réellement; seulement, il eût été difficile de dire si c'était la joie ou les oignons qui opéraient sur la glande lacrymale de l'ancien aubergiste du pont du Gard.

« Pourquoi exiges-tu que je vienne déjeuner avec toi? demanda Andrea.

— Mais pour te voir, le petit.

— Pour me voir? à quoi bon, puisque nous avons fait d'avance toutes nos conditions?

— C'est humiliant de recevoir ainsi de l'argent donné à contrecœur, de l'argent éphémère qui peut me manquer du jour au lendemain. Tu vois bien que je suis obligé de faire des économies pour le cas où ta prospérité ne durerait pas. Je sais bien qu'elle est immense, ta prospérité, scélérat; tu vas épouser la fille de Danglars.

— Comment, de Danglars?

— Eh! certainement, de Danglars. Ne faut-il pas que je dise du baron Danglars? C'est comme si je disais du comte Benedetto... C'est un ami, Danglars; et s'il n'avait pas la mémoire si mauvaise, il devrait m'inviter à ta noce... attendu qu'il est venu à la mienne... oui, oui, oui, à la mienne! Dame! il n'était pas si fier dans ce temps-là; il était petit commis chez ce bon M. Morrel. J'ai dîné plus d'une fois avec lui et le comte de Morcerf... Va, tu vois que j'ai de belles connaissances, et que si je voulais les cultiver un petit peu, nous nous rencontrerions dans les mêmes salons.

— Allons donc ! ta jalousie te fait voir des arcs-en-ciel, Caderousse.

— C'est bon, Benedetto mio, on sait ce que l'on dit. En attendant, assieds-toi et mangeons. »

Caderousse donna l'exemple et se mit à déjeuner de bon appétit, et en faisant l'éloge de tous les mets qu'il servait à son hôte. Celui-ci sembla prendre son parti, déboucha bravement les bouteilles et attaqua la bouillabaisse et la morue gratinée à l'ail et à l'huile.

« Ah ! dit Caderousse, tu trouves cela bon, coquin ?

— Si bon que je ne comprends pas comment un homme qui fricasse et qui mange de si bonnes choses peut trouver que la vie est mauvaise.

— Vois-tu, dit Caderousse, c'est que tout mon bonheur est gâté par une seule pensée.

— Laquelle ?

— C'est que je vis aux dépens d'un ami, moi qui ai toujours bravement gagné ma vie moi-même. Tu me croiras si tu veux, à la fin de chaque mois j'ai des remords ; et puis il m'est venu une idée. »

Andrea frémit ; il frémissait toujours aux idées de Caderousse.

« Voyons, poursuivit Caderousse : peux-tu, toi, sans débourser un sou, me faire avoir une quinzaine de mille francs ?... non, ce n'est pas assez de quinze mille francs, je ne veux pas redevenir honnête homme à moins de trente mille francs.

— Non, répondit sèchement Andrea, non, je ne le puis pas.

— Tu ne m'as pas compris, à ce qu'il paraît, répondit froidement Caderousse d'un air calme ; je t'ai dit sans débourser un sou.

— Ne veux-tu pas que je vole pour gâter toute mon affaire, et la tienne avec la mienne, et qu'on nous reconduise là-bas ?

— Oh ! moi, dit Caderousse, ça m'est bien égal qu'on me reprenne ; je suis un drôle de corps, sais-tu ? je m'ennuie parfois des camarades ; ce n'est pas comme toi, sans cœur, qui voudrais ne jamais les revoir ! »

Andrea fit plus que frémir cette fois, il pâlit.

« Voyons, Caderousse, pas de bêtises, dit-il.

— Eh non ! sois donc tranquille, mon petit Benedetto ; mais indique-moi donc un petit moyen de gagner ces trente mille francs sans te mêler de rien ; tu me laisseras faire, voilà tout !

— Eh bien ! je verrai, je chercherai, dit Andrea.

— Mais en attendant, tu pousseras mon mois à cinq cents francs, n'est-ce pas, le petit ? J'ai une manie, je voudrais prendre une bonne.

— Eh bien ! tu auras tes cinq cents francs, dit Andrea ; mais c'est lourd pour moi, mon pauvre Caderousse... tu abuses...

— Bah ! dit Caderousse, puisque tu puises dans des coffres qui n'ont point de fond. »

On eût dit qu'Andrea attendait là son compagnon, tant son œil brilla d'un rapide éclair, qui, il est vrai, s'éteignit aussitôt.

« Ça, c'est la vérité, répondit Andrea, et mon protecteur est excellent pour moi.

— Ce cher protecteur ! dit Caderousse. Ainsi donc, il te fait par mois ?...

— Cinq mille francs, dit Andrea. C'est bien vite dépensé ; aussi, je suis comme toi, je voudrais bien avoir un capital. Malheureusement, il faut que j'attende.

— Que tu attendes quoi ? demanda Caderousse.

— Sa mort.

— Comment cela ?

— Parce qu'il m'a porté sur son testament.

— Vrai ?

— Parole d'honneur !

— Pour combien ?

— Pour cinq cent mille !

— Rien que cela ! merci du peu.

— Caderousse, tu es mon ami ?

— Comment donc ! à la vie, à la mort.

— Eh bien ! je vais te dire un secret.

— Dis.

— Eh bien ! je crois... »

Andrea s'arrêta en regardant autour de lui.

« Tu crois ?... N'aie pas peur, pardieu ! nous sommes seuls.

— Je crois que j'ai retrouvé mon père.

— Ton vrai père ?

— Oui.

— Et ce père, c'est...

— Eh bien ! Caderousse, c'est le comte de Monte-Cristo.

— Bah !

— Oui ; tu comprends alors, tout s'explique. Il ne peut pas m'avouer tout haut, à ce qu'il paraît, mais il me fait reconnaître par M. Cavalcanti, à qui il donne cinquante mille francs pour ça.

— Cinquante mille francs pour être ton père ! Moi, j'aurais accepté pour moitié prix, pour vingt mille, pour quinze mille ; comment n'as-tu pas pensé à moi, ingrat ?

— Est-ce que je savais cela ? presque tout s'est fait tandis que nous étions là-bas.

— Ah ! c'est vrai. Et tu dis que par son testament ?...

— Il me laisse cinq cent mille livres ; mais ce n'est pas le tout. Il y a un codicille.

— Et dans ce codicille ?...

— Il me reconnaît.

— Oh ! le bon homme de père, le brave homme de père, l'honnêtissime homme de père ! dit Caderousse en faisant tourner en l'air une assiette qu'il retint entre ses deux mains.

— Voilà ! Dis encore que j'ai des secrets pour toi !

— Non, et ta confiance t'honore à mes yeux. Et ton prince de père, il est donc riche, richissime ?

— Dame ! je le vois bien, moi qui suis reçu chez lui à toute heure. L'autre jour, c'était un garçon de banque qui lui apportait cinquante mille francs dans un portefeuille gros comme ta serviette ; hier, c'est un banquier qui lui apportait cent mille francs en or. »

Caderousse était abasourdi ; il lui semblait que les paroles du jeune homme avaient le son du métal, et qu'il entendait rouler des cascades de louis.

« Et tu vas dans cette maison-là ? s'écria-t-il avec naïveté.

— Quand je veux. »

Caderousse demeura pensif un instant. Il était facile

de voir qu'il retournait dans son esprit quelque profonde pensée.

Puis soudain :

« Que j'aimerais à voir tout cela ! s'écria-t-il, et comme tout cela doit être beau !

— Le fait est, dit Andrea, que c'est magnifique !

— Et ne demeure-t-il pas avenue des Champs-Élysées ?

— Numéro 30.

— Ah ! dit Caderousse, numéro 30 ?

— Oui, une belle maison isolée, entre cour et jardin ; tu ne connais que cela.

— Dis donc, tu devrais m'y conduire un jour avec toi.

— Est-ce que c'est possible ? et à quel titre ?

— Tu as raison, mais tu m'as fait venir l'eau à la bouche ; tâche au moins de me faire comprendre ce que cela peut être.

— Dame ! il me faudrait de l'encre et du papier pour faire un plan.

— En voilà ! » dit vivement Caderousse.

Et il alla chercher sur un vieux secrétaire une feuille de papier blanc, de l'encre et une plume.

« Tiens, dit Caderousse, trace-moi tout cela sur le papier, mon fils. »

Andrea prit la plume avec un imperceptible sourire et fit le tracé du jardin, de la cour et de la maison.

« Des grands murs ?

— Non, huit ou dix pieds tout au plus.

— Ce n'est pas prudent, dit Caderousse.

— Dans la cour, des caisses d'orangers, des pelouses, des massifs de fleurs.

— Voyons le rez-de-chaussée, dit Caderousse.

— Au rez-de-chaussée, salle à manger, deux salons, salle de billard, escalier dans le vestibule, et petit escalier dérobé.

— Des fenêtres ?

— Des fenêtres magnifiques, si belles, si larges, que, ma foi oui, je crois qu'un homme de ta taille passerait par chaque carreau.

— Mais des volets ?

— Oui, des volets, mais dont on ne se sert jamais. Un original, ce comte de Monte-Cristo, qui aime à voir le ciel même pendant la nuit ! Autrefois il y avait un chien qui se promenait la nuit dans la cour, mais on l'a fait conduire à la maison d'Auteuil, tu sais, à celle où tu es venu ?

— Oui.

— Moi je lui disais encore hier : C'est imprudent de votre part, monsieur le comte ; car lorsque vous allez à Auteuil et que vous emmenez vos domestiques, la maison reste seule. Quelque beau jour on vous volera.

— Qu'a-t-il répondu ?

— Il a répondu : Eh bien ! qu'est-ce que cela me fait qu'on me vole ?

— Andrea, il y a quelque secrétaire à mécanique.

— Comment cela ?

— Oui, qui prend le voleur dans une grille et qui joue un air. On m'a dit qu'il y en avait comme cela à la dernière Exposition.

— Il a tout bonnement un secrétaire en acajou, auquel j'ai toujours vu la clef.

— Et on ne le vole pas ?

— Non, les gens qui le servent lui sont tout dévoués.

— Il doit y en avoir dans ce secrétaire-là, hein, de la monnaie ?

— Il y a peut-être... on ne peut pas savoir ce qu'il y a.

— Et où est-il ?

— Au premier, dans le cabinet de toilette.

— Et une fenêtre au cabinet de toilette ?

— Deux, là et là. »

Et Andrea dessina deux fenêtres à la pièce qui, sur le plan, faisait l'angle et figurait comme un carré moins grand ajouté au carré long de la chambre à coucher.

Caderousse devint rêveur.

« Et va-t-il souvent à Auteuil ? demanda-t-il.

— Deux ou trois fois par semaine ; demain, par exemple, il doit y aller passer la journée et la nuit.

— Tu en es sûr ?

— Il m'a invité à y aller dîner.

— Et iras-tu y dîner ?

— Probablement.

— Quand tu y dînes, y couches-tu ?

— Quand cela me fait plaisir. Je suis chez le comte comme chez moi. »

Caderousse regarda le jeune homme comme pour arracher la vérité du fond de son cœur ; mais Andrea tira une boîte à cigares de sa poche, y prit un havane, l'alluma tranquillement et commença à le fumer sans affectation.

« Quand veux-tu les cinq cents francs ? demanda-t-il à Caderousse. Demain, en partant pour Auteuil, je les laisserai.

— Je peux compter dessus ?

— Parfaitement. Mais ce sera fini, hein ? tu ne me tourmenteras plus ?

— Jamais. »

Caderousse était devenu si sombre, qu'Andrea craignit

d'être forcé de s'apercevoir de ce changement. Il redoubla donc de gaieté et d'insouciance.

« Heureux coquin, dit Caderousse, tu t'en vas retrouver tes laquais, tes chevaux, ta voiture et ta fiancée ?

— Mais oui, dit Andrea.

— Attends que je te reconduise.

— Ce n'est pas la peine.

— Si fait. Il y a un petit secret à la porte ; serrure Huret et Fichet, revue et corrigée par Gaspard Caderousse. Je t'en confectionnerai une pareille quand tu seras capitaliste.

— Merci, dit Andrea ; je te ferai prévenir huit jours d'avance. »

Ils se séparèrent. Caderousse resta sur le palier jusqu'à ce qu'il eût vu Andrea, non seulement descendre les trois étages, mais encore traverser la cour. Alors il rentra précipitamment, referma sa porte avec soin, et se mit à étudier, en profond architecte, le plan que lui avait laissé Andrea.

« Ce cher Benedetto, dit-il, je crois qu'il ne serait pas fâché d'hériter, et que celui qui avancera le jour où il doit palper ses cinq cent mille francs ne sera pas son plus méchant ami. »

49

L'effraction

Le lendemain du jour où avait eu lieu la conversation que nous venons de rapporter, le comte de Monte-Cristo était en effet parti pour Auteuil avec Ali, plusieurs domestiques et des chevaux qu'il voulait essayer. Ce qui avait surtout déterminé ce départ auquel il ne songeait même pas la veille, auquel Andrea ne songeait pas plus que lui, c'était l'arrivée de Bertuccio, qui, revenu de Normandie, rapportait des nouvelles de la maison et de la corvette. La maison était prête, et la corvette, arrivée depuis huit jours, à l'ancre dans une petite anse où elle se tenait avec son équipage de six hommes, après avoir rempli toutes les formalités exigées, était déjà en état de reprendre la mer.

« C'est bien, dit Monte-Cristo, je reste ici un jour ou deux ; arrangez-vous en conséquence. »

Comme Bertuccio allait sortir, Baptistin ouvrit la porte ; il tenait une lettre sur un plateau de vermeil.

« Que venez-vous faire ici ? demanda le comte en le voyant tout couvert de poussière : je ne vous ai pas demandé, ce me semble. »

Baptistin, sans répondre, s'approcha du comte et lui présenta la lettre.

« Importante et pressée », dit-il.

Le comte ouvrit la lettre et lut :

« M. de Monte-Cristo est prévenu que cette nuit même un homme s'introduira dans sa maison des Champs-Élysées, pour soustraire des papiers qu'il croit enfermés dans le secrétaire du cabinet de toilette. On sait M. le comte de Monte-Cristo assez brave pour ne pas recourir à l'intervention de la police, intervention qui pourrait compromettre fortement celui qui lui donne cet avis. M. le comte, soit par une ouverture qui donnera de la chambre à coucher dans le cabinet, soit en s'embusquant dans le cabinet, pourra se faire justice lui-même. Beaucoup de gens et des précautions apparentes éloigneraient certainement le malfaiteur et feraient perdre à M. de Monte-Cristo cette occasion de connaître un ennemi que le hasard a fait découvrir à la personne qui donne cet avis au comte, avis qu'elle n'aurait peut-être pas la possibilité de renouveler si, cette première entreprise échouant, le malfaiteur en tentait une autre. »

Le premier mouvement du comte fut de croire à une ruse de voleurs, piège grossier qui lui signalait un danger médiocre pour l'exposer à un danger plus grave. Il allait donc faire porter la lettre à un commissaire de police, quand tout à coup l'idée lui vint que ce pouvait être en effet quelque ennemi particulier à lui, que lui seul pouvait reconnaître, et dont, le cas échéant, lui seul pouvait tirer parti.

On connaît le comte : nous n'avons donc pas besoin de dire que c'était un esprit plein d'audace et de vigueur, qui se roidissait contre l'impossible avec cette énergie qui fait seule les hommes supérieurs.

« Ils ne veulent pas me voler mes papiers, dit Monte-Cristo, ils veulent me tuer ; ce ne sont pas des voleurs, ce sont des assassins. Je ne veux pas que M. le préfet de police se mêle de mes affaires particulières ; je suis assez riche, ma foi, pour dégrever en ceci le budget de son administration. »

Le comte rappela Baptistin, qui était sorti de la chambre après avoir apporté la lettre.

« Vous allez retourner à Paris, dit-il ; vous ramènerez ici les domestiques qui restent. J'ai besoin de tout mon monde à Auteuil.

— Mais ne restera-t-il donc personne à la maison, monsieur le comte ? demanda Baptistin.

— Si fait, le concierge... »

Baptistin s'inclina.

Le comte fit dire qu'il dînerait chez lui et ne voulait être servi que par Ali.

Il dîna avec sa tranquillité et sa sobriété habituelles, et après le dîner, faisant signe à Ali de le suivre, il sortit par la petite porte, gagna le bois de Boulogne comme s'il se promenait, prit sans affectation le chemin de Paris, et, à la nuit tombante, se trouva en face de sa maison des Champs-Élysées.

Tout était sombre : seule une faible lumière brûlait dans la loge du concierge, distante d'une quarantaine de pas de la maison.

Monte-Cristo s'adossa à un arbre, et, de cet œil qui se trompait si rarement, sonda la double allée, examina les passants, et plongea son regard dans les rues voisines, afin de voir si quelqu'un n'était point embusqué. Au bout de dix minutes, il fut parfaitement convaincu que personne ne le guettait.

Il courut aussitôt à la petite porte avec Ali, entra précipitamment, et, par l'escalier de service dont il avait la clef, rentra dans sa chambre à coucher sans ouvrir ou déranger un seul rideau, sans que le concierge lui-même pût se douter que la maison qu'il croyait vide avait retrouvé son principal habitant.

Arrivé dans la chambre à coucher, le comte fit signe à Ali de s'arrêter, puis il passa dans le cabinet, qu'il examina ; tout y était dans l'état habituel ; le précieux secrétaire à sa place, et la clef au secrétaire. Il le ferma à double tour, prit la clef, revint à la porte de la chambre à coucher, enleva la double gâche du verrou, et rentra.

Il était neuf heures et demie à peu près ; Monte-Cristo fit glisser un de ces panneaux mobiles qui lui permettaient de voir d'une pièce dans l'autre. Il avait à sa portée ses pistolets et sa carabine, et Ali, debout près de lui, tenait à la main une petite hache arabe.

Par une des fenêtres de la chambre à coucher parallèle à celle du cabinet, le comte pouvait voir dans la rue.

Onze heures trois quarts sonnèrent à l'horloge des Invalides ; le vent d'ouest apportait sur ses humides bouffées la lugubre vibration des trois coups.

Comme le dernier coup s'éteignait, le comte crut entendre un léger bruit du côté du cabinet; ce premier bruit, ou plutôt ce premier grincement, fut suivi d'un second, puis d'un troisième. Au quatrième, le comte savait à quoi s'en tenir : une main ferme et exercée était occupée à couper les quatre côtés d'une vitre avec un diamant.

La fenêtre où l'on travaillait était en face de l'ouverture par laquelle le comte plongeait son regard dans le cabinet. Un carreau craqua sans tomber. Par l'ouverture pratiquée, un bras passa, qui chercha l'espagnolette. Une seconde après, la fenêtre tourna sur ses gonds et un homme entra.

L'homme était seul.

« Voilà un hardi coquin », murmura le comte.

En ce moment il sentit qu'Ali lui touchait doucement l'épaule; il se retourna : Ali lui montrait la fenêtre de la chambre où ils étaient, et qui donnait sur la rue. Monte-Cristo vit un autre homme qui se détachait d'une porte, et, montant sur une borne, semblait chercher à voir ce qui se passait chez le comte.

« Bon! dit-il, ils sont deux : l'un agit, l'autre guette. »

Il fit signe à Ali de ne pas perdre des yeux l'homme de la rue, et revint à celui du cabinet.

Le coupeur de vitres était entré et s'orientait, les bras tendus en avant.

Enfin il parut s'être rendu compte de toutes choses : il y avait deux portes dans le cabinet, il alla pousser les verrous de toutes deux. Le nocturne visiteur, ignorant le soin qu'avait pris le comte d'enlever les gâches, pouvait désormais se croire chez lui et agir en toute tranquillité. Le comte entendit bientôt ce froissement du fer contre le fer que produit, quand on le remue, ce trousseau de clefs informes auxquelles les voleurs ont donné le nom de rossignols.

« Ah! ah! murmura Monte-Cristo avec un sourire de désappointement, ce n'est qu'un voleur. »

Mais l'homme, dans l'obscurité, ne pouvait choisir l'instrument convenable. Il eut alors recours à l'objet qu'il avait posé sur le guéridon; il fit jouer un ressort, et aussitôt une lumière pâle, mais assez vive cependant pour qu'on pût voir, envoya son reflet doré sur les mains et sur le visage de cet homme.

« Tiens! fit tout à coup Monte-Cristo en se reculant avec un mouvement de surprise, c'est… »

Ali leva sa hache.

« Ne bouge pas, lui dit Monte-Cristo tout bas, et laisse là ta hache, nous n'avons plus besoin d'armes ici. »

Puis il ajouta quelques mots en baissant encore la voix, car l'exclamation, si faible qu'elle fût, que la surprise avait arrachée au comte, avait suffi pour faire tressaillir l'homme, qui était resté dans la pose du rémouleur antique.

Aussitôt Ali détacha de la muraille de l'alcôve un vêtement noir et un chapeau triangulaire. Pendant ce temps, Monte-Cristo ôtait rapidement sa redingote, son gilet et sa chemise, et l'on pouvait, grâce au rayon de lumière filtrant par la fente du panneau, reconnaître sur la poitrine du comte une souple et fine tunique de mailles d'acier. Cette tunique disparut bientôt sous une longue soutane, comme les cheveux du comte sous une perruque à tonsure; le chapeau triangulaire, placé sur la perruque, acheva de changer le comte en abbé.

Cependant l'homme, n'entendant plus rien, s'était relevé, et pendant le temps que Monte-Cristo opérait sa métamorphose, était allé droit au secrétaire, dont la serrure commençait à craquer sous son rossignol.

« Bon ! murmura le comte, lequel se reposait sans doute sur quelque secret de serrurerie, tu en as pour quelques minutes. »

Et il alla à la fenêtre.

L'homme se promenait toujours dans la rue ; mais, chose singulière, il ne paraissait préoccupé que de ce qui se passait chez le comte, et tous ses mouvements avaient pour but de voir ce qui se faisait dans le cabinet.

Monte-Cristo, tout à coup, se frappa le front et laissa errer sur ses lèvres entrouvertes un rire silencieux.

Puis, se rapprochant d'Ali :

« Demeure ici, lui dit-il tout bas, caché dans l'obscurité, et, quel que soit le bruit que tu entendes, quelque chose qui se passe, n'entre et ne te montre que si je t'appelle par ton nom. »

Ali fit signe de la tête qu'il avait compris et qu'il obéirait.

Alors Monte-Cristo tira d'une armoire une bougie tout allumée, et, au moment où le voleur était le plus occupé à sa serrure, il ouvrit doucement la porte, ayant soin que la lumière qu'il tenait à la main donnât tout entière sur son visage.

La porte tourna si doucement, que le voleur n'entendit pas le bruit ; mais, à son grand étonnement, il vit tout à coup la chambre s'éclairer.

Il se retourna.

« Eh ! bonsoir, cher monsieur Caderousse ! dit Monte-

Cristo ; que diable venez-vous donc faire ici à une pareille heure ?

— L'abbé Busoni ! » s'écria Caderousse.

Et ne sachant comment cette étrange apparition était venue jusqu'à lui, puisqu'il avait fermé les portes, il laissa tomber son trousseau de fausses clefs et resta immobile et comme frappé de stupeur.

Le comte alla se placer entre Caderousse et la fenêtre, coupant ainsi au voleur terrifié son seul moyen de retraite.

« L'abbé Busoni ! répéta Caderousse en fixant sur le comte des yeux hagards.

— Nous voulons donc voler le comte de Monte-Cristo ? continua le prétendu abbé.

— Monsieur l'abbé, murmura Caderousse cherchant à gagner la fenêtre que lui interceptait impitoyablement le comte, monsieur l'abbé, je ne sais... »

Caderousse s'étranglait avec sa cravate ; il cherchait un angle où se cacher, un trou par où disparaître.

« Allons, dit le comte, je vois que vous êtes toujours le même, monsieur l'assassin.

— Monsieur l'abbé, puisque vous savez tout, vous savez que ce n'est pas moi, que c'est la Carconte : ç'a été reconnu au procès, puisqu'ils ne m'ont condamné qu'aux galères.

— Vous avez donc fini votre temps, que je vous retrouve en train de vous y faire ramener ?

— Non, monsieur l'abbé, j'ai été délivré par quelqu'un.

— Vous prétendez qu'on vous a délivré du bagne ?

— Oh ! ça, foi de Caderousse, monsieur l'abbé !

— Qui cela ?

— Un Anglais, Lord Wilmore.

— Cet Anglais vous protégeait donc ?

— Non pas moi, mais un jeune Corse qui était mon compagnon de chaîne.

— Comment se nommait ce jeune Corse ?

— Benedetto.

— Alors ce jeune homme s'est évadé avec vous ?

— Oui.

— Et qu'est devenu ce Benedetto ?

— Je n'en sais rien !

— Vous mentez ! dit l'abbé Busoni avec un accent d'irrésistible autorité.

— Monsieur l'abbé !...

— Vous mentez ! cet homme est encore votre ami, et vous vous servez de lui comme un complice, peut-être. Depuis que vous avez quitté Toulon, comment avez-vous vécu ? Répondez.

— Comme j'ai pu.

— Vous mentez ! » reprit une troisième fois l'abbé avec un accent impératif.

Caderousse, terrifié, regarda le comte.

« Vous avez vécu, reprit celui-ci, de l'argent qu'il vous a donné.

— Eh bien ! c'est vrai, dit Caderousse, Benedetto est devenu un fils de grand seigneur.

— Comment peut-il être fils d'un grand seigneur ?

— Fils naturel.

— Et comment nommez-vous ce grand seigneur ?

— Le comte de Monte-Cristo, celui-là même chez qui nous sommes.

— Benedetto, le fils du comte ! reprit Monte-Cristo

étonné à son tour. Et quel nom porte, en attendant, ce jeune homme?

— Il s'appelle Andrea Cavalcanti.

— Alors c'est ce jeune homme que mon ami le comte de Monte-Cristo reçoit chez lui, et qui va épouser Mlle Danglars?

— Justement.

— Et vous souffrez cela, misérable! vous qui connaissez sa vie et sa flétrissure?

— Monsieur l'abbé! dit Caderousse en se rapprochant.

— Je dirai tout.

— A qui?

— A M. Danglars.

— Tron-de-l'air! s'écria Caderousse en tirant un couteau tout ouvert de son gilet et en frappant le comte au milieu de la poitrine, tu ne diras rien, l'abbé! »

Au grand étonnement de Caderousse, le poignard, au lieu de pénétrer dans la poitrine du comte, rebroussa émoussé.

En même temps, le comte saisit de la main gauche le poignet de l'assassin et le tordit avec une telle force, que le couteau tomba de ses doigts raidis, et que Caderousse poussa un cri de douleur.

Mais le comte, sans s'arrêter à ce cri, continua de tordre le poignet du bandit jusqu'à ce que, le bras disloqué, il tombât d'abord à genoux, puis ensuite la face contre terre.

Le comte appuya son pied sur sa tête et dit :

« Je ne sais ce qui me retient de te briser le crâne, scélérat!

— Ah! grâce! grâce! » cria Caderousse.

Le comte retira son pied.

« Relève-toi ! » dit-il.

Caderousse se releva.

« Tudieu ! quel poignet vous avez, monsieur l'abbé ! dit Caderousse, caressant son bras tout meurtri par les tenailles de chair qui l'avaient étreint ; tudieu ! quel poignet !

— Silence. Dieu me donne la force de dompter une bête féroce comme toi ; c'est au nom de ce Dieu que j'agis ; souviens-toi de cela, misérable, et t'épargner en ce moment, c'est encore servir les desseins de Dieu.

— Ouf ! fit Caderousse tout endolori.

— Prends cette plume et ce papier, et écris ce que je vais te dicter. »

Caderousse, subjugué par cette puissance supérieure, s'assit et écrivit.

« Monsieur, l'homme que vous recevez chez vous et à qui vous destinez votre fille, est un ancien forçat, échappé avec moi du bagne de Toulon ; il portait le n° 59, et moi le n° 58.

« Il se nommait Benedetto ; mais il ignore lui-même son véritable nom, n'ayant jamais connu ses parents. »

« Signe ! continue le comte.

— Mais vous voulez donc me perdre ?

— Si je voulais te perdre, imbécile, je te traînerais jusqu'au premier corps de garde ; d'ailleurs, à l'heure où le billet sera rendu à son adresse, il est probable que tu n'auras plus rien à craindre. Signe donc. »

Caderousse signa.

« L'adresse : *A Monsieur le baron Danglars, banquier, rue de la Chaussée-d'Antin.* »

Caderousse écrivit l'adresse.

L'abbé prit le billet.

« Maintenant, dit-il, c'est bien, va-t'en.

— Par où ?

— Par où tu es venu.

— Vous méditez quelque chose contre moi, monsieur l'abbé ?

— Imbécile, que veux-tu que je médite ?

— Jurez-moi que vous ne me frapperez pas tandis que je descendrai.

— Sot et lâche que tu es !

— Que voulez-vous faire de moi ?

— Je te le demande. J'ai essayé d'en faire un homme heureux, et je n'en ai fait qu'un assassin !

— Monsieur l'abbé, dit Caderousse, tentez une dernière épreuve.

— Soit, dit le comte. Écoute : tu sais que je suis homme de parole ?

— Oui, dit Caderousse.

— Si tu rentres chez toi sain et sauf, quitte Paris, quitte la France, et, partout où tu seras, tant que tu te conduiras honnêtement, je te ferai passer une petite pension ; car si tu rentres chez toi sain et sauf, eh bien…

— Eh bien ? demanda Caderousse en frémissant.

— Eh bien ! je croirai que Dieu t'a pardonné, et je te pardonnerai aussi.

— Vrai, comme je suis chrétien, balbutia Caderousse en reculant, vous me faites mourir de peur !

— Allons, va-t'en ! » dit le comte en montrant du doigt la fenêtre à Caderousse.

Caderousse, encore mal rassuré par cette promesse, enjamba la fenêtre et mit le pied sur l'échelle. Ce ne fut que lorsqu'il sentit le sol du jardin sous son pied qu'il fut suffisamment rassuré.

Monte-Cristo rentra dans sa chambre à coucher, et jetant un coup d'œil rapide du jardin à la rue, il vit d'abord Caderousse qui allait planter son échelle à l'extrémité de la muraille, afin de sortir à une autre place que celle par laquelle il était entré ; puis, passant du jardin à la rue, il vit l'homme qui semblait attendre, courir parallèlement dans la rue et se placer derrière l'angle même près duquel Caderousse allait descendre.

Caderousse monta lentement sur l'échelle, et, arrivé aux derniers échelons, passa sa tête par-dessus le chaperon pour s'assurer que la rue était bien solitaire.

On ne voyait personne, on n'entendait aucun bruit.

Une heure sonna aux Invalides.

Alors Caderousse se mit à cheval sur le chaperon, et tirant à lui son échelle, la passa par-dessus le mur, puis il se mit en devoir de descendre, ou plutôt de se laisser glisser le long des deux montants, manœuvre qu'il opéra avec une adresse qui prouvait l'habitude qu'il avait de cet exercice.

Mais, une fois lancé sur cette pente, il ne put s'arrêter. Vainement il vit un homme s'élancer dans l'ombre au moment où il était à moitié chemin ; vainement il vit un bras se lever au moment où il touchait la terre ; avant qu'il n'eût pu se mettre en défense, ce bras le frappa si furieusement dans le dos, qu'il lâcha l'échelle en criant : « Au secours ! »

Un second coup lui arriva presque aussitôt dans le flanc. Enfin, comme il se roulait sur la terre, son adversaire le saisit aux cheveux et lui porta un troisième coup dans la poitrine.

Cette fois Caderousse voulut crier encore, mais il ne put pousser qu'un gémissement et laissa couler en gémissant les trois ruisseaux de sang qui sortaient de ses trois blessures.

L'assassin, voyant qu'il ne criait plus, lui souleva la tête par les cheveux ; Caderousse avait les yeux fermés et la bouche tordue. L'assassin le crut mort, laissa retomber la tête et disparut.

Alors Caderousse, le sentant s'éloigner, se redressa sur son coude, et d'une voix mourante cria dans un suprême effort :

« A l'assassin ! je meurs ! à moi, monsieur l'abbé, à moi ! »

Ce lugubre appel perça l'ombre de la nuit. La porte de l'escalier dérobé s'ouvrit, puis la petite porte du jardin, et Ali et son maître accoururent avec des lumières.

50

La main de Dieu

Caderousse continuait de crier d'une voix lamentable :

« Monsieur l'abbé, au secours! au secours!

— Nous voici! du courage.

— Ah! c'est fini. Vous arrivez trop tard; vous arrivez pour me voir mourir. Quels coups! que de sang! »

Et il s'évanouit.

Ali et son maître prirent le blessé et le transportèrent dans une chambre. Là, Monte-Cristo fit signe à Ali de le déshabiller, et il reconnut les trois terribles blessures dont il était atteint.

« Mon Dieu! dit-il, votre vengeance se fait parfois attendre; mais je crois alors qu'elle ne descend du ciel que plus complète. »

Ali regarda son maître comme pour lui demander ce qu'il y avait à faire.

« Va chercher M. le procureur du roi Villefort, qui demeure Faubourg-Saint-Honoré, et amène-le ici. En passant, tu réveilleras le concierge, et tu lui diras d'aller chercher un médecin. »

Ali obéit et laissa le faux abbé seul avec Caderousse toujours évanoui.

Lorsque le malheureux rouvrit les yeux, le comte, assis à quelques pas de lui, le regardait avec une sombre expression de pitié, et ses lèvres qui s'agitaient semblaient murmurer une prière.

« Un chirurgien, monsieur l'abbé, un chirurgien ! dit Caderousse.

— On en est allé chercher un, répondit l'abbé.

— Je sais bien que c'est inutile, quant à la vie ; mais il pourra me donner des forces peut-être, et je veux avoir le temps de faire ma déclaration.

— Sur quoi ?

— Sur mon assassin.

— Vous le connaissez donc ?

— Si je le connais ! oui, je le connais, c'est Benedetto.

— Ce jeune Corse ?

— Oui. Après m'avoir donné le plan de la maison du comte espérant sans doute que je le tuerais, et qu'il deviendrait ainsi son héritier, ou qu'il me tuerait, et qu'il serait ainsi débarrassé de moi, il m'a attendu dans la rue et m'a assassiné.

— Voulez-vous que j'écrive votre déposition ? vous la signerez.

— Oui... oui... », dit Caderousse, dont les yeux brillaient à l'espoir de cette vengeance posthume.

Monte-Cristo écrivit :

« Je meurs assassiné par le Corse Benedetto, mon compagnon de chaîne à Toulon, sous le n° 59. »

« Dépêchez-vous ! dépêchez-vous ! dit Caderousse, je ne pourrais plus signer. »

Monte-Cristo présenta la plume à Caderousse, qui rassembla ses forces, signa et retomba sur son lit en disant :

« Vous raconterez le reste, monsieur l'abbé, vous direz qu'il se fait appeler Andrea Cavalcanti, qu'il loge à l'hôtel des Princes, que... vous direz tout cela, n'est-ce pas, monsieur l'abbé ?

— Tout cela, oui, et bien d'autres choses encore.

— Que direz-vous ?

— Je dirai, continua le comte, qu'il est arrivé derrière vous, qu'il vous a guetté tout le temps, que lorsqu'il vous a vu sortir, il a couru à l'angle du mur et s'est caché.

— Vous avez vu tout cela, vous ?

— Rappelez-vous mes paroles : "Si tu rentres chez toi sain et sauf, je croirai que Dieu t'a pardonné, et je te pardonnerai aussi."

— Et vous ne m'avez pas averti ? s'écria Caderousse en essayant de se soulever sur son coude ; vous saviez que j'allais être tué en sortant d'ici, et vous ne m'avez pas averti ?

— Non, car dans la main de Benedetto, je voyais la justice de Dieu, et j'aurais cru commettre un sacrilège en m'opposant aux intentions de la Providence.

— La justice de Dieu ! ne m'en parlez pas, monsieur l'abbé ; s'il y avait une justice de Dieu, vous savez mieux que personne qu'il y a des gens qui seraient punis et qui ne le sont pas.

— Patience ! dit l'abbé d'un ton qui fit frémir le moribond, patience ! »

Caderousse s'affaiblissait à vue d'œil.

« A boire, dit-il ; j'ai soif… je brûle ! »

Monte-Cristo lui donna un verre d'eau.

« Scélérat de Benedetto ! dit Caderousse en rendant le verre ; il échappera cependant, lui !

— Personne n'échappera, c'est moi qui te le dis, Caderousse… Benedetto sera puni !

— Alors vous serez puni, vous aussi, dit Caderousse ; car vous n'avez pas fait votre devoir de prêtre… vous deviez empêcher Benedetto de me tuer.

— Moi, dit le comte avec un sourire qui glaça d'effroi le mourant, moi empêcher Benedetto de te tuer, au moment où tu venais de briser ton couteau contre la cotte de mailles qui me couvrait la poitrine !… Oui, peut-être, si je t'eusse trouvé humble et repentant, j'eusse empêché Benedetto de te tuer, mais je t'ai trouvé orgueilleux et sanguinaire, et j'ai laissé s'accomplir la volonté de Dieu !

— Je ne crois pas à Dieu ! hurla Caderousse, tu n'y crois pas non plus… tu mens… tu mens ! Il n'y a pas de Dieu, il n'y a pas de Providence, il n'y a que du hasard.

— Il y a une Providence, il y a un Dieu, dit Monte-Cristo, et la preuve c'est que tu es là gisant, désespéré reniant Dieu, et que moi, je suis debout devant toi, riche, heureux, sain et sauf, et joignant les mains devant ce Dieu auquel tu essaies de ne pas croire, et auquel tu crois au fond du cœur.

— Mais qui donc êtes-vous, alors ? demanda Caderousse en fixant ses yeux mourants sur le comte.

— Regarde-moi bien », dit Monte-Cristo en prenant la bougie et en l'approchant de son visage.

Monte-Cristo enleva la perruque qui le défigurait, et laissa retomber les beaux cheveux noirs qui encadraient si harmonieusement son pâle visage.

« Oh! en effet, il me semble que je vous ai vu, que je vous ai connu autrefois.

— Oui, Caderousse, oui, tu m'as vu, oui, tu m'as connu.

— Mais qui donc êtes-vous alors? et pourquoi, si vous m'avez vu, si vous m'avez connu, pourquoi me laissez-vous mourir?

— Parce que rien ne peut te sauver, Caderousse, parce que tes blessures sont mortelles. Si tu avais pu être sauvé, j'aurais vu là une dernière miséricorde du Seigneur, et j'eusse encore, je te le jure par la tombe de mon père, essayé de te rendre à la vie et au repentir.

— Par la tombe de ton père! dit Caderousse, ranimé par une suprême étincelle et se soulevant pour voir de plus près l'homme qui venait de lui faire ce serment sacré à tous les hommes; eh! qui es-tu donc? »

Le comte n'avait cessé de suivre les progrès de l'agonie. Il comprit que cet élan de vie était le dernier; il s'approcha du moribond, et le couvrant d'un regard calme et triste à la fois :

« Je suis... lui dit-il à l'oreille, je suis... »

Et ses lèvres, à peine ouvertes, donnèrent passage à un nom prononcé si bas, que le comte semblait craindre de l'entendre lui-même.

Caderousse, qui s'était soulevé sur ses genoux, étendit les bras, fit un effort pour se reculer, puis joignant les mains et les levant avec un suprême effort :

« Oh! mon Dieu! mon Dieu! dit-il, pardon de vous

avoir renié ; vous existez bien, vous êtes bien le père des hommes au ciel, et le juge des hommes sur la terre, mon Dieu, Seigneur, je vous ai longtemps méconnu ! mon Dieu ! Seigneur, pardonnez-moi ! mon Dieu ! Seigneur, recevez-moi ! »

Et Caderousse, fermant les yeux, tomba renversé en arrière, avec un dernier cri et avec un dernier soupir.

Le sang s'arrêta aussitôt aux lèvres de ses larges blessures.

Il était mort.

« *Un !* » dit mystérieusement le comte, les yeux fixés sur le cadavre déjà défiguré par cette terrible mort.

Dix minutes après, le médecin et le procureur du roi arrivèrent, amenés, l'un par le concierge, l'autre par Ali, et furent reçus par l'abbé Busoni, qui priait près du mort.

51

Beauchamp

Le délai demandé par Beauchamp était presque écoulé. On ne l'avait pas revu depuis le jour de la visite qu'Albert lui avait faite, et à tous ceux qui le demandaient, on répondait qu'il était absent pour un voyage de quelques jours.

Où était-il ? personne n'en savait rien.

Un matin, Albert fut réveillé par un valet de chambre, qui lui annonça Beauchamp.

Albert se frotta les yeux, ordonna qu'on le fît attendre dans le petit salon fumoir du rez-de-chaussée, s'habilla vivement et descendit.

Il trouva Beauchamp se promenant de long en large. En l'apercevant, Beauchamp s'arrêta.

« La démarche que vous tentez en vous présentant

chez moi de vous-même, et sans attendre la visite que je comptais vous faire aujourd'hui, me semble d'un bon augure, monsieur, dit Albert ; voyons, dites vite, faut-il que je vous tende la main en disant : Beauchamp, avouez un tort et conservez-moi un ami ? ou faut-il que tout simplement je vous demande : Quelles sont vos armes ?

— Albert, dit Beauchamp avec une tristesse qui frappa le jeune homme de stupeur, asseyons-nous d'abord, et causons.

— Mais il me semble, au contraire, monsieur, qu'avant de nous asseoir, vous avez à me répondre.

— Albert, dit le journaliste, il y a des circonstances où la difficulté est justement dans la réponse.

— Eh bien ! eh bien ! demanda Morcerf avec impatience ; que veut dire cela ?

— Cela veut dire que j'arrive de Janina.

— Vous avez été à Janina ? dit-il.

— Albert, si vous aviez été un étranger, un inconnu, vous comprenez que je ne me serais pas donné une pareille peine ; mais j'ai cru que je vous devais cette marque de considération. J'ai mis huit jours à aller, huit jours à revenir, plus quatre jours de quarantaine, et quarante-huit heures de séjour ; cela fait bien mes trois semaines. Je suis arrivé cette nuit, et me voilà.

— Mon Dieu, mon Dieu ! que de circonlocutions, Beauchamp ! Vous avez peur d'avouer que votre correspondant vous avait trompé ? Oh ! pas d'amour-propre, Beauchamp ; avouez, Beauchamp, votre courage ne peut être mis en doute.

— Oh ! ce n'est point cela, murmura le journaliste ; au contraire… »

Albert pâlit affreusement ; il essaya de parler, mais la parole expira sur ses lèvres.

« Mon ami, dit Beauchamp du ton le plus affectueux, croyez que je serais heureux de vous faire mes excuses, et que ces excuses, je vous les ferais de tout mon cœur ; mais, hélas !...

— Mais, quoi ?

— La note avait raison, mon ami.

— Comment ? cet officier français...

— Pardonnez-moi de vous dire ce que je vous dis, mon ami : cet homme, c'est votre père ! »

Albert fit un mouvement furieux pour se lancer sur Beauchamp ; mais celui-ci le retint bien plus encore avec un doux regard qu'avec sa main étendue.

« Tenez, mon ami, dit-il en tirant un papier de sa poche, voici la preuve. »

Albert ouvrit le papier : c'était une attestation de quatre habitants notables de Janina, constatant que le colonel Fernand Mondego, colonel instructeur au service du vizir Ali-Tebelin, avait livré le château de Janina moyennant deux mille bourses.

Les signatures étaient légalisées par le consul.

Albert chancela et tomba écrasé sur un fauteuil. Après un moment de silence muet et douloureux, son cœur se gonfla, les veines de son cœur s'enflèrent, un torrent de larmes jaillit de ses yeux.

Beauchamp, qui avait regardé avec une profonde pitié le jeune homme, cédant au paroxysme de sa douleur, s'approcha de lui.

« Je suis accouru à vous pour vous dire : Albert, les fautes de nos pères dans ces temps d'action et de réaction ne peuvent atteindre les enfants. Albert, personne au monde, maintenant que j'ai toutes les preuves, maintenant que je suis maître de votre secret, ne peut me forcer à un combat que votre conscience, j'en suis certain, vous reprocherait comme un crime; mais ce que vous ne pouvez plus exiger de moi, je viens vous l'offrir. Ces preuves, ces révélations, ces attestations, que je possède seul, voulez-vous qu'elles disparaissent? Dites, le voulez-vous, Albert? dites, le voulez-vous, mon ami? »

Albert s'élança au cou de Beauchamp.

« Ah! noble cœur! s'écria-t-il.

— Tenez, dit Beauchamp en présentant les papiers à Albert.

— Cher ami! excellent ami! murmura Albert tout en brûlant les papiers.

— Que tout cela s'oublie comme un mauvais rêve, dit Beauchamp.

— Oui, oui, dit Albert, et qu'il n'en reste que l'éternelle amitié que je voue à mon sauveur!

— Cher Albert! » dit Beauchamp.

Mais le jeune homme sortit bientôt de cette joie inopinée et pour ainsi dire factice, et retomba plus profondément dans sa tristesse.

« Eh bien! demanda Beauchamp, voyons, qu'y a-t-il encore, mon ami?

— Il y a, dit Albert, que j'ai quelque chose de brisé dans le cœur. Écoutez, Beauchamp, on ne se sépare pas ainsi en une seconde de ce respect, de cette confiance et de cet orgueil qu'inspire à un fils le nom sans tache de son père. Oh! Beauchamp, Beauchamp! comment à présent vais-je aborder le mien?

— Voyons, dit Beauchamp en lui prenant les deux mains, du courage, ami !

— Mais d'où venait cette première note insérée dans votre journal ? s'écria Albert ; il y a derrière tout cela une haine inconnue, un ennemi invisible.

— Eh bien ! dit Beauchamp, raison de plus. Du courage, Albert ! pas de traces d'émotion sur votre visage ; portez cette douleur en vous comme le nuage porte en soi la ruine et la mort ; secret fatal que l'on ne comprend qu'au moment où la tempête éclate. Allez, ami, réservez vos forces pour le moment où l'éclat se ferait.

— Oh ! mais vous croyez donc que nous ne sommes pas au bout ? dit Albert épouvanté.

— Moi, je ne crois rien, mon ami ; mais enfin, tout est possible. A propos...

— Quoi ? demanda Albert en voyant que Beauchamp hésitait.

— Épousez-vous toujours Mlle Danglars ?

— A quel propos me demandez-vous cela dans un pareil moment, Beauchamp ?

— Parce que, dans mon esprit, la rupture ou l'accomplissement de ce mariage se rattache à l'objet qui nous occupe en ce moment.

— Comment, dit Albert dont le front s'enflamma, vous croyez que M. Danglars...

— Je vous demande seulement où en est votre mariage ? Que diable ! ne voyez pas dans mes paroles autre chose que ce que je veux y mettre, et ne leur donnez pas plus de portée qu'elles n'en ont.

— Non, dit Albert, le mariage est rompu.

— Bien », dit Beauchamp.

Puis, voyant que le jeune homme allait retomber dans sa mélancolie :

« Tenez, Albert, lui dit-il, si vous m'en croyez, nous allons sortir : un tour au bois en phaéton ou à cheval vous distraira ; puis nous reviendrons déjeuner quelque part, et vous irez à vos affaires et moi aux miennes.

— Volontiers, dit Albert, mais sortons à pied : il me semble qu'un peu de fatigue me ferait du bien.

— Soit », dit Beauchamp.

Et les deux amis, sortant à pied, suivirent le boulevard. Arrivés à la Madeleine :

« Tenez, dit Beauchamp, puisque nous voilà sur la route, allons un peu voir M. de Monte-Cristo, il vous distraira ; c'est un homme admirable pour remettre les esprits, en ce qu'il ne questionne jamais ; or, à mon avis, les gens qui ne questionnent pas sont les plus habiles consolateurs.

— Soit, dit Albert, allons chez lui, je l'aime. »

Monte-Cristo poussa un cri de joie en voyant les deux jeunes gens ensemble.

« Ah ! ah ! dit-il ; eh bien ! j'espère que tout est fini, éclairci, arrangé ?

— Oui, dit Beauchamp. Des bruits absurdes, qui sont tombés d'eux-mêmes, et qui maintenant, s'ils se renouvelaient, m'auraient pour premier antagoniste. Ainsi donc, ne parlons plus de cela.

— Que faites-vous ? dit Albert ; vous mettez de l'ordre dans vos papiers, ce me semble ?

— Dans mes papiers ? Dieu merci, non ! Il y a toujours dans mes papiers un ordre merveilleux, attendu que je n'ai pas de papiers, mais dans les papiers de M. Cavalcanti.

— De M. Cavalcanti ? demanda Beauchamp.

— Eh oui ! Ne savez-vous pas que ce jeune homme va épouser Mlle Danglars en mon lieu et place ; ce qui, continua Albert en essayant de sourire, comme vous pouvez bien vous en douter, mon cher Beauchamp, m'affecte cruellement.

— Et c'est vous, comte, qui avez fait ce mariage ? demanda Beauchamp.

— Moi ? Oh ! silence, monsieur le nouvelliste, n'allez pas dire de pareilles choses. Moi ! bon Dieu ! faire un mariage ? Non, vous ne me connaissez pas ; je m'y suis au contraire opposé de tout mon pouvoir : j'ai refusé de faire la demande. Mais qu'avez-vous donc, Albert ? vous avez l'air tout attristé ; est-ce que, sans vous en douter, vous êtes amoureux de Mlle Danglars, par exemple ?

— Pas que je sache », dit Albert en souriant tristement.

Beauchamp se mit à regarder les tableaux.

« Mais enfin, continua Monte-Cristo, vous n'êtes pas dans votre état ordinaire. Voyons, qu'avez-vous ? dites.

— J'ai la migraine, dit Albert.

— Eh bien ! mon cher vicomte, dit Monte-Cristo, j'ai en ce cas un remède infaillible à vous proposer, remède qui m'a réussi à moi chaque fois que j'ai éprouvé quelque contrariété.

— Lequel ? demanda le jeune homme.

— Le déplacement.

— En vérité ? dit Albert.

— Oui ; et, tenez, comme en ce moment-ci je suis excessivement contrarié, je me déplace. Voulez-vous que nous nous déplacions ensemble ?

— Vous, contrarié, comte ! dit Beauchamp ; et de quoi donc ?

— Pardieu ! vous en parlez fort à votre aise, vous ; je voudrais bien vous voir avec une instruction se poursuivant dans votre maison !

— Une instruction ! quelle instruction ?

— Eh ! celle que M. de Villefort dresse contre mon aimable assassin donc, une espèce de brigand échappé du bagne, à ce qu'il paraît. On m'envoie ici depuis quinze jours tous les bandits qu'on peut se procurer dans Paris et dans la banlieue, sous prétexte que ce sont les assassins de M. Caderousse ; dans trois mois, si cela continue, il n'y aura pas un voleur ni un assassin dans ce beau royaume de France qui ne connaisse le plan de ma maison sur le bout de son doigt ; aussi je prends le parti de la leur abandonner tout entière, et de m'en aller aussi loin que la terre pourra me porter. Venez avec moi, vicomte, je vous emmène.

— Volontiers.

— Alors, c'est convenu ?

— Oui, mais où cela ?

— A la mer, vicomte, à la mer. Je suis un marin, voyez-vous ; j'aime la mer comme on aime une maîtresse, et quand il y a longtemps que je ne l'ai vue, je m'ennuie d'elle.

— Allons, comte, allons !

— Vous acceptez ?

— J'accepte.

— Eh bien ! vicomte, il y aura ce soir dans ma cour un briska de voyage, dans lequel on peut s'étendre comme dans son lit. Monsieur Beauchamp, on y tient à quatre très facilement. Voulez-vous venir avec nous? je vous emmène.

— Merci, je viens de la mer.

— Qu'importe! venez toujours! dit Albert.

— Non, cher Morcerf, vous devez comprendre que du moment où je refuse, c'est que la chose est impossible. D'ailleurs, il est important, ajouta-t-il en baissant la voix, que je reste à Paris, ne fût-ce que pour surveiller la boîte du journal.

— Ah! vous êtes un bon et excellent ami, dit Albert; oui, vous avez raison, veillez, surveillez, Beauchamp; et tâchez de découvrir l'ennemi à qui cette révélation a dû le jour. »

Albert et Beauchamp se séparèrent : leur dernière poignée de main renfermait tout le sens que leurs lèvres ne pouvaient exprimer devant un étranger.

« Excellent garçon que ce Beauchamp! dit Monte-Cristo après le départ du journaliste, n'est-ce pas, Albert?

— Oh! oui, un homme de cœur, je vous en réponds; aussi je l'aime de toute mon âme. Mais, maintenant que nous voilà seuls, quoique la chose me soit à peu près égale, où allons-nous?

— En Normandie, si vous voulez bien.

— A merveille. C'est ce qu'il me faut; je préviens ma mère, et je suis à vos ordres.

— Allez donc, dit Monte-Cristo; à ce soir. Soyez ici à cinq heures.

— A cinq heures. »

Albert sortit. Monte-Cristo, après lui avoir en souriant fait un signe de la tête, demeura un instant pensif et comme absorbé dans une profonde méditation. Enfin, passant la main sur son front, comme pour écarter sa rêverie, il alla au timbre et frappa deux coups.

Bertuccio entra.

« Maître Bertuccio, c'est ce soir que je pars pour la Normandie ; d'ici à cinq heures, c'est plus de temps qu'il ne vous en faut ; vous ferez prévenir les palefreniers du premier relais ; M. de Morcerf m'accompagne. Allez. »

Avant de partir, le comte monta chez Haydée, lui annonça son départ, lui dit le lieu où il allait, et mit toute sa maison à ses ordres.

Albert fut exact. Le voyage, sombre à son commencement, s'éclaircit bientôt par l'effet physique de la rapidité. Morcerf n'avait pas idée d'une pareille vitesse.

« En effet, dit Monte-Cristo, avec votre poste faisant ses deux lieues à l'heure, avec cette loi stupide qui défend à un voyageur de dépasser l'autre sans lui demander la permission, et qui fait qu'un voyageur malade ou quinteux a le droit d'enchaîner à sa suite les voyageurs allègres et bien portants, il n'y a pas de locomotion possible ; moi j'évite cet inconvénient en voyageant avec mon propre postillon et mes propres chevaux, n'est-ce pas, Ali ? »

Et le comte, passant la tête par la portière, poussait un petit cri d'excitation qui donnait des ailes aux chevaux : ils ne couraient plus, ils volaient. La voiture roulait comme un tonnerre sur ce pavé royal, et chacun se détournait pour voir passer ce météore flamboyant.

« Voilà, dit Morcerf, une volupté que je ne connaissais pas, c'est la volupté de la vitesse. »

Et les derniers nuages de son front se dissipaient, comme si l'air qu'il fendait emportait ces nuages avec lui.

On arriva au milieu de la nuit à la porte d'un beau parc. Le concierge était debout et tenait la grille ouverte : il avait été prévenu par le palefrenier du dernier relais.

Il était deux heures et demie du matin : on conduisit Morcerf à son appartement. Il trouva un bain et un souper prêts. Le domestique qui avait fait la route sur le siège de derrière de la voiture était à ses ordres ; Baptistin, qui avait fait la route sur le siège de devant, était à ceux du comte.

Albert prit son bain, soupa et se coucha. Toute la nuit, il fut bercé par le bruit mélancolique de la houle. En se levant, il alla droit à sa fenêtre, l'ouvrit et se trouva sur une petite terrasse où l'on avait devant soi la mer, c'est-à-dire l'immensité, et derrière soi un joli parc donnant sur une petite forêt.

Dans une anse d'une certaine grandeur se balançait une petite corvette à la carène étroite, à la mâture élancée, et portant à la corne un pavillon aux armes de Monte-Cristo.

Là, comme dans tous les endroits où s'arrêtait Monte-Cristo, ne fût-ce que pour y passer deux jours, la vie y était organisée au thermomètre du plus haut confortable ; aussi la vie, à l'instant même, devenait-elle facile.

Toute la journée se passa à des exercices divers, auxquels d'ailleurs Monte-Cristo excellait ; on tua une douzaine de faisans dans le parc, on pêcha autant de truites dans les ruisseaux, on dîna dans un kiosque donnant sur la mer et l'on servit le thé dans la bibliothèque.

Vers le soir du troisième jour, Albert, brisé de fatigue à user de cette vie qui semblait être un jeu pour Monte-

Cristo, dormait sur un fauteuil près de la fenêtre, tandis que le comte faisait avec son architecte le plan d'une serre qu'il voulait établir dans sa maison, lorsque le bruit d'un cheval écrasant les cailloux de la route fit lever la tête au jeune homme ; il regarda par la fenêtre, et, avec une surprise des plus désagréables, aperçut dans la cour son valet de chambre.

« Florentin ici ! s'écria-t-il en bondissant sur son fauteuil ; est-ce que ma mère est malade ? »

Et il se précipita vers la porte de la chambre.

Monte-Cristo le suivit des yeux et le vit aborder le valet qui, tout essoufflé encore, tira de sa poche un petit paquet cacheté. Le petit paquet contenait un journal et une lettre.

« De qui cette lettre ? demanda vivement Albert.

— De M. Beauchamp, répondit Florentin.

— C'est Beauchamp qui vous envoie, alors ?

— Oui, monsieur. Il m'a fait venir chez lui, m'a donné l'argent nécessaire à mon voyage, m'a fait venir un cheval de poste, et m'a fait promettre de ne point m'arrêter que je n'aie rejoint monsieur. J'ai fait la route en quinze heures. »

Albert ouvrit la lettre en frissonnant : aux premières lignes, il poussa un cri et saisit le journal avec un tremblement visible.

Tout à coup ses yeux s'obscurcirent, ses jambes semblèrent se dérober sous lui, et, prêt à tomber, il s'appuya sur Florentin, qui étendait le bras pour le soutenir.

« Pauvre jeune homme ! murmura Monte-Cristo, si bas que lui-même n'eût pu entendre le bruit des paroles de compassion qu'il prononçait ; il est donc dit que la faute des pères retombera sur les enfants jusqu'à la troisième et quatrième génération ? »

Pendant ce temps Albert avait repris sa force et, continuant de lire, il secoua ses cheveux sur sa tête mouillée de sueur.

« Il faut que je parte. »

Et il reprit le chemin de la chambre où il avait laissé Monte-Cristo.

Ce n'était plus le même homme, et cinq minutes avaient suffi pour opérer chez Albert une triste métamorphose. Il était sorti dans son état ordinaire ; il rentrait avec la voix altérée, le visage sillonné de rougeurs fébriles, l'œil étincelant sous des paupières veinées de bleu, et la démarche chancelante comme celle d'un homme ivre.

« Comte, dit-il, merci de votre bonne hospitalité, dont j'aurais voulu jouir plus longtemps ; mais il faut que je retourne à Paris.

— Qu'est-il donc arrivé ?

— Un grand malheur. Mais permettez-moi de partir, il s'agit d'une chose bien autrement précieuse que ma vie. Pas de question, comte, je vous en supplie, mais un cheval !

— Mes écuries sont à votre service, vicomte, dit Monte-Cristo ; mais vous allez vous tuer de fatigue en courant la poste à cheval : prenez une calèche, un coupé, quelque voiture.

— Non, ce serait trop long, et puis j'ai besoin de cette fatigue que vous craignez pour moi ; elle me fera du bien. »

Albert fit quelques pas en tournoyant comme un

homme frappé d'une balle, et alla tomber sur une chaise près de la porte.

Monte-Cristo ne vit pas cette seconde faiblesse ; il était à la fenêtre et criait :

« Ali, un cheval pour M. de Morcerf ! qu'on se hâte : il est pressé ! »

Ces paroles rendirent la vie à Albert ; il s'élança hors de la chambre ; le comte le suivit.

« Merci ! murmura le jeune homme en sautant en selle. Vous trouverez peut-être mon départ étrange, inexplicable, insensé. Eh bien ! ajouta-t-il en lui jetant le journal, lisez ceci, mais quand je serai parti seulement, afin que vous ne voyiez pas ma rougeur. »

Et tandis que le comte ramassait le journal, il enfonça les éperons qu'on venait d'attacher à ses bottes dans le ventre du cheval, qui, étonné qu'il existât un cavalier qui crût avoir besoin vis-à-vis de lui d'un pareil stimulant, partit comme un trait d'arbalète.

Le comte suivit des yeux avec un sentiment de compassion infinie le jeune homme, et ce ne fut que lorsqu'il eut complètement disparu que, reportant ses regards sur le journal, il lut ce qui suit :

« Cet officier français au service d'Ali, pacha de Janina, dont parlait il y a trois semaines le journal *L'Impartial*, et qui non seulement livra les châteaux de Janina, mais encore vendit son bienfaiteur aux Turcs, s'appelait en effet, à cette époque, Fernand, comme l'a dit notre honorable confrère ; mais depuis, il a ajouté à son nom de baptême un titre de noblesse et un nom de terre.

« Il s'appelle aujourd'hui M. le comte de Morcerf, et fait partie de la Chambre des pairs. »

Ainsi donc, ce secret terrible, que Beauchamp avait enseveli avec tant de générosité, reparaissait comme un fantôme armé, et un autre journal, cruellement renseigné, avait publié, le surlendemain du départ d'Albert pour la Normandie, les quelques lignes qui avaient failli rendre fou le malheureux jeune homme.

52

Le jugement

A huit heures du matin, Albert tomba chez Beauchamp comme la foudre. Le valet de chambre était prévenu ; il introduisit Morcerf dans la chambre de son maître, qui venait de se mettre au bain.

« Eh bien ! lui dit Albert.

— Eh bien ! mon pauvre ami, répondit Beauchamp, je vous attendais. »

Et Beauchamp raconta au jeune homme, écrasé de honte et de douleur, ce qu'il n'avait pas pu lui écrire, car les choses étaient postérieures au départ de son courrier.

Le même jour, à la Chambre des pairs, une grande agitation s'était manifestée ; chacun était arrivé presque avant l'heure, et s'entretenait du sinistre événement qui allait occuper l'attention publique et la fixer sur un des membres les plus connus de l'illustre corps.

Seul, le comte de Morcerf ne savait rien ; il ne recevait pas le journal où se trouvait la nouvelle diffamatoire, et avait passé la matinée à écrire des lettres et à essayer un cheval.

Il arriva donc à son heure accoutumée, la tête haute, l'œil fier, la démarche insolente, descendit de voiture, dépassa les corridors et entra dans la salle, sans remarquer les hésitations des huissiers et les demi-saluts de ses collègues.

Lorsque Morcerf entra, la séance était déjà ouverte depuis plus d'une demi-heure.

Il était évident que la Chambre tout entière brûlait d'entamer le débat.

On voyait le journal accusateur aux mains de tout le monde ; mais comme toujours, chacun hésitait à prendre sur soi la responsabilité de l'attaque. Enfin un des honorables pairs, ennemi déclaré du comte de Morcerf, monta à la tribune avec une solennité qui annonçait que le moment attendu était arrivé.

Le comte laissa passer tranquillement le préambule par lequel l'orateur établissait qu'il allait parler d'une chose tellement grave, tellement sacrée, tellement vitale pour la Chambre, qu'il réclamait toute l'attention de ses collègues.

Aux premiers mots de Janina et du colonel Fernand, le comte de Morcerf pâlit si horriblement, qu'il n'y eut qu'un frémissement dans cette assemblée, dont tous les regards convergeaient vers le comte.

L'orateur conclut en demandant qu'une enquête fût

ordonnée, assez rapide pour confondre, avant qu'elle eût eu le temps de grandir, la calomnie, et pour rétablir M. de Morcerf, en le vengeant, dans la position que l'opinion publique lui avait faite depuis longtemps.

Le président mit l'enquête aux voix ; on vota par assis et levé, et il fut décidé que l'enquête aurait lieu.

On demanda au comte combien il lui fallait de temps pour préparer sa justification.

Le courage était revenu à Morcerf dès qu'il s'était senti vivant encore après cet horrible coup.

« Messieurs les pairs, répondit-il, ce n'est point avec du temps qu'on repousse une attaque comme celle que dirigent en ce moment contre moi des ennemis inconnus et restés dans l'ombre de leur obscurité sans doute ; c'est sur-le-champ, c'est par un coup de foudre qu'il faut que je réponde à l'éclair qui un instant m'a ébloui ; que ne m'est-il donné, au lieu d'une pareille justification, d'avoir à répandre mon sang pour prouver à mes collègues que je suis digne de marcher leur égal ! »

Ces paroles firent une impression favorable pour l'accusé.

« Je demande donc, dit-il, que l'enquête ait lieu le plus tôt possible, et je fournirai à la Chambre toutes les pièces nécessaires à l'efficacité de cette enquête.

— Quel jour fixez-vous ? demanda le président.

— Je me mets dès aujourd'hui à la disposition de la Chambre », répondit le comte.

Le président agita la sonnette.

« La Chambre est-elle d'avis, demanda-t-il, que cette enquête ait lieu aujourd'hui même ?

— Oui », fut la réponse unanime de l'assemblée.

On nomma une commission de douze membres pour examiner les pièces à fournir par Morcerf. L'heure de la première séance de cette commission fut fixée à huit heures du soir, dans les bureaux de la Chambre.

Cette décision prise, Morcerf demanda la permission de se retirer ; il avait à recueillir les pièces amassées depuis longtemps par lui pour faire tête à cet orage, prévu par son cauteleux et indomptable caractère.

Albert écoutait Beauchamp en frémissant tantôt d'espoir, tantôt de colère, parfois de honte ; car, par la confidence de Beauchamp, il savait que son père était coupable, et il se demandait comment, puisqu'il était coupable, il pourrait parvenir à prouver son innocence.

« Le soir arriva, continua Beauchamp. Tout Paris était dans l'attente de l'événement.

« Je vous avouerai que je fis tout au monde, continua Beauchamp, pour obtenir d'un des membres de la commission, jeune pair de mes amis, d'être introduit dans une sorte de tribune. A sept heures il vint me prendre, et avant que personne ne fût arrivé, me recommanda à un huissier qui m'enferma dans une espèce de loge.

« A huit heures précises, tout le monde était arrivé.

« M. de Morcerf entra sur le dernier coup de huit heures. Il tenait à la main quelques papiers, et sa contenance semblait calme ; contre son habitude, sa démarche était simple, sa mise recherchée et sévère, et, selon la coutume des anciens militaires, il portait son habit boutonné depuis le bas jusqu'en haut.

« Sa présence produisit le meilleur effet : la commission était loin d'être malveillante, et plusieurs de ses membres vinrent au comte et lui donnèrent la main.

« En ce moment un huissier entra et remit une lettre au président.

« — Vous avez la parole, monsieur de Morcerf, dit le président tout en décachetant la lettre.

« Le comte commença son apologie, et je vous affirme, Albert, continua Beauchamp, qu'il fut d'une éloquence et d'une habileté extraordinaires. Il produisit des pièces qui prouvaient que le vizir de Janina l'avait, jusqu'à sa dernière heure, honoré de toute sa confiance, puisqu'il l'avait chargé d'une négociation de vie et de mort avec l'empereur lui-même. Il montra l'anneau avec lequel Ali-Pacha cachetait d'ordinaire ses lettres, et que celui-ci lui avait donné pour qu'il pût à son retour, à quelque heure du jour ou de la nuit que ce fût, et fût-il dans son harem, pénétrer jusqu'à lui. Malheureusement, dit-il, sa négociation avait échoué, et quand il était revenu pour défendre son bienfaiteur, il était mort ; mais, dit le comte, en mourant, Ali-Pacha, tant était grande sa confiance, lui avait confié sa maîtresse favorite et sa fille.

« Cependant le président jeta négligemment les yeux sur sa lettre qu'on venait de lui apporter ; mais, aux premières lignes, son attention s'éveilla ; il la lut, la relut encore, et fixant les yeux sur M. de Morcerf :

« — Monsieur le comte, dit-il, vous venez de nous dire que le vizir de Janina vous avait confié sa femme et sa fille ?

« — Oui, monsieur, répondit Morcerf ; mais en cela, comme dans tous le reste, le malheur me poursuivait. A mon retour, Vasiliki et sa fille Haydée avaient disparu.

« — Vous les connaissiez ?

« — Mon intimité avec le pacha et la suprême confiance qu'il avait dans ma fidélité m'avaient permis de les voir plus de vingt fois.

« — Avez-vous quelque idée de ce qu'elles sont devenues ?

« — Oui, monsieur ; j'ai entendu dire qu'elles avaient succombé à leur chagrin et peut-être à leur misère. Je n'étais pas riche, ma vie courait de grands dangers, je ne pus me mettre à leur recherche, à mon grand regret.

« Le président fronça imperceptiblement le sourcil.

« — Messieurs, dit-il, et vous, monsieur le comte, vous ne seriez point fâchés, je présume, d'entendre un témoin très important, à ce qu'il assure, et qui vient se produire de lui-même ; ce témoin, nous n'en doutons pas, d'après tout ce que nous a dit le comte, est appelé à prouver la parfaite innocence de notre collègue.

« — Et quel est ce témoin? demanda le comte d'une voix dans laquelle il était facile de remarquer une profonde altération.

« — Nous allons le savoir, monsieur, répondit le président. La commission est-elle d'avis d'entendre ce témoin ?

« — Oui ! Oui ! dirent en même temps toutes les voix.

« On appela l'huissier.

« — Huissier, demanda le président, y a-t-il quelqu'un qui attende dans le vestibule ?

« — Oui, monsieur le président. Une femme accompagnée d'un serviteur.

« — Faites entrer cette femme, dit le président.

« Cinq minutes après, l'huissier reparut ; tous les yeux étaient fixés sur la porte, et moi-même, dit Beauchamp, je partageais l'attente et l'anxiété générales.

« Derrière l'huissier marchait une femme enveloppée d'un grand voile qui la cachait tout entière. Le président pria l'inconnue d'écarter son voile, et l'on put voir alors que cette femme était vêtue à la grecque ; en outre, elle était d'une suprême beauté.

« Le président offrit de la main un siège à la jeune femme ; mais elle fit signe de la tête qu'elle resterait debout. Quant au comte, il était retombé sur son fauteuil, et il était évident que ses jambes refusaient de le porter.

« — Madame, dit le président, vous avez écrit à la commission pour lui donner des renseignements sur l'affaire de Janina, et vous avez avancé que vous aviez été témoin oculaire des événements.

« — Et je le fus en effet, répondit l'inconnue avec une voix pleine d'une tristesse charmante et empreinte d'une sonorité particulière aux voix orientales.

« — Quelle importance avaient donc pour vous ces événements, et qui êtes-vous, pour que cette grande catastrophe ait produit sur vous une si profonde impression ?

« — Il s'agissait de la vie ou de la mort de mon père, répondit la jeune fille, et je m'appelle Haydée, fille d'Ali-Tebelin, pacha de Janina, et de Vasiliki, sa femme bien-aimée.

« La rougeur modeste et fière tout à la fois qui empourpra les joues de la jeune femme, le feu de son regard et la majesté de sa révélation, produisirent sur l'assemblée un effet inexprimable.

« Quant au comte, il n'eût pas été plus anéanti si la foudre, en tombant, eût ouvert un abîme à ses pieds.

« — Madame, reprit le président, après s'être incliné

avec respect, permettez-moi une simple question qui n'est pas un doute, et cette question sera la dernière : pouvez-vous justifier l'authenticité de ce que vous dites ?

« — Je le puis, monsieur, dit Haydée en tirant de dessous son voile un sachet de satin parfumé, car voici l'acte de ma naissance, rédigé par mon père et signé par ses principaux officiers ; l'acte de mon baptême, que le grand primat de Macédoine et d'Épire a revêtu de son sceau ; voici enfin l'acte de la vente qui fut faite de ma personne et de celle de ma mère au marchand arménien El-Kobbir, par l'officier franc qui, dans son infâme marché avec la Porte, s'était réservé, pour sa part de butin, la fille et la femme de son bienfaiteur, qu'il vendit pour la somme de mille bourses, c'est-à-dire pour quatre cent mille francs à peu près.

« Une pâleur verdâtre envahit les joues du comte de Morcerf, et ses yeux s'injectèrent de sang à l'énoncé de ces imputations terribles qui furent accueillies de l'assemblée avec un lugubre silence.

« Haydée, toujours calme, mais bien plus menaçante dans son calme qu'une autre ne l'eût été dans sa colère, tendit au président l'acte de vente rédigé en langue arabe.

« Comme on avait pensé que quelques-unes des pièces produites seraient rédigées en arabe, en romaïque ou en turc, l'interprète de la Chambre avait été prévenu ; on l'appela.

« Moi, El-Kobbir, marchand d'esclaves et fournisseur du harem de Sa Hautesse, reconnais avoir reçu, pour la remettre au sublime empereur, du seigneur franc comte de Monte-Cristo, une émeraude évaluée deux mille bourses, pour prix d'une jeune esclave chrétienne âgée de onze ans, du nom de Haydée, et fille reconnue du défunt seigneur Ali-Tebelin, pacha de Janina, et de Vasiliki, sa favorite ; laquelle m'avait été vendue, il y a sept ans, avec sa mère, morte en arrivant à Constantinople, par un colonel franc au service du vizir Ali-Tebelin, nommé Fernand Mondego.

« La susdite vente m'avait été faite pour le compte de Sa Hautesse, dont j'avais mandat, moyennant la somme de mille bourses.

« Fait à Constantinople, avec autorisation de Sa Hautesse, l'année 1247 de l'Hégire.

« Signé El-Kobbir.

« Le présent acte, pour lui donner toute foi, toute croyance et toute authenticité, sera revêtu du sceau impérial, que le vendeur s'oblige à y faire apposer. »

« Près de la signature du marchand on voyait en effet le sceau du sublime empereur.

« A cette lecture et à cette vue succéda un silence terrible ; le comte n'avait plus que le regard, et ce regard, attaché comme malgré lui sur Haydée, semblait de flamme et de sang.

« — Madame, dit le président, ne peut-on interroger le comte de Monte-Cristo, lequel est à Paris près de vous, à ce que je crois ?

« — Monsieur, répondit Haydée, le comte de Monte-Cristo, mon autre père, est en Normandie depuis trois jours.

« — Mais alors, madame, dit le président, qui vous a conseillé cette démarche, démarche dont la cour vous remercie, et qui d'ailleurs est toute naturelle, d'après votre naissance et vos malheurs?

« — Monsieur, répondit Haydée, cette démarche m'a été conseillée par mon respect et par ma douleur. Quoique chrétienne, Dieu me pardonne! j'ai toujours songé à venger mon illustre père. Or, quand j'ai mis le pied en France, quand j'ai su que le traître habitait Paris, mes yeux et mes oreilles sont restés constamment ouverts. Je vis retirée dans la maison de mon noble protecteur, mais rien de ce qui constitue la vie du monde ne m'est étranger. Ainsi je lis tous les journaux, comme on m'envoie tous les Albums, comme je reçois toutes les mélodies, et c'est en suivant, sans m'y prêter, la vie des autres, que j'ai su ce qui s'était passé ce matin à la Chambre des pairs, et ce qui devait s'y passer ce soir... Alors j'ai écrit.

« — Ainsi, demanda le président, M. le comte de Monte-Cristo n'est pour rien dans votre démarche?

« — Il l'ignore complètement, monsieur, et même je n'ai qu'une crainte, c'est qu'il la désapprouve quand il l'apprendra; cependant c'est un beau jour pour moi, continua la jeune fille en levant au ciel un regard tout ardent de flammes, que celui où je trouve enfin l'occasion de venger mon père!

« Le comte, pendant tout ce temps, n'avait point prononcé une seule parole; ses collègues le regardaient et sans doute plaignaient cette fortune brisée sous le souffle parfumé d'une femme; son malheur s'écrivait peu à peu en traits sinistres sur son visage.

« — Monsieur de Morcerf, dit le président, reconnaissez-vous madame pour la fille d'Ali-Tebelin, pacha de Janina ?

« — Non, dit Morcerf en faisant un effort pour se lever, et c'est une trame ourdie par mes ennemis.

« Haydée, qui tenait ses yeux fixés vers la porte, comme si elle attendait quelqu'un, se retourna brusquement, et, retrouvant le comte debout, elle poussa un cri terrible.

« — Tu ne me reconnais pas, dit-elle ; eh bien ! moi, heureusement, je te reconnais ! tu es Fernand Mondego, l'officier franc qui instruisait les troupes de mon noble père ; c'est toi qui as livré les châteaux de Janina ! c'est toi qui, envoyé par lui à Constantinople pour traiter directement avec l'empereur de la vie ou de la mort de ton bienfaiteur, as rapporté un faux firman qui accordait grâce entière ! c'est toi qui nous as vendues, ma mère et moi, au marchand El-Kobbir ! Assassin ! assassin ! assassin ! tu as encore au front le sang de ton maître !

« Oh ! ma mère ! tu m'as dit : "Regarde bien cet homme, c'est lui qui t'a faite esclave, c'est lui qui a levé au bout d'une pique la tête de ton père, c'est lui qui nous a vendues, c'est lui qui nous a livrées ! Regarde bien sa main droite, celle qui a une large cicatrice : si tu oubliais son visage, tu le reconnaîtrais à cette main dans laquelle sont tombées une à une les pièces d'or du marchand El-Kobbir !" Si je le reconnais ! oh ! qu'il dise maintenant lui-même s'il ne me reconnaît pas.

« Chaque mot tombait comme un coutelas sur Morcerf et retranchait une parcelle de son énergie. Aux derniers mots, il cacha vivement et malgré lui sa main, mutilée en effet par une blessure, dans sa poitrine, et retomba sur son fauteuil, abîmé dans un morne désespoir.

« Cette scène avait fait tourbillonner les esprits de l'assemblée, comme on voit courir les feuilles détachées du tronc sous le vent puissant du nord.

« — Monsieur le comte de Morcerf, dit le président, ne vous laissez pas abattre, répondez : la justice de la cour est suprême et égale pour tous comme celle de Dieu ; elle ne vous laissera pas écraser par vos ennemis sans vous donner les moyens de les combattre. Voulez-vous des enquêtes nouvelles ? voulez-vous que j'ordonne un voyage de deux membres de la Chambre à Janina ? Parlez.

« Morcerf ne répondit rien.

« — La fille d'Ali-Tebelin, dit le président, a donc déclaré bien réellement la vérité ? Elle est donc bien réellement le témoin terrible auquel il arrive toujours que le coupable n'ose répondre : NON ? Vous avez donc fait bien réellement toutes les choses dont on vous accuse ?

« Le comte jeta autour de lui un regard dont l'expression désespérée eût touché des tigres, mais ne pouvait désarmer des juges. Alors, avec un brusque mouvement, il arracha les boutons de cet habit fermé qui l'étouffait, et sortit de la salle comme un sombre insensé. Un instant son pas retentit lugubrement sous la voûte sonore, puis bientôt le roulement de la voiture qui l'emportait au galop ébranla le portique de l'édifice florentin.

« — Messieurs, dit le président quand le silence fut établi, M. le comte de Morcerf est-il convaincu de félonie, de trahison et d'indignité ?

« — Oui ! répondirent d'une voix unanime tous les membres de la commission d'enquête.

« Haydée avait assisté jusqu'à la fin à la séance ; elle entendit prononcer la sentence du comte sans qu'un seul des traits de son visage exprimât la joie ou la pitié.

« Alors, ramenant son voile sur son visage, elle salua majestueusement les conseillers, et sortit de ce pas dont Virgile voyait marcher les déesses.

53

La provocation

« Alors, continua Beauchamp, je profitai du silence et de l'obscurité de la salle pour sortir sans être vu. Je sortis l'âme brisée et ravie tout à la fois, pardonnez-moi cette expression, Albert, brisée par rapport à vous, ravie de la noblesse de cette jeune fille poursuivant la vengeance paternelle. Oui, je vous le jure, Albert, de quelque part que vienne cette révélation, je dis, moi, qu'elle peut venir d'un ennemi, mais que cet ennemi n'est que l'agent de la Providence. »

Albert tenait sa tête entre ses deux mains, il releva son visage, rouge de honte et baigné de larmes, et saisissant le bras de Beauchamp :

« Ami, lui dit-il, ma vie est finie : il me reste, non pas à dire comme vous que la Providence m'a porté le coup, mais à chercher quel homme me poursuit de son inimitié ;

puis, quand je le connaîtrai, je tuerai cet homme, ou cet homme me tuera ; or, je compte sur votre amitié pour m'aider, Beauchamp.

— Soit ! dit Beauchamp ; je vais vous raconter ce que je n'ai pas voulu vous dire en revenant de Janina.

— Parlez.

— Voilà ce qui s'est passé, Albert. J'ai été tout naturellement chez le premier banquier de la ville pour prendre des informations : au premier mot que j'ai dit de l'affaire, avant même que le nom de votre père eût été prononcé :

« — Ah ! dit-il, très bien, je devine ce qui vous amène.

« — Comment cela, et pourquoi ?

« — Parce qu'il y a quinze jours j'ai été interrogé sur le même sujet.

« — Par qui ?

« — Par un banquier de Paris, mon correspondant.

« — Que vous nommez ?

« — M. Danglars.

— Lui ! s'écria Albert ! En effet, c'est bien lui qui depuis si longtemps poursuit mon pauvre père de sa haine jalouse ; lui l'homme prétendu populaire, qui ne peut pardonner au comte de Morcerf d'être pair de France. Et, tenez, cette rupture de mariage sans raison donnée ; oui, c'est bien cela.

— Informez-vous, Albert ; informez-vous, dis-je, et si la chose est vraie...

— Oh ! oui ! si la chose est vraie, s'écria le jeune homme, il me paiera tout ce que j'ai souffert.

— Prenez garde, Morcerf, c'est un homme déjà vieux.

— Oh ! n'ayez pas peur ; d'ailleurs, vous m'accompagnerez, Beauchamp : les choses solennelles doivent être traitées devant témoin. Avant la fin de cette journée, si M. Danglars est le coupable, M. Danglars aura cessé de vivre ou je serai mort. Pardieu, Beauchamp, je veux faire de belles funérailles à mon honneur.

— Eh bien ! alors, quand de pareilles résolutions sont prises, Albert, il faut les mettre à exécution à l'instant même. Partons. »

On envoya chercher un cabriolet de place. En entrant dans l'hôtel du banquier, on aperçut le phaéton et le domestique de M. Andrea Cavalcanti à la porte.

« Ah ! parbleu, voilà qui va bien ! dit Albert avec une voix sombre. Si M. Danglars ne veut pas se battre avec moi, je lui tuerai son gendre. Cela doit se battre, un Cavalcanti ! »

On annonça le jeune homme au banquier, qui, au nom d'Albert, sachant ce qui s'était passé la veille, fit défendre sa porte. Mais il était trop tard, il avait suivi le laquais ; il entendit l'ordre donné, força la porte et pénétra, suivi de Beauchamp, jusque dans le cabinet du banquier.

« Mais, monsieur, s'écria celui-ci, n'est-on plus maître de recevoir chez soi qui l'on veut, ou qui l'on ne veut pas ? Il me semble que vous vous oubliez étrangement.

— Non, monsieur, dit froidement Albert ; il y a des circonstances, et vous êtes dans une de celles-là, où il faut, sauf lâcheté, je vous offre ce refuge, être chez soi pour certaines personnes du moins.

— Alors, que me voulez-vous donc, monsieur ?

— Je veux, dit Morcerf, s'approchant sans paraître faire attention à Cavalcanti qui était adossé à la cheminée ; je veux vous proposer un rendez-vous dans un coin écarté, où personne ne nous dérangera pendant dix minutes, je ne vous en demande pas davantage ; où de deux hommes qui se seront rencontrés, il en restera un sous les feuilles. »

Danglars pâlit, Cavalcanti fit un mouvement.

« Monsieur, répondit Danglars, pâle de colère et de peur, je vous avertis que lorsque j'ai le malheur de rencontrer sur mon chemin un dogue enragé, je le tue, et que, loin de me croire coupable, je pense avoir rendu un service à la société. Or, si vous êtes enragé, et que vous tentiez de me mordre, je vous en préviens, je vous tuerai sans pitié. Tiens ! est-ce ma faute, à moi, si votre père est déshonoré ?

— Oui, misérable, s'écria Morcerf, c'est ta faute ! »

Danglars fit un pas en arrière.

« Ma faute ! à moi ! dit-il ; mais vous êtes fou ! Est-ce que je sais l'histoire grecque, moi ? Est-ce que j'ai voyagé dans tous ces pays-là ? Est-ce que c'est moi qui ai conseillé à votre père de vendre les châteaux de Janina, de trahir…

— Silence ! dit Albert d'une voix sourde. Non, ce n'est pas vous qui directement avez fait cet éclat et causé ce malheur, mais c'est vous qui l'avez hypocritement provoqué.

— Moi !

— Oui, vous. Qui a écrit pour demander des renseignements sur mon père ?

— Il me semble que tout le monde peut écrire à Janina.

— Une seule personne a écrit cependant, et cette personne, c'est vous !

— J'ai écrit, sans doute ; il me semble que lorsqu'on marie sa fille à un jeune homme, on peut prendre des renseignements sur la famille de ce jeune homme ; c'est non seulement un droit, mais encore un devoir.

— Vous avez écrit, monsieur, dit Albert, sachant parfaitement la réponse qui vous viendrait.

— Moi ! Ah ! je vous jure bien, s'écria Danglars avec une confiance et une sécurité qui venaient encore moins de sa peur peut-être que de l'intérêt qu'il ressentait au fond pour le malheureux jeune homme ; je vous jure que jamais je n'y eusse pensé à écrire à Janina. Est-ce que je connaissais la catastrophe d'Ali-Pacha, moi ?

— Alors, quelqu'un vous a donc poussé à écrire ?

— Certainement.

— Qui cela ?... achevez... dites.

— Pardieu ! rien de plus simple ; je parlais du passé de votre père, je disais que la source de sa fortune était toujours restée obscure. La personne m'a demandé où votre père avait fait cette fortune. J'ai répondu : en Grèce. Alors elle m'a dit : Eh bien ! écrivez à Janina.

— Et qui vous a donné ce conseil ?

— Parbleu ! le comte de Monte-Cristo, votre ami.

— Le comte de Monte-Cristo vous a dit d'écrire à Janina ?

— Oui, et j'ai écrit. Voulez-vous voir ma correspondance ? je vous la montrerai. »

Albert et Beauchamp se regardèrent.

« Monsieur, dit alors Beauchamp, qui n'avait point encore pris la parole, il me semble que vous accusez le comte, qui est absent de Paris, et qui ne peut se justifier en ce moment ?

— Je n'accuse personne, monsieur, dit Danglars, je raconte et je répéterai devant M. le comte de Monte-Cristo ce que je viens de dire devant vous.

— Et le comte sait quelle réponse vous avez reçue ?

— Je la lui ai montrée.

— Savait-il que le nom de baptême de mon père était Fernand, et que son nom de famille était Mondego ?

— Oui, je le lui avais dit depuis longtemps ; au surplus, je n'ai fait là-dedans que ce que tout autre eût fait à ma place, et même peut-être beaucoup moins. Quand le lendemain de cette réponse, poussé par M. de Monte-Cristo, votre père est venu me demander ma fille officiellement, comme cela se fait quand on veut en finir, j'ai refusé, j'ai refusé net, c'est vrai, mais sans explication, sans éclat. En effet, pourquoi aurais-je fait un éclat, moi ? En quoi l'honneur ou le déshonneur de M. de Morcerf m'importe-t-il ? Cela ne fait ni hausser ni baisser la rente. »

Albert sentit la rougeur lui monter au front ; il n'y avait plus de doute, Danglars se défendait avec la bassesse, mais avec l'assurance d'un homme qui dit, sinon toute la vérité, du moins une partie de la vérité. D'ailleurs, que cherchait Morcerf ? c'était un homme qui répondît de l'offense légère ou grave, c'était un homme qui se battît et il était évident que Danglars ne se battrait pas.

Et puis chacune des choses oubliées ou inaperçues redevenait visible à ses yeux ou présente à son souvenir. Monte-Cristo savait tout, puisqu'il avait acheté la fille d'Ali-Pacha ; or, sachant tout, il avait conseillé à Danglars d'écrire à Janina. Puis il avait mené Albert en Normandie, au moment où il savait que le grand éclat devait se faire. Il n'y avait pas à en douter, tout cela était un calcul, et, sans aucun doute, Monte-Cristo s'entendait avec les ennemis de son père.

Albert prit Beauchamp dans un coin et lui communiqua toutes ces idées.

« Vous avez raison, dit celui-ci ; M. Danglars n'est dans ce qui est arrivé que pour la partie brutale et matérielle ; c'est à M. de Monte-Cristo que vous devez demander une explication. »

Albert se retourna.

« Monsieur, dit-il à Danglars, vous comprenez que je ne prends pas encore de vous un congé définitif ; il me reste à savoir si vos inculpations sont justes, et je vais de ce pas m'en assurer chez M. le comte de Monte-Cristo. »

Et, saluant le banquier, il sortit avec Beauchamp, sans paraître autrement s'occuper de Cavalcanti.

Danglars les reconduisit jusqu'à la porte, et, à la porte, renouvela à Albert l'assurance qu'aucun motif de haine personnelle ne l'animait contre M. le comte de Morcerf.

Beauchamp et Morcerf se firent conduire avenue des Champs-Élysées, n° 30.

Albert ne fit qu'un bond de la loge du concierge au perron. Ce fut Baptistin qui le reçut.

Le comte venait d'arriver effectivement, mais il était au bain et avait défendu de recevoir qui que ce fût au monde.

« Mais, après le bain ? demanda Morcerf.

— Monsieur dînera.

— Et après le dîner ?

— Il ira à l'Opéra.

— Fort bien, répliqua Albert ; voilà tout ce que je voulais savoir. »

Puis, se retournant vers Beauchamp :

« Si vous avez quelque chose à faire, Beauchamp,

faites-le tout de suite ; si vous aviez rendez-vous ce soir, remettez-le à demain. Vous comprenez que je compte sur vous pour aller à l'Opéra. Si vous le pouvez, amenez-moi Château-Renaud. »

Beauchamp profita de la permission et quitta Albert après lui avoir promis de le venir prendre à huit heures moins un quart.

Rentré chez lui, Albert prévint Franz, Debray et Morrel du désir qu'il avait de les voir le soir même à l'Opéra.

Puis il alla visiter sa mère, qui, depuis les événements de la veille, avait fait défendre sa porte et gardait la chambre. Il la trouva au lit, écrasée par la douleur de cette humiliation publique.

La vue d'Albert produisit sur Mercédès l'effet qu'on en pouvait attendre : elle serra la main de son fils et éclata en sanglots. Cependant ces larmes la soulagèrent.

« Vous venez me demander comment je vais, dit-elle, je vous répondrai franchement, mon ami, que je ne me sens pas bien. Vous devriez vous installer ici, Albert, vous me tiendrez compagnie ; j'ai bien besoin de n'être pas seule.

— Ma mère, dit le jeune homme, je serais à vos ordres, et vous savez avec quel bonheur, si une affaire pressée et importante ne me forçait à vous quitter toute la soirée.

— Ah ! fort bien, répondit Mercédès avec un soupir ; allez, Albert, je ne veux point vous rendre esclave de votre piété filiale. »

Albert fit semblant de ne point entendre, salua sa mère et sortit.

A peine le jeune homme eut-il refermé la porte, que

Mercédès fit appeler un domestique de confiance et lui ordonna de suivre Albert partout où il irait dans la soirée, et de lui en venir rendre compte à l'instant même. Puis elle sonna sa femme de chambre, et, si faible qu'elle fût, se fit habiller pour être prête à tout événement.

La mission donnée au laquais n'était pas difficile à exécuter. Albert rentra chez lui et s'habilla avec une sorte de recherche sévère. A huit heures moins dix minutes, Beauchamp arriva ; il avait vu Château-Renaud, lequel avait promis de se trouver à l'orchestre avant le lever du rideau.

Tous deux montèrent dans le coupé d'Albert, qui, n'ayant aucune raison de cacher où il allait, dit tout haut : « A l'Opéra. »

Dans son impatience, il avait devancé le lever du rideau.

Château-Renaud était à sa stalle : prévenu de tout par Beauchamp, Albert n'avait aucune explication à lui donner. La conduite de ce fils cherchant à venger son père était si simple que Château-Renaud ne tenta en rien de le dissuader, et se contenta de lui renouveler l'assurance qu'il était à sa disposition.

Comme Albert, pour la centième fois, interrogeait sa montre, au commencement du deuxième acte, la porte de la loge s'ouvrit, et Monte-Cristo, vêtu de noir, entra et s'appuya à la rampe pour regarder dans la salle. Morrel le suivait, cherchant des yeux sa sœur et son beau-frère. Il les aperçut dans une loge du second rang, et leur fit signe.

Le comte, en jetant son coup d'œil circulaire dans la salle, aperçut une tête pâle et des yeux étincelants qui semblaient attirer avidement ses regards ; il reconnut bien Albert, mais l'expression qu'il remarqua sur ce visage bouleversé lui conseilla sans doute de ne point l'avoir remarqué. Sans faire donc aucun mouvement qui décelât sa pensée, il s'assit, tira son binocle de son étui, et lorgna d'un autre côté.

Mais, sans paraître voir Albert, le comte ne le perdait pas de vue, et, lorsque la toile tomba sur la fin du second acte, son coup d'œil infaillible et sûr suivit le jeune homme sortant de l'orchestre et accompagné de ses deux amis.

Puis la même tête reparut aux carreaux d'une première loge en face de la sienne. Le comte sentait venir à lui la tempête, et lorsqu'il entendit la clef tourner dans la serrure de sa loge, quoiqu'il parlât en ce moment même à Morrel avec son visage le plus riant, le comte savait à quoi s'en tenir, et il s'était préparé à tout.

La porte s'ouvrit.

Seulement alors, Monte-Cristo se retourna et aperçut Albert livide et tremblant ; derrière lui étaient Beauchamp et Château-Renaud.

« Tiens ! s'écria-t-il avec cette bienveillante politesse qui distinguait d'habitude son salut des banales civilités du monde, voilà mon cavalier arrivé au but. Bonsoir, monsieur de Morcerf. »

Et le visage de cet homme si singulièrement maître de lui-même exprimait la plus parfaite cordialité.

Morrel alors se rappela seulement la lettre qu'il avait reçue du vicomte, et dans laquelle, sans autre explication, celui-ci le priait de se trouver à l'Opéra, et il comprit qu'il allait se passer quelque chose de terrible.

« Nous ne venons point ici pour échanger d'hypocrites politesses ou de faux semblants d'amitié, dit le jeune homme ; nous venons vous demander une explication, monsieur le comte. »

La voix tremblante du jeune homme avait peine à passer entre ses dents serrées.

« Une explication à l'Opéra ? dit le comte avec ce ton si calme et avec ce coup d'œil si pénétrant, qu'on reconnaît à ce double caractère l'homme éternellement sûr de lui-même. Si peu familier que je sois avec les habitudes parisiennes, je n'aurais pas cru, monsieur, que ce fût là que les explications se demandaient.

— Cependant, lorsque les gens se font celer, dit Albert, lorsqu'on ne peut pénétrer jusqu'à eux sous prétexte qu'ils sont au bain, à la table, il faut bien s'adresser là où on les rencontre.

— Je ne suis pas difficile à rencontrer, dit Monte-Cristo, car hier encore, monsieur, si j'ai bonne mémoire, vous étiez chez moi.

— Hier, monsieur, dit le jeune homme, dont la tête s'embarrassait, j'étais chez vous parce que j'ignorais qui vous étiez. »

Et en prononçant ces paroles, Albert avait élevé la voix de manière à ce que les personnes placées dans les loges voisines l'entendissent, ainsi que celles qui passaient dans le couloir.

« Bien ! bien ! dit flegmatiquement Monte-Cristo, vous me cherchez querelle, monsieur, je vois cela ; mais un conseil, vicomte, et retenez-le bien : c'est une coutume mauvaise que de faire du bruit en provoquant. Le bruit ne va pas à tout le monde, monsieur de Morcerf. »

A ce nom, un murmure d'étonnement passa comme un frisson parmi les auditeurs de cette scène. Depuis la veille, le nom de Morcerf était dans toutes les bouches.

Albert, mieux que tous et le premier de tous, comprit l'allusion et fit un geste pour lancer son gant au visage du comte; mais Morrel lui saisit le poignet, tandis que Beauchamp et Château-Renaud, craignant que la scène ne dépassât la limite d'une provocation, le retenaient par-derrière.

Mais Monte-Cristo, sans se lever, en inclinant sa chaise, étendit la main seulement, et saisissant entre les doigts crispés du jeune homme le gant humide et écrasé :

« Monsieur, dit-il avec un accent terrible, je tiens votre gant pour jeté, et je vous l'enverrai roulé autour d'une balle. Maintenant, sortez de chez moi, ou j'appelle mes domestiques et je vous fais jeter à la porte. »

Ivre, effaré, les yeux sanglants, Albert fit deux pas en arrière.

Morrel en profita pour refermer la porte.

Monte-Cristo reprit sa jumelle et se remit à lorgner, comme si rien d'extraordinaire ne venait de se passer.

Cet homme avait un cœur de bronze et un visage de marbre.

Morrel se pencha à son oreille :

« Que lui avez-vous fait? dit-il.

— Moi? rien, personnellement du moins, dit Monte-Cristo.

— Cependant cette scène étrange doit avoir une cause?

— L'aventure du comte de Morcerf exaspère le malheureux jeune homme.

— Y êtes-vous donc pour quelque chose?

— C'est par Haydée que la Chambre a été instruite de la trahison de son père.

— Mais que ferez-vous de lui ?

— D'Albert? ce que j'en ferai, Maximilien? aussi vrai que vous êtes ici et que je vous serre la main, je le tuerai demain avant dix heures du matin; voilà ce que j'en ferai. »

Morrel, à son tour, prit la main de Monte-Cristo dans les deux siennes, et il frémit en sentant cette main froide et calme.

« Ah ! comte ! dit-il, son père l'aime tant !

— Ne me dites pas ces choses-là ! s'écria Monte-Cristo avec le premier mouvement de colère qu'il eût paru éprouver : je le ferais souffrir. »

Morrel, stupéfait, laissa retomber la main de Monte-Cristo.

« Comte ! comte ! dit-il.

— Cher Maximilien, interrompit le comte, écoutez de quelle adorable façon Duprez chante cette phrase : "O Mathide ! idole de mon âme." Tenez, j'ai deviné le premier Duprez à Naples, et l'ai applaudi le premier. Bravo ! Bravo ! »

Morrel comprit qu'il n'y avait plus rien à dire, et il attendit.

La toile, qui s'était levée à la fin de la scène d'Albert, retomba presque aussitôt. On frappa à la porte.

« Entrez », dit Monte-Cristo sans que sa voix décelât la moindre émotion.

Beauchamp parut.

« Bonsoir, monsieur Beauchamp, dit Monte-Cristo, comme s'il voyait le journaliste pour la première fois de la soirée ; asseyez-vous donc. »

Beauchamp salua et s'assit.

« Monsieur, dit-il à Monte-Cristo, j'accompagnais tout à l'heure, comme vous avez pu le voir, M. de Morcerf. Albert a eu le tort de s'emporter, et je viens, pour mon propre compte, vous faire des excuses. Maintenant que mes excuses sont faites, je viens vous dire que je vous crois trop galant pour refuser de me donner quelque explication au sujet de vos relations avec les gens de Janina. Puis j'ajouterai deux mots sur cette jeune Grecque. »

Monte-Cristo fit de la lèvre et des yeux un petit geste qui commandait le silence.

« Monsieur Beauchamp, ce qui commande à M. le comte de Monte-Cristo, c'est M. le comte de Monte-Cristo. Ainsi donc, pas un mot de tout cela, s'il vous plaît. Je fais ce que je veux, monsieur Beauchamp, et, croyez-moi, c'est toujours fort bien fait.

— Il ne me reste donc, dit Beauchamp, qu'à fixer les arrangements du combat.

— Cela m'est parfaitement indifférent, monsieur, dit le comte de Monte-Cristo ; il était donc inutile de venir me déranger au spectacle pour si peu de chose. Dites à votre client que, quoique insulté, je lui laisse le choix des armes, et que j'accepterai tout sans discussion. Moi, c'est autre chose ; je suis sûr de gagner.

— Au pistolet, à huit heures du matin, au bois de Vincennes, dit Beauchamp décontenancé, ne sachant pas s'il avait affaire à un fanfaron outrecuidant ou à un être surnaturel.

— C'est bien, monsieur, dit Monte-Cristo. Maintenant que tout est réglé, laissez-moi entendre le spectacle, je vous prie, et dites à votre ami Albert de ne pas revenir ce soir ; il se ferait tort avec toutes ses brutalités de mauvais goût ; qu'il rentre et qu'il dorme. »

Beauchamp sortit tout étonné.

« Allons, dit Monte-Cristo en se retournant vers Morrel, je compte sur vous, n'est-ce pas ?

— Certainement, dit Morrel, et vous pouvez disposer de moi, comte ; cependant…

— Quoi ?

— Il serait important, comte, que je connusse la véritable cause…

— La véritable cause, Morrel ? dit le comte ; ce jeune homme lui-même marche en aveugle et ne la connaît pas. La véritable cause, elle n'est connue que de moi et de Dieu ; mais je vous donne ma parole d'honneur, Morrel, que Dieu, qui la connaît, sera pour nous.

— Cela suffit, comte, dit Morrel. Quel est votre second témoin ?

— Je ne connais personne à Paris à qui je veuille faire cet honneur, que vous, Morrel, et votre frère Emmanuel. Croyez-vous qu'Emmanuel veuille me rendre ce service ?

— Je vous réponds de lui comme de moi, comte.

— Bien, c'est tout ce qu'il me faut. Demain, à sept heures du matin, chez moi, n'est-ce pas ?

— Nous y serons.

— Chut ! voilà la toile qui se lève, écoutons. J'ai l'habitude de ne pas perdre une note de cet opéra ; c'est une si adorable musique que celle de *Guillaume Tell* ! »

54

La nuit

M. de Monte-Cristo attendit, selon son habitude, que Duprez eût chanté son fameux *Suivez-moi!* et alors seulement il se leva et sortit.

A la porte, Morrel le quitta en lui renouvelant la promesse d'être chez lui avec Emmanuel le lendemain matin, à sept heures précises.

Puis il monta dans son coupé, toujours calme et souriant. Cinq minutes après il était chez lui.

Seulement il eût fallu ne pas connaître le comte, pour se laisser tromper à l'expression avec laquelle il dit en rentrant à Ali :

« Ali, mes pistolets à crosse d'ivoire. »

Ali apporta la boîte à son maître, et celui-ci se mit à examiner ces armes avec une sollicitude bien naturelle à un homme qui va confier sa vie à un peu de fer et de plomb.

Il en était à emboîter l'arme dans sa main et à chercher le point de mire sur une petite plaque de tôle qui lui servait de cible, lorsque la porte de son cabinet s'ouvrit et que Baptistin entra.

Mais avant même qu'il eût ouvert la bouche, le comte aperçut dans la porte demeurée ouverte une femme voilée, debout, dans la pénombre de la pièce voisine, et qui avait suivi Baptistin.

Elle avait aperçu le comte le pistolet à la main ; elle voyait deux épées sur une table ; elle s'élança.

Baptistin consultait son maître du regard.

Le comte fit un signe, Baptistin sortit et referma la porte derrière lui.

« Qui êtes-vous, madame »? dit le comte à la femme voilée.

L'inconnue jeta un regard autour d'elle pour s'assurer qu'elle était bien seule ; puis s'inclinant comme si elle eût voulu s'agenouiller, et joignant les mains avec l'accent du désespoir :

« Edmond, dit-elle, vous ne tuerez pas mon fils ! »

Le comte fit un pas en arrière, jeta un faible cri et laissa tomber l'arme qu'il tenait.

« Quel nom avez-vous prononcé là, madame de Morcerf ? dit-il.

— Le vôtre, s'écria-t-elle en rejetant son voile, le vôtre, que seule peut-être je n'ai pas oublié. Edmond, ce n'est point Mme de Morcerf qui vient à vous, c'est Mercédès.

— Mercédès est morte, madame, dit Monte-Cristo, et je ne connais plus personne de ce nom.

— Mercédès vit, monsieur, et Mercédès se souvient, car, seule, elle vous a reconnu lorsqu'elle vous a vu, et même sans vous voir, à votre voix. Edmond, au seul accent de votre voix, et depuis ce temps elle vous suit pas à pas, elle vous surveille, elle vous redoute, et elle n'a pas eu besoin, elle, de chercher la main d'où partait le coup qui frappait M. de Morcerf.

— Fernand, voulez-vous dire, madame, reprit Monte-Cristo avec une ironie amère. Puisque nous sommes en train de nous rappeler nos noms, rappelons-nous-les tous. »

Et Monte-Cristo avait prononcé ce nom de Fernand avec une telle expression de haine, que Mercédès sentit le frisson de l'effroi courir par tout son corps.

« Écoutez-moi. Mon fils vous a deviné aussi, lui : il vous attribue les malheurs qui frappent son père.

— Madame, dit Monte-Cristo, vous confondez : ce ne sont point des malheurs, c'est un châtiment. Ce n'est pas moi qui frappe M. de Morcerf, c'est la Providence qui le punit.

— Et pourquoi vous substituez-vous à la Providence? s'écria Mercédès. Pourquoi vous souvenez-vous quand elle oublie? Que vous importent, à vous, Edmond, Janina et son vizir? Quel tort vous a fait Fernand Mondego en trahissant Ali-Tebelin?

— Aussi, madame, répondit Monte-Cristo, tout ceci est-il une affaire entre le capitaine franc et la fille de Vasiliki. Cela ne me regarde point, vous avez raison, et si j'ai juré de me venger, ce n'est ni du capitaine franc, ni du comte de Morcerf, c'est du pêcheur Fernand, mari de la Catalane Mercédès.

— Ah! monsieur, s'écria la comtesse, quelle terrible vengeance pour une faute que la fatalité m'a fait commettre! Car la coupable, c'est moi, Edmond, et si vous avez à vous venger de quelqu'un, c'est de moi qui ai manqué de force contre votre absence et mon isolement.

— Mais, s'écria Monte-Cristo, pourquoi étais-je absent? pourquoi étiez-vous isolée?

— Parce qu'on vous avait arrêté, Edmond, parce que vous étiez prisonnier.

— Et pourquoi étais-je arrêté? pourquoi étais-je prisonnier?

— Je l'ignore, dit Mercédès.

— Oui, vous l'ignorez, madame, je l'espère du moins. Eh bien! je vais vous le dire, moi. J'étais arrêté, j'étais prisonnier, parce que sous la tonnelle de la Réserve, la veille même du jour où je devais vous épouser, un homme, nommé Danglars, avait écrit cette lettre que le pêcheur Fernand se chargea lui-même de mettre à la poste. »

Et Monte-Cristo, allant à un secrétaire, fit jaillir un tiroir où il prit un papier qui avait perdu sa couleur première, et dont l'encre était devenue couleur de rouille, qu'il mit sous les yeux de Mercédès.

Mercédès lut avec effroi les lignes suivantes :

« M. le procureur du roi est prévenu par un ami du trône et de la religion, que le nommé Edmond Dantès, second du navire le *Pharaon* arrivé ce matin de Smyrne, après avoir touché à Naples et à Porto-Ferrajo, a été chargé par Murat d'une lettre pour l'usurpateur, et par l'usurpateur d'une lettre pour le comité bonapartiste de Paris.

« On aura la preuve de ce crime en l'arrêtant, car on

trouvera cette lettre ou sur lui, ou chez son père, ou dans sa cabine à bord du *Pharaon.* »

« Oh! mon Dieu! fit Mercédès en passant sa main sur son front mouillé de sueur; et cette lettre...

— Je l'ai achetée deux cent mille francs, madame, dit Monte-Cristo; mais c'est bon marché encore, puisqu'elle me permet de me disculper à vos yeux.

— Et le résultat de cette lettre?

— Vous le savez, madame, a été mon arrestation; mais ce que vous ne savez pas, madame, c'est que je suis resté quatorze ans à un quart de lieue de vous, dans un cachot du château d'If. Ce que vous ne savez pas, c'est que chaque jour de ces quatorze ans, j'ai renouvelé le vœu de vengeance que j'avais fait le premier jour, et cependant j'ignorais que vous aviez épousé Fernand, mon dénonciateur, et que mon père était mort, et mort de faim!

— Juste Dieu, s'écria Mercédès chancelante. Et vous êtes sûr que le malheureux Fernand a fait cela?

— Sur mon âme, madame, et il l'a fait comme je vous le dis; d'ailleurs ce n'est pas beaucoup plus odieux que d'avoir, Français d'adoption, passé aux Anglais; Espagnol de naissance, combattu contre les Espagnols; stipendiaire d'Ali, trahi et assassiné Ali. En face de pareilles choses, qu'était-ce que la lettre que vous venez de lire? une mystification galante que doit pardonner, je l'avoue et le comprends, la femme qui a épousé cet homme, mais que ne pardonne pas l'amant qui devait l'épouser. Eh bien! les Français ne se sont pas vengés du traître, les Espagnols n'ont pas fusillé le traître; Ali, couché dans sa tombe, a laissé impuni le traître; mais moi, trahi, assassiné, jeté aussi dans une tombe, je suis sorti de cette tombe par la grâce de Dieu, je dois à Dieu de me venger ; il m'envoie pour cela, et me voici. »

La pauvre femme laissa retomber sa tête et ses mains ; ses jambes plièrent sous elle, et elle tomba à genoux.

« Pardonnez, Edmond, dit-elle, pardonnez pour moi qui vous aime encore ! »

La dignité de l'épouse arrêta l'élan de l'amante et de la mère.

Son front s'inclina presque à toucher le tapis.

Le comte s'élança au-devant d'elle et la releva.

Alors, assise sur un fauteuil, elle put, à travers ses larmes, regarder le pâle visage de Monte-Cristo, sur lequel la douleur et la haine imprimaient encore un caractère menaçant.

« Vengez-vous, Edmond ! s'écria la pauvre mère, mais vengez-vous sur les coupables ; vengez-vous sur lui, vengez-vous sur moi, mais ne vous vengez pas sur mon fils !

— Il est écrit dans le Livre saint, répondit Monte-Cristo : "Les fautes des pères retomberont sur les enfants jusqu'à la troisième et quatrième génération." Puisque Dieu a dicté ses propres paroles à son prophète, pourquoi serais-je meilleur que Dieu ?

— Parce que Dieu a le temps et l'éternité, ces deux choses qui échappent aux hommes. »

Monte-Cristo poussa un soupir qui ressemblait à un rugissement, et saisit ses beaux cheveux à pleines mains.

« Edmond, continua Mercédès, les bras tendus vers le comte, Edmond, depuis que je vous connais, j'ai adoré votre nom, j'ai respecté votre mémoire. Edmond, mon ami, ne me forcez pas de ternir cette image noble et pure reflétée sans cesse dans le miroir de mon cœur. Edmond, si vous saviez toutes les prières que j'ai adressées pour vous à Dieu, tant que je vous ai espéré vivant et depuis que je vous ai cru mort! Écoutez-moi : pendant dix ans j'ai fait chaque nuit le même rêve. On a dit que vous aviez voulu fuir, que vous aviez pris la place d'un prisonnier, que vous vous étiez glissé dans le suaire d'un mort, et qu'alors on avait lancé le cadavre vivant du haut en bas du château d'If; et que le cri que vous aviez poussé en vous brisant sur les rochers, avait seul révélé la substitution à vos ensevelisseurs devenus vos bourreaux. Eh bien! Edmond, je vous le jure sur la tête de ce fils que je vous implore, Edmond, pendant dix ans j'ai vu chaque nuit des hommes qui balançaient quelque chose d'informe et d'inconnu au haut d'un rocher; pendant dix ans j'ai chaque nuit entendu un cri terrible qui m'a réveillée frémissante et glacée. Et moi aussi, Edmond; oh! croyez-moi, toute criminelle que je fus, oh! oui, moi aussi, j'ai bien souffert!

— Avez-vous senti mourir votre père en votre absence? s'écria Monte-Cristo enfonçant ses mains dans ses cheveux; avez-vous vu la femme que vous aimiez tendre sa main à votre rival, tandis que vous râliez au fond du gouffre?...

— Non, interrompit Mercédès; mais j'ai vu celui que j'aimais prêt à devenir le meurtrier de mon fils! »

Mercédès prononça ces paroles avec une douleur si puissante, avec un accent si désespéré, qu'à ces paroles et à cet accent un sanglot déchira la gorge du comte.

Le lion était dompté; le vengeur était vaincu.

« Que me demandez-vous? dit-il; que votre fils vive! eh bien! il vivra!... »

Mercédès jeta un cri qui fit jaillir deux larmes des paupières de Monte-Cristo, mais ces deux larmes disparurent presque aussitôt, car sans doute Dieu avait envoyé quelque ange pour les recueillir, bien autrement précieuses qu'elles étaient aux yeux du Seigneur que les plus riches perles de Guzarate et d'Ophir.

« Oh ! s'écria-t-elle en saisissant la main du comte et en la portant à ses lèvres, oh ! merci, merci, Edmond ! te voilà bien tel que je t'ai toujours rêvé, tel que je t'ai toujours aimé. Oh ! maintenant, je puis le dire.

— D'autant mieux, répondit Monte-Cristo, que le pauvre Edmond n'aura pas longtemps à être aimé par vous. Le mort va rentrer dans la tombe, le fantôme va rentrer dans la nuit.

— Que dites-vous, Edmond ?

— Vous ne supposez pas qu'outragé publiquement, en face de toute une salle, en présence de vos amis et de ceux de votre fils, provoqué par un enfant qui se glorifiera de mon pardon comme d'une victoire ; vous ne supposez pas, dis-je, que j'aie un instant le désir de vivre. Ce que j'ai le plus aimé après vous, Mercédès, c'est moi-même, c'est-à-dire ma dignité, c'est-à-dire cette force qui me rendait supérieur aux autres hommes ; cette force, c'était ma vie. D'un mot vous la brisez. Je meurs.

— Mais ce duel n'aura pas lieu, Edmond, puisque vous pardonnez.

— Il aura lieu, madame, dit solennellement Monte-Cristo ; seulement au lieu du sang de votre fils que devait boire la terre, ce sera le mien qui coulera. »

Mercédès poussa un grand cri et s'élança vers Monte-Cristo, mais tout à coup elle s'arrêta.

« Edmond, dit-elle, il y a un Dieu au-dessus de nous, puisque vous vivez, puisque je vous ai revu, et je me fie à lui du plus profond de mon cœur. En attendant son appui, je me repose sur votre parole. Vous avez dit que mon fils vivrait ; il vivra, n'est-ce pas ?

— Il vivra, oui, madame », dit Monte-Cristo surpris que, sans autre exclamation, sans autre marque d'étonnement, Mercédès eût accepté l'héroïque sacrifice qu'il lui faisait.

Mercédès tendit la main au comte.

« Edmond, dit Mercédès, je n'ai plus qu'un mot à vous dire. »

Le comte sourit amèrement.

« Edmond, continua-t-elle, vous verrez que si mon front est pâli, que si mes yeux sont éteints, que si ma beauté est perdue, que si Mércédès enfin ne ressemble plus à elle-même pour les traits du visage, vous verrez que c'est toujours le même cœur !... Adieu donc, Edmond ; je n'ai plus rien à demander au ciel... Je vous ai revu... et revu aussi noble et aussi grand qu'autrefois. Adieu, Edmond... adieu et merci ! »

Mais le comte ne répondit pas.

Mercédès ouvrit la porte du cabinet, et elle avait disparu avant qu'il ne fût revenu de la rêverie douloureuse et profonde où sa vengeance perdue l'avait plongé.

Une heure sonnait à l'horloge des Invalides, quand la voiture qui emportait Mme de Morcerf, en roulant sur le pavé des Champs-Élysées, fit relever la tête au comte de Monte-Cristo.

« Insensé, dit-il, le jour où j'avais résolu de me venger, de ne pas m'être arraché le cœur ! »

55

La rencontre

Après le départ de Mercédès, tout retomba dans l'ombre chez Monte-Cristo. Autour de lui et au-dedans de lui sa pensée s'arrêta ; son espoir énergique s'endormit comme fait le corps après une suprême fatigue.

« Quoi, se disait-il tandis que la lampe et les bougies se consumaient tristement et que les serviteurs attendaient avec impatience dans l'antichambre ; quoi ! voilà l'édifice si lentement préparé, élevé avec tant de peines et de soucis, écroulé d'un seul coup, avec un seul mot, sous un souffle ! Eh quoi ! ce moi que je croyais quelque chose, ce moi dont j'étais si fier, ce moi que j'avais vu si petit dans les cachots du château d'If, et que j'avais su rendre si grand, sera demain un peu de poussière ! Hélas ! ce n'est point la mort du corps que je regrette, c'est la ruine de mes projets si lentement élaborés, si laborieusement bâtis. La Providence, que j'avais crue pour eux, était donc contre eux? Dieu ne voulait donc pas qu'ils s'accomplissent?

« Et tout cela, mon Dieu! parce que mon cœur que je croyais mort, n'était qu'engourdi; parce qu'il s'est réveillé, parce qu'il a battu, parce que j'ai cédé à la douleur de ce battement soulevé au fond de ma poitrine par la voix d'une femme!

« Et cependant, continua le comte, s'abîmant de plus en plus dans les prévisions de ce lendemain terrible qu'avait accepté Mercédès, cependant il est impossible que cette femme, qui est un si noble cœur, ait ainsi, par égoïsme, consenti à me laisser tuer, moi plein de force et d'existence! Non, elle aura imaginé quelque scène pathétique, elle viendra se jeter entre les épées, et ce sera ridicule sur le terrain, de sublime que c'était ici. »

Et la rougeur de l'orgueil montait au front du comte.

« Ridicule, répéta-t-il, et le ridicule rejaillira sur moi... Moi ridicule! Allons! j'aime encore mieux mourir. »

Et à force de s'exagérer ainsi d'avance les mauvaises chances du lendemain, auxquelles il s'était condamné en promettant à Mercédès de laisser vivre son fils, le comte s'en vint à se dire :

« Sottise! sottise! sottise! que faire ainsi de la générosité en se plaçant comme un but inerte au bout du pistolet de ce jeune homme! Jamais il ne croira que ma mort est un suicide, et cependant il importe pour l'honneur de ma mémoire que le monde sache que j'ai consenti moi-même à arrêter mon bras déjà levé pour frapper, et que de ce bras, si puissamment armé contre les autres, je me suis frappé moi-même. Il le faut, je le ferai. »

Et saisissant une plume, il tira un papier de l'armoire secrète de son bureau, et traça au bas de ce papier, qui n'était autre chose que son testament fait depuis son arrivée à Paris, une espèce de codicille dans lequel il faisait comprendre sa mort aux gens les moins clairvoyants.

Tandis qu'il flottait entre ces sombres incertitudes, mauvais rêves de l'homme éveillé par la douleur, le jour vint blanchir les vitres et éclairer sous ses mains le pâle papier azur sur lequel il venait de tracer cette suprême justification de la Providence.

Il était cinq heures du matin.

Tout à coup un léger bruit parvint à son oreille. Monte-Cristo crut avoir entendu quelque chose comme un soupir étouffé; il tourna la tête, regarda autour de lui et ne vit personne. Seulement le bruit se répéta assez distinct pour qu'au doute succédât la certitude.

Alors le comte se leva, ouvrit doucement la porte du salon, et sur un fauteuil, les bras pendants, sa belle tête pâle et inclinée en arrière, il vit Haydée qui s'était placée en travers de la porte afin qu'il ne pût sortir sans la voir, mais que le sommeil, si puissant contre la jeunesse, avait surprise après la fatigue d'une si longue veille.

Monte-Cristo arrêta sur elle un regard plein de douceur et de regret.

« Pauvre Haydée! dit-il, elle a voulu me voir, elle a voulu me parler, elle a craint ou deviné quelque chose... Oh! je ne puis partir sans lui dire adieu, je ne puis mourir sans la confier à quelqu'un... »

Et il regagna doucement sa place, et écrivit au bas des premières lignes :

« Je lègue à Maximilien Morrel, capitaine de spahis et

fils de mon ancien patron Pierre Morrel, armateur à Marseille, la somme de vingt millions.

« Si son cœur est libre et qu'il veuille épouser Haydée, fille d'Ali, pacha de Janina, il accomplira, je ne dirai point ma dernière volonté, mais mon dernier désir.

« Le présent testament a déjà fait Haydée héritière du reste de ma fortune, qui, ces vingt millions prélevés, ainsi que les différents legs faits à mes serviteurs, pourra monter encore à soixante millions. »

Il achevait d'écrire cette dernière ligne, lorsqu'un cri, poussé derrière lui, lui fit tomber la plume des mains.

« Haydée, dit-il, vous avez lu ? »

En effet, la jeune femme, réveillée par le jour qui avait frappé ses paupières, s'était levée et s'était approchée du comte sans que ses pas légers, assourdis d'ailleurs par le tapis, eussent été entendus.

« Oh ! mon seigneur, dit-elle en joignant les mains, pourquoi écrivez-vous ainsi à une pareille heure ? Pourquoi me léguez-vous toute votre fortune, mon seigneur ? Vous me quittez donc ?

— Je vais faire un voyage, cher ange, dit Monte-Cristo avec une expression de mélancolie et de tendresse infinies, et s'il m'arrivait malheur, je veux que ma fille soit heureuse. »

Haydée sourit tristement en secouant la tête.

« Vous pensez à mourir, mon seigneur ? dit-elle.

— C'est une pensée salutaire, mon enfant, a dit le sage.

— Eh bien ! si vous mourez, dit-elle, léguez votre fortune à d'autres, car si vous mourez... je n'aurai plus besoin de rien. »

Et, prenant le papier, elle le déchira en quatre morceaux qu'elle jeta au milieu du salon. Puis, cette énergie si peu habituelle à une esclave ayant épuisé ses forces, elle tomba évanouie sur le parquet.

Monte-Cristo se pencha vers elle, la souleva entre ses bras, et voyant ce beau corps inanimé et comme abandonné, l'idée lui vint pour la première fois qu'elle l'aimait peut-être autrement que comme une fille aime son père.

« Hélas! murmura-t-il avec un profond découragement, j'aurais donc encore pu être heureux! »

Puis il porta Haydée jusqu'à son appartement, et, rentrant dans son cabinet, qu'il ferma cette fois vivement sur lui, il recopia le testament détruit.

Comme il achevait, le bruit d'un cabriolet entrant dans la cour se fit entendre. Monte-Cristo s'approcha de la fenêtre et vit descendre Maximilien et Emmanuel.

Un instant après, Morrel parut sur le seuil. Il avait devancé l'heure de près de vingt minutes.

« Je viens trop tôt peut-être, monsieur le comte, dit-il; mais je vous avoue franchement que je n'ai pu dormir une minute, et qu'il en a été de même de toute la maison. J'avais besoin de vous voir fort de votre courageuse assurance pour redevenir moi-même. »

Monte-Cristo ne put tenir à cette preuve d'affection, et ce ne fut point la main qu'il tendit au jeune homme, mais ses deux bras qu'il lui ouvrit.

« Morrel, lui dit-il d'une voix émue, c'est un beau jour pour moi que celui où je me sens aimé d'un homme comme vous. Bonjour, monsieur Emmanuel. »

Puis, frappant un coup sur le timbre :

« Tiens, dit-il à Ali qui apparut aussitôt, fais porter cela chez mon notaire. C'est mon testament, Morrel. Moi mort, vous irez en prendre connaissance.

— Comment ! s'écria Morrel, vous mort ?

— Eh ! ne faut-il pas tout prévoir, cher ami ? M'avez-vous jamais vu tirer le pistolet ?

— Jamais.

— Eh bien ! nous avons le temps, regardez. »

Monte-Cristo prit les pistolets qu'il tenait quand Mercédès était entrée, et collant un as de trèfle contre la plaque, en quatre coups il enleva successivement les quatre branches du trèfle.

A chaque coup Morrel pâlissait.

Il examina les balles avec lesquelles Monte-Cristo exécutait ce tour de force, et il vit qu'elles n'étaient pas plus grosses que des chevrotines.

Puis, se retournant vers Monte-Cristo :

« Comte, dit-il, au nom du ciel, ne tuez pas Albert ! le malheureux a une mère !

— C'est juste, dit Monte-Cristo, et moi je n'en ai pas. »

Ces mots furent prononcés avec un ton qui fit frissonner Morrel.

« Vous êtes l'offensé, comte.

— Sans doute ; qu'est-ce que cela veut dire ?

— Cela veut dire que vous tirez le premier.

— Je tire le premier ?

— Oh ! cela, je l'ai obtenu, ou plutôt exigé. Nous leur faisions assez de concessions pour qu'ils nous fissent celle-là.

— Et à combien de pas ?

— A vingt. »

Un effrayant sourire passa sur les lèvres du comte.

« Morrel, dit-il, n'oubliez pas ce que vous venez de voir.

— Aussi, dit le jeune homme, je ne compte que sur votre générosité, mon ami. Cassez-lui un bras, blessez-le, mais ne le tuez pas.

— Morrel, écoutez encore ceci, dit le comte : je n'ai pas besoin d'être encouragé à ménager M. de Morcerf ; M. de Morcerf, je vous l'annonce d'avance, sera si bien ménagé, qu'il reviendra tranquillement avec ses deux amis, tandis que moi… on me rapportera.

— Allons donc ! s'écria Maximilien hors de lui.

— C'est comme je vous l'annonce, mon cher Morrel : M. de Morcerf me tuera. »

Morrel regarda le comte en homme qui ne comprend plus.

« Que vous est-il donc arrivé depuis hier soir, comte ?

— Ce qui est arrivé à Brutus la veille de la bataille de Philippes : j'ai vu un fantôme.

— Et ce fantôme ?

— Ce fantôme, Morrel, m'a dit que j'avais assez vécu. »

Maximilien et Emmanuel se regardèrent. Monte-Cristo tira sa montre.

« Partons, dit-il, il est sept heures cinq minutes, et le rendez-vous est pour huit heures juste. »

Une voiture attendait tout attelée ; Monte-Cristo y monta avec ses deux témoins.

A huit heures sonnantes on était au rendez-vous.

« Nous voici arrivés, dit Morrel en passant la tête par la portière, et nous sommes les premiers.

— Monsieur m'excusera, dit Baptistin, qui avait suivi son maître avec une terreur indicible ; mais je crois apercevoir là-bas une voiture sous les arbres. »

Monte-Cristo sauta légèrement en bas de sa calèche et donna la main à Emmanuel et à Maximilien, pour les aider à descendre.

Morrel s'avança vers Beauchamp et Château-Renaud. Ceux-ci, voyant le mouvement de Maximilien, firent quelques pas au-devant de lui.

Les trois jeunes gens se saluèrent, sinon avec affabilité, du moins avec courtoisie.

« Pardon, messieurs, dit Morrel, mais je n'aperçois pas M. de Morcerf.

— Ce matin, répondit Château-Renaud, il nous a fait prévenir qu'il nous rejoindrait sur le terrain seulement.

— Le voilà, dit Beauchamp, il est à cheval ; tenez, il vient ventre à terre et suivi de son domestique.

— Quelle imprudence, dit Château-Renaud, de venir à cheval pour se battre au pistolet ! Moi qui lui avais si bien fait sa leçon ! »

Albert arrêta son cheval, sauta à terre et jeta la bride au bras de son domestique.

Il était pâle ; ses yeux étaient rougis et gonflés ; on voyait qu'il n'avait pas dormi une seconde de toute la nuit.

Il y avait, épandue sur sa physionomie, une nuance de gravité triste qui ne lui était pas habituelle.

« Merci, messieurs, dit-il, d'avoir bien voulu vous rendre à mon invitation ; croyez que je vous suis on ne peut plus reconnaissant de cette marque d'amitié.

— Monsieur Morrel, dit Château-Renaud, vous pouvez

annoncer à M. le comte que M. de Morcerf est arrivé, et que nous nous tenons à sa disposition.

— Attendez, messieurs, dit Albert, j'ai deux mots à dire à M. le comte de Monte-Cristo.

— En particulier? demanda Morrel.

— Non, monsieur, devant tout le monde. »

Les témoins d'Albert se regardèrent tout surpris; Morrel, joyeux de cet incident inattendu, alla chercher le comte qui se promenait dans une contre-allée avec Emmanuel.

« Que me veut-il? demanda Monte-Cristo.

— Je l'ignore, mais il demande à vous parler.

— Oh! dit Monte-Cristo, qu'il ne tente pas Dieu par quelque nouvel outrage!

— Je ne crois pas que ce soit son intention », dit Morrel.

Le comte s'avança, accompagné de Maximilien et d'Emmanuel; son visage calme et plein de sérénité faisait une étrange opposition avec le visage bouleversé d'Albert, qui s'approchait de son côté.

A trois pas l'un de l'autre, Albert et le comte s'arrêtèrent.

« Messieurs, dit Albert, approchez-vous; je désire que pas un mot de ce que je vais avoir l'honneur de dire à M. le comte de Monte-Cristo ne soit perdu; car ce que je vais avoir l'honneur de lui dire doit être répété par vous à qui voudra l'entendre, si étrange que mon discours vous paraisse.

— J'attends, monsieur, dit le comte.

— Monsieur, dit Albert d'une voix tremblante d'abord, mais qui s'assura de plus en plus; monsieur, je vous reprochais d'avoir divulgué la conduite de M. de Morcerf en Épire; car si coupable que fût M. le comte de Morcerf, je ne croyais pas que ce fût vous qui eussiez le droit de le punir. Mais aujourd'hui, monsieur, je sais que ce droit vous est acquis. Ce n'est point la trahison de Fernand Mondego envers Ali-Pacha qui me rend si prompt à vous excuser, c'est la trahison du pêcheur Fernand envers vous, ce sont les malheurs inouïs qui ont été la suite de cette trahison. Aussi je le dis, aussi je le proclame tout haut : oui, monsieur, vous avez eu raison de vous venger de mon père, et moi, son fils, je vous remercie de n'avoir pas fait plus. »

La foudre, tombée au milieu des spectateurs de cette scène inattendue, ne les eût pas plus étonnés que cette déclaration d'Albert.

Quant à Monte-Cristo, ses yeux s'étaient lentement levés au ciel avec une expression de reconnaissance infinie, et il ne pouvait assez admirer comment cette nature fougueuse d'Albert s'était tout à coup portée à cette subite humiliation. Aussi reconnut-il l'influence de Mercédès, et comprit-il comment ce noble cœur ne s'était pas opposé au sacrifice qu'elle savait d'avance devoir être inutile.

« Maintenant, monsieur, dit Albert, si vous trouvez que les excuses que je viens de vous faire sont suffisantes, votre main, je vous prie. Après le mérite si rare de l'infaillibilité qui semble être le vôtre, le premier de tous les mérites, à mon avis, est de savoir avouer ses torts. Mais cet aveu me regarde seul. J'agissais bien selon les hommes, mais vous, vous agissez bien selon Dieu. Un ange seul pouvait sauver l'un de nous de la mort, et l'ange est descendu du ciel, sinon pour faire de nous deux amis, hélas ! la fatalité rend la chose impossible, mais tout au moins deux hommes qui s'estiment. »

Monte-Cristo, l'œil humide, la poitrine haletante, la bouche entrouverte, tendit à Albert une main que celui-ci saisit et pressa avec un sentiment qui ressemblait à un respectueux effroi.

« Messieurs, dit-il, M. de Monte-Cristo veut bien agréer mes excuses. J'avais agi précipitamment envers lui. La précipitation est mauvaise conseillère : j'avais mal agi. Maintenant, ma faute est réparée. J'espère bien que le monde ne me tiendra point pour lâche parce que j'ai fait ce que ma conscience m'a ordonné de faire. Mais, en tout cas, si l'on se trompait sur mon compte, ajouta le jeune homme en relevant la tête avec fierté, et comme s'il adressait un défi à ses amis et à ses ennemis, je tâcherai de redresser les opinions.

— Que s'est-il donc passé cette nuit? demanda Beauchamp à Château-Renaud; il me semble que nous jouons ici un triste rôle.

— En effet, ce qu'Albert vient de faire est bien misérable ou bien beau », répondit le baron.

Quant à Monte-Cristo, le front penché, les bras inertes, écrasé sous le poids de vingt-quatre ans de souvenirs, il ne songeait ni à Albert, ni à Beauchamp, ni à Château-Renaud, ni à personne de ceux qui se trouvaient là : il songeait à cette courageuse femme qui était venue lui demander la vie de son fils, à qui il avait offert la sienne, et qui venait de la sauver par l'aveu terrible d'un secret de famille, capable de tuer à jamais chez ce jeune homme le sentiment de la piété filiale.

« Toujours la Providence! murmura-t-il; ah! c'est aujourd'hui seulement que je suis bien certain d'être l'envoyé de Dieu! »

56

La mère et le fils

Un quart d'heure après, Albert rentrait à l'hôtel de la rue du Helder.

En descendant de cheval, il lui sembla, derrière le rideau de la chambre à coucher du comte, apercevoir le visage pâle de son père ; Albert détourna la tête avec un soupir et rentra dans son petit pavillon.

Arrivé là, il jeta un dernier regard sur toutes ces richesses qui lui avaient fait la vie si douce et si heureuse depuis son enfance.

Il enleva avec son châssis de chêne le portrait de sa mère, qu'il roula, laissant vide et noir le cadre d'or qui l'entourait.

Puis il fit un inventaire exact et précis de tout, et plaça cet inventaire à l'endroit le plus apparent d'une table, après avoir débarrassé cette table des livres et des papiers qui l'encombraient.

Au commencement de ce travail, son domestique, malgré l'ordre que lui avait donné Albert de le laisser seul, était rentré dans sa chambre.

« Que voulez-vous ? lui demanda Morcerf d'un accent plus triste que courroucé.

— Pardon, monsieur, dit le valet de chambre ; M. le comte de Morcerf m'a fait appeler et je n'ai pas voulu me rendre chez M. le comte sans prendre les ordres de monsieur.

— Pourquoi cela ?

— Parce que, s'il me fait demander, c'est sans doute pour m'interroger sur ce qui s'est passé. Que dois-je répondre ?

— Vous direz que j'ai fait des excuses à M. le comte de Monte-Cristo ; allez. »

Le valet s'inclina et sortit.

Albert s'était alors remis à son inventaire.

Comme il terminait ce travail, le bruit des chevaux piétinant dans la cour et des roues d'une voiture ébranlant les vitres attira son attention ; il s'approcha de la fenêtre et vit son père monter dans sa calèche et partir.

A peine la porte de l'hôtel fut-elle refermée derrière le comte, qu'Albert se dirigea vers l'appartement de sa mère, et comme personne n'était là pour l'annoncer, il pénétra jusqu'à la chambre à coucher de Mercédès, et, le cœur gonflé de ce qu'il voyait et de ce qu'il devinait, il s'arrêta sur le seuil.

Comme si la même âme eût animé ces deux corps, Mercédès faisait chez elle ce qu'Albert venait de faire chez lui.

Albert vit tous ces préparatifs, et s'écriant : « Ma mère ! » il alla jeter ses bras au cou de Mercédès.

« Que faites-vous donc ? demanda-t-il.

— Que faisiez-vous ? répondit-elle.

— Oh ! ma mère, s'écria Albert, ému au point de ne pouvoir parler, il n'est point de vous comme de moi ; non, vous ne pouvez pas avoir résolu ce que j'ai décidé, car je viens vous prévenir que je dis adieu à votre maison, et... à vous.

— Moi aussi, Albert, répondit Mercédès ; moi aussi je pars. J'avais compté, je l'avoue, que mon fils m'accompagnerait ; me suis-je trompée ?

— Ma mère, dit Albert avec fermeté, je ne puis vous faire partager le sort que je me destine ; il faut que je vive désormais sans nom et sans fortune, il faut, pour commencer l'apprentissage de cette rude existence, que j'emprunte à un ami le pain que je mangerai d'ici au moment où j'en gagnerai d'autre.

— Toi, mon pauvre enfant ! s'écria Mercédès, toi, souffrir de la misère, souffrir de la faim ! Oh ! ne dis pas cela, tu briserais toutes mes résolutions.

— Mais non pas les miennes, ma mère, répondit Albert. Je suis jeune, je suis fort, je crois que je suis brave, et depuis hier j'ai appris ce que peut la volonté. Non, ma mère, non ; j'ai rompu, à partir d'aujourd'hui, avec le passé, et je n'en accepte plus rien, pas même mon nom, parce que, vous le comprenez, vous, n'est-ce pas, ma mère, votre fils ne peut porter le nom d'un homme qui doit rougir devant un autre homme.

— Albert, mon enfant, dit Mercédès, si j'avais eu un cœur plus fort, c'est là le conseil que je t'eusse donné ; ta conscience a parlé quand ma voix éteinte se taisait ; écoute ta conscience, mon fils. Tu avais des amis, Albert, romps momentanément avec eux, mais ne désespère pas, au nom de ta mère ! La vie est belle encore à ton âge, mon cher Albert, car à peine as-tu vingt-deux ans ; et comme à un cœur aussi pur que le tien il faut un nom sans tache, prends celui de mon père : il s'appelait Herrera. Je te connais, mon Albert ; quelque carrière que tu suives, tu rendras en peu de temps ce nom illustre. Alors, mon ami, reparais dans le monde plus brillant encore du lustre de tes malheurs passés.

— Je ferai selon vos désirs, ma mère, dit le jeune homme. Mais puisque nous sommes résolus, agissons promptement. M. de Morcerf a quitté l'hôtel voilà une demi-heure à peu près ; l'occasion, comme vous le voyez, est favorable pour éviter le bruit et l'explication.

— Je vous attends, mon fils », dit Mercédès.

Albert courut aussitôt jusqu'au boulevard, d'où il ramena un fiacre qui devait les conduire hors de l'hôtel ; il se rappelait certaine petite maison garnie dans la rue des Saints-Pères, où sa mère trouverait un logement modeste, mais décent ; il revint donc chercher la comtesse.

Au moment où le fiacre s'arrêtait devant la porte, et comme Albert en descendait, un homme s'approcha de lui et lui remit une lettre.

Albert reconnut l'intendant de Monte-Cristo.

« Du comte », dit Bertuccio.

Albert prit la lettre, l'ouvrit, la lut.

Après l'avoir lue, il chercha des yeux Bertuccio, mais, pendant que le jeune homme lisait, Bertuccio avait disparu.

Alors Albert, les larmes aux yeux, la poitrine toute

gonflée d'émotion, rentra chez Mercédès, et, sans prononcer une seule parole, lui présenta la lettre.

Mercédès lut :

« Albert,

« En vous montrant que j'ai pénétré le projet auquel vous êtes sur le point de vous abandonner, je crois vous montrer aussi que je comprends la délicatesse. Vous voilà libre, vous quittez l'hôtel du comte, et vous allez retirer chez vous votre mère, libre comme vous ; mais réfléchissez-y, Albert, vous lui devez plus que vous ne pouvez lui payer, pauvre noble cœur que vous êtes. Gardez pour vous la lutte, réclamez pour vous la souffrance, mais épargnez-lui cette première misère qui accompagnera inévitablement vos premiers efforts ; car elle ne mérite pas même le reflet du malheur qui la frappe aujourd'hui, et la Providence ne veut pas que l'innocent paye pour le coupable.

« Écoutez, Albert.

« Il y a vingt-quatre ans, je revenais bien joyeux et bien fier dans ma patrie. J'avais une fiancée, Albert, une sainte jeune fille que j'adorais, et je rapportais à ma fiancée cent cinquante louis amassés péniblement par un travail sans relâche. Cet argent était pour elle, je le lui destinais, et sachant combien la mer est perfide, j'avais enterré notre trésor dans le petit jardin de la maison que mon père habitait à Marseille, sur les Allées de Meilhan.

« Eh bien ! Albert, cet argent qui autrefois devait aider à la vie et à la tranquillité de cette femme que j'adorais, voilà qu'aujourd'hui, par un hasard étrange et douloureux, il a retrouvé le même emploi. Oh ! comprenez bien ma pensée, à moi qui pourrais offrir des millions à cette pauvre femme, et qui lui rends seulement le morceau de pain noir oublié sous mon pauvre toit depuis le jour où j'ai été séparé de celle que j'aimais.

« Vous êtes un homme généreux, Albert, mais peut-être êtes-vous néanmoins aveuglé par la fierté ou par le ressentiment ; si vous me refusez, si vous demandez à un autre ce que j'ai le droit de vous offrir, je dirai qu'il est peu généreux à vous de refuser la vie de votre mère offerte par un homme dont votre père a fait mourir le père dans les horreurs de la faim et du désespoir. »

Cette lecture finie, Albert demeura pâle et immobile en attendant ce que déciderait sa mère.

Mercédès leva au ciel un regard d'une ineffable expression.

« J'accepte, dit-elle, il a le droit de payer la dot que j'apporterai dans un couvent ! »

Et, mettant la lettre sur son cœur, elle prit le bras de son fils, et d'un pas plus ferme qu'elle ne s'y attendait peut-être elle-même, elle prit le chemin de l'escalier.

57

Le suicide

Cependant Monte-Cristo, lui aussi, était rentré en ville.

Arrivé à la porte de sa maison des Champs-Élysées, il marcha vivement au-devant de Bertuccio.

« Eh bien? demanda-t-il.

— Eh bien! répondit l'intendant, elle va quitter sa maison.

— Et son fils?

— Florentin, son valet de chambre, pense qu'il en va faire autant.

— Venez. »

Monte-Cristo emmena Bertuccio dans son cabinet, écrivit la lettre que nous avons vue, et la remit à l'intendant.

« Allez, dit-il, et faites diligence; à propos, faites prévenir Haydée que je suis rentré.

— Me voilà », dit la jeune fille, qui, au bruit de la voiture, était déjà descendue, et dont le visage rayonnait de joie en revoyant le comte sain et sauf.

Bertuccio sortit.

Tous les transports d'une fille revoyant un père chéri, tous les délires d'une maîtresse revoyant un amant adoré, Haydée les éprouva pendant les premiers instants de ce retour attendu par elle avec tant d'impatience.

Certes, pour être moins expansive, la joie de Monte-Cristo n'était pas moins grande ; la joie, pour les cœurs qui ont longtemps souffert, est pareille à la rosée pour les terres desséchées par le soleil : cœur et terre absorbent cette pluie bienfaisante qui tombe sur eux, et rien n'en apparaît au-dehors.

Depuis quelques jours, Monte-Cristo comprenait une chose que depuis longtemps il n'osait plus croire, c'est qu'il y avait deux Mercédès au monde, c'est qu'il pouvait encore être heureux.

Son œil ardent de bonheur se plongeait avidement dans les regards humides d'Haydée, quand tout à coup la porte s'ouvrit.

Le comte fronça le sourcil.

« M. de Morcerf ! » dit Baptistin, comme si ce mot seul renfermait son excuse.

En effet, le visage du comte s'éclaira.

« Lequel ? demanda-t-il ; le vicomte, ou le comte ?

— Le comte.

— Oh ! c'est le misérable..., s'écria Haydée.

— Cet homme ne peut rien sur moi, Haydée, dit Monte-Cristo ; c'est quand j'avais affaire à son fils qu'il fallait craindre.

— Aussi, ce que j'ai souffert, dit la jeune fille, tu ne le sauras jamais, mon seigneur. »

Monte-Cristo sourit.

« Par la tombe de mon père, dit Monte-Cristo en étendant la main sur la tête de la jeune fille, je te jure que, s'il arrive malheur, ce ne sera point à moi.

— Je te crois, mon seigneur, comme si Dieu me parlait », dit la jeune fille en présentant son front au comte.

Monte-Cristo déposa sur ce front si pur et si beau un baiser qui fit battre à la fois deux cœurs, l'un avec violence, l'autre sourdement.

« Oh! mon Dieu! murmura le comte, permettriez-vous donc que je puisse aimer encore! Faites entrer M. le comte de Morcerf au salon », dit-il à Baptistin, tout en conduisant la belle Grecque vers un escalier dérobé.

Le général arpentait pour la troisième fois le salon dans toute sa longueur, lorsqu'en se retournant il aperçut Monte-Cristo debout sur le seuil.

« Eh! c'est M. de Morcerf, dit tranquillement Monte-Cristo; je croyais avoir mal entendu.

— Oui, c'est moi-même, dit le comte avec une effroyable contraction des lèvres qui l'empêchait d'articuler nettement.

— Il ne me reste donc qu'à savoir maintenant, dit Monte-Cristo, la cause qui me procure le plaisir de voir M. le comte de Morcerf de si bonne heure.

— Vous avez eu ce matin une rencontre avec mon fils, monsieur? dit le général.

— Vous savez cela? répondit le comte.

— Et je sais aussi que mon fils avait de bonnes raisons pour désirer se battre contre vous et faire tout ce qu'il pouvait pour vous tuer.

— En effet, monsieur, il en avait de fort bonnes ; mais vous voyez que, malgré ces raisons-là, il ne m'a pas tué, et même qu'il ne s'est pas battu.

— Sans doute vous lui avez fait quelque excuse ou donné quelque explication ?

— Je ne lui ai donné aucune explication, et c'est lui qui m'a fait des excuses.

— Mais à quoi attribuez-vous cette conduite ?

— A la condition probablement qu'il y avait dans tout ceci un homme plus coupable que moi.

— Et quel était cet homme ?

— Son père.

— Soit, dit le comte en pâlissant ; mais vous savez que le coupable n'aime pas à s'entendre convaincre de culpabilité.

— Je le sais... Aussi je m'attendais à ce qui arrive en ce moment.

— Vous vous attendiez à ce que mon fils fût un lâche ! s'écria le comte.

— M. Albert de Morcerf n'est point un lâche, dit Monte-Cristo.

— Un homme qui tient à la main une épée, un homme qui, à la portée de cette épée, tient un ennemi mortel ; cet homme, s'il ne se bat pas, est un lâche ! Que n'est-il ici pour que je le lui dise !

— Monsieur, répondit froidement Monte-Cristo, je ne présume pas que vous soyez venu me trouver pour me conter vos petites affaires de famille. Allez dire cela à M. Albert, peut-être saura-t-il que vous répondre.

— Oh ! non, non, répliqua le général avec un sourire aussitôt disparu qu'éclos, non ! vous avez raison, je ne suis pas venu pour cela ! Je suis venu pour vous dire que moi aussi je vous regarde comme mon ennemi ! Je suis venu pour vous dire que je vous hais d'instinct ! qu'il me semble que je vous ai toujours connu, toujours haï ! et qu'enfin, puisque les jeunes gens de ce siècle ne se battent pas, c'est à nous de nous battre… Est-ce votre avis, monsieur ?

— Parfaitement. Aussi quand je vous ai dit que j'avais prévu ce qui m'arrivait, c'est de l'honneur de votre visite que je voulais parler.

— Tant mieux… Vos préparatifs sont faits alors ? Vous savez que nous nous battrons jusqu'à la mort de l'un de nous deux ! dit le général, les dents serrées par la rage.

— Jusqu'à la mort de l'un de nous deux, répéta le comte de Monte-Cristo, en faisant un léger mouvement de tête de haut en bas.

— Partons alors, nous n'avons pas besoin de témoins.

— En effet, dit Monte-Cristo, c'est inutile, nous nous connaissons si bien !

— Au contraire, dit le comte, c'est que nous ne nous connaissons pas.

— Bah ! dit Monte-Cristo avec le même flegme désespérant, voyons un peu. N'êtes-vous pas le soldat Fernand qui a déserté la veille de la bataille de Waterloo ? N'êtes-vous pas le lieutenant Fernand qui a servi de guide et d'espion à l'armée française en Espagne ? N'êtes-vous pas le capitaine Fernand qui a trahi, vendu, assassiné son bienfaiteur Ali ? Et tous ces Fernand-là réunis n'ont-ils pas fait le lieutenant général comte de Morcerf, pair de France ?

— Oh ! s'écria le général, frappé par ces paroles comme par un fer rouge ; oh ! misérable, qui me reproches ma honte au moment peut-être où tu vas me tuer, non, je n'ai point dit que je t'étais inconnu ; je sais bien, démon, que tu as pénétré dans la nuit du passé, et que tu y as lu, à la lueur de quel flambeau, je l'ignore ! chaque page de ma vie ; mais peut-être y a-t-il encore plus d'honneur en moi, dans mon opprobre, qu'en toi sous tes dehors pompeux. Non, non, je te suis connu, je le sais, mais c'est toi que je ne connais pas, aventurier cousu d'or et de pierreries ! Tu t'es fait appeler à Paris le comte de Monte-Cristo ; en Italie, Simbad le Marin, à Malte, que sais-je ? moi, je l'ai oublié. Mais c'est ton nom réel que je te demande, c'est ton vrai nom que je veux savoir, au milieu de tes cent noms, afin que je le prononce sur le terrain du combat, au moment où je t'enfoncerai mon épée dans le cœur. »

Le comte de Monte-Cristo pâlit d'une façon terrible, son œil fauve s'embrasa d'un feu dévorant ; il fit un bond vers le cabinet attenant à sa chambre, et, en moins d'une seconde, arrachant sa cravate, sa redingote et son gilet, il endossa une petite veste de marin et se coiffa d'un chapeau de matelot, sous lequel se déroulèrent ses longs cheveux noirs.

Il revint ainsi, effrayant, implacable, marchant les bras croisés au-devant du général, qui n'avait rien compris à sa disparition, qui l'attendait, et qui, sentant ses dents claquer et ses jambes se dérober sous lui, recula d'un pas et ne s'arrêta qu'en trouvant sur une table un point d'appui pour sa main crispée.

« Fernand ! lui cria-t-il, de mes cent noms, je n'aurais besoin de t'en dire qu'un seul pour te foudroyer ; mais ce nom, tu le devines, n'est-ce pas ? ou plutôt tu te le rappelles ? car malgré tous mes chagrins, toutes mes tortures, je te montre aujourd'hui un visage que le bonheur de la vengeance rajeunit, un visage que tu dois avoir vu bien souvent dans tes rêves depuis ton mariage... avec Mercédès, ma fiancée ! »

Le général, la tête renversée en arrière, les mains étendues, le regard fixe, dévora en silence ce terrible spectacle ; puis, allant chercher la muraille comme point d'appui, il s'y glissa lentement jusqu'à la porte par laquelle il sortit à reculons, en laissant échapper ce seul cri lugubre, lamentable, déchirant :

« Edmond Dantès ! »

Puis, avec des soupirs qui n'avaient rien d'humain, il se traîna jusqu'au péristyle de la maison, traversa la cour en homme ivre, et tomba dans les bras de son valet de chambre en murmurant seulement d'une voix inintelligible :

« A l'hôtel ! à l'hôtel ! »

En chemin, l'air frais et la honte que lui causait l'attention de ses gens le remirent en état d'assembler ses idées ; mais le trajet fut court, et à mesure qu'il se rapprochait de chez lui, le comte sentait se renouveler toutes ses douleurs.

A quelques pas de la maison, le comte fit arrêter et descendit.

La porte de l'hôtel était toute grande ouverte ; un fiacre, surpris d'être appelé dans cette magnifique demeure, stationnait au milieu de la cour ; le comte regarda ce fiacre avec effroi, mais sans oser interroger personne, et s'élança dans son appartement.

Deux personnes descendaient l'escalier ; il n'eut que le temps de se jeter dans un cabinet pour les éviter.

C'était Mercédès appuyée au bras de son fils ; tous deux quittaient l'hôtel.

Ils passèrent à deux lignes du malheureux, qui, caché derrière la portière de damas, fut effleuré en quelque sorte par la robe de soie de Mercédès, et qui sentit à son visage la tiède haleine de ces paroles prononcées par son fils :

« Du courage, ma mère ! Venez, venez, nous ne sommes plus ici chez nous. »

Les paroles s'éteignirent, les pas s'éloignèrent.

Le général se redressa, suspendu par ses mains crispées au rideau de damas ; il comprimait le plus horrible sanglot qui fût jamais sorti de la poitrine d'un père, abandonné à la fois par sa femme et par son fils.

Bientôt il entendit claquer la portière en fer du fiacre, puis la voix du cocher, puis le roulement de la lourde machine ébranla les vitres ; alors il s'élança dans sa chambre à coucher pour voir encore une fois tout ce qu'il avait aimé dans le monde ; mais le fiacre partit sans que la tête de Mercédès ou celle d'Albert eût paru à la portière, pour donner à la maison solitaire, pour donner au père et à l'époux abandonné le dernier regard, l'adieu et le regret, c'est-à-dire le pardon.

Aussi, au moment même où les roues du fiacre ébranlaient le pavé de la voûte, un coup de feu retentit, et une fumée sombre sortit par une des vitres de cette fenêtre de la chambre à coucher, brisée par la force de l'explosion.

58

Valentine

Morrel, en quittant Monte-Cristo, s'achemina lentement vers la maison de Villefort. Noirtier et Valentine lui avaient accordé deux visites par semaine, et il venait profiter de son droit.

Il arriva, Valentine l'attendait. Inquiète, presque égarée, elle lui saisit la main et l'amena devant son grand-père.

Cette inquiétude, poussée, comme nous le dirons, presque jusqu'à l'égarement, venait du bruit que l'aventure de Morcerf avait fait dans le monde : on savait (le monde sait toujours) l'aventure de l'Opéra. Valentine, avec son instinct de femme, avait deviné que Morrel serait le témoin de Monte-Cristo. On comprend donc avec quelle avidité les détails furent demandés, donnés et reçus, et

Morrel put lire une indicible joie dans les yeux de sa bien-aimée, quand elle sut que cette terrible affaire avait eu une issue non moins heureuse qu'inattendue.

« Maintenant, dit Valentine, en faisant signe à Morrel de s'asseoir à côté du vieillard et en s'asseyant elle-même sur le tabouret où reposaient ses pieds ; maintenant parlons un peu de nos affaires. Vous savez, Maximilien, que bon papa avait eu un instant l'idée de quitter la maison, et de prendre un appartement hors de l'hôtel de M. de Villefort. Eh bien, bon papa y revient. Il prétend que l'air du faubourg Saint-Honoré ne vaut rien pour moi.

— En effet, dit Morrel ; écoutez, Valentine, M. Noirtier pourrait bien avoir raison ; depuis quinze jours, je trouve que votre santé s'altère.

— Oh ! je ressens un malaise général, voilà tout ; j'ai perdu l'appétit, et il me semble que mon estomac soutient une lutte pour s'habituer à quelque chose. »

Noirtier ne perdait pas une des paroles de Valentine.

« Et quel est le traitement que vous suivez pour cette maladie inconnue ?

— Oh ! bien simple, dit Valentine : j'avale tous les matins une cuillerée de la potion qu'on apporte pour mon grand-père ; quand je dis une cuillerée, j'ai commencé par une, et maintenant j'en suis à quatre. Mon grand-père prétend que c'est une panacée. »

Valentine souriait ; mais il y avait quelque chose de triste et de souffrant dans son sourire.

Maximilien, ivre d'amour, la regardait en silence ; elle était bien belle ; mais sa pâleur avait pris un ton plus mat, ses yeux brillaient d'un feu plus ardent que d'habitude, et ses mains, ordinairement d'un blanc de nacre, semblaient des mains de cire qu'une nuance jaunâtre envahit avec le temps.

« Mais, dit Morrel, cette potion dont vous êtes arrivée à prendre jusqu'à quatre cuillerées, je la croyais médicamentée pour M. Noirtier ?

— Je sais que c'est fort amer, dit Valentine, si amer que tout ce que je bois après cela me semble avoir le même goût. »

Noirtier regarda sa fille d'un air interrogateur.

« Oui, bon papa, dit Valentine, c'est comme cela. Tout à l'heure, avant de descendre chez vous, j'ai bu un verre d'eau sucrée ; eh bien ! j'en ai laissé la moitié, tant cette eau m'a paru amère ; mais, écoutez donc ! n'est-ce pas le bruit d'une voiture que j'entends dans la cour ? »

Elle ouvrit la porte de Noirtier, courut à une fenêtre du corridor, et revint précipitamment.

« Oui, dit-elle, c'est Mme Danglars et sa fille qui viennent nous faire une visite. Adieu, je me sauve, car on viendrait me chercher ici : ou plutôt, au revoir, restez près de bon papa, monsieur Maximilien, je vous promets de ne pas les retenir. »

C'étaient, en effet, Mme Danglars et sa fille que Valentine avait vues ; on les avait conduites à la chambre de Mme de Villefort, qui avait dit qu'elle recevrait chez elle.

Les deux femmes entrèrent au salon avec cette espèce de raideur officielle qui fait présager une communication.

Entre gens du même monde, une nuance est bientôt saisie. Mme de Villefort répondit à cette solennité par de la solennité.

En ce moment Valentine entra, et les révérences recommencèrent.

« Chère amie, dit la baronne, tandis que les deux jeunes filles se prenaient les mains, je venais avec Eugénie vous annoncer la première le très prochain mariage de ma fille avec le prince Cavalcanti. »

Danglars avait maintenu le titre de prince. Le banquier populaire avait trouvé que cela faisait mieux que comte.

« Alors permettez que je vous fasse mes sincères compliments, répondit Mme de Villefort. M. le prince Cavalcanti paraît un jeune homme plein de rares qualités.

— Écoutez, dit la baronne en souriant ; si nous parlons comme deux amies, je dois vous dire que le prince annonce un fort bon cœur, beaucoup de finesse d'esprit ; et, quant aux convenances, M. Danglars prétend que la fortune est majestueuse : c'est son mot.

— Et puis, dit Eugénie en feuilletant l'album de Mme de Villefort, ajoutez, madame, que vous avez une inclination toute particulière pour ce jeune homme.

— Et, dit Mme de Villefort, je n'ai pas besoin de vous demander si vous partagez cette inclination ?

— Moi, répondit Eugénie avec son aplomb ordinaire, oh ! pas le moins du monde, madame ; ma vocation, à moi, n'était pas de m'entraîner aux soins d'un ménage ou aux caprices d'un homme, quel qu'il fût. Ma vocation était d'être artiste, et libre par conséquent de mon cœur, de ma personne et de ma pensée. »

Eugénie prononça ces paroles avec un accent si vibrant et si ferme, que le rouge en monta au visage de Valentine. La craintive jeune fille ne pouvait comprendre cette nature vigoureuse qui semblait n'avoir aucune des timidités de la femme.

« Au reste, continua-t-elle, puisque je suis destinée à

être mariée, bon gré mal gré, je dois remercier la Providence, qui m'a du moins procuré les dédains de M. Albert de Morcerf ; sans cette Providence, je serais aujourd'hui la femme d'un homme perdu d'honneur. Il paraît qu'après avoir provoqué hier M. de Monte-Cristo à l'Opéra, il lui a fait aujourd'hui des excuses sur le terrain.

— Impossible ! dit Mme de Villefort.

— Ah ! chère amie, dit Mme Danglars, la chose est certaine. »

Valentine aussi savait la vérité, mais elle ne répondait pas. Repoussée par un mot dans ses souvenirs, elle se retrouvait en pensée dans la chambre de Noirtier, où l'attendait Morrel.

Plongée dans cette espèce de contemplation intérieure, Valentine avait depuis un instant cessé de prendre part à la conversation ; il lui eût même été impossible de répéter ce qui avait été dit depuis quelques minutes, quand tout à coup la main de Mme Danglars, en s'appuyant sur son bras, la tira de sa rêverie.

« Qu'y a-t-il, madame ? dit Valentine en tressaillant au contact des doigts de Mme Danglars, comme elle eût tressailli à un contact électrique.

— Il y a, ma chère Valentine, dit la baronne, que vous souffrez sans doute ? Vous avez rougi et pâli successivement trois ou quatre fois dans l'espace d'une minute.

— En effet ! s'écria Eugénie, tu es bien pâle !

— Oh ! ne t'inquiète pas, Eugénie ; je suis comme cela depuis quelques jours. »

Et si peu rusée qu'elle fût, la jeune fille comprit que c'était une occasion de sortir. D'ailleurs, Mme de Villefort vint à son aide.

« Retirez-vous, Valentine, dit-elle ; vous souffrez réellement, et ces dames voudront bien vous pardonner ; buvez un verre d'eau pure, et cela vous remettra. »

Valentine embrassa Eugénie, salua Mme Danglars déjà levée pour se retirer, et sortit.

« Cette pauvre enfant, dit Mme de Villefort quand Valentine eut disparu, elle m'inquiète sérieusement, et je ne serais pas étonnée quand il lui arriverait quelque accident grave. »

Cependant Valentine, dans une espèce d'exaltation dont elle ne se rendait pas compte, avait traversé la chambre d'Édouard sans répondre à je ne sais quelle méchanceté de l'enfant, et par chez elle avait atteint le petit escalier, elle entendait déjà la voix de Morrel, lorsque tout à coup un nuage passa devant ses yeux, son pied raidi manqua la marche, ses mains n'eurent plus de force pour la retenir à la rampe, et, froissant la cloison, elle roula du haut des trois derniers degrés plutôt qu'elle ne les descendit.

Morrel ne fit qu'un bond ; il ouvrit la porte, et trouva Valentine étendue sur le palier. Rapide comme l'éclair, il l'enleva entre ses bras et l'assit dans un fauteuil.

Valentine rouvrit les yeux.

« Oh ! maladroite que je suis ! dit-elle avec une fiévreuse volubilité ; je ne sais donc plus me tenir ; j'oublie qu'il y a trois marches avant le palier !

— Vous vous êtes blessée, peut-être, Valentine ? s'écria Morrel. Oh ! mon Dieu ! mon Dieu ! »

Valentine regarda autour d'elle ; elle vit le plus profond effroi peint dans les yeux de Noirtier.

« Rassure-toi, bon père, dit-elle en essayant de sourire ;

ce n'est rien, ce n'est rien… la tête m'a tourné, voilà tout.

— Un étourdissement! dit Morrel joignant les mains. Oh! faites-y attention, Valentine, je vous en supplie.

— Oh! répondit Valentine avec un mouvement convulsif, oh! en vérité, Maximilien, vous êtes trop craintif pour un officier, pour un soldat qui, dit-on, n'a jamais connu la peur. Ha! ha! ha! »

Et elle éclata d'un rire strident et douloureux, ses bras se raidirent et se tournèrent, sa tête se renversa sur son fauteuil, et elle demeura sans mouvement.

Le cri de terreur que Dieu enchaînait aux lèvres de Noirtier jaillit de son regard.

Morrel comprit; il s'agissait d'appeler du secours.

Le jeune homme se pendit à la sonnette; la femme de chambre, qui était dans l'appartement de Valentine, et le domestique qui avait remplacé Barrois, accoururent simultanément.

Valentine était si pâle, si froide, si inanimée, que, sans écouter ce qu'on leur disait, la peur qui veillait sans cesse dans cette maison maudite les prit, et qu'ils s'élancèrent par les corridors en criant au secours.

Mme Danglars et Eugénie sortaient en ce moment; elles purent encore apprendre la cause de toute cette rumeur.

« Je vous l'avais bien dit, s'écria Mme de Villefort; pauvre petite! »

59

L'aveu

Au même instant on entendit la voix de M. de Villefort, qui de son cabinet criait : « Qu'y a-t-il? »

Morrel consulta du regard Noirtier, qui venait de reprendre tout son sang-froid, et qui d'un coup d'œil lui indiqua le cabinet où déjà une fois, dans une circonstance à peu près pareille, il s'était réfugié.

Il n'eut que le temps de prendre son chapeau et de s'y jeter tout haletant. On entendait les pas du procureur du roi dans le corridor.

Villefort se précipita dans la chambre, courut à Valentine et la prit entre ses bras.

« Un médecin! un médecin!... M. d'Avrigny! cria Villefort, ou plutôt j'y vais moi-même. »

Et il s'élança hors de l'appartement.

Par l'autre porte s'élançait Morrel.

Il venait d'être frappé au cœur par un épouvantable souvenir ; cette conversation entre Villefort et le docteur, qu'il avait entendue la nuit où mourut Mme de Saint-Méran, lui revint à la mémoire : ces symptômes, portés à un degré moins effrayant, étaient les mêmes qui avaient précédé la mort de Barrois.

En même temps, il lui avait semblé entendre bruire à son oreille cette voix de Monte-Cristo, qui lui avait dit, il y avait deux heures à peine :

« De quelque chose que vous ayez besoin, Morrel, venez à moi, je peux beaucoup. »

Plus rapide que la pensée, il s'élança donc du Faubourg-Saint-Honoré dans la rue Matignon, et de la rue Matignon, dans l'avenue des Champs-Élysées.

Pendant ce temps, M. de Villefort arrivait dans un cabriolet de place à la porte de M. d'Avrigny ; il sonna avec tant de violence, que le concierge vint lui ouvrir d'un air effrayé. Villefort s'élança dans l'escalier sans avoir la force de rien dire. Le concierge le connaissait et le laissa passer en criant seulement :

« Dans son cabinet ! monsieur le procureur du roi, dans son cabinet ! »

Villefort en poussait déjà ou plutôt en enfonçait la porte.

« Ah ! dit le docteur, c'est vous.

— Oui, dit Villefort en refermant la porte derrière lui ; oui, docteur, c'est moi qui viens vous demander à mon tour si nous sommes bien seuls. Docteur, ma maison est une maison maudite.

— Quoi ! dit celui-ci froidement en apparence, mais

avec une profonde émotion intérieure, avez-vous encore quelque malade ? »

Un sanglot douloureux jaillit du cœur de Villefort, il s'approcha du médecin, et, lui saisissant le bras :

« Valentine ! dit-il, c'est le tour de Valentine !

— Votre fille ! s'écria d'Avrigny, saisi de douleur et de surprise.

— Vous voyez que vous vous trompiez, murmura le magistrat ; venez la voir et sur son lit de douleur, demandez-lui pardon de l'avoir soupçonnée.

— Chaque fois que vous m'avez prévenu, dit M. d'Avrigny, il était trop tard ; n'importe, j'y vais ; mais hâtons-nous, monsieur, avec les ennemis qui frappent chez vous, il n'y a pas de temps à perdre. »

Et le cabriolet qui avait amené Villefort le ramena au grand trot, accompagné de d'Avrigny, au moment même où, de son côté, Morrel frappait à la porte de Monte-Cristo.

En entendant annoncer Morrel, le comte releva la tête. Le jeune homme, qui l'avait quitté le sourire sur les lèvres, revenait le visage bouleversé.

Il se leva et s'élança au-devant de Morrel.

« Qu'y a-t-il donc, Maximilien ? lui demanda-t-il ; vous êtes pâle, et votre front ruisselle de sueur. »

Morrel tomba sur un fauteuil plutôt qu'il ne s'assit.

« Oui, dit-il, je suis venu vite, j'avais besoin de vous parler.

— Tout le monde se porte bien dans votre famille ? demanda le comte avec un ton de bienveillance affectueuse à la sincérité de laquelle personne ne se fût trompé.

— Merci, comte, merci, dit le jeune homme visiblement

embarrassé pour commencer l'entretien ; oui, dans ma famille, tout le monde se porte bien.

— Tant mieux ; cependant vous avez quelque chose à me dire ? reprit le comte de plus en plus inquiet.

— Oui, j'ai besoin de vous, c'est-à-dire que j'ai cru comme un insensé que vous pouviez me porter secours dans une circonstance où Dieu seul peut me secourir.

— Dites toujours, répondit Monte-Cristo.

— Oh ! dit Morrel, je ne sais en vérité s'il m'est permis de révéler un pareil secret à des oreilles humaines : mais la fatalité m'y pousse, la nécessité m'y contraint, comte. »

Morrel s'arrêta hésitant.

« Comte, voulez-vous me permettre d'envoyer Baptistin demander de votre part des nouvelles de quelqu'un que vous connaissez ?

— Je me suis mis à votre disposition, à plus forte raison j'y mets mes domestiques. Voulez-vous que je sonne Baptistin ?

— Non, je vais lui parler moi-même. »

Morrel sortit, appela Baptistin, et lui dit quelques mots tout bas. Le valet de chambre partit tout courant.

« Eh bien ! est-ce fait ? demanda Monte-Cristo en voyant reparaître Morrel.

— Oui, et je vais être un peu plus tranquille.

— Vous savez que j'attends, dit Monte-Cristo souriant.

— Oui, et moi je parle. Écoutez, un soir je me trouvais dans un jardin ; j'étais caché par un massif d'arbres, nul ne se doutait que je pouvais être là. Deux personnes passèrent près de moi. L'une était le maître de ce jardin, et l'autre était le médecin. Or, le premier confiait au second ses craintes et ses douleurs ; car c'était la seconde fois depuis un mois que la mort s'abattait, rapide et imprévue, sur cette maison, qu'on croirait désignée par quelque ange exterminateur à la colère de Dieu.

— Et que répondait le docteur? demanda Monte-Cristo.

— Il répondait... il répondait que cette mort n'était point naturelle, et qu'il fallait l'attribuer...

— A quoi?

— Au poison!

— Vraiment! » dit Monte-Cristo.

Il écoutait ou paraissait écouter avec le plus grand calme.

« Eh bien! dit Maximilien, la mort a frappé une troisième fois, et ni le maître de la maison ni le docteur n'ont rien dit; la mort va frapper une quatrième fois, peut-être. Comte, à quoi croyez-vous que la connaissance de ce secret m'engage?

— Mon cher ami, dit Monte-Cristo, vous me paraissez conter là une aventure que chacun de nous sait par cœur. La maison où vous avez entendu cela, je la connais, ou tout au moins j'en connais une pareille; une maison où il y a un jardin, un père de famille, un docteur, une maison où il y a eu trois morts étranges et inattendues. Vous dites qu'un ange exterminateur semble désigner cette maison à la colère du Seigneur; eh bien! qui vous dit que votre supposition n'est pas une réalité? Si c'est la justice et non la colère de Dieu qui se promène dans cette maison, Maximilien, détournez la tête et laissez passer la justice de Dieu. »

Morrel frissonna. Il y avait quelque chose à la fois de lugubre, de solennel et de terrible dans l'accent du comte.

« D'ailleurs, continua-t-il avec un changement de voix marqué, qu'on eût dit que ces dernières paroles ne sortaient pas de la bouche du même homme ; d'ailleurs, qui vous dit que cela recommencera ?

— Cela recommence, comte ! s'écria Morrel, et voilà pourquoi j'accours chez vous.

— Eh bien ! que voulez-vous que j'y fasse, Morrel ? Voudriez-vous, par hasard, que je prévinsse M. le procureur du roi ? »

Monte-Cristo articula ces dernières paroles avec tant de clarté et avec une accentuation si vibrante, que Morrel, se levant tout à coup, s'écria :

« Comte ! comte ! vous savez de qui je veux parler, n'est-ce pas ?

— Eh ! parfaitement, mon bon ami, et je vais vous le prouver en mettant les points sur les i, ou plutôt les noms sur les hommes. Vous vous êtes promené un soir dans le jardin de M. de Villefort. Vous avez entendu M. de Villefort causer avec M. d'Avrigny de la mort de M. de Saint-Méran et de celle non moins étonnante de la marquise. M. d'Avrigny disait qu'il croyait à un empoisonnement, et même à deux empoisonnements ; et vous voilà, vous, honnête homme par excellence, occupé à palper votre cœur, à jeter la sonde dans votre conscience, pour savoir s'il faut révéler ce secret ou le taire. Eh ! mon cher, laissez-les pâlir dans leurs insomnies s'ils ont des insomnies, et, pour l'amour de Dieu, dormez, vous qui n'avez pas de remords qui vous empêchent de dormir. »

Une effroyable douleur se peignit sur les traits de Morrel ; il saisit la main de Monte-Cristo.

« Mais cela recommence ! vous dis-je.

— Eh bien ! dit le comte, étonné de cette insistance à laquelle il ne comprenait rien, et regardant Maximilien plus attentivement, laissez recommencer ; c'est une famille d'Atrides ; Dieu les a condamnés, et ils subiront la sentence. C'était M. de Saint-Méran, il y a trois mois ; c'était Mme de Saint-Méran, il y a deux mois : c'était Barrois l'autre jour ; aujourd'hui c'est le vieux Noirtier ou la jeune Valentine.

— Vous le saviez ? s'écria Morrel dans un tel paroxysme de terreur, que Monte-Cristo tressaillit, lui que la chute du ciel eût trouvé impassible ; vous le saviez, et vous ne disiez rien ?

— Eh ! que m'importe ! reprit Monte-Cristo en haussant les épaules, est-ce que je connais ces gens-là, moi, et faut-il que je perde l'un pour sauver l'autre ? Ma foi, non, car entre le coupable et la victime, je n'ai pas de préférence.

— Mais moi, moi, s'écria Morrel en hurlant de douleur, moi je l'aime !

— Vous aimez qui ? s'écria Monte-Cristo en bondissant sur ses pieds et en saisissant les deux mains que Morrel élevait, en les tordant, vers le ciel.

— J'aime éperdument, j'aime en insensé, j'aime en homme qui donnerait tout son sang pour lui épargner une larme, j'aime Valentine de Villefort, qu'on assassine en ce monde, entendez-vous bien ! je l'aime, et je demande à Dieu et à vous comment je puis la sauver ! »

Monte-Cristo poussa un cri sauvage dont peuvent seuls se faire une idée ceux qui ont entendu le rugissement du lion blessé.

« Malheureux ! s'écria-t-il en se tordant les mains à son

tour, malheureux ! tu aimes Valentine, tu aimes cette fille d'une race maudite. »

Jamais Morrel n'avait vu semblable expression ; jamais œil si terrible n'avait flamboyé devant son visage ; jamais le génie de la terreur, qu'il avait vu tant de fois apparaître, soit sur les champs de bataille, soit dans les nuits homicides de l'Algérie, n'avait secoué autour de lui des feux plus sinistres.

Il recula épouvanté.

Quant à Monte-Cristo, après cet éclat et ce bruit, il ferma un moment les yeux, comme ébloui par des éclairs intérieurs ; pendant ce moment, il se recueillit avec tant de puissance, que l'on voyait peu à peu s'apaiser le mouvement onduleux de sa poitrine gonflée de tempêtes, comme on voit après la nuée se fondre sous le soleil les vagues turbulentes et écumeuses.

Ce silence, ce recueillement, cette lutte, durèrent vingt secondes à peu près.

Puis le comte releva son front pâli.

« Voyez, dit-il d'une voix à peine altérée, voyez, cher ami, comme Dieu sait punir de leur indifférence les hommes les plus fanfarons et les plus froids devant les terribles spectacles qu'il leur donne. Moi qui regardais, assistant impassible et curieux, voilà qu'à mon tour je me sens mordu par ce serpent dont je regardais la marche tortueuse, et mordu au cœur ! »

Morrel poussa un sourd gémissement.

« Allons, allons, continua le comte, assez de plaintes comme cela ; soyez homme, soyez fort, soyez plein d'espoir, car je suis là, car je veille sur vous. »

Morrel secoua tristement la tête.

« Je vous dis d'espérer, me comprenez-vous ? s'écria Monte-Cristo. Sachez bien que jamais je ne mens, que jamais je ne me trompe. Écoutez donc ce que je vais vous dire, Morrel. Il est midi : si Valentine n'est pas morte à cette heure, elle ne mourra pas.

— Oh ! mon Dieu ! mon Dieu ! s'écria Morrel, moi qui l'ai laissée mourante !

— Maximilien, retournez tranquillement chez vous ; je vous commande de ne pas faire un pas, de ne pas tenter une démarche, de ne pas laisser flotter sur votre visage l'ombre d'une préoccupation. Je vous donnerai de mes nouvelles, allez.

— Mon Dieu ! mon Dieu ! dit Morrel, vous m'épouvantez, comte, avec ce sang-froid. Pouvez-vous donc quelque chose contre la mort ? Êtes-vous plus qu'un homme ? Êtes-vous un ange ? Êtes-vous un dieu ? »

Et le jeune homme, qu'aucun danger n'avait jamais fait reculer d'un pas, reculait devant Monte-Cristo, saisi d'une indicible terreur.

Mais Monte-Cristo le regarda avec un sourire à la fois si mélancolique et si doux, que Maximilien sentit les larmes poindre dans ses yeux.

« Je peux beaucoup, mon ami, répondit le comte. Allez, j'ai besoin d'être seul. »

Morrel, subjugué par ce prodigieux ascendant qu'exerçait Monte-Cristo sur tout ce qui l'entourait, n'essaya pas même de s'y soustraire ; il serra la main du comte et sortit.

Seulement, à la porte, il s'arrêta pour attendre Baptistin, qu'il venait de voir apparaître au coin de la rue Matignon, et qui revenait tout courant.

Cependant Villefort et d'Avrigny avaient fait diligence.

A leur retour, Valentine était encore évanouie, et le médecin avait examiné la malade avec le soin que commandait la circonstance, et avec une profondeur que doublait la connaissance du secret.

Enfin d'Avrigny laissa échapper lentement :

« Elle vit encore.

— Encore ? s'écria Villefort ; oh ! docteur, quel mot terrible vous avez prononcé là.

— Oui, dit le médecin, je répète ma phrase : elle vit encore, et j'en suis bien surpris. »

En ce moment, le regard de d'Avrigny rencontra l'œil de Noirtier ; il étincelait d'une joie si extraordinaire, d'une pensée tellement riche et féconde, que le médecin en fut frappé.

Il laissa retomber sur le fauteuil la jeune fille et, regardant Noirtier par qui tout mouvement du docteur était attendu et commenté :

« Monsieur, dit alors d'Avrigny à Villefort, appelez la femme de chambre de Mlle Valentine, s'il vous plaît. »

Aussitôt que Villefort eut refermé la porte, d'Avrigny s'approcha de Noirtier.

« Vous avez quelque chose à me dire ? » demanda-t-il.

Le vieillard cligna expressivement des yeux ; c'était, on se le rappelle, le seul signe affirmatif qui fût à sa disposition.

En ce moment Villefort rentra, suivi de la femme de chambre ; derrière la femme de chambre marchait Mme de Villefort.

« Mais qu'a donc cette chère enfant, s'écria-t-elle, elle sort de chez moi, elle s'est bien plainte d'être indisposée, mais je n'avais pas cru que c'était sérieux. »

Et la jeune femme, les larmes aux yeux et avec toutes les marques d'affection d'une véritable mère, s'approcha de Valentine, dont elle prit la main.

« Cette pauvre enfant sera mieux dans son lit. Venez, Fanny, nous la coucherons. »

M. d'Avrigny, qui voyait dans cette proposition un moyen de rester seul avec Noirtier, fit signe de la tête que c'était effectivement ce qu'il y avait de mieux à faire. Il suivit la malade, termina ses prescriptions, ordonna à Villefort d'aller en personne chez le pharmacien faire préparer devant lui les potions ordonnées, de les rapporter lui-même et de l'attendre dans la chambre de sa fille.

Puis, après avoir renouvelé l'injonction de ne rien laisser prendre à Valentine, il redescendit chez Noirtier, ferma soigneusement les portes, et, après s'être assuré que personne n'écoutait :

« Voyons, dit-il, vous savez quelque chose sur cette maladie de votre fille ?

— Oui », fit le vieillard.

D'Avrigny réfléchit un instant, puis, se rapprochant de Noirtier :

« Pardonnez-moi ce que je vais vous dire, ajouta-t-il, mais nul indice ne doit être négligé dans la situation terrible où nous sommes. Vous avez vu mourir le pauvre Barrois ? »

Noirtier leva les yeux au ciel.

« Pensez-vous que sa mort ait été naturelle ? »

Quelque chose, comme un sourire, s'esquissa sur les lèvres inertes de Noirtier.

« Alors l'idée que Barrois avait été empoisonné vous est venue ?

— Oui.

— Croyez-vous que ce poison dont il a été la victime lui ait été destiné ?

— Non.

— Maintenant, pensez-vous que ce soit la même main qui a frappé Barrois, en voulant frapper un autre, qui frappe aujourd'hui Valentine ?

— Oui.

— Elle va donc succomber aussi ? » demanda d'Avrigny en fixant son regard profond sur Noirtier.

Et il attendit l'effet de cette phrase sur le vieillard.

« Non ! répondit-il avec un air de triomphe qui eût pu dérouter toutes les conjectures du plus habile devin.

— Alors vous espérez ? dit d'Avrigny avec surprise.

— Oui.

— Comment espérez-vous que Valentine échappera ? »

Noirtier tint avec obstination ses yeux fixés du même côté ; d'Avrigny suivit la direction de ses yeux, et vit qu'ils étaient attachés sur une bouteille contenant la potion qu'on lui apportait tous les matins.

« Ah ! ah ! dit d'Avrigny frappé d'une idée subite, auriez-vous eu l'idée… »

Noirtier ne le laissa point achever.

« Oui, fit-il.

— De la prémunir contre le poison…

— Oui.

— En l'habituant peu à peu…

— Oui, oui, oui, fit Noirtier, enchanté d'être compris.

— Et vous y êtes parvenu, en effet, s'écria d'Avrigny. Sans cette précaution, Valentine était tuée aujourd'hui, tuée sans secours possible, tuée sans miséricorde ; la secousse a été violente, mais elle n'a été qu'ébranlée, et cette fois du moins Valentine ne mourra pas. »

Une joie surhumaine épanouissait les yeux du vieillard, levés au ciel avec une expression de reconnaissance infinie.

En ce moment, Villefort rentra.

« Tenez, docteur, dit-il, voici ce que vous avez demandé.

— Cette potion a été préparée devant vous ?

— Oui, répondit le procureur du roi.

— Elle n'est pas sortie de vos mains ?

— Non. »

D'Avrigny prit la bouteille, versa quelques gouttes du breuvage qu'elle contenait dans le creux de sa main et les avala.

« Bien, dit-il, montons chez Valentine, j'y donnerai mes instructions à tout le monde, et vous veillerez vous-même, monsieur de Villefort, à ce que personne ne s'en écarte. »

Au moment où d'Avrigny rentrait dans la chambre de Valentine, accompagné de Villefort, un prêtre italien, à la démarche sévère, aux paroles calmes et décidées, louait pour son usage la maison attenante à l'hôtel habité par M. de Villefort.

On ne put savoir en vertu de quelle transaction les trois locataires de cette maison déménagèrent deux heures après ; mais le bruit qui courut généralement dans le quartier fut que la maison n'était pas solidement assise sur ses fondations et menaçait ruine, ce qui n'empêcha point le nouveau locataire de s'y établir avec son modeste mobilier le jour même, vers les cinq heures.

Ce bail fut fait pour trois, six ou neuf ans par le nouveau locataire, qui, selon l'habitude établie par les propriétaires, paya six mois d'avance ; ce nouveau locataire, qui, ainsi que nous l'avons dit, était Italien, s'appelait il signor Giacomo Busoni.

Des ouvriers furent immédiatement appelés, et la nuit même les rares passants attardés au haut du faubourg voyaient avec surprise les charpentiers et les maçons occupés à reprendre en sous-œuvre la maison chancelante.

60

Le contrat

Le jour fixé pour la signature du contrat de Mlle Eugénie Danglars et d'Andrea Cavalcanti était arrivé.

A huit heures et demie du soir, le grand salon de Danglars, la galerie attenante à ce salon et les trois autres salons de l'étage, étaient pleins d'une foule parfumée qu'attirait fort peu la sympathie, mais beaucoup cet irrésistible besoin d'être là où l'on sait qu'il y a du nouveau.

Il va sans dire que les salons étaient resplendissants de bougies; la lumière roulait à flots des moulures d'or sur les tentures de soie, et tout le mauvais goût de cet ameublement, qui n'avait pour lui que la richesse, resplendissait de tout son éclat.

Mlle Eugénie était vêtue avec la simplicité la plus élégante : une robe de soie blanche brochée de blanc, une rose blanche à moitié perdue dans ses cheveux d'un noir de jais, composaient toute sa parure, que ne venait pas enrichir le plus petit bijou. Seulement on pouvait lire dans ses yeux cette assurance parfaite destinée à démentir ce que cette candide toilette avait de vulgairement virginal à ses propres yeux.

Mme Danglars, à trente pas d'elle, causait avec Debray, Beauchamp et Château-Renaud. Debray avait fait sa rentrée dans cette maison pour cette grande solennité, mais comme tout le monde, et sans aucun privilège particulier.

M. Danglars, entouré de députés, d'hommes de finance, expliquait une théorie de contributions nouvelles qu'il comptait mettre en exercice quand la force des choses aurait contraint le gouvernement de l'appeler au ministère.

Andrea, tenant sous son bras un des plus fringants dandys de l'Opéra, lui expliquait assez impertinemment, attendu qu'il avait besoin d'être hardi pour paraître à l'aise, ses projets de vie à venir, et les progrès de luxe qu'il comptait faire faire avec ses soixante-quinze mille livres de rente au fashion parisien.

Au moment où l'aiguille de la pendule massive représentant Endymion endormi marquait neuf heures sur son cadran d'or, et où le timbre, fidèle reproducteur de la pensée machinale, retentissait neuf fois, le nom du comte de Monte-Cristo retentit à son tour, et comme poussée par la flamme électrique, toute l'assemblée se tourna vers la porte.

Le comte était vêtu de noir et avec sa simplicité habituelle ; son gilet blanc dessinait sa vaste et noble poitrine ; son col noir paraissait d'une fraîcheur singulière, tant il ressortait sur la mate pâleur de son teint : pour tout bijou, il portait une chaîne de gilet si fine qu'à peine le mince filet d'or tranchait sur le piqué blanc.

Le comte, d'un seul coup d'œil, aperçut Mme Danglars à un bout du salon, M. Danglars à l'autre, et Mlle Eugénie devant lui.

Il s'approcha d'abord de la baronne, qui causait avec Mme de Villefort, laquelle était venue seule, Valentine étant toujours souffrante ; et sans dévier, tant le chemin se frayait devant lui, il passa de la baronne à Eugénie, qu'il complimenta en termes si rapides et si réservés, que la fière artiste en fut frappée.

En quittant ces dames, il se retourna et se trouva près de Danglars, qui s'était approché pour lui donner la main.

Ces trois devoirs sociaux accomplis, Monte-Cristo s'arrêta, promenant autour de lui ce regard assuré empreint de cette expression particulière aux gens d'un certain monde et surtout d'une certaine portée, regard qui semble dire : « J'ai fait ce que j'ai dû ; maintenant que les autres fassent ce qu'ils me doivent. »

Andrea, qui était dans un salon contigu, sentit cette espèce de frémissement que Monte-Cristo avait imprimé à la foule, et il accourut saluer le comte.

Les notaires firent leur entrée en ce moment, et vinrent installer leurs pancartes griffonnées sur le velours brodé d'or qui couvrait la table préparée pour la signature, table en bois doré.

Un des notaires s'assit, l'autre resta debout.

Le contrat fut lu au milieu d'un profond silence ; mais aussitôt la lecture achevée, la rumeur commença dans les salons, double de ce qu'elle était auparavant ; ces sommes brillantes, ces millions roulant dans l'avenir des jeunes gens et qui venaient compléter l'exposition qu'on avait faite, dans une chambre exclusivement consacrée à cet objet, du trousseau de la mariée et des diamants de la jeune femme, avaient retenti avec tout leur prestige dans la jalouse assemblée.

Andrea, serré par ses amis, complimenté, adulé, commençant à croire à la réalité du rêve qu'il faisait, Andrea était sur le point de perdre la tête.

Le notaire prit solennellement la plume, l'éleva au-dessus de sa tête et dit :

« Messieurs, on va signer le contrat. »

Le baron prit la plume et signa, puis le chargé de pouvoirs.

La baronne s'approcha au bras de Mme de Villefort.

« Mon ami, dit-elle en prenant la plume, n'est-ce pas une chose désespérante ? Un incident inattendu, arrivé dans cette affaire d'assassinat et de vol dont M. le comte de Monte-Cristo a failli être victime, nous prive d'avoir M. de Villefort.

— Oh ! mon Dieu ! fit Danglars du même ton dont il aurait dit : Ma foi ! la chose m'est bien indifférente.

— Mon Dieu ! dit Monte-Cristo en s'approchant, j'ai bien peur d'être la cause involontaire de cette absence.

— Comment ! vous, comte ? dit Mme Danglars en signant. S'il en est ainsi, prenez garde, je ne vous le pardonnerai jamais. »

Andrea dressait les oreilles.

« Vous vous rappelez, dit le comte au milieu du plus profond silence, que c'est chez moi qu'est mort ce malheureux qui était venu pour me voler, et qui, en sortant de chez moi, a été tué, à ce que l'on croit, par son complice?

— Oui, dit Danglars.

— Eh bien! pour lui porter secours, on l'avait déshabillé et l'on avait jeté ses habits dans un coin où la justice les a ramassés; mais la justice, en prenant l'habit et le pantalon pour les déposer au greffe, avait oublié le gilet. »

Andrea pâlit visiblement et tira tout doucement du côté de la porte; il voyait paraître un nuage à l'horizon, et ce nuage lui semblait renfermer la tempête dans ses flancs.

« Eh bien! ce malheureux gilet, on l'a retrouvé aujourd'hui tout couvert de sang et troué à l'endroit du cœur. On me l'a apporté. Personne ne pouvait deviner d'où venait cette guenille; moi seul songeai que c'était probablement le gilet de la victime. Tout à coup mon valet de chambre, en fouillant avec dégoût et précaution cette funèbre relique, a senti un papier dans la poche et l'en a tiré : c'était une lettre adressée à qui? à vous, baron.

— A moi? s'écria Danglars.

— Mais, demanda Mme Danglars regardant son mari avec inquiétude, comment cela empêche-t-il M. de Villefort?

— C'est tout simple, madame, répondit Monte-Cristo : ce gilet et cette lettre étaient ce qu'on appelle des pièces de conviction; lettre et gilet, j'ai tout envoyé à M. le procureur du roi. Vous comprenez, mon cher baron, la voie légale est la plus sûre en matière criminelle; c'était peut-être quelque machination contre vous. »

Andrea regarda fixement Monte-Cristo, et disparut dans le deuxième salon.

« C'est possible, dit Danglars ; cet homme assassiné n'était-il point un ancien forçat ?

— Oui, répondit le comte, un ancien forçat nommé Caderousse. »

Danglars pâlit légèrement ; Andrea quitta le grand salon et gagna l'antichambre.

« Mais signez donc, signez donc, dit Monte-Cristo ; je m'aperçois que mon récit a mis tout le monde en émoi, et j'en demande bien humblement pardon à vous, madame la baronne, et à mademoiselle Danglars. »

La baronne, qui venait de signer, remit la plume au notaire.

« Monsieur le prince Cavalcanti, dit le tabellion, monsieur le prince Cavalcanti, où êtes-vous ?

— Appelez donc le prince, prévenez-le donc que c'est à lui de signer ! » cria Danglars à un huissier.

Mais au même instant la foule des assistants reflua, terrifiée, dans le salon principal, comme si quelque monstre effroyable fût entré dans les appartements, *quaerens quem devoret.*

Il y avait en effet de quoi reculer, s'effrayer, crier.

Un officier de gendarmerie plaçait deux gendarmes à la porte de chaque salon, et s'avançait vers Danglars, précédé d'un commissaire de police ceint de son écharpe.

Mme Danglars poussa un cri et s'évanouit.

Danglars, qui se croyait menacé (certaines consciences ne sont jamais calmes), offrit aux yeux de ses conviés un visage décomposé par la terreur.

« Qu'y a-t-il donc, monsieur? demanda Monte-Cristo s'avançant au-devant du commissaire.

— Lequel de vous, messieurs, demanda le magistrat sans répondre au comte, s'appelle Andrea Cavalcanti? »

Un cri de stupeur partit de tous les coins du salon.

On chercha; on interrogea.

« Mais quel est donc cet Andrea Cavalcanti? demanda Danglars presque égaré.

— Un ancien forçat échappé du bagne de Toulon.

— Et quel crime a-t-il commis?

— Il est prévenu, dit le commissaire de sa voix impassible, d'avoir assassiné le nommé Caderousse, son ancien compagnon de chaîne, au moment où il sortait de chez le comte de Monte-Cristo. »

Monte-Cristo jeta un regard rapide autour de lui.

Andrea avait disparu.

61

L'apparition

Brisée par la fatigue, Valentine gardait le lit, et ce fut dans sa chambre et de la bouche de Mme de Villefort qu'elle apprit l'arrestation d'Andrea Cavalcanti, ou plutôt de Benedetto, ainsi que l'accusation d'assassinat portée contre lui.

Mais Valentine était si faible, que ce récit ne lui fit peut-être point tout l'effet qu'il eût produit sur elle dans son état de santé habituel.

En effet, ce ne fut que quelques idées vagues, quelques formes indécises de plus mêlées aux idées étranges et aux fantômes fugitifs qui naissaient dans son cerveau malade ou qui passaient devant ses yeux, et bientôt même tout s'effaça pour laisser reprendre toutes leurs forces aux sensations personnelles.

Cette exaltation nerveuse poursuivait Valentine jusque dans son sommeil, ou plutôt dans l'état de somnolence qui succédait à sa veille : c'était alors que, dans le silence de la nuit, elle voyait passer ces ombres qui viennent peupler la chambre des malades, et que secoue la fièvre de ses ailes frissonnantes. Il n'y avait pas jusqu'aux meubles qui, dans ces moments de délire, ne parussent mobiles et errants ; et cela durait ainsi jusqu'à deux ou trois heures du matin, moment où un sommeil de plomb venait s'emparer de la jeune fille et la conduisait jusqu'au jour.

Le soir qui suivit cette matinée où Valentine avait appris l'arrestation de Benedetto, tandis que onze heures sonnaient à Saint-Philippe-du-Roule, une scène inattendue se passait dans cette chambre soigneusement fermée.

Il y avait déjà dix minutes à peu près que la garde s'était retirée.

De la mèche de la veilleuse s'élançaient mille et mille rayonnements tout empreints de significations étranges, quand tout à coup, à son reflet tremblant, Valentine crut voir sa bibliothèque, placée à côté de la cheminée dans un renfoncement du mur, s'ouvrir lentement, sans que les gonds sur lesquels elle semblait rouler produisissent le moindre bruit.

Derrière la porte parut une figure humaine.

Valentine était, grâce à sa fièvre, trop familiarisée avec ces sortes d'apparitions pour s'épouvanter.

La figure continua de s'avancer vers son lit, puis elle s'arrêta et parut écouter avec une attention profonde.

Valentine se souvint que le meilleur moyen de faire disparaître ces visions importunes était de boire ; elle étendit donc la main afin de prendre son verre sur la coupe de cristal où il reposait; mais tandis qu'elle allongeait hors du lit son bras frissonnant, l'apparition fit encore deux pas vers le lit et arriva si près de la jeune fille qu'elle entendit son souffle et qu'elle crut sentir la pression de sa main.

Cette fois l'illusion ou plutôt la réalité dépassait tout ce que Valentine avait éprouvé jusque-là; elle eut la conscience qu'elle jouissait de toute sa raison, et elle frémit.

La pression que Valentine avait ressentie avait pour but de lui arrêter le bras.

Valentine le retira lentement à elle.

Alors cette figure prit le verre, s'approcha de la veilleuse, regarda le breuvage, puisa dans le verre une cuillerée et l'avala.

Valentine regardait ce qui se passait devant ses yeux avec un profond sentiment de stupeur.

Elle croyait bien que tout cela était près de disparaître pour faire place à un autre tableau; mais l'homme, au lieu de s'évanouir comme une ombre, se rapprocha d'elle, et, tendant le verre à Valentine, et d'une voix pleine d'émotion : « Maintenant, dit-il, buvez!... »

Valentine tressaillit.

C'était la première fois qu'une de ses visions lui parlait avec ce timbre vivant.

Elle ouvrit la bouche pour pousser un cri.

L'homme posa un doigt sur ses lèvres.

« M. le comte de Monte-Cristo! » murmura-t-elle.

A l'effroi qui se peignit dans les yeux de la jeune fille, au tremblement de ses mains, au geste rapide qu'elle fit pour se blottir sous ses draps, on pouvait reconnaître la dernière lutte du doute contre la conviction; cependant la présence de M. de Monte-Cristo chez elle à une pareille heure, son entrée mystérieuse, fantastique, inexplicable, par un mur, semblaient des impossibilités à la raison ébranlée de Valentine.

« N'appelez pas, ne vous effrayez pas, dit le comte; n'ayez pas même au fond du cœur l'éclair d'un soupçon ou l'ombre d'une inquiétude; l'homme que vous voyez devant vous est le plus tendre père et le plus respectueux ami que vous puissiez rêver. Depuis quatre nuits je veille sur vous, je vous protège, je vous conserve à notre ami Maximilien. »

Un flot de sang joyeux monta rapidement aux joues de la malade; car le nom que venait de prononcer le comte lui enlevait le reste de défiance qu'il lui avait inspirée.

« Maximilien!... répéta Valentine, tant ce nom lui paraissait doux à prononcer; Maximilien! il vous a donc tout avoué?

— Tout. Il m'a dit que votre vie était la sienne, et je lui ai promis que vous vivriez.

— Vous lui avez promis que je vivrais?

— Oui.

— Vous dites que vous avez veillé? demanda Valentine inquiète : où cela? je ne vous ai pas vu. »

Le comte étendit la main dans la direction de la bibliothèque.

« J'étais caché derrière cette porte, dit-il; cette porte donne dans la maison voisine que j'ai louée. »

Valentine, par un mouvement de fierté pudique, détourna les yeux, et, avec une souveraine terreur :

« Monsieur, dit-elle, ce que vous avez fait est d'une

démence sans exemple, et cette protection que vous m'avez accordée ressemble fort à une insulte.

— Valentine, dit-il, pendant cette longue veille, voici les seules choses que j'ai vues : quelles gens venaient chez vous, quels aliments on vous préparait, quelles boissons on vous a servies. Puis, quand ces boissons me paraissaient dangereuses, j'entrais comme je viens d'entrer, je vidais votre verre et je substituais au poison un breuvage bienfaisant, qui, au lieu de la mort qui vous était préparée, faisait circuler la vie dans vos veines.

— Le poison ! la mort ! s'écria Valentine, se croyant de nouveau sous l'empire de quelque fiévreuse hallucination. Ce que vous me dites est horrible, monsieur, ce que vous voulez me faire croire a quelque chose d'infernal. Quoi ! dans la maison de mon père, quoi ! dans ma chambre, quoi ! sur mon lit de souffrance on continue de m'assassiner ? Oh ! retirez-vous, monsieur, vous tentez ma conscience, vous blasphémez la bonté divine ; c'est impossible, cela ne se peut pas.

— Êtes-vous donc la première que cette main frappe, Valentine ? N'avez-vous pas vu tomber autour de vous M. de Saint-Méran, Mme de Saint-Méran, Barrois ? N'auriez-vous pas vu tomber M. Noirtier, si le traitement qu'il suit depuis près de trois ans ne l'avait protégé en combattant le poison par l'habitude du poison ?

— Oh ! mon Dieu ! dit Valentine, c'est pour cela que, depuis près d'un mois, bon papa exige que je partage toutes ses boissons ?

— Et ces boissons, s'écria Monte-Cristo, ont un goût amer comme celui d'une écorce d'orange à moitié séchée, n'est-ce pas ?

— Oui, mon Dieu, oui!

— Oh! cela m'explique tout, dit Monte-Cristo : lui aussi sait qu'on empoisonne ici, et peut-être qui empoisonne. Il vous a prémunie, vous, son enfant bien-aimée, contre la substance mortelle. Voilà comment vous vivez encore, ce que je ne m'expliquais pas, après avoir été empoisonnée il y a quatre jours avec un poison qui d'ordinaire ne pardonne point.

— Mais quel est donc l'assassin, le meurtrier? Pourquoi quelqu'un désirerait-il ma mort?

— Vous allez le connaître, dit Monte-Cristo en prêtant l'oreille.

— Comment cela? demanda Valentine en regardant avec terreur autour d'elle.

— Parce que ce soir vous n'avez plus ni fièvre ni délire, parce que ce soir vous êtes bien éveillée, parce que voilà minuit qui sonne et que c'est l'heure des assassins.

— Mon Dieu! mon Dieu! « dit Valentine en essuyant avec sa main la sueur qui perlait à son front.

En effet, minuit sonnait lentement et tristement; on eût dit que chaque coup du marteau de bronze frappait sur le cœur de la jeune fille.

« Valentine, continua le comte, appelez toutes vos forces à votre secours; comprimez votre cœur dans votre poitrine, arrêtez votre voix dans votre gorge, feignez le sommeil, et vous verrez, vous verrez. »

Valentine saisit la main du comte.

« Il me semble que j'entends du bruit, dit-elle, retirez-vous!

— Adieu! ou plutôt au revoir », répondit le comte.

Puis, avec un sourire si triste et si paternel que le

cœur de la jeune fille en fut pénétré de reconnaissance, il regagna sur la pointe du pied la porte de la bibliothèque.

Mais, se retournant avant de la refermer sur lui :

« Pas un geste, dit-il, pas un mot ; qu'on vous croie endormie ; sans quoi peut-être vous tuerait-on avant que j'eusse le temps d'accourir. »

Et sur cette effrayante injonction, le comte disparut derrière la porte, qui se referma silencieusement sur lui.

Valentine resta seule ; deux autres pendules, en retard sur celle de Saint-Philippe-du-Roule, sonnèrent encore minuit à des distances différentes.

Puis, à part le bruissement de quelques voitures lointaines, tout retomba dans le silence.

Alors toute l'attention de Valentine se concentra sur la pendule de sa chambre, dont le balancier marquait les secondes.

Une seule idée, une idée terrible tenait son esprit tendu : c'est qu'il existait une personne au monde qui avait tenté de l'assassiner, et qui allait le tenter encore.

Vingt minutes, vingt éternités, s'écoulèrent ainsi, puis dix autres minutes encore ; enfin la pendule, criant une seconde à l'avance, finit par frapper un coup sur le timbre sonore.

Vers la chambre d'Édouard, il sembla à Valentine qu'elle entendait crier sur le parquet ; elle prêta l'oreille, retenant sa respiration presque étouffée, le bouton de la serrure grinça, et la porte tourna sur ses gonds.

Valentine s'était soulevée sur son coude, elle n'eut que le temps de se laisser retomber sur son lit et de cacher ses yeux sous son bras.

Puis, tremblante, agitée, le cœur serré d'un indicible effroi, elle attendit.

Quelqu'un s'approcha du lit et effleura les rideaux.

Valentine entendit le bruit presque insensible d'une liqueur tombant dans le verre qu'elle venait de vider.

Alors elle osa, sous le rempart de son bras étendu, entrouvrir sa paupière.

Elle vit alors une femme en peignoir blanc qui vidait dans son verre une liqueur préparée d'avance dans une fiole.

Pendant ce court instant, Valentine retint peut-être sa respiration, ou fit sans doute quelque mouvement, car la femme, inquiète, s'arrêta et se pencha sur son lit pour mieux voir si elle dormait réellement : c'était Mme de Villefort.

Valentine, en reconnaissant sa belle-mère, fut saisie d'un frisson aigu qui imprima un mouvement à son lit.

Mme de Villefort s'effaça aussitôt le long du mur, et là, abritée derrière le rideau du lit, muette, attentive, elle épia jusqu'au moindre mouvement de Valentine.

Alors Valentine, appelant toute la puissance de sa volonté à son secours, s'efforça de fermer les yeux ; mais cette fonction du plus craintif de nos sens, cette fonction si simple d'ordinaire, devenait en ce moment presque impossible à accomplir, tant l'avide curiosité faisait d'efforts pour repousser cette paupière et attirer la vérité.

Cependant, assurée par le bruit égal de la respiration de Valentine, que celle-ci dormait, Mme de Villefort étendit de nouveau le bras et acheva de vider dans le verre de Valentine le contenu de sa fiole.

Puis elle se retira, sans que le moindre bruit avertît Valentine qu'elle était partie.

Elle avait vu disparaître le bras, voilà tout : ce bras

frais et arrondi d'une femme de vingt-cinq ans, jeune et belle, et qui versait la mort.

Il est impossible d'exprimer ce que Valentine avait éprouvé pendant cette minute et demie que Mme de Villefort était restée dans sa chambre.

Un grattement d'ongle sur la bibliothèque tira la jeune fille de cet état de torpeur dans lequel elle était ensevelie, et qui ressemblait à l'engourdissement.

Elle souleva la tête avec effort.

La porte, toujours silencieuse, roula une seconde fois sur ses gonds, et le comte de Monte-Cristo reparut.

« Eh bien! demanda le comte, doutez-vous encore?

— Oh! mon Dieu! murmura la jeune fille.

— Vous avez vu? »

Valentine poussa un gémissement.

« Mon Dieu! pourquoi donc me poursuit-elle ainsi?

— Vous êtes riche, Valentine; vous avez deux cent mille livres de rente, et ces deux cent mille livres de rente vous les enlevez à son fils. Voilà pourquoi M. et Mme de Saint-Méran sont morts; voilà pourquoi, du jour où il vous a faite son héritière, M. Noirtier avait été condamné; voilà pourquoi, à votre tour, vous devez mourir, Valentine; c'est afin que votre père hérite de vous, et que votre frère, devenu fils unique, hérite de votre père.

— Édouard? pauvre enfant! Et c'est pour lui qu'on commet tous ces crimes!

— Ah! vous comprenez, enfin.

— Ah! mon Dieu! pourvu que tout cela ne retombe pas sur lui!

— Vous êtes un ange, Valentine.

— Et c'est dans l'esprit d'une femme qu'une pareille

combinaison a pris naissance ! Oh ! mon Dieu ! mon Dieu !

— Rappelez-vous Pérouse, la treille de l'auberge de la poste, l'homme au manteau brun, que votre belle-mère interrogeait sur l'aquatofana. Eh bien ! dès cette époque, tout cet infernal projet mûrissait dans son cerveau.

— Oh ! monsieur, s'écria la douce jeune fille en fondant en larmes, je vois bien, s'il en est ainsi, que je suis condamnée à mourir.

— Non, Valentine, non, car j'ai prévu tous les complots ; non, car notre ennemie est vaincue, puisqu'elle est devinée ; non, vous vivrez, Valentine, vous vivrez pour aimer et être aimée ; mais pour vivre, Valentine, il faut avoir toute confiance en moi.

— Ordonnez, monsieur, que faut-il faire ?

— Vous ne vous confierez à personne, pas même à votre père.

— Mon père n'est pas de cet affreux complot, n'est-ce pas, monsieur ? dit Valentine en joignant les mains.

— Non, et cependant votre père, l'homme habitué aux accusations juridiques, votre père doit se douter que toutes ces morts qui s'abattent sur sa maison ne sont point naturelles. Votre père, c'est lui qui aurait dû veiller sur vous, c'est lui qui devrait déjà s'être dressé contre l'assassin. Spectre contre spectre, murmura-t-il en achevant tout bas sa phrase.

— Monsieur, dit Valentine, je ferai tout pour vivre, car il existe deux êtres au monde qui m'aiment à en mourir si je mourais : mon grand-père et Maximilien.

— Je veillerai sur eux comme j'ai veillé sur vous.

— Eh bien ! monsieur, disposez de moi », dit Valentine. Puis, à voix basse : « Oh ! mon Dieu ! mon Dieu ! dit-elle, que va-t-il m'arriver ?

— Quelque chose qui vous arrive, Valentine, ne vous épouvantez point : si vous souffrez, si vous perdez la vue, l'ouïe, le tact, ne craignez rien ; si vous vous réveillez sans savoir où vous êtes, n'ayez pas peur, dussiez-vous, en vous réveillant, vous trouver dans quelque caveau sépulcral ou clouée dans quelque bière ; rappelez-vous soudain votre esprit et dites-vous : "En ce moment, un ami, un père, un homme qui veut mon bonheur et celui de Maximilien, cet homme veille sur moi."

— Hélas ! hélas ! quelle terrible extrémité !

— Valentine, aimez-vous mieux dénoncer votre belle-mère ?

— J'aimerais mieux mourir cent fois ! oh ! oui, mourir !

— Non, vous ne mourrez pas, et, quelque chose qui arrive, vous me le promettez, vous ne vous plaindrez pas, vous espérerez ?

— Je penserai à Maximilien.

— Vous êtes ma fille bien-aimée, Valentine ; seul je puis vous sauver, et je vous sauverai. »

Valentine attacha sur lui un regard plein de reconnaissance, et demeura docile comme un enfant sous ses voiles.

Alors le comte tira de la poche de son gilet le drageoir en émeraude, souleva son couvercle d'or et versa dans la main droite de Valentine une petite pastille ronde de la grosseur d'un pois.

Valentine la prit avec l'autre main, et regarda le comte attentivement : il y avait sur les traits de cet intrépide protecteur un reflet de la majesté et de la puissance divines. Il était évident que Valentine l'interrogeait du regard.

« Oui », répondit celui-ci.

Valentine porta la pastille à sa bouche et l'avala.

« Et maintenant, au revoir, mon enfant, dit-il, je vais essayer de dormir, car vous êtes sauvée.

— Allez, dit Valentine, quelque chose qui m'arrive, je vous promets de n'avoir pas peur. »

Monte-Cristo tint longtemps ses yeux fixés sur la jeune fille, qui s'endormait peu à peu, vaincue par la puissance du narcotique que le comte venait de lui donner.

Alors il prit le verre, le vida aux trois quarts dans la cheminée, pour que l'on pût croire que Valentine avait bu ce qu'il en manquait, le reposa sur la table de nuit ; puis, regagnant la porte de la bibliothèque, il disparut après avoir jeté un dernier regard vers Valentine, qui s'endormait avec la confiance et la candeur d'un ange couché aux pieds du Seigneur.

62

Valentine

Peu à peu, un jour blafard envahit l'appartement, filtrant aux lames des persiennes ; puis, peu à peu encore, il se fit plus grand, et vint rendre une couleur et une forme aux objets et aux corps.

C'est à ce moment que la toux de la garde-malade retentit sur l'escalier, et que cette femme entra chez Valentine, une tasse à la main.

Pour un père, pour un amant, le premier regard eût été décisif : Valentine était morte ; pour cette mercenaire, Valentine n'était qu'endormie.

Elle alla à la cheminée, ralluma le feu, s'installa dans son fauteuil, et quoiqu'elle sortît de son lit, elle profita du sommeil de Valentine pour dormir encore quelques instants.

La pendule l'éveilla en sonnant huit heures.

Alors, étonnée de ce sommeil obstiné dans lequel demeurait la jeune fille, effrayée de ce bras pendant hors du lit, elle s'avança vers le lit, et ce fut alors seulement qu'elle remarqua ces lèvres froides et cette poitrine glacée.

Elle poussa un horrible cri.

Puis, courant à la porte :

« Au secours ! cria-t-elle, au secours !

— Comment ! au secours ? » répondit du bas de l'escalier la voix de M. d'Avrigny.

C'était l'heure où le docteur avait l'habitude de venir.

« Comment ! au secours ? s'écria la voix de Villefort, sortant alors précipitamment de son cabinet. Docteur, n'avez-vous pas entendu crier au secours ?

— Oui, oui, montons, répondit d'Avrigny ; montons vite, c'est chez Valentine. »

Mais avant que le médecin et le père ne fussent entrés, les domestiques qui se trouvaient au même étage, dans les chambres ou dans les corridors, étaient entrés, et, voyant Valentine pâle et immobile sur son lit, levaient les mains au ciel et chancelaient comme frappés de vertige.

« Encore celle-ci !... murmura M. d'Avrigny. Oh ! mon Dieu, mon Dieu ! quand vous lasserez-vous ? »

Villefort s'élança dans l'appartement.

« Que dites-vous, mon Dieu ! s'écria-t-il en levant les deux mains au ciel. Docteur !... docteur !...

— Je dis que Valentine est morte ! » s'écria d'Avrigny d'une voix solennelle et terrible dans sa solennité.

M. de Villefort s'abattit comme si ses jambes étaient brisées, et tomba la tête sur le lit de Valentine.

Aux paroles du docteur, aux cris du père, les domestiques terrifiés s'enfuirent avec de sourdes imprécations; on entendit par les escaliers et les corridors leurs pas précipités, puis un grand mouvement dans les cours, puis ce fut tout; le bruit s'éteignit : depuis le premier jusqu'au dernier, ils avaient déserté la maison maudite.

« Morte! morte! soupirait Villefort dans le paroxysme d'une douleur d'autant plus déchirante qu'elle était nouvelle, inconnue, inouïe pour ce cœur de bronze.

— Morte! dites-vous? s'écria une troisième voix : qui a dit que Valentine était morte? »

Les deux hommes se retournèrent, et, sur la porte, aperçurent Morrel debout, pâle, bouleversé, terrible.

Voici ce qui était arrivé :

A son heure habituelle, et par la petite porte qui conduisait chez Noirtier, Morrel s'était présenté. Dans le vestibule, il attendit un instant, appelant un domestique quelconque qui l'introduisît près du vieux Noirtier. Mais personne n'avait répondu; les domestiques, on le sait, avaient déserté la maison. Cette solitude lui parut singulière. Il se décida à monter.

La porte de Noirtier était ouverte comme les autres portes.

La première chose qu'il vit fut le vieillard dans son fauteuil, à sa place habituelle; mais ses yeux dilatés semblaient exprimer un effroi intérieur que confirmait encore la pâleur étrange répandue sur ses traits.

« Comment allez-vous, monsieur? demanda le jeune homme, non sans un certain serrement de cœur. Vous avez besoin de quelque chose; voulez-vous que j'appelle quelqu'un de vos gens?

— Oui », fit Noirtier.

Morrel se suspendit au cordon de la sonnette ; mais il eut beau le tirer à le rompre, personne ne vint.

Il se retourna vers Noirtier : la pâleur et l'angoisse allaient croissant sur le visage du vieillard.

« Mon Dieu ! mon Dieu ! dit Morrel, mais pourquoi ne vient-on pas ? Est-ce qu'il y a quelqu'un de malade dans la maison ? Valentine ? Valentine ?...

— Oui ! oui ! » fit Noirtier.

Maximilien ouvrit la bouche pour parler, mais sa langue ne put articuler aucun son ; il chancela et se retint à la boiserie.

Puis il étendit la main vers la porte.

« Oui ! oui ! oui ! » continua le vieillard.

Maximilien s'élança par le petit escalier, qu'il franchit en deux bonds, tandis que Noirtier semblait lui crier des yeux : « Plus vite ! plus vite ! »

Une minute suffit au jeune homme pour traverser plusieurs chambres solitaires, comme le reste de la maison, et pour arriver jusqu'à celle de Valentine.

Il n'eut pas besoin de pousser la porte, elle était toute grande ouverte.

La crainte, l'effroyable crainte le clouait sur le seuil.

Ce fut alors qu'il entendit une voix qui disait : « Valentine est morte ! » et une seconde voix qui, comme un écho, répondait : » Morte ! morte ! »

M. de Villefort se releva presque honteux d'avoir été surpris dans l'excès de cette douleur.

Le terrible état qu'il exerçait depuis vingt-cinq ans était arrivé à en faire plus ou moins qu'un homme.

Son regard, un instant égaré, se fixa sur Morrel.

« Qui êtes-vous, monsieur, dit-il, vous qui oubliez qu'on n'entre pas ainsi dans une maison qu'habite la mort ? Sortez, monsieur ! Sortez ! entendez-vous ? » cria Villefort, tandis que d'Avrigny s'avançait de son côté pour faire sortir Morrel.

Celui-ci regarda d'un air égaré ce cadavre, ces deux hommes, toute la chambre, sembla hésiter un instant, ouvrit la bouche, puis enfin, ne trouvant pas un mot à répondre, malgré l'innombrable essaim d'idées fatales qui envahissaient son cerveau, il rebroussa chemin en enfonçant ses mains dans ses cheveux, de telle sorte que Villefort et d'Avrigny, un instant distraits de leurs préoccupations, échangèrent, après l'avoir suivi des yeux, un regard qui voulait dire : « Il est fou ! »

Mais avant que cinq minutes se fussent écoulées, on entendit gémir l'escalier sous un poids considérable, et l'on vit Morrel qui, avec une force surhumaine, soulevant le fauteuil de Noirtier entre ses bras, apportait le vieillard au premier étage de la maison.

Arrivé au haut de l'escalier, Morrel posa le fauteuil à terre et le roula rapidement jusque dans la chambre de Valentine.

Toute cette manœuvre s'exécuta avec une force décuplée par l'exaltation frénétique du jeune homme.

Mais une chose était effrayante surtout, c'était la figure de Noirtier, s'avançant vers le lit de Valentine, poussé par Morrel, la figure de Noirtier en qui l'intelligence déployait toutes ses ressources, dont les yeux réunissaient toute leur puissance pour suppléer aux autres facultés.

Aussi ce visage pâle, au regard enflammé, fut-il pour Villefort une effrayante apparition.

« Voyez ce qu'ils en ont fait! cria Morrel, une main encore appuyée au dossier du fauteuil qu'il venait de pousser jusqu'au lit, et l'autre étendue vers Valentine; voyez, mon père, voyez! »

Villefort recula d'un pas et regarda avec étonnement ce jeune homme qui lui était presque inconnu, et qui appelait Noirtier son père.

En ce moment toute l'âme du vieillard sembla passer dans ses yeux, qui d'abord s'injectèrent de sang; puis les veines de son cou se gonflèrent, une teinte bleuâtre, comme celle qui envahit la peau de l'épileptique, couvrit son cou, ses joues et ses tempes; il ne manquait à cette explosion intérieure de tout l'être qu'un cri.

Ce cri sortit pour ainsi dire de tous les pores, effrayant dans son mutisme, déchirant dans son silence.

Enfin, des larmes vinrent jaillir des yeux de Noirtier, plus heureux que le jeune homme, qui sanglotait sans pleurer. Sa tête ne pouvant se pencher, ses yeux se fermèrent.

« Dites, continua Morrel d'une voix étranglée, dites que j'étais son fiancé!

« Dites qu'elle était ma noble amie, mon seul amour sur la terre!

« Dites, dites, dites que ce cadavre m'appartient! »

Et le jeune homme, donnant le terrible spectacle d'une grande force qui se brise, tomba lourdement à genoux devant ce lit que ses doigts crispés étreignirent avec violence.

Cette douleur était si poignante que d'Avrigny se détourna pour cacher son émotion, et que Villefort, sans demander d'autre explication, attiré par ce magnétisme qui nous pousse vers ceux qui ont aimé ceux que nous pleurons, tendit sa main au jeune homme.

Mais Morrel ne voyait rien ; il avait saisi la main glacée de Valentine, et, ne pouvant parvenir à pleurer, il mordait les draps en rugissant.

Enfin Villefort prit la parole.

« Monsieur, dit-il à Maximilien, vous aimiez Valentine, dites-vous, vous étiez son fiancé ; j'ignorais cet amour, j'ignorais cet engagement ; et cependant, moi, son père, je vous le pardonne ; car je le vois, votre douleur est grande, réelle et vraie. Mais, vous le voyez, l'ange que vous espériez a quitté la terre ; faites donc vos adieux, monsieur, à la triste dépouille qu'elle a oubliée parmi nous ; Valentine n'a plus besoin maintenant que du prêtre qui doit la bénir.

— Vous vous trompez, monsieur, s'écria Morrel en se relevant sur un genou, le cœur traversé par une douleur plus aiguë qu'aucune de celles qu'il eût encore ressenties ; vous vous trompez : Valentine, morte comme elle est morte, a non seulement besoin d'un prêtre, mais encore d'un vengeur.

— Que voulez-vous dire, monsieur ? murmura Villefort, tremblant à cette nouvelle inspiration du délire de Morrel.

— Monsieur, continua le jeune homme, je sais ce que je dis, et vous savez tout aussi bien que moi ce que je vais dire : Valentine est morte assassinée ! Allons ! Monsieur le procureur du roi, ajouta Morrel avec une véhémence croissante, pas de pitié ! je vous dénonce le crime, cherchez l'assassin ! »

Et son œil implacable interrogeait Villefort, qui de son côté sollicitait du regard tantôt Noirtier, tantôt d'Avrigny.

Mais, au lieu de trouver secours dans son père et dans le docteur, Villefort ne rencontra en eux qu'un regard aussi inflexible que celui de Morrel.

« Monsieur, répliqua Villefort, essayant de lutter contre cette triple volonté et contre sa propre émotion, monsieur, vous vous trompez, il ne se commet pas de crimes chez moi ; la fatalité me frappe, Dieu m'éprouve : c'est horrible à penser ; mais on n'assassine personne ! »

Les yeux de Noirtier flamboyèrent, d'Avrigny ouvrit la bouche pour parler. Morrel étendit le bras, en commandant le silence.

« Et moi, je vous dis que l'on tue ici ! s'écria Morrel, dont la voix baissa sans rien perdre de sa vibration terrible.

« Je vous dis que voilà la quatrième victime frappée depuis quatre mois !

« Je vous dis qu'on avait déjà une fois, il y a quatre jours de cela, essayé d'empoisonner Valentine, et que l'on avait échoué, grâce aux précautions qu'avait prises M. Noirtier !

— Moi aussi, dit d'Avrigny d'une voix forte, moi aussi je me joins à M. Morrel pour demander justice du crime ; car mon cœur se soulève à l'idée que ma lâche complaisance a encouragé l'assassin !

— Oh ! mon Dieu, mon Dieu ! » murmura Villefort anéanti.

Morrel releva la tête, et, lisant dans les yeux du vieillard, qui lançaient une flamme surnaturelle :

« Tenez, dit-il, tenez, M. Noirtier veut parler.

— Oui, fit Noirtier avec une expression d'autant plus terrible que toutes les facultés de ce pauvre vieillard impuissant étaient concentrées dans son regard.

— Vous connaissez l'assassin ? dit Morrel.

— Oui, répliqua Noirtier.

— Et vous allez nous guider ? s'écria le jeune homme. Écoutons, monsieur d'Avrigny, écoutons ! »

Noirtier adressa au malheureux Morrel un sourire mélancolique, un de ces doux sourires des yeux qui tant de fois avaient rendu Valentine heureuse, et fixa son attention.

Puis, ayant rivé pour ainsi dire les yeux de son interlocuteur aux siens, il les détourna vers la porte.

« Vous voulez que je sorte, monsieur ? s'écria douloureusement Morrel.

— Oui, fit Noirtier.

— Hélas ! hélas ! monsieur ; mais ayez donc pitié de moi ! »

Les yeux du vieillard demeurèrent impitoyablement fixés vers la porte.

« Dois-je sortir seul ?

— Non.

— Qui dois-je emmener avec moi ? Le docteur ?

— Oui.

— Vous voulez rester seul avec M. de Villefort ?

— Oui.

— Mais pourra-t-il vous comprendre, lui ?

— Oui.

— Oh ! dit Villefort presque joyeux de ce que l'enquête allait se faire en tête à tête, oh ! soyez tranquille, je comprends très bien mon père. »

Et tout en disant cela avec cette expression de joie que nous avons signalée, les dents du procureur du roi s'entre-choquaient avec violence.

D'Avrigny prit le bras de Morrel et entraîna le jeune homme dans la chambre voisine.

Il se fit alors dans toute cette maison un silence plus profond que celui de la mort.

Enfin, au bout d'un quart d'heure, un pas chancelant se fit entendre, et Villefort parut sur le seuil du salon où se tenaient d'Avrigny et Morrel, l'un absorbé, l'autre suffoquant.

« Venez », dit-il.

Et il les ramena près du fauteuil de Noirtier.

Morrel, alors, regarda attentivement Villefort.

La figure du procureur du roi était livide ; de larges taches couleur de rouille sillonnaient son front ; entre ses doigts, une plume tordue de mille façons criait en se déchiquetant en lambeaux.

« Messieurs, dit-il d'une voix étranglée à d'Avrigny et à Morrel, messieurs, votre parole d'honneur que l'horrible secret demeurera enseveli entre nous ? »

Les deux hommes firent un mouvement.

« Soyez tranquille, justice sera faite, dit Villefort. Mon père m'a révélé le nom du coupable ; mon père a soif de vengeance comme vous, et cependant mon père vous conjure comme moi de garder le secret du crime. N'est-ce pas, mon père ?

— Oui, fit résolument Noirtier.

— Rassurez-vous donc, messieurs ; trois jours, je vous demande trois jours, c'est moins que ne vous demanderait la justice ; et dans trois jours, la vengeance que j'aurai tirée du meurtre de mon enfant fera frissonner jusqu'au fond de leur cœur les plus indifférents des hommes. N'est-ce pas, mon père ? »

Et en disant ces paroles, il grinçait des dents et secouait la main engourdie du vieillard.

« Tout ce qui est promis sera-t-il tenu, monsieur Noirtier? demanda Morrel, tandis que d'Avrigny interrogeait du regard.

— Oui, fit Noirtier avec un regard de sinistre joie.

— Jurez donc, messieurs, dit Villefort en joignant les mains de d'Avrigny et de Morrel, jurez que vous aurez pitié de l'honneur de ma maison, et que vous me laisserez le soin de le venger? »

D'Avrigny se détourna et murmura un oui bien faible; mais Morrel arracha sa main de celles du magistrat, se précipita vers le lit, imprima ses lèvres sur les lèvres glacées de Valentine, et s'enfuit avec le long gémissement d'une âme qui s'engloutit dans le désespoir.

Nous avons dit que tous les domestiques avaient disparu.

M. de Villefort fut donc forcé de prier d'Avrigny de se charger des démarches si nombreuses et si délicates qu'entraîne la mort dans nos grandes villes, et surtout la mort accompagnée de circonstances aussi suspectes. Puis Villefort entra dans son cabinet.

Noirtier ne voulut point quitter sa fille.

Au bout d'une demi-heure, M. d'Avrigny revint avec son confrère.

Le médecin des morts s'approcha avec l'indifférence de l'homme qui passe la moitié de sa vie avec les cadavres, souleva le drap qui recouvrait la jeune fille, et entrouvrit seulement les lèvres.

« Oh! dit d'Avrigny en soupirant, pauvre jeune fille! elle est bien morte, allez.

— Oui », répondit laconiquement le médecin en laissant retomber le drap qui couvrait le visage de Valentine.

Le médecin des morts dressa son procès-verbal sur le coin d'une table, et, cette formalité suprême accomplie, sortit, reconduit par le docteur.

Au moment où ils descendaient dans la rue, ils aperçurent un homme vêtu d'une soutane, qui se tenait sur le seuil de la porte voisine.

D'Avrigny aborda l'ecclésiastique.

« Monsieur, lui dit-il, seriez-vous disposé à rendre un grand service à un malheureux père qui vient de perdre sa fille, à M. le procureur du roi Villefort ?

— J'allais m'offrir, monsieur, dit le prêtre ; c'est notre mission d'aller au-devant de nos devoirs.

— C'est une jeune fille.

— Oui, je sais cela, je l'ai appris des domestiques que j'ai vus fuyant la maison.

— Merci, merci, monsieur, dit d'Avrigny. Venez vous asseoir près de la morte, et toute une famille plongée dans le deuil vous sera bien reconnaissante.

— J'y vais, monsieur, répondit l'abbé, et j'ose dire que jamais prières ne seront plus ardentes que les miennes. »

D'Avrigny prit l'abbé par la main, et sans rencontrer Villefort, enfermé dans son cabinet, il le conduisit jusqu'à la chambre de Valentine, dont les ensevelisseurs devaient s'emparer seulement la nuit suivante.

En entrant dans la chambre, le regard de Noirtier avait rencontré celui de l'abbé, et sans doute il crut y lire quelque chose de particulier, car il ne le quitta plus.

D'Avrigny recommanda au prêtre non seulement la morte, mais le vivant, et le prêtre promit à d'Avrigny de donner ses prières à Valentine et ses soins à Noirtier.

L'abbé s'y engagea solennellement, et sans doute pour n'être pas dérangé dans ses prières, et pour que Noirtier ne fût pas dérangé dans sa douleur, il alla, dès que M. d'Avrigny eut quitté la chambre, fermer non seulement les verrous de la porte par laquelle le docteur venait de sortir, mais encore les verrous de celle qui conduisait chez Mme de Villefort.

63

La signature Danglars

Le jour du lendemain se leva triste et nuageux.

Dans la soirée, des hommes, appelés à cet effet, avaient transporté Noirtier de la chambre de Valentine dans la sienne, et, contre toute attente, le vieillard n'avait fait aucune difficulté de s'éloigner du corps de son enfant.

L'abbé Busoni avait veillé jusqu'au jour, et, au jour, il s'était retiré chez lui sans appeler personne.

Vers huit heures du matin, d'Avrigny était revenu et il avait rencontré Villefort.

« Avez-vous besoin de moi ? demanda le docteur.

— Non, dit Villefort ; seulement, revenez à onze heures, je vous prie ; c'est à midi qu'a lieu... le départ... Mon Dieu ! ma pauvre enfant ! ma pauvre enfant ! »

Et le procureur du roi leva les yeux au ciel et poussa un soupir.

« Vous tiendrez-vous donc au salon de réception ?

— Non, j'ai un cousin qui se charge de ce triste honneur. Moi, je travaillerai, docteur ; quand je travaille, tout disparaît. »

En effet, le docteur n'était point à la porte, que déjà le procureur du roi s'était remis au travail.

A onze heures, les voitures funèbres roulèrent sur le pavé de la cour, et la rue du Faubourg-Saint-Honoré s'emplit des murmures de la foule également avide des joies ou du deuil des riches, et qui court à un enterrement pompeux avec la même hâte qu'à un mariage de duchesse.

Peu à peu le salon mortuaire s'emplit, et l'on vit arriver d'abord une partie de nos anciennes connaissances, c'est-à-dire Debray, Château-Renaud, Beauchamp, puis toutes les illustrations du parquet, du barreau, de la littérature et de l'armée, car M. de Villefort occupait, moins encore par sa position sociale que par son mérite personnel, un des premiers rangs dans le monde parisien.

Le cousin se tenait à la porte et faisait entrer tout le monde, et c'était pour les indifférents un grand soulagement, il faut le dire, que de voir là une figure indifférente qui n'exigeait point des conviés une physionomie menteuse ou de fausses larmes, comme eussent fait un père ou un fiancé.

Ceux qui se connaissaient s'appelaient du regard et se réunissaient en groupes. Un de ces groupes était composé de Debray, de Château-Renaud et de Beauchamp.

« Mais qui cherchez-vous donc, Debray ?

— Je cherche M. de Monte-Cristo, répondit le jeune homme.

— Je l'ai rencontré sur le boulevard en venant ici. Je le crois sur son départ, il allait chez son banquier, dit Beauchamp.

— Chez son banquier? Son banquier, n'est-ce pas Danglars? demanda Château-Renaud à Debray.

— Je crois que oui, répondit le secrétaire intime avec un léger trouble : M. de Monte-Cristo n'est pas le seul qui manque ici : je ne vois pas Morrel. Mais chut! taisons-nous, voici M. le ministre de la justice et des cultes, il va se croire obligé de faire son petit *speech* au cousin larmoyant. »

Et les trois jeunes gens se rapprochèrent de la porte pour entendre le petit *speech* de M. le ministre de la justice et des cultes.

Beauchamp avait dit vrai : en se rendant à l'invitation mortuaire, il avait rencontré Monte-Cristo qui, de son côté, se dirigeait vers l'hôtel de Danglars, rue de la Chaussée-d'Antin.

Le banquier avait, de sa fenêtre, aperçu la voiture du comte entrant dans la cour, et il était venu au-devant de lui avec un visage attristé, mais affable.

« Eh bien! comte, dit-il en tendant la main à Monte-Cristo, vous venez me faire vos compliments de condoléances? En vérité, les gens de notre génération ne sont point heureux cette année : Villefort perdant toute sa famille d'une façon étrange; Morcerf, déshonoré et tué; moi, couvert de ridicule par la scélératesse de ce Benedetto, et puis…

— Puis, quoi? demanda le comte.

— Hélas ! vous l'ignorez donc ?

— Quelque nouveau malheur ?

— Ma fille…

— Mlle Danglars ?

— Eugénie nous quitte.

— Oh ! mon Dieu ! que me dites-vous là !

— Elle n'a pu supporter l'affront que nous a fait ce misérable, et m'a demandé la permission de voyager.

— Et elle est partie ?

— L'autre nuit.

— Avec Mme Danglars ?

— Non, avec une parente… Mais nous ne la perdrons pas moins, cette chère Eugénie ; car je doute qu'avec le caractère que je lui connais, elle consente jamais à revenir en France !

— Que voulez-vous, mon cher baron? dit Monte-Cristo, chagrins de famille, chagrins qui seraient écrasants pour un pauvre diable dont l'enfant serait toute la fortune, mais supportables pour un millionnaire. L'argent console de bien des choses ; et vous, vous devez être plus vite consolé que qui que ce soit, vous, le roi de la finance, le point d'intersection de tous les pouvoirs. »

Danglars lança un coup d'œil oblique au comte, pour voir s'il raillait ou s'il parlait sérieusement.

« Oui, dit-il, le fait est que, si la fortune console, je dois être consolé : je suis riche.

— Si riche, mon cher baron, que votre fortune ressemble aux Pyramides : voulût-on les démolir, on n'oserait ; osât-on, l'on ne pourrait. »

Danglars sourit de cette confiante bonhomie du comte.

« Cela me rappelle, dit-il, que lorsque vous êtes entré, j'étais en train de faire cinq petits bons, j'en avais déjà signé deux. Voulez-vous me permettre de faire les trois autres ?

— Faites, mon cher baron, faites. »

Il y eut un instant de silence pendant lequel on entendit crier la plume du banquier, tandis que Monte-Cristo regardait les moulures dorées du plafond.

« Des bons d'Espagne ? dit Monte-Cristo, des bons d'Haïti ? des bons de Naples ?

— Non, dit Danglars en riant de son rire suffisant, des bons au porteur, des bons sur la Banque de France. Tenez, ajouta-t-il, monsieur le comte, vous qui êtes l'empereur de la finance comme j'en suis le roi, avez-vous vu beaucoup de chiffons de papier de cette grandeur-là valoir chacun un million ? »

Monte-Cristo prit dans sa main, comme pour les peser, les cinq chiffons de papier que lui présentait orgueilleusement Danglars.

« Un, deux, trois, quatre, cinq, fit Monte-Cristo. Cinq millions ! Peste, comme vous y allez, seigneur Crésus !

— Voilà comme je fais les affaires, moi ! dit Danglars.

— C'est beau d'avoir un pareil crédit. En vérité, il n'y a qu'en France qu'on voit de ces choses-là : cinq chiffons de papier valant cinq millions ; il faut le voir pour le croire.

— Vous en doutez ?

— Non.

— Vous dites cela avec un accent… Tenez, donnez-vous-en le plaisir : conduisez mon commis à la Banque, et vous l'en verrez sortir avec des bons sur le trésor pour la même somme.

— Non, dit Monte-Cristo pliant les cinq billets, ma foi, non, la chose est trop curieuse, et j'en ferai l'expérience moi-même. Mon crédit chez vous est de six millions, j'ai pris neuf cent mille francs, c'est cinq millions cent mille francs que vous restez me devoir. Je prends vos cinq chiffons de papier, que je tiens pour bons à la seule vue de votre signature, et voici un reçu général de six millions qui régularise notre compte. Je l'avais préparé d'avance, car il faut vous dire que j'ai fort besoin d'argent aujourd'hui. »

Et d'une main Monte-Cristo mit les cinq billets dans sa poche, tandis que de l'autre il tendait son reçu au banquier.

La foudre tombant aux pieds de Danglars ne l'eût pas écrasé d'une terreur plus grande.

« Quoi ! balbutia-t-il, quoi ! Monsieur le comte, vous prenez cet argent ? Mais pardon, pardon, c'est de l'argent que je dois aux hospices, un dépôt, et j'avais promis de payer ce matin.

— Ah ! dit Monte-Cristo, c'est différent. Je ne tiens pas précisément à ces cinq billets, payez-moi en autres valeurs : c'était par curiosité que j'avais pris celles-ci, afin de pouvoir dire de par le monde que, sans avis aucun, sans me demander cinq minutes de délai, la maison Danglars m'avait payé cinq millions comptant ! C'eût été remarquable ! Mais voici vos valeurs : je vous le répète, donnez-m'en d'autres. »

Et il tendait les cinq effets à Danglars qui, livide, allongea d'abord la main ainsi qu'un vautour allonge la griffe par les barreaux de sa cage, pour retenir la chair qu'on lui enlève.

Tout à coup il se ravisa, fit un effort violent et se contint.

Puis on le vit sourire, arrondir peu à peu les traits de son visage bouleversé.

« Au fait, dit-il, votre reçu, c'est de l'argent.

— Oh ! mon Dieu, oui ! et si vous étiez à Rome, sur mon reçu, la maison Thomson et French ne ferait pas plus de difficulté de vous payer que vous n'en avez fait vous-même.

— Pardon, monsieur le comte, pardon !

— Je puis donc garder cet argent ?

— Oui, dit Danglars en essuyant la sueur qui perlait à la racine de ses cheveux, gardez, gardez. »

Monte-Cristo remit les cinq billets dans sa poche avec cet intraduisible mouvement de physionomie qui veut dire :

« Dame ! réfléchissez ; si vous vous repentez, il est encore temps.

— Non, dit Danglars, non ; décidément, gardez mes signatures. Mais, vous le savez, rien n'est formaliste comme un homme d'argent : je destinais cet argent aux hospices, et j'eusse cru le voler en ne leur donnant pas précisément celui-là : comme si un écu n'en valait pas un autre. Excusez. »

Et il se mit à rire bruyamment, mais des nerfs.

« J'excuse, répondit gracieusement Monte-Cristo, et j'empoche. »

Et il plaça les bons dans son portefeuille, juste au moment où le valet de chambre annonçait :

« M. de Boville, receveur général des hospices.

— Ma foi, dit Monte-Cristo, il paraît que je suis arrivé

à temps pour jouir de vos signatures ; on se les dispute. »

Danglars pâlit une seconde fois, et se hâta de prendre congé du comte.

Le comte de Monte-Cristo échangea un cérémonieux salut avec M. de Boville, qui se tenait debout dans le salon d'attente, et qui, M. de Monte-Cristo passé, fut immédiatement introduit dans le cabinet de M. Danglars.

On eût pu voir le visage si sérieux du comte s'illuminer d'un éphémère sourire à l'aspect du portefeuille que tenait à la main M. le receveur des hospices.

A la porte il retrouva sa voiture, et se fit conduire sur-le-champ à la Banque.

Pendant ce temps, Danglars, comprimant toute émotion, venait à la rencontre du receveur général.

Il va sans dire que le sourire et la gracieuseté étaient stéréotypés sur ses lèvres.

« Bonjour, dit-il, mon cher créancier, car je gagerais que c'est le créancier qui m'arrive.

— Vous avez deviné juste, monsieur le baron, dit M. de Boville, les hospices se présentent à vous dans ma personne ; les veuves et les orphelins viennent par mes mains vous demander une aumône de cinq millions. Me voici avec mon reçu.

— Mon cher monsieur de Boville, dit Danglars, vos veuves et vos orphelins auront, si vous le voulez bien, la bonté d'attendre vingt-quatre heures, attendu que M. de Monte-Cristo, que vous venez de voir sortir d'ici… vous l'avez vu, n'est-ce pas ?

— Oui, eh bien ?

— Eh bien ! M. de Monte-Cristo emportait leurs cinq millions !

— Comment cela ?

— Le comte avait un crédit illimité sur moi, crédit ouvert par la maison Thomson et French, de Rome. Il est venu me demander une somme de cinq millions d'un seul coup, je lui ai donné un bon sur la Banque : c'est là que sont déposés mes fonds ; et, vous comprenez, je craindrais, en retirant des mains de M. le régent dix millions le même jour, que cela ne lui parût bien étrange.

« En deux jours, ajouta Danglars en souriant, je ne dis pas.

— Allons donc ! s'écria M. de Boville avec le ton de la plus complète incrédulité, cinq millions à ce monsieur qui sortait tout à l'heure !

— Voilà son reçu. Faites comme saint Thomas, voyez et touchez. »

M. de Boville prit le papier que lui présentait Danglars, et lut :

« Reçu de M. le baron Danglars la somme de cinq millions cent mille francs, dont il se remboursera à volonté sur la maison Thomson et French, de Rome. »

« Et il avait comme cela cinq millions, rien que sur vous. Ah çà ! mais c'est donc un nabab, que ce comte de Monte-Cristo ? Il faudra que je l'aille visiter, dit-il, et que j'obtienne quelque fondation pieuse pour nous. Mais revenons à nos millions.

— Volontiers, dit Danglars le plus naturellement du monde : vous êtes donc bien pressé de cet argent ?

— Mais oui, la vérification de nos caisses se fait demain.

— Demain ! Que ne disiez-vous cela tout de suite ; mais c'est un siècle, demain ! A quelle heure cette vérification ?

— A deux heures.

— Envoyez à midi », dit Danglars avec son sourire.

M. de Boville ne répondait pas grand-chose ; il faisait oui de la tête, et remuait son portefeuille.

« Alors, à demain, n'est-ce pas, mon cher receveur ?

— Oui, à demain ; mais sans faute ?

— Ah çà ! mais vous riez ? A midi envoyez, et la Banque sera prévenue.

— Je viendrai moi-même.

— Mieux encore, puisque cela me procurera le plaisir de vous voir. » Ils se serrèrent la main et M. de Boville se retira.

Mais il ne fut pas plus tôt dehors, que Danglars s'écria : « Imbécile !!! »

Et, serrant la quittance de Monte-Cristo dans un petit portefeuille :

« Viens à midi, ajouta-t-il ; à midi, je serai loin. »

Puis il s'enferma à double tour, vida tous les tiroirs de sa caisse, réunit une cinquantaine de mille francs en billets de banque, brûla différents papiers, en mit d'autres en évidence, et commença d'écrire une lettre qu'il cacheta, et sur laquelle il mit pour suscription :

« A Mme la baronne Danglars. »

« Ce soir, murmura-t-il, je la placerai moi-même sur sa toilette. »

Puis, tirant un passeport de son tiroir :

« Bon, dit-il, il est encore valable pour deux mois. »

64

Le cimetière du Père-Lachaise

Le temps était sombre et nuageux ; un vent tiède encore, mais déjà mortel pour les feuilles jaunies, les arrachait aux branches peu à peu dépouillées et les faisait tourbillonner sur la foule immense qui encombrait les boulevards.

C'était vers le Père-Lachaise que s'acheminait le pompeux cortège parti du faubourg Saint-Honoré. Plus de cinquante voitures de maître suivaient vingt voitures de deuil, et derrière ces cinquante voitures, plus de cinq cents personnes encore marchaient à pied.

A la sortie de Paris, on vit arriver un rapide attelage de quatre chevaux qui s'arrêtèrent soudain en raidissant leurs jarrets nerveux comme des ressorts d'acier : c'était M. de Monte-Cristo.

Le comte descendit de sa calèche et vint se mêler à la foule qui suivait à pied le char funéraire.

Château-Renaud l'aperçut ; il descendit aussitôt de son coupé et vint se joindre à lui. Beauchamp quitta de même le cabriolet de remise dans lequel il se trouvait.

Le comte regardait attentivement par tous les interstices que laissait la foule ; il cherchait visiblement quelqu'un. Enfin il n'y tint pas.

« Où est Morrel? demanda-t-il. Quelqu'un de vous, messieurs, sait-il où il est?

— Nous nous sommes déjà fait cette question à la maison mortuaire, dit Château-Renaud ; car personne de nous ne l'a aperçu. »

Le comte se tut, mais continua de regarder autour de lui.

Enfin on arriva au cimetière.

L'œil perçant de Monte-Cristo sonda tout d'un coup les bosquets d'ifs et de pins, et bientôt il perdit toute inquiétude : une ombre avait glissé sous les noires charmilles.

Cette ombre, quand le cortège s'arrêta, fut reconnue pour être Morrel, qui avec sa redingote noire boutonnée jusqu'en haut, son front livide, ses joues creusées, son chapeau froissé par ses mains convulsives, s'était adossé à un arbre situé sur un tertre dominant le mausolée, de manière à ne perdre aucun des détails de la funèbre cérémonie qui allait s'accomplir.

Tout se passa selon l'usage. Quelques hommes, et comme toujours c'étaient les moins impressionnés, quelques hommes prononcèrent des discours. Les uns plaignaient cette mort prématurée ; les autres s'étendaient sur la douleur de son père ; il y en eut d'assez ingénieux pour trouver que cette jeune fille avait plus d'une fois sollicité M. de Villefort pour les coupables sur la tête desquels il tenait suspendu le glaive de la justice ; enfin on épuisa les métaphores fleuries et les périodes douloureuses, en commentant de toute façon les stances de Malherbe à Duperrier.

La fête mortuaire terminée, les assistants reprirent le chemin de Paris.

Monte-Cristo s'était jeté dans un taillis, et, caché derrière une large tombe, il guettait jusqu'au moindre mouvement de Morrel, qui peu à peu s'était approché du mausolée abandonné des curieux, puis des ouvriers.

Le jeune homme s'agenouilla, courba son front jusque sur la pierre, embrassa la grille de ses deux mains, et murmura : « Oh ! Valentine ! »

Le cœur du comte fut brisé par l'explosion de ces deux mots ; il fit un pas encore, et frappant sur l'épaule de Morrel :

« C'est vous, cher ami ! dit-il ; je vous cherchais. »

Monte-Cristo s'attendait à un éclat, à des reproches, à des récriminations : il se trompait.

Morrel se retourna de son côté, et, avec l'apparence du calme :

« Vous voyez, dit-il, je priais ! »

Et son regard scrutateur parcourut le jeune homme des pieds à la tête.

Après cet examen, il parut plus tranquille.

« Désirez-vous quelque chose ?

— Laissez-moi prier. »

Le comte s'éloigna sans faire une seule objection, mais ce fut pour prendre un nouveau poste, d'où il ne perdait pas un seul geste de Morrel, qui enfin se releva, essuya ses genoux blanchis par la pierre, et reprit le chemin de Paris sans tourner une seule fois la tête.

Le comte, renvoyant sa voiture qui stationnait à la porte du Père-Lachaise, le suivit à cent pas.

Maximilien traversa le canal, et rentra rue Meslay par les boulevards.

Cinq minutes après que la porte se fut refermée pour Morrel, elle se rouvrit pour Monte-Cristo.

Le comte eut bientôt franchi les deux étages qui séparaient le rez-de-chaussée de l'appartement de Maximilien.

Maximilien s'était enfermé en dedans ; il était impossible de voir au-delà de la porte, un rideau de soie rouge doublant les vitres.

L'anxiété du comte se traduisit par une vive rougeur, symptôme d'émotion peu ordinaire chez cet homme impassible.

« Que faire ? » murmura-t-il.

Monte-Cristo frissonna des pieds à la tête, et, comme chez lui la décision avait la rapidité de l'éclair, il frappa un coup de coude dans un des carreaux de la porte vitrée qui vola en éclats ; puis il souleva le rideau et vit Morrel qui, devant son bureau, une plume à la main, venait de bondir sur sa chaise au fracas de la vitre brisée.

« Ce n'est rien, dit le comte, mille pardons, mon cher ami, j'ai glissé, et en glissant, j'ai donné du coude dans votre carreau ; puisqu'il est cassé, je vais en profiter pour entrer chez vous ; ne vous dérangez pas, ne vous dérangez pas. »

Et, passant le bras par la vitre brisée, le comte ouvrit la porte.

Morrel se leva évidemment contrarié et vint au-devant

de Monte-Cristo, moins pour le recevoir que pour lui barrer le passage.

« Ma foi, c'est la faute de vos domestiques, dit Monte-Cristo en se frottant le coude, vos parquets sont reluisants comme des miroirs.

— Vous êtes-vous blessé, monsieur? demanda froidement Morrel.

— Je ne sais. Mais que faisiez-vous donc là? Vous écriviez? »

Le comte jeta un regard autour de lui.

« Vos pistolets à côté de l'écritoire! dit-il en montrant du doigt à Morrel les armes posées sur son bureau.

— Je pars pour un voyage, répondit Maximilien.

— Mon ami! dit Monte-Cristo avec une voix d'une douceur infinie.

— Monsieur!

— Maximilien, dit Monte-Cristo, posons chacun de notre côté le masque que nous portons. Vous comprenez bien, n'est-ce pas? que pour avoir fait ce que j'ai fait, pour avoir enfoncé des vitres, violé le secret de la chambre d'un ami; vous comprenez, dis-je, pour avoir fait tout cela, il fallait que j'eusse une inquiétude réelle, ou plutôt une conviction terrible. Morrel, vous voulez vous tuer!

— Eh bien! s'écria Morrel, passant sans transition de l'apparence du calme à l'expression de la violence; eh bien! quand cela serait, quand j'aurais décidé de tourner sur moi le canon de ce pistolet, qui m'en empêcherait?

« M'empêchera-t-on de n'être pas le plus malheureux?

« Dites, monsieur, dites; est-ce que vous aurez ce courage?

— Oui, Morrel, fit Monte-Cristo d'une voix dont le calme contrastait étrangement avec l'exaltation du jeune homme ; oui, ce sera moi.

— Vous ! s'écria Morrel avec une expression croissante de colère et de reproche ; vous qui m'avez leurré d'un espoir absurde ; vous qui jouez, ou plutôt qui faites semblant de jouer le rôle de la Providence, et qui n'avez pas même eu le pouvoir de donner du contre-poison à une jeune fille empoisonnée ! Ah ! en vérité, monsieur, vous me feriez pitié si vous ne me faisiez horreur !

— Et moi, je vous répète que vous ne vous tuerez pas.

— Empêchez-m'en donc ! répliqua Morrel avec un dernier élan qui vint se briser contre les bras d'acier du comte.

— Je vous en empêcherai !

— Mais qui êtes-vous donc, à la fin, pour vous arroger ce droit tyrannique sur des créatures libres et pensantes ? s'écria Maximilien.

— Qui suis-je ? répéta Monte-Cristo. Écoutez :

« Je suis, poursuivit Monte-Cristo, le seul homme au monde qui ait le droit de vous dire : Morrel, je ne veux pas que le fils de ton père meure aujourd'hui ! »

Et Monte-Cristo, majestueux, transfiguré, sublime, s'avança, les deux bras croisés, vers le jeune homme palpitant, qui, vaincu malgré lui par la presque divinité de cet homme, recula d'un pas.

« Pourquoi parlez-vous de mon père ? balbutia-t-il ; pourquoi mêler le souvenir de mon père à ce qui m'arrive aujourd'hui ?

— Parce que je suis celui qui a déjà sauvé la vie à ton père, un jour qu'il voulait se tuer comme tu veux te tuer aujourd'hui ; parce que je suis l'homme qui a envoyé la bourse à ta jeune sœur et le *Pharaon* au vieux Morrel ; parce que je suis Edmond Dantès qui te fit jouer, enfant, sur ses genoux ! »

Morrel fit encore un pas en arrière, chancelant, suffoqué, haletant, écrasé ; puis tout à coup ses forces l'abandonnèrent, et, avec un grand cri, il tomba prosterné aux pieds de Monte-Cristo.

Puis tout à coup, dans cette admirable nature, il se fit un mouvement de régénération soudaine et complète ; il se releva, bondit hors de la chambre et se précipita dans l'escalier en criant de toute la puissance de sa voix :

« Julie ! Julie ! Emmanuel ! Emmanuel ! »

Aux cris de Maximilien, Julie, Emmanuel et quelques domestiques accoururent épouvantés.

Morrel les prit par les mains, et, rouvrant la porte :

« A genoux ! s'écria-t-il d'une voix étranglée par les sanglots ; à genoux ! c'est le bienfaiteur, c'est le sauveur de notre père ! c'est... »

Il allait dire : C'est Edmond Dantès ! Le comte l'arrêta en lui saisissant le bras.

Julie s'élança sur la main du comte ; Emmanuel l'embrassa comme un dieu tutélaire ; Morrel tomba pour la seconde fois à genoux, et frappa le parquet de son front.

Alors l'homme de bronze sentit son cœur se dilater dans sa poitrine, un jet de flamme dévorante jaillit de sa gorge à ses yeux, il inclina la tête et pleura !

Ce fut dans cette chambre, pendant quelques instants, un concert de larmes et de gémissements sublimes qui dut paraître harmonieux aux anges même les plus chéris du Seigneur !

« Oh! Monsieur le comte! dit Emmanuel, comment avez-vous pu attendre jusqu'aujourd'hui pour vous faire connaître? Oh! c'est de la cruauté envers nous, et, j'oserai presque le dire, monsieur le comte, envers vous-même.

— Écoutez, mon ami, dit le comte. Dieu m'est témoin que je désirais enfouir ce secret pendant toute ma vie au fond de mon âme; votre frère Maximilien me l'a arraché par des violences dont il se repent, j'en suis sûr. »

Puis, voyant que Maximilien s'était rejeté de côté sur un fauteuil, tout en demeurant néanmoins à genoux :

« Veillez sur lui, ajouta tout bas Monte-Cristo, en pressant d'une façon significative la main d'Emmanuel.

— Pourquoi cela? demanda le jeune homme.

— Je ne puis vous le dire; mais veillez sur lui. »

Emmanuel embrassa la chambre d'un regard circulaire, et aperçut les pistolets de Morrel.

Ses yeux se fixèrent, effrayés, sur ces armes, qu'il désigna à Monte-Cristo en levant lentement le doigt à leur hauteur.

Monte-Cristo inclina la tête.

Emmanuel fit un mouvement vers les pistolets.

« Laissez », dit le comte.

Puis, prenant les mains de Julie et d'Emmanuel qu'il réunit en les pressant dans les siennes, il leur dit avec la douce autorité d'un père :

« Mes bons amis, laissez-moi seul, je vous prie, avec Maximilien. »

Julie entraîna vivement son mari.

« Laissons-les », dit-elle.

Le comte resta avec Morrel, qui demeurait immobile comme une statue.

« Voyons, dit le comte en lui touchant l'épaule avec son doigt de flamme, redeviens-tu enfin un homme, Maximilien ?

— Oui, car je recommence à souffrir. »

Le front du comte se plissa, livré qu'il paraissait être à une sombre hésitation.

« Maximilien ! Maximilien ! dit-il, ces idées où tu te plonges sont indignes d'un chrétien !

— Oh ! tranquillisez-vous, ami, dit Morrel en relevant la tête et en montrant au comte un sourire empreint d'une ineffable tristesse, ce n'est plus moi qui chercherai la mort. J'ai ma douleur elle-même qui me tuera.

— Ami, dit Monte-Cristo avec une mélancolie égale à la sienne, si je te prie, si je t'ordonne de vivre, c'est dans la conviction qu'un jour tu me remercieras de t'avoir conservé la vie.

— Mon Dieu ! s'écria le jeune homme, mon Dieu ! que me dites-vous là, comte ? Prenez-y garde ! car vous cherchez à me persuader, et si vous me persuadez, vous me ferez perdre la raison, car vous me ferez croire que je puis revoir Valentine. »

Le comte sourit.

« Espère, mon ami. A partir de cette heure, tu vivras près de moi et avec moi, tu ne me quitteras plus, et dans huit jours nous aurons laissé derrière nous la France.

— Et vous me dites toujours d'espérer ?

— Je te dis d'espérer, parce que je sais un moyen de te guérir. »

Morrel secoua la tête avec une dédaigneuse incrédulité.

« Que veux-tu que je te dise ! reprit Monte-Cristo. J'ai foi dans mes promesses ; laisse-moi faire l'expérience.

— Comte, vous prolongez mon agonie, voilà tout.

— Ainsi, dit le comte, faible cœur que tu es, tu n'as pas la force de donner à ton ami quelques jours pour l'épreuve qu'il tente ! Voyons, sais-tu de quoi le comte de Monte-Cristo est capable ? Sais-tu qu'il commande à bien des puissances terrestres ? Sais-tu qu'il a assez de foi en Dieu pour obtenir des miracles de celui qui a dit qu'avec la foi l'homme pouvait soulever une montagne ? Eh bien ! ce miracle que j'espère, attends-le, ou bien...

— Ou bien... répéta Morrel.

— Ou bien, prends-y garde, Morrel, je t'appellerai ingrat.

— Ayez pitié de moi, comte.

— J'ai tellement pitié de toi, Maximilien, écoute-moi, tellement pitié, que si je ne te guéris pas dans un mois, jour pour jour, heure pour heure, retiens bien mes paroles, Morrel, je te placerai moi-même en face de ces pistolets tout chargés et d'une coupe du plus sûr poison d'Italie, d'un poison plus sûr et plus prompt, crois-moi, que celui qui a tué Valentine.

— Vous me le promettez ?

— Oui, car je suis homme ; car moi aussi, comme je l'ai dit, j'ai voulu mourir, et souvent, même depuis que le malheur s'est éloigné de moi, j'ai rêvé les délices de l'éternel sommeil.

— Oh ! bien sûr, vous me promettez cela, comte ? s'écria Maximilien enivré.

— Je ne te le promets pas, je te le jure, dit Monte-Cristo en étendant la main.

— Dans un mois, sur votre honneur, si je ne suis pas consolé, vous me laissez libre de ma vie, et quelque chose que j'en fasse, vous ne m'appellerez pas ingrat?

— Dans un mois, jour pour jour, Maximilien, dans un mois, heure pour heure, et la date est sacrée, Maximilien, je ne sais pas si tu y as songé : nous sommes aujourd'hui le 5 septembre. Il y a aujourd'hui dix ans que j'ai sauvé ton père qui voulait mourir. »

Morrel saisit les mains du comte et les baisa ; le comte le laissa faire comme s'il comprenait que cette adoration lui était due.

« Dans un mois, continua Monte-Cristo, tu auras, sur la table où nous serons assis l'un et l'autre, de bonnes armes et une douce mort ; mais en revanche, tu me promets d'attendre jusque-là et de vivre ?

— Oh ! à mon tour, s'écria Morrel, je vous le jure ! »

Monte-Cristo attira le jeune homme sur son cœur, et l'y retint longtemps.

« Et maintenant, lui dit-il, à partir d'aujourd'hui, tu vas venir demeurer chez moi ; tu prendras l'appartement d'Haydée, et ma fille au moins sera remplacée par mon fils.

— Haydée ! dit Morrel ; qu'est devenue Haydée ?

— Elle est partie cette nuit.

— Pour te quitter ?

— Pour m'attendre... Tiens-toi donc prêt à venir me rejoindre rue des Champs-Élysées, et fais-moi sortir d'ici sans qu'on me voie. »

Maximilien baissa la tête, et obéit comme un enfant ou comme un apôtre.

65

Le partage

Dans cet hôtel de la rue Saint-Germain-des-Prés, qu'avait choisi pour sa mère et pour lui Albert de Morcerf, Mercédès semblait une reine descendue de son palais dans une chaumière, et qui, réduite au strict nécessaire, ne se reconnaît ni à la vaisselle d'argile qu'elle est obligée d'apporter elle-même sur sa table, ni au grabat qui a succédé à son lit.

De son côté, Albert était préoccupé, mal à l'aise, gêné par un reste de luxe qui l'empêchait d'être de sa condition actuelle; il voulait sortir sans gants et trouvait ses mains trop blanches; il voulait courir la ville à pied, et trouvait ses bottes trop bien vernies.

Cependant ces deux créatures si nobles et si intelligentes, réunies indissolublement par le lien de l'amour maternel et filial, avaient réussi à se comprendre sans parler de rien, et à économiser toutes les préparations que l'on se doit entre amis pour établir cette vérité matérielle d'où dépend la vie.

Albert, enfin, avait pu dire à sa mère sans la faire pâlir :

« Ma mère, nous n'avons plus d'argent. »

Il fallait enfin causer du positif, après avoir épuisé tout l'idéal.

« Ma mère, dit Albert, comptons un peu toutes nos richesses, s'il vous plaît : j'ai besoin d'un total pour échafauder mes plans.

— Total : rien, dit Mercédès avec un douloureux sourire.

— Si fait, ma mère. Total, trois mille francs d'abord ; et j'ai la prétention, avec ces trois mille francs, de mener à nous deux une adorable vie.

— Vous dites cela, mon ami, continua la pauvre mère ; mais d'abord, acceptons-nous ces trois mille francs ? dit Mercédès en rougissant.

— Mais c'est convenu, ce me semble, dit Albert d'un ton ferme : nous les acceptons d'autant plus que nous ne les avons pas, car ils sont, comme vous le savez, enterrés dans le jardin de cette petite maison des Allées de Meilhan, à Marseille. Avec deux cents francs, dit Albert, nous irons tous deux à Marseille.

— Avec deux cents francs ! dit Mercédès. Y songez-vous, Albert ?

— Oh ! quant à ce point, je me suis renseigné aux diligences et aux bateaux à vapeur, et mes calculs sont faits.

« Mais ce n'est pas tout : que dites-vous de ceci, ma mère ? »

Et Albert tira d'un petit carnet à fermoir d'or, reste de ses anciennes fantaisies, un billet de mille francs.

« Qu'est-ce que ceci ? demanda Mercédès.

— Mille francs, ma mère. Oh ! il est parfaitement carré.

— Mais d'où te viennent ces mille francs ?

— Écoutez ceci, ma mère, et ne vous émotionnez pas trop. »

Et Albert, se levant, alla embrasser sa mère sur les deux joues, puis il s'arrêta à la regarder.

« Vous n'avez pas idée, ma mère, comme je vous trouve belle ! dit le jeune homme avec un profond sentiment d'amour filial. En vérité, il ne vous manquait que d'être malheureuse pour changer mon amour en adoration.

— Je ne suis pas malheureuse tant que j'ai mon fils, dit Mercédès ; je ne serai point malheureuse tant que je l'aurai.

— Ah ! justement, dit Albert ; mais voilà où commence l'épreuve, ma mère ! Vous savez ce qui est convenu ?

— Sommes-nous donc convenus de quelque chose ? demanda Mercédès.

— Oui, il est convenu que vous habiterez Marseille, et que moi je partirai pour l'Afrique, où, en place du nom que j'ai quitté, je me ferai le nom que j'ai pris. »

Mercédès poussa un soupir.

« Eh bien ! ma mère, depuis hier je suis engagé dans les spahis, ajouta le jeune homme en baissant les yeux avec une certaine honte ; car il ne savait pas lui-même tout ce que son abaissement avait de sublime ; ou plutôt, j'ai cru que mon corps était bien à moi et que je pouvais le vendre : depuis hier je remplace quelqu'un.

« Je me suis vendu, comme on dit, et, ajouta-t-il en

essayant de sourire, plus cher que je ne croyais valoir, c'est-à-dire deux mille francs.

— Ainsi, ces mille francs?... dit en tressaillant Mercédès.

— C'est la moitié de la somme, ma mère; l'autre viendra dans un an. »

Mercédès leva les yeux au ciel avec une expression que rien ne saurait rendre, et les deux larmes arrêtées au coin de sa paupière, débordant sous l'émotion intérieure, coulèrent silencieusement le long de ses joues.

« Eh bien! donc, reprit Albert, vous comprenez, ma mère, voilà déjà plus de quatre mille francs assurés pour vous; avec ces quatre mille francs vous vivrez deux bonnes années.

— Crois-tu? » dit Mercédès.

Ces mots étaient échappés à la comtesse, et avec une douleur si vraie, que leur véritable sens n'échappa point à Albert; il sentit son cœur se serrer, et prenant la main de sa mère qu'il pressa tendrement dans les siennes :

« Oui, vous vivrez! dit-il.

— Je vivrai, s'écria Mercédès, mais tu ne partiras point, n'est-ce pas, mon fils?

— Ma mère, je partirai, dit Albert d'une voix calme et ferme; vous m'aimez trop pour me laisser près de vous oisif et inutile; d'ailleurs j'ai signé.

— Tu feras selon ta volonté, mon fils, moi, je ferai selon celle de Dieu.

— Non pas selon ma volonté, ma mère, mais selon la raison, selon la nécessité. Nous sommes deux créatures désespérées, n'est-ce pas? Qu'est-ce que la vie pour vous aujourd'hui? rien. Qu'est-ce que la vie pour moi? oh! bien peu de chose sans vous, ma mère, croyez-le; car sans vous cette vie, je vous le jure, eût cessé du jour où j'ai douté de mon père et renié son nom ! Enfin je vis si vous me promettez d'espérer encore ; si vous me laissez le soin de votre bonheur à venir, vous doublez ma force. Alors je vais trouver là-bas le gouverneur de l'Algérie, c'est un cœur loyal et surtout essentiellement soldat ; je lui conte ma lugubre histoire ; je le prie de tourner de temps en temps les yeux du côté où je serai, et s'il me tient parole, s'il me regarde faire, avant six mois je suis officier ou mort. Si je suis officier, votre sort est assuré, ma mère, car j'aurai de l'argent pour vous et pour moi, et de plus un nouveau nom dont nous serons fiers tous deux, puisque ce sera votre vrai nom. Si je suis tué... eh bien ! si je suis tué, alors, chère mère, vous mourrez, s'il vous plaît, et alors nos malheurs auront leur terme dans leur excès même.

— C'est bien, répondit Mercédès avec son noble et éloquent regard ; tu as raison, mon fils ; prouvons à certaines gens qui nous regardent et qui attendent nos actes pour nous juger, prouvons-leur que nous sommes au moins dignes d'être plaints.

— Ainsi, ma mère, voilà notre partage fait, ajouta le jeune homme affectant une grande aisance. Nous pouvons aujourd'hui même partir. Allons, je retiens votre place.

— Mais la tienne, mon fils ?

— Moi, je dois rester deux ou trois jours encore, ma mère ; c'est un commencement de séparation et nous avons besoin de nous y habituer. J'ai besoin de quelques recommandations, de quelques renseignements sur l'Afrique ; je vous rejoindrai à Marseille.

— Eh bien ! soit, partons ! dit Mercédès en s'enveloppant dans le seul châle qu'elle eût emporté, et qui se trouvait par hasard un cachemire noir d'un grand prix : partons ! »

Le lendemain, sur les cinq heures du soir, Mme de Morcerf, après avoir tendrement embrassé son fils, et après avoir été tendrement embrassée par lui, montait dans le coupé de la diligence, qui se refermait sur elle.

Un homme était caché dans la cour des messageries Laffitte, derrière une de ces fenêtres cintrées d'entre-sol qui surmontent chaque bureau ; il vit Mercédès monter en voiture ; il vit partir la diligence ; il vit s'éloigner Albert.

Alors il passa la main sur son front chargé de doute, en disant :

« Hélas ! par quel moyen rendrai-je à ces deux innocents le bonheur que je leur ai ôté ? Dieu m'aidera ! »

66

La Fosse-aux-Lions

L'un des quartiers de la Force, celui qui renferme les détenus les plus compromis et les plus dangereux, s'appelle la cour Saint-Bernard.

Les prisonniers, dans leur langage énergique, l'ont surnommé la Fosse-aux-Lions, probablement parce que les captifs ont des dents qui mordent souvent les barreaux et parfois les gardiens.

Le préau de ce quartier est encadré dans des murs énormes sur lesquels glisse obliquement le soleil lorsqu'il se décide à pénétrer dans ce gouffre de laideurs morales et physiques. C'est là, sur le pavé, que depuis l'heure du lever, errent soucieux, hagards, pâlissants, comme des ombres, les hommes que la justice tient courbés sous le couperet qu'elle aiguise.

Dans cette cour qui suait d'une froide humidité, se promenait, les mains dans les poches de son habit, un jeune homme considéré avec beaucoup de curiosité par les habitants de la Fosse.

Il eût passé pour un homme élégant grâce à la coupe de ses habits, si ces habits n'eussent été en lambeaux; cependant ils n'avaient pas été usés; le drap, fin et soyeux aux endroits intacts, reprenait facilement son lustre sous la main caressante du prisonnier, qui essayait d'en faire un habit neuf.

Tout à coup une voix retentit au guichet.

« Benedetto! criait un inspecteur. Au parloir! »

Le jeune homme, glissant dans la cour comme une ombre noire, se précipita par le guichet entrebâillé. Derrière la grille du parloir où il fut introduit, il aperçut, avec ses yeux dilatés par une curiosité avide, la figure sombre et intelligente de M. Bertuccio, qui regardait aussi, avec un étonnement douloureux, les grilles, les portes verrouillées et l'ombre qui s'agitait derrière les barreaux entrecroisés.

« Ah! fit Andrea touché au cœur.

— Bonjour, Benedetto, dit Bertuccio de sa voix creuse et sonore.

— Vous! vous! dit le jeune homme en regardant avec effroi autour de lui.

— Tu ne me reconnais pas, dit Bertuccio, malheureux enfant!

— Silence! mais silence donc! fit Andrea qui connaissait la finesse d'ouïe de ces murailles; mon Dieu, mon Dieu, ne parlez pas si haut!

— Tu voudrais causer avec moi, n'est-ce pas, dit Bertuccio, seul à seul?

— Oh ! oui, dit Andrea.

— C'est bien. »

Et Bertuccio, fouillant dans sa poche, fit signe à un gardien qu'on apercevait derrière la vitre du guichet.

« Lisez, dit-il.

— Qu'est-ce là ? dit Andrea.

— L'ordre de te conduire dans une chambre, de t'y installer et de me laisser communiquer avec toi.

— Oh ! » fit Andrea bondissant de joie.

Et tout de suite, se repliant en lui-même, il se dit : « Encore le protecteur inconnu ! on ne m'oublie pas ! »

Le gardien conféra un moment avec un supérieur, puis ouvrit les deux portes grillées et conduisit à une chambre du premier étage Andrea qui ne se sentait plus de joie.

La chambre avait un aspect de gaieté qui parut rayonnant au prisonnier : un poêle, un lit, une chaise, une table en formaient le somptueux ameublement. Le gardien se retira.

Bertuccio s'assit sur la chaise, Andrea se jeta sur le lit.

« Voyons, dit l'intendant, qu'as-tu à me dire ?

— Et vous ? dit Andrea.

— Mais parle d'abord...

— Oh ! non ; c'est vous qui avez beaucoup à m'apprendre, puisque vous êtes venu me trouver.

— Eh bien, soit. Tu as continué le cours de tes scélératesses ; tu as volé, tu as assassiné.

— Bon. Si c'est pour me dire cela que vous me faites passer dans une chambre particulière, autant valait ne pas vous déranger. Je sais toutes ces choses. Il en est d'autres que je ne sais pas au contraire. Parlons de celles-là, s'il vous plaît. Qui vous a envoyé ?

— Personne.

— Comment savez-vous que je suis en prison?

— Il y a longtemps que je t'ai reconnu dans le fashionable insolent qui poussait si gracieusement un cheval aux Champs-Élysées.

— Les Champs-Élysées... Ah! ah! nous brûlons, comme on dit au jeu de la pincette... Les Champs-Élysées! Çà, parlons un peu de mon père, voulez-vous?

— Que suis-je donc?

— Vous, mon brave monsieur, vous êtes mon père adoptif... Mais ce n'est pas vous, j'imagine, qui avez disposé en ma faveur d'une centaine de mille francs que j'ai dévorés en quatre à cinq mois. Allons, parlez, estimable Corse, parlez...

— Que veux-tu que je te dise?

— Je t'aiderai. Tu parlais des Champs-Élysées tout à l'heure, mon digne père nourricier...

— Eh bien?

— Eh bien, aux Champs-Élysées, demeure un monsieur bien riche, bien riche.

— Chez qui tu as volé et assassiné, n'est-ce pas?

— Je crois que oui.

— M. le comte de Monte-Cristo?

— C'est vous qui l'avez nommé, comme dit M. Racine... Eh bien! dois-je me jeter entre ses bras, l'étrangler sur mon cœur en criant : "Mon père! mon père!" comme dit M. Pixérécourt?

— Ne plaisantons pas, répondit gravement Bertuccio, et qu'un pareil nom ne soit pas prononcé ici comme vous osez le prononcer.

— Bah! fit Andrea un peu étourdi de la solennité du maintien de Bertuccio, pourquoi pas?

— Parce que celui qui porte ce nom est trop favorisé du ciel pour être le père d'un misérable tel que vous.

— Oh ! de grands mots…

— Croyez-vous avoir affaire à des pygmées de votre espèce ? dit Bertuccio d'un ton si calme et avec un regard si assuré qu'Andrea en fut remué jusqu'au fond des entrailles ; croyez-vous avoir affaire à vos scélérats routiniers du bagne, ou à vos naïves dupes du monde ?… Benedetto, vous êtes dans une main terrible ; cette main veut bien s'ouvrir pour vous : profitez-en. Ne jouez pas avec la foudre qu'elle dépose pour un instant, mais qu'elle peut reprendre si vous essayez de la déranger dans son libre mouvement.

— Mon père ?… je veux savoir qui est mon père ! dit l'entêté ; j'y périrai, s'il le faut, mais je le saurai. Que me fait le scandale, à moi ? Du bien… de la réputation… *des réclames*… comme dit M. Beauchamp le journaliste. Çà, qui est mon père ?

— Je suis venu pour te le dire…

— Ah ! » s'écria Benedetto les yeux étincelants de joie.

A ce moment la porte s'ouvrit, et le guichetier, s'adressant à Bertuccio :

« Pardon, monsieur, dit-il, mais le juge d'instruction attend le prisonnier.

— C'est la clôture de mon interrogatoire, dit Andrea au digne intendant… Au diable l'importun !

— Je reviendrai demain, dit Bertuccio.

— Bon ! fit Andrea. Messieurs les gendarmes, je suis tout à vous… Ah ! cher monsieur, laissez donc une dizaine d'écus au greffe pour qu'on me donne ici ce dont j'aurai besoin.

— Ce sera fait », répliqua Bertuccio.

Andrea lui tendit la main ; Bertuccio garda la sienne dans sa poche, et y fit seulement sonner quelques pièces d'argent.

« C'est ce que je voulais dire, fit Andrea, grimaçant un sourire, mais tout à fait subjugué par l'étrange tranquillité de Bertuccio.

— Me serais-je trompé ! se dit-il en montant dans la voiture oblongue et grillée qu'on appelle le panier à salade. Nous verrons ! Ainsi, à demain, ajouta-t-il en se retournant vers Bertuccio.

— A demain ! » répondit l'intendant.

67

Le juge

Villefort, enfermé dans son cabinet, poursuivait avec une fiévreuse activité la procédure entamée contre l'assassin de Caderousse. Le procureur du roi avait fini par se donner à lui-même cette terrible conviction que Benedetto était coupable, et il devait tirer de cette victoire difficile une de ces jouissances d'amour-propre qui seules réveillaient un peu les fibres de son cœur glacé.

Le procès s'instruisait donc, grâce au travail incessant de Villefort, qui voulait en faire le début des prochaines assises; aussi avait-il été forcé de se celer plus que jamais pour éviter de répondre à la quantité prodigieuse de demandes qu'on lui adressait à l'effet d'obtenir des billets d'audience.

Et puis, si peu de temps s'était écoulé depuis que la

pauvre Valentine avait été déposée dans la tombe, la douleur de la maison était encore si récente, que personne ne s'étonnait de voir le père aussi sévèrement absorbé dans son devoir, c'est-à-dire dans l'unique distraction qu'il pouvait trouver à son chagrin.

C'était le lundi que devait avoir lieu la première séance des assises. Ce jour-là, Villefort le vit poindre blafard et sinistre, et sa lueur bleuâtre vint faire reluire sur le papier les lignes tracées à l'encre rouge. Le magistrat s'était endormi un instant tandis que sa lampe rendait les derniers soupirs. Il se réveilla à ses pétillements, les doigts humides et empourprés comme s'il les eût trempés dans le sang.

Il ouvrit sa fenêtre : une grande bande orangée traversait au loin le ciel et coupait en deux les minces peupliers qui se profilaient en noir sur l'horizon. Dans le champ de luzerne, au-delà de la grille des Marronniers, une alouette montait au ciel en faisant entendre son chant clair et matinal.

L'air humide de l'aube inonda la tête de Villefort et rafraîchit sa mémoire.

« Ce sera pour aujourd'hui, dit-il avec effort ; aujourd'hui l'homme qui va tenir le glaive de la justice doit frapper partout où sont les coupables. »

Ses regards allèrent alors, malgré lui, chercher la fenêtre de Noirtier. Le rideau en était tiré, et cependant l'image de son père lui était tellement présente, qu'il s'adressait à cette fenêtre fermée comme si elle était ouverte, et que par cette ouverture il vit le vieillard menaçant.

« Oui, murmura-t-il, oui, sois tranquille. »

Sa tête retomba sur sa poitrine, et, la tête ainsi inclinée, il fit quelques tours dans son cabinet, puis enfin il se jeta tout habillé sur un canapé, moins pour dormir que pour assouplir ses membres raidis par la fatigue et le froid du travail, qui pénètre jusque dans la moelle des os.

L'heure du déjeuner arrivée, M. de Villefort ne parut point à table.

Le valet de chambre rentra dans le cabinet.

« Madame fait prévenir monsieur, dit-il, qu'onze heures viennent de sonner, et que l'audience est pour midi. »

Villefort resta un instant muet ; il creusait avec ses ongles sa joue pâle, sur laquelle tranchait sa barbe d'un noir d'ébène.

« Dites à madame, répondit-il enfin, que je désire lui parler, et que je la prie de m'attendre chez elle.

— Oui, monsieur.

— Puis revenez me raser et m'habiller.

— A l'instant. »

Le valet de chambre disparut en effet pour reparaître, rasa Villefort et l'habilla solennellement de noir.

Puis, lorsqu'il eut fini :

« Madame a dit qu'elle attendait monsieur aussitôt sa toilette achevée, dit-il.

— J'y vais. »

Et Villefort, les dossiers sous le bras, son chapeau à la main, se dirigea vers l'appartement de sa femme.

A la porte, il s'arrêta un instant et essuya avec son mouchoir la sueur qui coulait sur son front livide.

Puis il poussa la porte.

Mme de Villefort était assise sur une ottomane,

feuilletant avec impatience des journaux et des brochures. Elle était complètement habillée pour sortir ; son chapeau l'attendait posé sur un fauteuil ; elle avait mis ses gants.

« Ah ! vous voici, monsieur, dit-elle de sa voix naturelle et calme. Mon Dieu ! êtes-vous assez pâle, monsieur ! Vous avez donc encore travaillé toute la nuit ? Pourquoi n'êtes-vous pas venu déjeuner avec nous ? Eh bien ! m'emmenez-vous, ou irai-je seule avec Édouard ? »

Mme de Villefort avait, comme on le voit, multiplié les demandes pour obtenir une réponse ; mais à toutes ces demandes M. de Villefort était resté froid et muet comme une statue.

« Oh ! mon Dieu ! fit la jeune femme en regardant son mari jusqu'au fond de l'âme, et en ébauchant un sourire que glaça l'impassibilité de Villefort, qu'y a-t-il donc ?

— Madame, où mettez-vous le poison dont vous vous servez d'habitude ? » articula nettement et sans préambule le magistrat placé entre sa femme et la porte.

Mme de Villefort éprouva ce que doit éprouver l'alouette lorsqu'elle voit le milan resserrer au-dessus de sa tête ses cercles meurtriers.

Un son rauque, brisé, qui n'était ni un cri ni un soupir, s'échappa de la poitrine de Mme de Villefort, qui pâlit jusqu'à la lividité.

« Monsieur, dit-elle, je… je ne comprends pas. »

Et comme elle s'était soulevée dans un paroxysme de terreur, dans un second paroxysme plus fort sans doute que le premier, elle se laissa retomber sur les coussins du sofa.

« Je vous demandais, continua Villefort d'une voix

parfaitement calme, en quel endroit vous cachiez le poison à l'aide duquel vous avez tué mon beau-père M. de Saint-Méran, ma belle-mère, Barrois et ma fille Valentine.

— Ah ! monsieur, s'écria Mme de Villefort en joignant les mains, que dites-vous ?

— Ce n'est point à vous de m'interroger, mais de répondre.

— Est-ce au juge ou au mari ? balbutia Mme de Villefort.

— Au juge, madame, au juge ! »

C'était un spectacle effrayant que la pâleur de cette femme, l'angoisse de son regard, le tremblement de tout son corps.

« Ah ! monsieur ! murmura-t-elle, ah ! monsieur !… »

Et ce fut tout.

« Vous ne répondez pas, madame ! » s'écria le terrible interrogateur. Puis il ajouta avec un sourire plus effrayant encore que sa colère : » Il est vrai que vous ne niez pas ? »

La jeune femme cacha son visage dans ses deux mains.

« Oh ! monsieur, balbutia-t-elle, je vous en supplie, ne croyez pas les apparences !

— Seriez-vous lâche, continua Villefort avec une agitation croissante, vous qui avez compté une à une les minutes de quatre agonies ? vous qui avez combiné vos plans infernaux et remué vos breuvages infâmes avec une habileté et une précision si miraculeuses ? Vous qui avez si bien combiné tout, auriez-vous donc oublié de calculer une seule chose, c'est-à-dire où pouvait vous mener la révélation de vos crimes ? Est-ce parce que vous êtes la femme de celui qui requiert le châtiment, que vous avez cru que ce châtiment s'écarterait? Non, madame, non! Quelle qu'elle soit, l'échafaud attend l'empoisonneuse si surtout l'empoisonneuse n'a pas eu le soin de conserver pour elle quelques gouttes de son plus sûr poison. »

Mme de Villefort poussa un cri sauvage, et la terreur hideuse et indomptable envahit ses traits décomposés.

« Oh! ne craignez pas l'échafaud, madame, dit le magistrat, je ne veux pas vous déshonorer, car ce serait me déshonorer moi-même; la femme du premier magistrat de la capitale ne chargera pas de son infamie un nom demeuré sans tache.

— Non! oh! non!

— Eh bien! madame, ce sera une bonne action de votre part, et de cette bonne action je vous remercie.

— Vous me remerciez, et de quoi?

— De ce que vous venez de me dire.

— Qu'ai-je dit? j'ai la tête perdue; je ne comprends plus rien, mon Dieu! mon Dieu! »

Et elle se leva, les cheveux épars, les lèvres écumantes.

« Ce que je veux, c'est que justice soit faite. Je suis sur terre pour punir, madame, ajouta-t-il avec un regard flamboyant; à toute autre femme, fût-ce à une reine, j'enverrais le bourreau; mais à vous je serai miséricordieux. A vous je dis : N'est-ce pas, madame, que vous avez conservé quelques gouttes de votre poison le plus doux, le plus prompt et le plus sûr?

— Oh! pardonnez-moi, monsieur, laissez-moi vivre!

— Elle était lâche! dit Villefort.

— Au nom de l'amour que vous avez eu pour moi!...

— Non, non!

— Au nom de notre enfant ! Ah ! pour notre enfant, laissez-moi vivre !

— Non, non, non, vous dis-je ; un jour, si je vous laissais vivre, vous le tueriez peut-être comme les autres.

— Moi ! moi ! tuer mon fils ! s'écria cette mère sauvage en s'élançant vers Villefort ; moi ! tuer mon Édouard !... ha ! ha ! »

Et un rire affreux, un rire de démon, un rire de folle, acheva la phrase et se perdit dans un râle sanglant.

Mme de Villefort était tombée aux pieds de son mari.

Villefort s'approcha d'elle.

« Songez-y, madame, dit-il, si à mon retour justice n'est pas faite, je vous dénonce de ma propre bouche et je vous arrête de mes propres mains. »

Elle écoutait pantelante, abattue, écrasée ; son œil seul vivait en elle et couvrait un feu terrible.

« Vous m'entendez ! dit Villefort ; je vais là-bas requérir la peine de mort contre un assassin... Si je vous retrouve vivante, vous coucherez ce soir à la Conciergerie. »

Mme de Villefort poussa un soupir, ses nerfs se détendirent, elle s'affaissa brisée sur le tapis.

Le procureur du roi parut éprouver un mouvement de pitié, il la regarda moins sévèrement, et s'inclinant légèrement devant elle :

« Adieu, madame, dit-il lentement, adieu ! »

Cet adieu tomba comme le couteau mortel sur Mme de Villefort. Elle s'évanouit.

Le procureur du roi sortit, et en sortant, ferma la porte à double tour.

68

Les assises

L'affaire Benedetto, comme on disait alors au Palais et dans le monde, avait produit une énorme sensation.

Pour beaucoup de gens, Benedetto était, sinon une victime, du moins une erreur de la justice : on avait vu M. Cavalcanti père, à Paris, et l'on s'attendait à le voir de nouveau apparaître pour réclamer son illustre rejeton. Quant à l'accusé lui-même, beaucoup de gens se rappelaient l'avoir vu si aimable, si beau, si prodigue, qu'ils aimaient mieux croire à quelque machination de la part d'un ennemi comme on en trouve en ce monde, où les grandes fortunes élèvent les moyens de faire le mal et le bien à la hauteur du merveilleux et à la puissance de l'inouï.

Chacun accourut donc à la séance de la cour d'assises, les uns pour savourer le spectacle, les autres pour le commenter. Dès sept heures du matin on faisait queue à la grille, et une heure avant l'ouverture de la séance, la salle était déjà pleine de privilégiés.

Tout à coup, un grand bruit se fit entendre dans le prétoire ; l'huissier, paraissant au seuil de la salle des délibérations, cria de cette voix glapissante que les huissiers avaient déjà du temps de Beaumarchais :

« La Cour, messieurs ! »

Les juges prirent séance au milieu du plus profond silence ; les jurés s'assirent à leur place. M. de Villefort, objet de l'attention, et nous dirons presque de l'admiration générale, se plaça couvert dans son fauteuil, promenant un regard tranquille autour de lui.

Chacun regardait avec étonnement cette figure grave et sévère, sur l'impassibilité de laquelle les douleurs personnelles semblaient n'avoir aucune prise, et l'on regardait avec une espèce de terreur cet homme étranger aux émotions de l'humanité.

« Gendarmes, dit le président, amenez l'accusé. »

A ces mots, l'attention du public devint plus active, et tous les yeux se fixèrent sur la porte par laquelle Benedetto devait entrer.

Bientôt cette porte s'ouvrit, et l'accusé parut.

L'impression fut la même sur tout le monde, et nul ne se trompa à l'expression de sa physionomie.

Ses traits ne portaient pas l'empreinte de cette émotion profonde qui refoule le sang au cœur et décolore le front et les joues. Ses mains, gracieusement posées, l'une sur son chapeau, l'autre dans l'ouverture de son gilet de piqué blanc, n'étaient agitées d'aucun frisson ; son œil était calme et même brillant.

Auprès d'Andrea se plaça son avocat, avocat nommé d'office, jeune homme aux cheveux d'un blond fade, au visage rougi par une émotion cent fois plus sensible que celle du prévenu.

Le président demanda la lecture de l'acte d'accusation, rédigé, comme on sait, par la plume si habile et si implacable de Villefort.

Pendant cette lecture, qui fut longue, et qui pour tout autre eût été accablante, l'attention publique ne cessa de se porter sur Andrea, qui en soutint le poids avec la gaieté d'âme d'un Spartiate.

Jamais Villefort peut-être n'avait été si concis ni si éloquent : le crime était présenté sous les couleurs les plus vives ; les antécédents du prévenu, sa transfiguration, la filiation de ses actes depuis un âge assez tendre, étaient déduits avec le talent que la pratique de la vie et la connaissance du cœur humain pouvaient fournir à un esprit aussi élevé que celui du procureur du roi.

Enfin la lecture fut terminée.

« Accusé, dit le président, vos nom et prénoms ? »

Andrea se leva.

« Pardonnez-moi, monsieur le président, dit-il d'une voix dont le timbre vibrait parfaitement pur, mais je vois que vous allez prendre un ordre de questions dans lequel je ne puis vous suivre. J'ai la prétention, que c'est à moi de justifier plus tard, d'être une exception aux accusés ordinaires. Veuillez donc, je vous prie, me permettre de répondre en suivant un ordre différent ; je n'en répondrai pas moins à tout. »

Le président, surpris, regarda les jurés, qui regardèrent le procureur du roi.

Une grande surprise se manifesta dans toute l'assemblée. Mais Andrea ne parut aucunement s'en émouvoir.

« Votre âge? dit le président; répondrez-vous à cette question?

— J'ai vingt et un ans, ou plutôt je les aurai seulement dans quelques jours, étant né dans la nuit du 27 au 28 septembre 1817. »

M. de Villefort, qui était occupé à prendre une note, leva la tête à cette date.

« Où êtes-vous né? continua le président.

— A Auteuil, près de Paris », répondit Benedetto.

M. de Villefort leva une seconde fois la tête, regarda Benedetto comme il eût regardé la tête de Méduse, et devint livide.

Quant à Benedetto, il passa gracieusement sur ses lèvres le coin brodé d'un mouchoir de fine batiste.

« Votre profession? demanda le président.

— D'abord j'étais faussaire, dit Andrea le plus tranquillement du monde; ensuite je suis passé voleur, et tout récemment je me suis fait assassin. »

Un murmure, ou plutôt une tempête d'indignation et de surprise éclata dans toutes les parties de la salle; les juges eux-mêmes le regardèrent stupéfaits, les jurés manifestèrent le plus grand dégoût pour ce cynisme qu'on attendait si peu d'un homme élégant.

M. de Villefort appuya une main sur son front qui, d'abord pâle, était devenu rouge et bouillant; tout à coup il se leva, regardant autour de lui comme un homme égaré : l'air lui manquait.

« Cherchez-vous quelque chose, monsieur le procureur du roi? » demanda Benedetto avec son plus obligeant sourire.

M. de Villefort ne répondit rien, et se rassit ou plutôt retomba sur son fauteuil.

« Est-ce maintenant, prévenu, que vous consentez à dire votre nom? demanda le président. L'affectation brutale que vous avez mise à énumérer vos différents crimes, que vous qualifiez de profession, l'espèce de point d'honneur que vous y attachez, ce dont, au nom de la morale et du respect dû à l'humanité, la Cour doit vous blâmer sévèrement, voilà peut-être la raison qui vous a fait tarder de vous nommer : vous voulez faire ressortir ce nom par les titres qui le précèdent.

— C'est incroyable, monsieur le président, dit Benedetto du ton de voix le plus gracieux et avec les manières les plus polies, comme vous avez lu au fond de ma pensée ; c'est en effet dans ce but que je vous ai prié d'intervertir l'ordre des questions. »

La stupeur était à son comble ; il n'y avait plus dans les paroles de l'accusé ni forfanterie ni cynisme : l'auditoire ému pressentait quelque foudre éclatante au fond de ce nuage sombre.

« Eh bien ! dit le président, votre nom?

— Je ne puis vous dire mon nom, car je ne le sais pas ; mais je sais celui de mon père, et je peux vous le dire. »

Un éblouissement douloureux aveugla Villefort ; on vit tomber de ses joues des gouttes de sueur âcres et pressées sur les papiers qu'il remuait d'une main convulsive et éperdue.

« Mon père est procureur du roi, répondit tranquillement Andrea.

— Procureur du roi ! fit avec stupéfaction le président

sans remarquer le bouleversement qui se faisait sur la figure de M. de Villefort; procureur du roi!

— Oui, et puisque vous voulez savoir son nom, je vais vous le dire : il se nomme de Villefort! »

L'explosion, si longtemps contenue par le respect qu'en séance on porte à la justice se fit jour, comme un tonnerre, du fond de toutes les poitrines. Au milieu de tout ce bruit, on entendit la voix du président qui s'écriait :

« Vous jouez-vous de la justice, accusé, et oseriez-vous donner à vos concitoyens le spectacle d'une corruption qui, dans une époque qui cependant ne laisse rien à désirer sous ce rapport, n'aurait pas encore eu son égale? »

Dix personnes s'empressaient auprès de M. le procureur du roi, à demi écrasé sur son siège, et lui offraient des consolations, des encouragements, des protestations de zèle et de sympathie.

Le calme s'était rétabli dans la salle, à l'exception cependant d'un point où un groupe assez nombreux s'agitait et chuchotait.

Une femme, disait-on, venait de s'évanouir; on lui avait fait respirer des sels, et elle s'était remise.

Andrea, pendant tout ce tumulte, avait tourné sa figure souriante vers l'assemblée; puis, s'appuyant enfin d'une main sur la rampe de chêne de son banc, et cela dans l'attitude la plus gracieuse :

« Messieurs, dit Andrea en commandant le silence du geste et de la voix, je vous dois la preuve et l'explication de mes paroles.

— Mais, s'écria le président irrité, vous avez déclaré

dans l'instruction vous nommer Benedetto ; vous avez dit être orphelin, et vous vous êtes donné la Corse pour patrie.

— J'ai dit à l'instruction ce qu'il m'a convenu de dire à l'instruction, car je ne voulais pas que l'on affaiblît ou que l'on arrêtât, ce qui n'eût point manqué d'arriver, le retentissement solennel que je voulais donner à mes paroles.

« Maintenant, je vous répète que je suis né à Auteuil dans la nuit du 27 au 28 septembre 1817, et que je suis fils de M. le procureur du roi Villefort. Maintenant, voulez-vous des détails ? je vais vous en donner.

« Je naquis au premier de la maison n° 28, rue de la Fontaine, dans une chambre tendue de damas rouge. Mon père me prit dans ses bras en disant à ma mère que j'étais mort, m'enveloppa dans une serviette marquée d'un H et d'un N, et m'emporta dans le jardin où il m'enterra vivant. »

Un frisson parcourut tous les assistants quand ils virent que grandissait l'assurance du prévenu avec l'épouvante de M. de Villefort.

« Mais comment savez-vous tous ces détails ? demanda le président.

— Je vais vous le dire, monsieur le président. Dans le jardin où mon père venait de m'ensevelir, s'était, cette nuit-là même, introduit un homme qui lui en voulait mortellement, et qui le guettait depuis longtemps pour accomplir sur lui une vengeance corse. L'homme était caché dans un massif : il vit mon père enfermer un dépôt dans la terre, et le frappa d'un coup de couteau au milieu même de cette opération ; puis, croyant que ce dépôt était quelque trésor, il ouvrit la fosse et me trouva vivant encore. Cet homme me porta à l'hospice des Enfants-Trouvés, où je fus inscrit sous le n° 37. Trois mois après, sa sœur fit le voyage de Rogliano à Paris pour me venir chercher, me réclama comme son fils et m'emmena.

« Voilà comment, quoique né à Auteuil, je fus élevé en Corse. »

Il y eut un instant de silence, mais d'un silence si profond, que, sans l'anxiété que semblaient respirer mille poitrines, on eût cru la salle vide.

« Continuez, dit la voix du président.

— Certes, continua Benedetto, je pouvais être heureux chez ces braves gens qui m'adoraient; mais mon naturel pervers l'emporta sur toutes les vertus qu'essayait de verser dans mon cœur ma mère adoptive. Je grandis dans le mal, et je suis arrivé au crime. Enfin, un jour que je maudissais Dieu de m'avoir fait si méchant et de me donner une hideuse destinée, mon père adoptif est venu me dire : "Ne blasphème pas, malheureux! car Dieu t'a donné le jour sans colère! Le crime vient de ton père et non de toi, de ton père qui t'a voué à l'enfer si tu mourais, à la misère si un miracle te rendait au jour!" Dès lors j'ai cessé de blasphémer Dieu, mais j'ai maudit mon père : et voilà pourquoi j'ai fait entendre ici les paroles que vous m'avez reprochées, monsieur le président; voilà pourquoi j'ai causé le scandale dont frémit encore cette assemblée. Si c'est un crime de plus, punissez-moi; mais si je vous ai convaincu que dès le jour de ma naissance ma destinée était fatale, douloureuse, amère, lamentable, plaignez-moi!

— Mais votre mère? demanda le président.

— Ma mère me croyait mort ; ma mère n'est point coupable ; je n'ai pas voulu savoir le nom de ma mère ; je ne le connais pas. »

En ce moment un cri aigu, qui se termina par un sanglot, retentit au milieu du groupe qui entourait, comme nous l'avons dit, une femme.

Cette femme tomba dans une violente attaque de nerfs et fut enlevée du prétoire. Tandis qu'on l'enlevait, le voile épais qui cachait son visage s'écarta, et l'on reconnut Mme Danglars.

Malgré l'accablement de ses sens énervés, malgré le bourdonnement qui frémissait à son oreille, malgré l'espèce de folie qui bouleversait son cerveau, Villefort la reconnut et se leva.

« Les preuves ? les preuves ? dit le président. Prévenu, souvenez-vous que ce tissu d'horreurs a besoin d'être soutenu par les preuves les plus éclatantes.

— Les preuves ? dit Benedetto en riant, les preuves, vous les voulez ?

— Oui.

— Eh bien ! regardez M. de Villefort, et demandez-moi encore les preuves. »

Chacun se retourna vers le procureur du roi, qui, sous le poids de ces mille regards rivés sur lui, s'avança dans l'enceinte du tribunal, chancelant, les cheveux en désordre et le visage couperosé par la pression de ses ongles.

L'assemblée tout entière poussa un long murmure d'étonnement.

« On me demande les preuves, mon père, dit Benedetto, voulez-vous que je les donne ?

— Non, non, balbutia M. de Villefort d'une voix étranglée, non, c'est inutile.

— Comment, inutile, s'écria le président; mais que voulez-vous dire?

— Je veux dire, s'écria le procureur du roi, que je me débattrais en vain sous l'étreinte mortelle qui m'écrase. Messieurs, je suis, je le reconnais, dans la main du Dieu vengeur. Pas de preuves! il n'en est pas besoin : tout ce que vient de dire ce jeune homme est vrai. »

Un silence sombre et pesant comme celui qui précède les catastrophes de la nature enveloppa dans son manteau de plomb tous les assistants, dont les cheveux se dressaient sur la tête.

« Eh quoi! monsieur de Villefort, s'écria le président, vous ne cédez pas à une hallucination? Quoi! vous jouissez de la plénitude de vos facultés? On concevrait qu'une accusation si étrange, si imprévue, si terrible, eût troublé vos esprits. Voyons, remettez-vous. »

Le procureur du roi secoua la tête. Ses dents s'entrechoquaient avec violence comme celles d'un homme dévoré par la fièvre, et cependant il était d'une pâleur mortelle.

« Je jouis de toutes mes facultés, monsieur, dit-il; le corps seulement souffre, et cela se conçoit. Je me reconnais coupable de tout ce que ce jeune homme vient d'articuler contre moi, et je me tiens dès à présent chez moi, à la disposition de M. le procureur du roi mon successeur. »

Et, en prononçant ces mots d'une voix sourde et presque étouffée, M. de Villefort se dirigea en vacillant vers la porte, que lui ouvrit d'un mouvement machinal l'huissier de service.

L'assemblée tout entière demeura muette et consternée

par cette révélation et par cet aveu qui faisaient un dénouement si terrible aux différentes péripéties qui depuis quinze jours avaient agité la haute société parisienne.

Quant à Andrea, toujours aussi tranquille et beaucoup plus intéressant, il quitta la salle escorté par les gendarmes, qui involontairement lui témoignaient des égards.

69

Expiation

Villefort traversa la haie des spectateurs, des gardes, des gens du Palais, et s'éloigna, reconnu coupable de son propre aveu, mais protégé par sa douleur.

Du reste, il serait difficile de dire l'état de stupeur dans lequel il était en sortant du Palais, de peindre cette fièvre qui faisait battre chaque artère, raidissait chaque fibre, gonflait, à la briser, chaque veine, et disséquait chaque point de ce corps mortel en des millions de souffrances.

Villefort arriva chancelant jusqu'à la cour Dauphine, aperçut sa voiture, réveilla le cocher en l'ouvrant lui-même, et se laissa tomber sur les coussins en montrant du doigt la direction du faubourg Saint-Honoré.

Le cocher partit.

Tout le poids de sa fortune écroulée venait de retomber sur sa tête : ce poids l'écrasait, il n'en savait pas les conséquences ; il ne les avait pas mesurées, il les sentait ; il ne raisonnait pas son Code comme le froid meurtrier qui commente un article connu.

Il avait Dieu au fond du cœur.

« Dieu ! murmurait-il sans savoir même ce qu'il disait. Dieu ! Dieu ! »

Il ne voyait que Dieu derrière l'éboulement qui venait de se faire.

La voiture roulait avec vitesse ; Villefort, en s'agitant sur ses coussins, sentit quelque chose qui le gênait. Il porta la main à cet objet : c'était un éventail oublié par Mme de Villefort, entre le coussin et le dossier de la voiture ; cet éventail éveilla un souvenir, et ce souvenir fut un éclair au milieu de la nuit.

Villefort songea à sa femme…

Cette femme ! il venait de faire avec elle le juge inexorable, il venait de la condamner à mort ; et elle, elle, frappée de terreur, écrasée par le remords, abîmée sous la honte qu'il venait de lui faire avec l'éloquence de son irréprochable vertu, elle, pauvre femme faible et sans défense contre un pouvoir absolu et suprême, elle se préparait peut-être en ce moment même à mourir !

Villefort poussa un rugissement de douleur et de rage.

« Ah ! s'écria-t-il en se roulant sur le satin de son carrosse, cette femme n'est devenue criminelle que parce qu'elle m'a touché. Je suis le crime, moi ! et elle a gagné le crime comme on gagne le typhus, comme on gagne le choléra, comme on gagne la peste, et je la punis !… J'ai osé lui dire : Repentez-vous et mourez… moi !… Oh !

non, non ! elle vivra... elle me suivra... Nous allons fuir, quitter la France, aller devant nous tant que la terre pourra nous porter. Elle vivra, elle sera heureuse encore puisque tout son amour est dans son fils, et que son fils ne la quittera point. J'aurai fait une bonne action ; cela allège le cœur. »

Et le procureur du roi respira plus librement qu'il n'avait fait depuis longtemps.

La voiture s'arrêta dans la cour de l'hôtel.

Villefort s'élança du marchepied sur le perron ; il vit les domestiques surpris de le voir revenir si vite. Il ne lut pas autre chose sur leur physionomie ; nul ne lui adressa la parole ; on s'arrêta devant lui, comme d'habitude, pour le laisser passer : voilà tout.

Il passa devant la chambre de Noirtier, et, par la porte entrouverte, il aperçut comme deux ombres, mais il ne s'inquiéta point de la personne qui était avec son père, c'était ailleurs que son inquiétude le tirait.

Il entra dans le petit salon qu'il embrassa d'un coup d'œil.

« Personne ; elle est dans sa chambre à coucher sans doute. »

Il s'élança vers la porte.

Là, le verrou était mis.

Il s'arrêta frissonnant.

« Héloïse ! cria-t-il.

— Qui est là ? » demanda la voix de celle qu'il appelait.

Il lui sembla que cette voix était plus faible que de coutume.

« Ouvrez, ouvrez ! s'écria Villefort, c'est moi ! »

Mais malgré cet ordre, malgré le ton d'angoisse avec lequel il était donné, on n'ouvrit pas.

Villefort enfonça la porte d'un coup de pied.

A l'entrée de la chambre qui donnait dans son boudoir, Mme de Villefort était debout, pâle, les traits contractés, et le regardant avec des yeux d'une fixité effrayante.

« Héloïse ! Héloïse ! dit-il, qu'avez-vous ? parlez ! »

La jeune femme étendit vers lui sa main raide et livide.

« C'est fait, monsieur, dit-elle avec un râlement qui sembla déchirer son gosier ; que voulez-vous donc encore de plus ? »

Et elle tomba de sa hauteur sur le tapis.

Villefort courut à elle, lui saisit la main. Cette main serrait convulsivement un flacon de cristal à bouchon d'or.

Mme de Villefort était morte.

Villefort, ivre d'horreur, recula jusqu'au seuil de la chambre et regarda le cadavre.

« Mon fils ! s'écria-t-il tout à coup ; où est mon fils ? Édouard ! Édouard ! »

Villefort sentit sa langue paralysée dans sa gorge.

« Édouard ! Édouard ! » balbutia-t-il.

L'enfant ne répondait pas.

Le cadavre de Mme de Villefort était couché en travers de la porte du boudoir dans lequel se trouvait nécessairement Édouard ; ce cadavre semblait veiller sur le seuil avec des yeux fixes et ouverts, avec une épouvantable et mystérieuse ironie sur les lèvres.

Villefort fit trois ou quatre pas en avant, et, sur le canapé, il aperçut son enfant couché.

Il prit son élan et bondit par-dessus le cadavre comme s'il se fût agi de franchir un brasier dévorant.

Il enleva l'enfant dans ses bras, le serrant, le secouant, l'appelant : l'enfant ne répondit point. Il colla ses lèvres avides à ses joues, ses joues étaient livides et glacées ; il palpa ses membres raidis, il appuya sa main sur son cœur, son cœur ne battait plus. L'enfant était mort.

Un papier plié en quatre tomba de la poitrine d'Édouard.

Villefort, foudroyé, se laissa aller sur ses genoux ; l'enfant s'échappa de ses bras inertes et roula du côté de sa mère.

Villefort ramassa le papier, reconnut l'écriture de sa femme et le parcourut avidement.

Voici ce qu'il contenait :

« Vous savez si j'étais bonne mère, puisque c'est pour mon fils que je me suis faite criminelle !

« Une bonne mère ne part pas sans son fils ! »

Villefort ne pouvait en croire ses yeux ; Villefort ne pouvait en croire sa raison. Il se traîna vers le corps d'Édouard, qu'il examina encore une fois avec cette attention d'une minute que met la lionne à regarder son lionceau mort.

Puis un cri déchirant s'échappa de sa poitrine : « Dieu ! murmura-t-il ; toujours Dieu ! »

Ces deux victimes l'épouvantaient ; il sentait monter en lui l'horreur de cette solitude peuplée de deux cadavres.

Villefort se releva sur ses genoux, secoua ses cheveux humides de sueur, hérissés d'effroi, et celui-là qui n'avait jamais eu pitié de personne s'en alla trouver le vieillard, son père, pour avoir, dans sa faiblesse, quelqu'un à qui raconter son malheur, quelqu'un près de qui pleurer.

Il descendit l'escalier que nous connaissons et entra chez Noirtier.

Quand Villefort entra, Noirtier paraissait attentif à écouter, aussi affectueusement que le permettait son immobilité, l'abbé Busoni, toujours aussi calme et aussi froid que de coutume.

Villefort, en apercevant l'abbé, porta la main à son front. Le passé lui revint comme une de ces vagues dont la colère soulève plus d'écume que les autres vagues.

Il se souvint de la visite que lui avait faite l'abbé le jour de la mort de Valentine.

« Vous ici, monsieur! dit-il; mais vous n'apparaissez donc que pour escorter la mort? »

Busoni se redressa : en voyant l'altération du visage du magistrat, l'éclat farouche de ses yeux, il comprit ou crut comprendre que la scène des assises était accomplie; il ignorait le reste.

« J'y suis venu pour prier sur le corps de votre fille, répondit Busoni.

— Et aujourd'hui, qu'y venez-vous faire?

— Je viens vous dire que vous m'avez payé votre dette, et qu'à partir de ce moment, je vais prier Dieu qu'il se contente comme moi.

— Mon Dieu! fit Villefort en reculant, l'épouvante sur le front, cette voix, ce n'est pas celle de l'abbé Busoni!

— Non. »

L'abbé arracha sa fausse tonsure, secoua la tête, et ses longs cheveux noirs, cessant d'être comprimés, retombèrent sur ses épaules et encadrèrent son mâle visage.

« C'est le visage de M. de Monte-Cristo ! s'écria Villefort, les yeux hagards.

— Ce n'est pas encore cela, monsieur le procureur du roi, cherchez mieux et plus loin.

— Cette voix ! cette voix ! où l'ai-je entendue pour la première fois ?

— Vous l'avez entendue pour la première fois à Marseille, il y a vingt-trois ans, le jour de votre mariage avec Mlle de Saint-Méran. Cherchez dans vos dossiers.

— Mais que t'ai-je donc fait ? s'écria Villefort, dont l'esprit flottait déjà sur la limite où se confondent la raison et la démence, dans ce brouillard qui n'est plus le rêve et qui n'est pas encore le réveil ; que t'ai-je fait ? dis ! parle !

— Vous m'avez condamné à une mort lente et hideuse ; vous avez tué mon père ; vous m'avez ôté l'amour avec la liberté, et la fortune avec l'amour !

— Qui êtes-vous ? qui êtes-vous donc ? mon Dieu !

— Je suis le spectre d'un malheureux que vous avez enseveli dans les cachots du château d'If. A ce spectre sorti enfin de sa tombe, Dieu a mis le masque du comte de Monte-Cristo, et il l'a couvert de diamants et d'or pour que vous ne le reconnussiez qu'aujourd'hui.

— Ah ! je te reconnais, je te reconnais ! dit le procureur du roi : tu es…

— Je suis Edmond Dantès !

— Tu es Edmond Dantès ! s'écria le procureur du roi en saisissant le comte par le poignet ; alors, viens ! »

Et il l'entraîna par l'escalier, dans lequel Monte-Cristo étonné le suivit, ignorant lui-même où le procureur du roi le conduisait, et pressentant quelque nouvelle catastrophe.

« Tiens ! Edmond Dantès, dit-il en montrant au comte

le cadavre de sa femme et le corps de son fils ; tiens ! regarde, es-tu bien vengé ?… »

Monte-Cristo pâlit à cet effroyable spectacle ; il comprit qu'il venait d'outrepasser les droits de la vengeance ; il comprit qu'il ne pouvait plus dire : « Dieu est pour moi et avec moi. »

Il se jeta avec un sentiment d'angoisse inexprimable sur le corps de l'enfant, rouvrit ses yeux, tâta son pouls et s'élança avec lui dans la chambre de Valentine, qu'il referma à double tour.

« Mon enfant ! s'écria Villefort ; il emporte le cadavre de mon enfant ! Oh ! malédiction ! malheur ! mort sur toi ! »

Et il voulut s'élancer après Monte-Cristo ; mais, comme dans un rêve, il sentit ses pieds prendre racine ; ses yeux se dilatèrent à briser leurs orbites ; ses doigts, recourbés sur la chair de sa poitrine, s'y enfoncèrent graduellement jusqu'à ce que le sang rougît ses ongles ; les veines de ses tempes se gonflèrent d'esprits bouillants qui allèrent soulever la voûte trop étroite de son crâne et noyèrent son cerveau dans un déluge de feu.

Cette fixité dura plusieurs minutes, jusqu'à ce que l'effroyable bouleversement de la raison fût accompli.

Alors il jeta un cri suivi d'un long éclat de rire, et se précipita par les escaliers.

Un quart d'heure après, la chambre de Valentine se rouvrit, et le comte de Monte-Cristo reparut.

Pâle, l'œil morne, la poitrine oppressée, tous les traits de cette figure ordinairement si calme et si noble étaient bouleversés par la douleur.

Il tenait dans ses bras l'enfant, auquel aucun secours n'avait pu rendre la vie.

Il mit un genou en terre et le déposa religieusement près de sa mère, la tête posée sur sa poitrine.

Puis, se relevant, il sortit, et, rencontrant un domestique sur l'escalier :

« Où est M. de Villefort? » demanda-t-il.

Le domestique, sans répondre, étendit la main du côté du jardin.

Monte-Cristo descendit le perron, s'avança vers l'endroit désigné, et vit, au milieu de ses serviteurs, faisant cercle autour de lui, Villefort, une bêche à la main, et fouillant la terre avec une espèce de rage.

« Ce n'est pas encore ici, disait-il ; ce n'est pas encore ici! »

Et il fouillait plus loin.

Monte-Cristo s'approcha de lui, et, tout bas :

« Monsieur, lui dit-il d'un ton presque humble, vous avez perdu un fils ; mais... »

Villefort l'interrompit ; il n'avait ni écouté ni entendu.

« Oh! je le retrouverai, dit-il ; vous avez beau prétendre qu'il n'y est pas, je le retrouverai, dussé-je chercher jusqu'au jour du dernier jugement. »

Monte-Cristo recula avec terreur.

« Oh! dit-il, il est fou! »

Et, comme s'il eût craint que les murs de la maison maudite ne s'écroulassent sur lui, il s'élança dans la rue, doutant pour la première fois qu'il eût le droit de faire ce qu'il avait fait.

« Oh! assez, assez comme cela, dit-il, sauvons le dernier. »

En rentrant chez lui, Monte-Cristo rencontra Morrel qui errait dans l'hôtel des Champs-Élysées, silencieux comme une ombre qui attend le moment fixé par Dieu pour rentrer dans son tombeau.

« Apprêtez-vous, Maximilien, lui dit-il avec un sourire, nous quittons Paris demain.

— N'avez-vous plus rien à y faire ? demanda Morrel.

— Non, répondit Monte-Cristo, et Dieu veuille que je n'y aie pas trop fait. »

70

La maison des Allées de Meilhan

Le voyage se fit avec cette merveilleuse rapidité qui était une des puissances de Monte-Cristo. Bientôt Marseille, blanche, tiède, vivante, apparut à leurs yeux. C'était pour tous deux des aspects féconds en souvenirs que cette tour ronde, ce fort Saint-Nicolas, cet hôtel de ville du Puget, ce port aux quais de briques où tous deux avaient joué enfants.

Aussi d'un commun accord s'arrêtèrent-ils tous deux sur la Canebière.

« Cher ami, dit le comte à Maximilien, n'avez-vous point quelque chose à faire dans ce pays ?

— J'ai à pleurer sur la tombe de mon père, répondit sourdement Morrel.

— C'est bien, allez et attendez-moi là-bas, je vous y rejoindrai.

— Vous me quittez?

— Oui… moi aussi j'ai une pieuse visite à faire. »

Morrel laissa tomber sa main dans la main que lui tendait le comte, puis, avec un mouvement de tête dont il serait impossible d'exprimer la mélancolie, il quitta le comte et se dirigea vers l'est de la ville.

Monte-Cristo laissa s'éloigner Maximilien, puis il s'achemina vers les Allées de Meilhan, afin de retrouver la petite maison que les commencements de cette histoire ont dû rendre familière à nos lecteurs.

Cette maison, toute charmante malgré sa vétusté, toute joyeuse malgré son apparente misère, était bien la même qu'habitait autrefois le père Dantès. Seulement le vieillard habitait la mansarde, et le comte avait mis la maison tout entière à la disposition de Mercédès.

Pour lui, les marches usées étaient d'anciennes connaissances; il savait mieux que personne ouvrir cette vieille porte, dont un clou à large tête soulevait le loquet intérieur. Aussi entra-t-il sans frapper, sans prévenir, comme un ami, comme un hôte.

Arrivé sur le seuil, Monte-Cristo entendit un soupir qui ressemblait à un sanglot; ce soupir guida son regard, et, sous un berceau de jasmin de Virginie au feuillage épais et aux longues fleurs de pourpre, il aperçut Mercédès assise, inclinée et pleurant.

Elle avait relevé son voile, et seule à la face du ciel, le visage caché par ses deux mains, elle donnait librement l'essor à ses soupirs et à ses sanglots, si longtemps contenus par la présence de son fils.

Monte-Cristo fit quelques pas en avant ; le sable cria sous ses pieds.

Mercédès releva la tête et poussa un cri d'effroi en voyant un homme devant elle.

« Madame, dit le comte, il n'est plus en mon pouvoir de vous apporter le bonheur, mais je vous offre la consolation : daignerez-vous l'accepter comme vous venant d'un ami ?

— Je suis en effet bien malheureuse, répondit Mercédès ; seule au monde... Je n'avais que mon fils, et il m'a quittée.

— Il a bien fait, madame, répliqua le comte, et c'est un noble cœur. Il a compris que tout homme doit un tribut à la patrie : les uns, leurs talents ; les autres, leur industrie ; ceux-ci, leurs veilles ; ceux-là, leur sang. En restant avec vous, il eût usé près de vous sa vie devenue inutile ; il deviendra grand et fort en luttant contre son adversité, qu'il changera en fortune. Laissez-le reconstituer votre avenir à vous deux, madame ; j'ose vous promettre qu'il est entre de sûres mains.

— Oh ! dit la pauvre femme en secouant tristement la tête, cette fortune dont vous parlez, et que du fond de mon âme je prie Dieu de lui accorder, je n'en jouirai pas, moi. Tant de choses se sont brisées en moi et autour de moi, que je me sens près de ma tombe. Vous avez bien fait, monsieur le comte, de me rapprocher de l'endroit où j'ai été si heureuse. C'est là où l'on a été heureux que l'on doit mourir.

— Hélas ! dit Monte-Cristo, toutes vos paroles, madame, tombent amères et brûlantes sur mon cœur, d'autant plus amères et plus brûlantes, que vous avez raison de me haïr : c'est moi qui ai causé tous vos maux. Que ne me plaignez-vous au lieu de m'accuser? vous me rendriez bien plus malheureux encore...

— Vous haïr, vous accuser, vous, Edmond... non! c'est moi que j'accuse et que je hais. Vous m'avez épargnée, et cependant de tous ceux que vous avez frappés, j'étais la plus coupable. Tous les autres ont agi par haine, par cupidité, par égoïsme, moi j'ai agi par lâcheté. Eux désiraient, moi j'ai eu peur. Moi, j'ai été lâche, moi, j'ai renié, Dieu m'a abandonnée, et me voilà. »

Mercédès fondit en larmes; le cœur de la femme se brisait au choc des souvenirs.

Monte-Cristo prit sa main et la baisa respectueusement; mais elle sentit elle-même que ce baiser était sans ardeur, comme celui que le comte eût déposé sur la main de marbre de la statue d'une sainte.

« Il y a, continua-t-elle, des existences prédestinées dont une première faute brise tout l'avenir. Je vous croyais mort, j'eusse dû mourir; car, à quoi a-t-il servi que j'aie porté éternellement votre deuil dans mon cœur? à faire d'une femme de trente-neuf ans une femme de cinquante, voilà tout. A quoi a-t-il servi que, seule entre tous vous ayant reconnu, j'aie seulement sauvé mon fils? Ne devais-je pas aussi sauver l'homme, si coupable qu'il fût, que j'avais accepté pour époux? Cependant je l'ai laissé mourir; que dis-je, mon Dieu! j'ai contribué à sa mort par ma lâche insensibilité, par mon mépris, ne me rappelant pas, ne voulant pas me rappeler que c'était pour moi qu'il s'était fait parjure et traître! A quoi sert enfin que j'aie accompagné mon fils jusqu'ici, puisqu'ici je l'abandonne, puisque je le laisse partir seul, puisque je le livre à cette terre dévorante d'Afrique? Oh! j'ai été lâche! vous dis-je; j'ai renié mon amour, et, comme les renégats, je porte malheur à tout ce qui m'environne!

— Non, Mercédès, dit Monte-Cristo, non; reprenez meilleure opinion de vous-même. Non, vous êtes une noble et sainte femme, et vous m'aviez désarmé par votre douleur; mais derrière moi, invisible, inconnu, irrité, il y avait Dieu dont je n'étais que le mandataire, et qui n'a pas voulu retenir la foudre que j'avais lancée. Examinez le passé, examinez le présent, tâchez de deviner l'avenir, et voyez si je ne suis pas l'instrument du Seigneur. Les plus affreux malheurs, les plus cruelles souffrances, l'abandon de tous ceux qui m'aimaient, la persécution de ceux qui ne me connaissaient pas, voilà la première partie de ma vie; puis tout à coup, après la captivité, la solitude, la misère, l'air, la liberté, une fortune si éclatante, si prestigieuse, si démesurée que, à moins d'être aveugle, j'ai dû penser que Dieu me l'envoyait dans de grands desseins. Dès lors cette fortune m'a semblé être un sacerdoce, dès lors je me sentais poussé comme le nuage de feu passant dans le ciel pour aller brûler les villes maudites. Comme ces aventureux capitaines qui s'embarquent pour un dangereux voyage, je préparais les vivres, je chargeais les armes, j'amassais les moyens d'attaque et de défense, habituant mon corps aux exercices les plus violents, mon âme aux choses les plus rudes, instruisant mon bras à tuer, mes yeux à voir souffrir, ma bouche à sourire aux aspects les plus terribles; de bon, de confiant, d'oublieux que j'étais, je me suis fait vindicatif, dissimulé, méchant, ou plutôt impassible comme la sourde et aveugle fatalité. Alors je me suis lancé dans la voie qui m'était ouverte, j'ai franchi l'espace, j'ai touché au but. Malheur à ceux que j'ai rencontrés sur mon chemin !

— Assez ! dit Mercédès, assez, Edmond ! croyez que celle qui a pu seule vous reconnaître, a pu seule aussi vous comprendre ! Comme il y a un abîme entre moi et le passé, il y a un abîme entre vous et les autres hommes ; et ma plus douloureuse torture, je vous le dis, c'est de comparer ; car il n'y a rien au monde qui vous vaille, rien qui vous ressemble. Maintenant, dites-moi adieu, Edmond, et séparons-nous.

— Avant que je vous quitte, que désirez-vous, Mercédès ? demanda Monte-Cristo.

— Je ne désire qu'une chose, Edmond, que mon fils soit heureux.

— Priez le Seigneur, qui seul tient l'existence des hommes entre ses mains, d'écarter la mort de lui, moi je me charge du reste.

— Merci, Edmond.

— Mais vous, Mercédès ?

— Moi, je n'ai besoin de rien, je vis entre deux tombes : l'une est celle d'Edmond Dantès, mort il y a bien longtemps ; je l'aimais ! Ce mot ne sied plus à ma lèvre flétrie, mais mon cœur se souvient encore, et pour rien au monde je ne voudrais perdre cette mémoire du cœur. L'autre est celle d'un homme qu'Edmond Dantès a tué ; j'approuve le meurtre, mais je dois prier pour le mort.

— Votre fils sera heureux, madame, répéta le comte.

— Alors je serai aussi heureuse que je puis l'être.

— Ne voulez-vous pas me dire au revoir ? fit-il en lui tendant la main.

— Au contraire, je vous dis au revoir, répliqua Mercédès, en lui montrant le ciel avec solennité ; c'est vous prouver que j'espère encore. »

Et après avoir touché la main du comte de sa main frissonnante, Mercédès s'élança dans l'escalier et disparut. Monte-Cristo alors sortit lentement de la maison et reprit le chemin du port. Mais Mercédès ne le vit point s'éloigner, quoiqu'elle fût à la fenêtre de la petite chambre du père de Dantès. Ses yeux cherchaient au loin le bâtiment qui emportait son fils vers la vaste mer.

Il est vrai que sa voix, comme malgré elle, murmurait tout bas :

— Edmond ! Edmond ! Edmond !

71

Le passé

Le comte sortit l'âme navrée de cette maison où il laissait Mercédès pour ne plus la revoir jamais, selon toute probabilité.

Depuis la mort du petit Édouard, un grand changement s'était fait dans Monte-Cristo. Arrivé au sommet de sa vengeance par la pente lente et tortueuse qu'il avait suivie, il avait vu, de l'autre côté de la montagne, l'abîme du doute.

Il y avait plus : cette conversation qu'il venait d'avoir avec Mercédès avait éveillé tant de souvenirs dans son cœur, que ces souvenirs eux-mêmes avaient besoin d'être combattus.

Le comte se dit que pour en être presque arrivé à se

blâmer lui-même, il fallait qu'une erreur se fût glissée dans ses calculs.

« Je regarde mal le passé, dit-il, et ne puis m'être trompé ainsi. Allons donc, homme dégénéré ; allons, riche extravagant ; reprends pour un instant cette funeste perspective de ta vie misérable et affamée, repasse par les chemins où la fatalité t'a poussé, où le malheur t'a conduit, où le désespoir t'a reçu ; riche, retrouve le pauvre ; libre, retrouve le prisonnier ; ressuscité, retrouve le cadavre. »

Et tout en se disant cela à lui-même, Monte-Cristo suivait la rue de la Caisserie. C'était la même par laquelle, vingt-quatre ans auparavant, il avait été conduit par une garde silencieuse et nocturne.

Il descendit sur le quai par la rue Saint-Laurent, et s'avança vers la Consigne : c'était le point du port où il avait été embarqué. Un bateau de promenade passait avec son dais de coutil. Monte-Cristo appela le patron, qui nagea aussitôt vers lui avec l'empressement que mettent à cet exercice les bateliers qui flairent une bonne aubaine.

Le temps était magnifique, le voyage fut une fête. A l'horizon le soleil descendait, rouge et flamboyant, dans les flots qui s'embrasaient à son approche. Malgré ce beau ciel, malgré cette lumière dorée qui inondait le paysage, le comte, enveloppé dans son manteau, se rappelait, un à un, tous les détails du terrible voyage ; et peu à peu, comme ces sources desséchées par l'été qui, lorsque s'amassent les nuages d'automne, s'humectent peu à peu et commencent à sourdre goutte à goutte, le comte de Monte-Cristo sentit goutte à goutte sourdre dans sa poitrine ce vieux fiel extravasé qui avait autrefois inondé le cœur d'Edmond Dantès.

Pour lui dès lors plus de beau ciel, plus d'ardente lumière, le ciel se voila de crêpes funèbres, et l'apparition du noir géant qu'on appelle le château d'If le fit tressaillir, comme si lui fût apparu tout à coup le fantôme d'un ennemi mortel.

On arriva.

Depuis la révolution de juillet, il n'y avait plus de prisonniers au château d'If ; un poste destiné à empêcher de faire la contrebande habitait seul ses corps de garde ; un concierge attendait les curieux à la porte, pour leur montrer ce monument de terreur, devenu un monument de curiosité.

Et cependant, quoiqu'il fût instruit de tous ces détails, lorsqu'il entra sous la voûte, lorsqu'il descendit l'escalier noir, lorsqu'il fut conduit aux cachots qu'il avait demandé à voir, une froide pâleur envahit son front, dont la sueur glacée fut refoulée jusqu'à son cœur.

On le conduisit dans son propre cachot.

Il revit le jour blafard filtrant par l'étroit soupirail ; il revit la place où était le lit, enlevé depuis, et, derrière le lit, quoique bouchée, mais visible encore par ses pierres plus neuves, l'ouverture percée par l'abbé Faria.

Monte-Cristo sentit ses jambes faillir ; il prit un escabeau de bois et s'assit dessus.

« Connaît-on quelques histoires sur ce château autres que l'emprisonnement de Mirabeau ? demanda le comte ; y a-t-il quelque tradition sur ces lugubres demeures, où l'on hésite à croire que des hommes aient jamais enfermé un homme vivant ?

— Oui, monsieur, dit le concierge, et, sur ce cachot même, le guichetier Antoine m'en a transmis une. »

Monte-Cristo tressaillit : ce guichetier Antoine était son guichetier. Il avait à peu près oublié son nom et son visage; mais à son nom prononcé, il le revit tel qu'il était, avec sa figure cerclée de barbe, sa veste brune et son trousseau de clefs dont il lui semblait encore entendre le tintement.

Le comte se retourna et crut le voir dans l'ombre du corridor, rendue plus épaisse par la lumière de la torche qui brûlait aux mains du concierge.

« Monsieur veut-il que je la lui raconte? demanda le concierge.

— Oui, fit Monte-Cristo, dites.

— Ce cachot, reprit le concierge, était habité par un prisonnier, il y a longtemps de cela, un homme fort dangereux, à ce qu'il paraît, et d'autant plus dangereux, qu'il était plein d'industrie. Un autre homme habitait ce château en même temps que lui; celui-ci n'était pas méchant; c'était un pauvre prêtre qui était fou.

— Les prisonniers pouvaient-ils se voir? demanda Monte-Cristo.

— Oh! non, monsieur, c'était expressément défendu; mais ils éludèrent la défense en perçant une galerie qui allait d'un cachot à l'autre. Il en résulta que les deux prisonniers communiquèrent ensemble. Or, un jour, le vieux prisonnier tomba malade et mourut. Devinez ce que fit le jeune? fit le concierge en s'interrompant.

— Dites.

— Il emporta le défunt, qu'il coucha dans son propre lit, le nez tourné à la muraille, puis il revint dans le cachot vide, boucha le trou, et se glissa dans le sac du mort. Mais il y avait malheureusement au château une coutume qui dérangeait son projet : on n'enterrait pas les morts ; on se contentait de leur attacher un boulet aux pieds et de les lancer à la mer ; c'est ce qui fut fait. Notre homme fut jeté à l'eau du haut de la galerie. Le lendemain, on retrouva le vrai mort dans son lit, et l'on devina tout, car les ensevelisseurs dirent alors ce qu'ils n'avaient pas osé dire jusque-là : c'est qu'au moment où le corps avait été lancé dans le vide, ils avaient entendu un cri terrible, étouffé à l'instant même par l'eau dans laquelle il avait disparu. »

Le comte respira péniblement ; la sueur coulait sur son front ; l'angoisse serrait son cœur.

« Non ! murmura-t-il, non ! ce doute que j'ai éprouvé, c'était un commencement d'oubli ; mais ici le cœur se creuse de nouveau et redevient affamé de vengeance. Et le prisonnier, demanda-t-il, on n'a jamais su son nom ?

— Ah ! bien oui, dit le gardien ; comment ? Il n'était connu que sous le nom du numéro 34.

— Villefort ! Villefort ! murmura Monte-Cristo, voilà ce que bien des fois tu as dû te dire quand mon spectre importunait tes insomnies.

— Monsieur veut-il continuer la visite ? demanda le concierge.

— Oui, surtout si vous voulez me montrer la chambre du pauvre abbé.

— Ah ! du numéro 27 ?

— Oui, du numéro 27 », répéta Monte-Cristo.

Et il lui sembla encore entendre la voix de l'abbé Faria, lorsqu'il lui avait demandé son nom et que celui-ci lui avait crié ce numéro à travers la muraille.

« Suivez-moi », dit le concierge.

Et, sans avoir besoin de remonter vers le jour, il fit suivre au comte un corridor souterrain qui le conduisit à une autre entrée.

Là encore Monte-Cristo fut assailli par un monde de pensées.

« C'est ici, dit le guide, qu'était l'abbé fou ; c'est par là que le jeune homme le venait trouver » ; et il montra à Monte-Cristo l'ouverture de la galerie, qui de ce côté était restée béante. « A la couleur de la pierre, continua-t-il, un savant a reconnu qu'il devait y avoir dix ans à peu près que les deux prisonniers communiquaient ensemble. Pauvres gens, ils ont dû bien s'ennuyer pendant ces dix ans ! »

Dantès prit quelques louis dans sa poche, et tendit la main vers cet homme qui le plaignait sans le connaître.

Le concierge les reçut, croyant recevoir quelques menues pièces de monnaie ; mais, à la lueur de la torche, il reconnut la valeur de la somme que lui donnait le visiteur.

« Monsieur, lui dit-il, vous vous êtes trompé.

— Comment cela ?

— C'est de l'or que vous m'avez donné.

— Je le sais bien.

— Comment ! vous le savez ?

— Oui.

— Votre intention est de me donner cet or ?

— Oui.

— Et je puis le garder en toute conscience ?

— Assurément ! »

Le concierge regarda Monte-Cristo avec étonnement.

« Alors, monsieur, dit-il, puisque vous êtes si généreux, vous méritez que je vous offre quelque chose qui se rapporte à l'histoire de tout à l'heure.

— En vérité! s'écria vivement le comte; qu'est-ce donc?

— Écoutez, dit le concierge, voilà ce qui est arrivé; je me suis dit : On trouve toujours quelque chose dans une chambre où un prisonnier est resté quinze ans, et je me suis mis à sonder les murailles. A force de recherches, continua le concierge, j'ai découvert que cela sonnait le creux au chevet du lit et sous l'âtre de la cheminée. J'ai levé les pierres, et j'ai trouvé une espèce de livre écrit sur des bandes de toile.

— Oh! s'écria Monte-Cristo. Va me le chercher, mon ami, va!

— J'y cours, monsieur. »

Et le guide sortit.

Alors il alla s'agenouiller pieusement devant les débris de ce lit dont la mort avait fait pour lui un autel.

« O mon second père, dit-il, je t'en conjure, au nom de cet amour paternel que tu m'accordais, et de ce respect filial que je t'avais voué, enlève-moi ce reste de doute qui, s'il ne se change en conviction, deviendra un remords! »

Le comte baissa la tête et joignit les mains.

« Tenez, monsieur », dit une voix derrière lui.

Monte-Cristo tressaillit et se retourna.

Le concierge lui tendait ces bandes de toiles sur lesquelles l'abbé Faria avait épanché tous les trésors de sa science. Ce manuscrit, c'était le grand ouvrage de l'abbé Faria sur la royauté en Italie... Le comte s'en empara avec empressement, et ses yeux tout d'abord tombant sur l'épigraphe, il lut : « Tu arracheras les dents du dragon, et tu fouleras aux pieds les lions, a dit le Seigneur. »

« Ah! s'écria-t-il, voilà la réponse. Merci, mon père, merci! »

Et tirant de sa poche un petit portefeuille qui contenait dix billets de banque de mille francs chacun :

« Tiens, dit-il, prends ce portefeuille.

— Vous me le donnez?

— Oui, mais à la condition que tu ne regarderas dedans que lorsque je serai parti. »

Et plaçant sur sa poitrine la relique qu'il venait de retrouver, et qui pour lui avait le prix du plus riche trésor, il s'élança hors du souterrain, et remontant dans la barque :

« A Marseille! » dit-il.

Puis en s'éloignant, les yeux fixés sur la sombre prison :

« Malheur, dit-il, à ceux qui m'ont fait enfermer dans cette sombre prison, et à ceux qui ont oublié que j'y étais enfermé! »

En repassant devant les Catalans, le comte se détourna, et, s'enveloppant la tête dans son manteau, il murmura le nom d'une femme.

La victoire était complète, le comte avait deux fois terrassé le doute.

Ce nom, qu'il prononçait avec une expression de tendresse qui était presque de l'amour, c'était le nom d'Haydée.

En mettant pied à terre, Monte-Cristo s'achemina vers le cimetière, où il savait retrouver Morrel.

Maximilien était appuyé à l'un des marbres, et fixait

sur deux tombes des yeux sans regard. Sa douleur était profonde, presque égarée.

« Maximilien, dit le comte, vous m'avez demandé pendant le voyage à vous arrêter quelques jours à Marseille ; est-ce toujours votre désir ?

— Je n'ai plus de désir, comte ; seulement il me semble que j'attendrai moins péniblement à Marseille qu'ailleurs.

— Tant mieux, Maximilien, car je vous quitte ; et j'emporte votre parole, n'est-ce pas ? »

Le jeune homme laissa tomber sa tête sur sa poitrine.

« Vous avez ma promesse, dit-il après un instant de silence ; et, en tendant la main à Monte-Cristo : Seulement, rappelez-vous…

— Le 5 octobre, Morrel, je vous attends à l'île de Monte-Cristo. Le 4, un yacht vous attendra dans le port de Bastia ; ce yacht s'appellera l'*Eurus* : vous vous nommerez au patron, qui vous conduira près de moi. C'est dit, n'est-ce pas, Maximilien !

— C'est dit, comte, et je ferai ce qui est dit. Quand partez-vous ?

— A l'instant même ; le bateau à vapeur m'attend ; dans une heure, je serai déjà loin de vous. M'accompagnerez-vous jusqu'au port, Morrel ?

— Je suis tout à vous, comte. »

Morrel escorta le comte jusqu'au port. Déjà la fumée sortait comme un panache immense du tube noir qui la lançait aux cieux. Bientôt le navire partit, et une heure après, comme l'avait dit Monte-Cristo, cette même aigrette de fumée blanchâtre rayait, à peine visible, l'horizon oriental, assombri par les premiers brouillards de la nuit.

72

Peppino

Au moment même où le bateau à vapeur du comte disparaissait derrière le cap Morgiou, un homme courant la poste sur la route de Florence à Rome venait de dépasser la petite ville d'Aquapendente. Il marchait assez vite pour faire beaucoup de chemin sans toutefois devenir suspect.

La voiture franchit la porte del Popolo, prit à gauche, et s'arrêta à l'hôtel d'Espagne.

Le voyageur descendit, commanda un bon dîner, et s'informa de l'adresse de la maison Thomson et French, qui lui fut indiquée à l'instant même, cette maison étant une des plus connues de Rome.

Il était si pressé de faire sa visite à la maison Thomson et French, qu'il ne prit pas le temps d'attendre que les chevaux fussent attelés; la voiture devait le rejoindre en route ou l'attendre à la porte du banquier.

On arriva sans que la voiture eût rejoint.

« Messieurs Thomson et French? » demanda l'étranger.

Une espèce de laquais se leva, sur le signe d'un commis de confiance, gardien solennel du premier bureau.

« Qui annoncerai-je? demanda le laquais, se préparant à marcher devant l'étranger.

— M. le baron Danglars, répondit le voyageur.

— Venez », dit le laquais.

Une porte s'ouvrit; le laquais et le baron disparurent par cette porte.

Un homme qui était entré derrière Danglars s'assit sur un banc d'attente... Le commis continua d'écrire pendant cinq minutes à peu près; pendant ces cinq minutes, l'homme assis garda le plus profond silence et la plus stricte immobilité... Puis la plume du commis cessa de crier sur le papier; il leva la tête, regarda attentivement autour de lui, et, s'étant assuré du tête-à-tête :

« Ah! ah! dit-il, te voilà, Peppino?

— Oui, répondit laconiquement celui-ci.

— Tu as flairé quelque chose de bon chez ce gros homme?

— Il n'y a pas grand mérite pour celui-ci, nous sommes prévenus.

— Alors pourquoi t'adresses-tu à moi?

— Pour être sûr que c'est bien l'homme à qui nous avons affaire.

— C'est bien lui... cinq millions. Une jolie somme, hein, Peppino?

— Chut ! Voici notre homme. »

Le commis reprit sa plume, et Peppino son chapelet : l'un écrivait, l'autre priait quand la porte se rouvrit.

Danglars apparut, radieux, accompagné par le banquier, qui le reconduisit jusqu'à la porte.

Derrière Danglars descendit Peppino.

Selon les conventions, la voiture qui devait rejoindre Danglars attendait devant la maison Thomson et French.

Danglars sauta dans la voiture, léger comme un jeune homme de vingt ans. Peppino monta sur le siège de derrière.

Le lendemain, Danglars s'éveilla tard, quoiqu'il se fût couché de bonne heure ; il y avait cinq ou six nuits qu'il dormait fort mal, quand toutefois il dormait.

Il déjeuna copieusement, et peu soucieux de voir les beautés de la ville éternelle, il demanda ses chevaux de poste pour midi.

Mais Danglars avait compté sans les formalités de la police et sans la paresse du maître de poste. Les chevaux arrivèrent à deux heures seulement, et le cicérone ne rapporta le passeport visé qu'à trois.

« Quelle route ? demanda le postillon en italien.

— Route d'Ancône », répondit le baron.

A peine eut-il fait trois lieues dans la campagne de Rome, que la nuit commença de tomber ; Danglars n'avait pas cru partir si tard, sinon il serait resté ; il demanda au postillon combien il y avait avant d'arriver à la prochaine ville.

« *Non capisco !* » répondit le postillon. Danglars fit un mouvement de la tête qui voulait dire : « Très bien ! »

La voiture continua sa route.

« A la première poste, se dit Danglars, j'arrêterai. »

Danglars éprouvait encore un reste du bien-être qu'il avait ressenti la veille, et qui lui avait procuré une si bonne nuit. Il était mollement étendu dans une bonne calèche anglaise à doubles ressorts ; il se sentait entraîné par le galop de deux bons chevaux ; il ferma les yeux et s'endormit en se disant qu'il serait toujours temps de se réveiller au relais.

La voiture s'arrêta ; Danglars pensa qu'il touchait enfin au but tant désiré. Il rouvrit les yeux, regarda à travers la vitre, s'attendant à se trouver au milieu de quelque ville, ou tout au moins de quelque village ; mais il ne vit rien qu'une espèce de masure isolée et trois ou quatre hommes qui allaient et venaient comme des ombres.

Étonné, il ouvrit la portière ; mais une main vigoureuse la repoussa aussitôt, et la chaise roula.

Le baron, stupéfait, se réveilla entièrement.

« Hé, l'ami ! où allons-nous ? dit-il en passant sa tête par l'ouverture.

— *Dentro la testa !* » cria une voix grave et impérieuse, accompagnée d'un geste de menace.

Danglars se tourna vers la portière de gauche… Un homme à cheval galopait à la portière de gauche.

« Décidément, se dit Danglars la sueur au front, décidément je suis pris. »

Et il se rejeta au fond de sa calèche, cette fois non pour dormir, mais pour songer… Un instant après, la lune se leva.

Il comprit alors qu'on avait fait faire demi-tour à la voiture et qu'on le ramenait à Rome.

« Oh ! malheureux ! s'écria-t-il, on aura obtenu l'extradition ! »

La voiture continuait de courir avec une effrayante vélocité. Une heure passa terrible, car, à chaque nouvel indice jeté sur son passage, le fugitif reconnaissait, à n'en point douter, qu'on le ramenait sur ses pas.

Tout à coup la voiture roula sur quelque chose de plus dur que le sol d'un chemin sablé. Danglars hasarda un regard aux deux côtés de la route ; à gauche de la voiture, dans une espèce de vallée, on voyait une excavation circulaire... C'était le cirque de Caracalla.

La voiture s'arrêta. En même temps la portière de gauche s'ouvrit.

« *Scindi !* » commanda une voix.

Danglars descendit à l'instant même ; il ne parlait pas encore en italien, mais il l'entendait déjà... Plus mort que vif, le baron regarda autour de lui... Quatre hommes l'entouraient, sans compter le postillon.

« *Di quà* », dit un des quatre hommes en descendant un petit sentier qui conduisait à la voie Appienne au milieu de ces inégales hachures de la campagne de Rome.

Danglars suivit son guide sans discussion, et n'eut pas besoin de se retourner pour savoir qu'il était suivi de trois autres hommes.

Ce guide était notre ami Peppino, qui s'enfonça dans les hautes herbes, puis s'arrêta devant une roche surmontée d'un épais buisson ; cette roche, entrouverte comme une paupière, livra passage au jeune homme, qui y disparut comme disparaissent dans leurs trappes les diables de nos féeries.

La voix et le geste de celui qui suivait Danglars engagèrent le banquier à en faire autant. Il n'y avait plus à en douter, le banqueroutier français avait affaire à des bandits romains.

Malgré son ventre assez mal disposé pour pénétrer dans les crevasses de la campagne de Rome, Danglars s'infiltra derrière Peppino, et, se laissant glisser en fermant les yeux, il tomba sur ses pieds.

En touchant la terre, il rouvrit les yeux... Le chemin était large, mais noir. Peppino, peu soucieux de se cacher, maintenant qu'il était chez lui, battit le briquet et alluma une torche.

Et, prenant Danglars par le collet de sa redingote, il le conduisit vers une ouverture ressemblant à une porte, et par laquelle on pénétrait dans la salle dont le capitaine paraissait avoir fait son logement.

« Est-ce l'homme? demanda celui-ci, qui lisait fort attentivement la Vie d'Alexandre dans Plutarque.

— Lui-même, capitaine, lui-même.

— Très bien; montrez-le-moi. »

Sur cet ordre assez impertinent, Peppino approcha si brusquement sa torche du visage de Danglars, que celui-ci se recula vivement pour ne point avoir les sourcils brûlés... Ce visage bouleversé offrait tous les symptômes d'une pâle et hideuse terreur.

« Cet homme est fatigué, dit le capitaine; qu'on le conduise à son lit. »

Le banquier poussa un sourd gémissement et suivit son guide; il n'essaya ni de prier, ni de crier. Il n'avait plus ni force, ni volonté, ni puissance, ni sentiment; il allait parce qu'on l'entraînait... Il heurta une marche, et, comprenant qu'il avait un escalier devant lui, il se baissa instinctivement pour ne pas se briser le front, et se trouva dans une cellule taillée en plein roc. Un lit fait d'herbes sèches, recouvert de peaux de chèvres, était, non pas dressé, mais étendu dans un coin de cette cellule.

« *Ecco* », dit le guide.

Et, poussant Danglars dans la cellule, il referma la porte sur lui. Un verrou grinça ; Danglars était prisonnier.

D'ailleurs, n'y eût-il pas eu de verrou, il eût fallu être saint Pierre et avoir pour guide un ange du ciel, pour passer au milieu de la garnison qui tenait les catacombes de Saint-Sébastien, et qui campait autour de son chef, le fameux Luigi Vampa.

Danglars avait reconnu ce bandit, à l'existence duquel il n'avait pas voulu croire quand Morcerf essayait de le naturaliser en France. Ces souvenirs, sur lesquels, au reste, Danglars s'étendait avec une certaine joie, lui rendaient la tranquillité. Du moment où ils ne l'avaient pas tué tout de suite, les bandits n'avaient pas l'intention de le tuer du tout. On l'avait arrêté pour le voler, et comme il n'avait sur lui que quelques louis, on le rançonnerait. Donc, à peu près certain de se tirer d'affaire, attendu qu'il n'y a pas d'exemple qu'on ait jamais taxé un homme à cinq millions cinquante mille livres, Danglars s'étendit sur son lit, où, après s'être retourné deux ou trois fois, il s'endormit avec la tranquillité du héros dont Luigi Vampa étudiait l'histoire.

A tout sommeil qui n'est pas celui que redoutait Danglars il y a un réveil. Danglars se réveilla.

Pour un Parisien habitué aux rideaux de soie, aux parois veloutées des murailles, au parfum qui monte du bois blanchissant dans la cheminée et qui descend des voûtes de satin, le réveil dans une grotte de pierre

crayeuse doit être comme un rêve de mauvais aloi. Mais, en pareille circonstance, une seconde suffit pour changer le doute le plus robuste en certitude.

Fallait-il provoquer une explication des bandits? fallait-il attendre patiemment qu'ils la demandassent? La dernière alternative était la plus prudente : Danglars attendit...

Quatre heures s'écoulèrent. Danglars, qui éprouvait d'affreux tiraillements d'estomac, se leva doucement, appliqua son oreille aux fentes de la porte, et reconnut la figure intelligente de son guide.

C'était en effet Peppino qui se préparait à monter la garde la plus douce possible en s'asseyant en face de la porte, et en posant entre ses deux jambes une casserole de terre, laquelle contenait chauds et parfumés des pois chiches fricassés au lard.

En voyant ces préparatifs gastronomiques, l'eau vint à la bouche de Danglars.

Il frappa gentiment à sa porte.

« On y va », dit le bandit, qui, en fréquentant la maison de maître Pastrini, avait fini par apprendre le français jusque dans ses idiotismes.

Et en effet il vint ouvrir.

Danglars prit sa figure la plus agréable, et, avec un sourire gracieux :

« Pardon, monsieur, dit-il, mais est-ce qu'on ne me donnera pas à dîner, à moi aussi?

— A l'instant même, Excellence; que désirez-vous? »

Et Peppino posa son écuelle à terre, de telle façon que la fumée en monta directement aux narines de Danglars.

« Commandez, dit-il.

— Eh bien ! un poulet, n'importe quoi, pourvu que je mange.

— Comme il plaira à Votre Excellence. »

Peppino, se redressant, cria de tous ses poumons :

« Un poulet pour Son Excellence. »

La voix de Peppino vibrait encore sous les voûtes, que déjà paraissait un jeune homme, beau, svelte, et à moitié nu comme les porteurs de poissons antiques ; il apportait le poulet sur un plat d'argent, et le poulet tenait seul sur sa tête.

« On se croirait au Café de Paris, murmura Danglars.

— Voilà ! Excellence », dit Peppino en prenant le poulet et en le posant sur la table vermoulue qui faisait, avec un escabeau et le lit de peaux de bouc, la totalité de l'ameublement de la cellule.

Danglars demanda un couteau et une fourchette.

« Voilà ! Excellence », dit Peppino en offrant un petit couteau à la pointe émoussée et une fourchette de bois.

Danglars prit le couteau d'une main, la fourchette de l'autre, et se mit en devoir de découper la volaille.

« Pardon, Excellence, dit Peppino en posant une main sur l'épaule du banquier ; ici on paye avant de manger : on pourrait n'être pas content en sortant...

— Voilà », dit Danglars, et il jeta un louis à Peppino.

Peppino ramassa le louis. Danglars approcha le couteau du poulet.

« Un moment, Excellence, dit Peppino en se relevant ; un moment, Votre Excellence me redoit encore quelque chose.

— Voyons, combien vous redoit-on pour cette volaille étique ? demanda-t-il.

— Ce n'est plus que quatre mille neuf cent quatre-vingt-dix-neuf louis que Votre Excellence me redoit. »

Danglars ouvrit des yeux énormes à l'énoncé de cette gigantesque plaisanterie.

« Comment ! cent mille francs ce poulet !

— Excellence, c'est incroyable comme on a de la peine à élever la volaille dans ces maudites grottes.

— Allons ! allons ! dit Danglars, je trouve cela très bouffon, très divertissant, en vérité ; mais comme j'ai faim, laissez-moi manger. Tenez, voilà un autre louis pour vous, mon ami.

— Alors, cela ne fera plus que quatre mille neuf cent quatre-vingt-dix-huit louis, dit Peppino conservant le même sang-froid ; avec de la patience, nous y viendrons.

— Dites-moi tout de suite que vous voulez que je meure de faim, ce sera plus tôt fait.

— Mais non, Excellence, c'est vous qui voulez vous suicider. Payez et mangez.

— Avec quoi payer, triple animal ? dit Danglars exaspéré. Est-ce que tu crois qu'on a cent mille francs dans sa poche ?

— Vous avez cinq millions cinquante mille francs dans la vôtre, Excellence, dit Peppino ; cela fait cinquante poulets à cent mille francs et un demi-poulet à cinquante mille. »

Danglars frissonna ; le bandeau lui tomba des yeux ; c'était bien toujours une plaisanterie, mais il la comprenait enfin.

Il est même juste de dire qu'il ne la trouvait plus aussi plate que l'instant d'avant.

« Voyons, dit-il, voyons : en donnant ces cent mille

francs, me tiendrez-vous quitte au moins, et pourrai-je manger tout à mon aise ?

— Sans doute, dit Peppino.

— Mais comment les donner ? fit Danglars en respirant plus librement.

— Rien de plus facile : vous avez un crédit ouvert chez MM. Thomson et French, via del Banchi, à Rome. Donnez-moi un bon de quatre mille neuf cent quatre-vingt-dix-huit louis sur ces messieurs, notre banquier nous le prendra. »

Danglars voulut au moins se donner le mérite de la bonne volonté ; il prit la plume et le papier que lui présentait Peppino, écrivit la cédule et signa.

« Tenez, dit-il, voilà votre bon au porteur.

— Et vous, voici votre poulet. »

Danglars découpa la volaille en soupirant : elle lui paraissait bien maigre pour une si grosse somme. Quant à Peppino, il lut attentivement le papier, le mit dans sa poche et continua de manger ses pois chiches.

73

Le pardon

Le lendemain Danglars eut encore faim ; le prisonnier crut que, pour ce jour-là, il n'aurait aucune dépense à faire ; en homme économe, il avait caché la moitié de son poulet et un morceau de son pain dans le coin de sa cellule.

Mais il n'eut pas plus tôt mangé qu'il eut soif : il n'avait pas compté là-dessus. Il lutta contre la soif jusqu'au moment où il sentit sa langue s'attacher à son palais. Alors, ne pouvant plus résister au feu qui le dévorait, il appela. La sentinelle ouvrit la porte ; c'était un nouveau visage.

Il pensa que mieux valait pour lui avoir affaire à une ancienne connaissance. Il appela Peppino.

« Me voici, Excellence, dit le bandit en se présentant

avec un empressement qui parut de bon augure à Danglars, que désirez-vous?

— A boire, dit le prisonnier.

— Excellence, dit Peppino, vous savez que le vin est hors de prix dans les environs de Rome.

— Quel prix?

— Vingt-cinq mille francs la bouteille.

— Dites, s'écria Danglars avec une amertume qu'Harpagon seul eût pu noter dans le diapason de la voix humaine, dites que vous voulez me dépouiller, ce sera plutôt fait que de me dévorer ainsi lambeau par lambeau.

— Il est possible, dit Peppino, que ce soit là le projet du maître.

— Le maître, qui est-il donc?

— Celui auquel on vous a conduit.

— Et où est-il?

— Ici.

— Faites que je le voie.

— C'est facile. »

L'instant d'après, Luigi Vampa était devant Danglars.

« Vous m'appelez? demanda-t-il au prisonnier.

— C'est vous, monsieur, qui êtes le chef des personnes qui m'ont amené ici?

— Oui, Excellence; après?

— Que désirez-vous de moi pour rançon? parlez.

— Mais tout simplement les cinq millions que vous portez sur vous. »

Danglars sentit un effroyable spasme lui broyer le cœur.

« Je n'ai que cela au monde, monsieur, et c'est le reste d'une immense fortune; si vous me l'ôtez, ôtez-moi la vie.

— Il nous est défendu de verser votre sang, Excellence.

— Et par qui cela vous est-il défendu ?

— Par celui auquel nous obéissons.

— Vous obéissez donc à quelqu'un ?

— Oui, à un chef.

— Et c'est ce chef qui vous a dit de me traiter ainsi ?

— Oui.

— Quel est son but ?

— Je n'en sais rien.

— Mais quand je n'aurai plus d'argent pour vous payer ! s'écria Danglars exaspéré.

— Alors vous aurez faim.

— J'aurai faim ? dit Danglars blêmissant.

— C'est probable, répondit flegmatiquement Vampa.

— Mais vous dites que vous ne voulez pas me tuer ?

— Non.

— Et vous voulez me laisser mourir de faim ?

— Ce n'est pas la même chose.

— Eh bien ! misérables ! s'écria Danglars, je déjouerai vos infâmes calculs ; mourir pour mourir, j'aime autant en finir tout de suite ; faites-moi souffrir, torturez-moi, tuez-moi, mais vous n'aurez plus ma signature.

— Comme il vous plaira, Excellence », dit Vampa.

Et il sortit de la cellule.

Danglars se jeta en rugissant sur ses peaux de bouc.

Quels étaient ces hommes ? quel était ce chef visible ? quel était ce chef invisible ? Oh ! certes, la mort, une mort prompte et violente, était un bon moyen de tromper ses ennemis acharnés qui semblaient poursuivre sur lui une incompréhensible vengeance... Oui, mais mourir !

Sa résolution de ne pas signer dura deux jours, après quoi il demanda des aliments et offrit un million.

On lui servit un magnifique souper, et on prit son million.

Dès lors la vie du malheureux prisonnier fut une divagation perpétuelle. Il avait tant souffert qu'il ne voulait plus s'exposer à souffrir, et subissait toutes les exigences ; au bout de douze jours, un après-midi qu'il avait dîné comme en ses beaux temps de fortune, il fit ses comptes et s'aperçut qu'il avait tant donné de traites au porteur, qu'il ne lui restait plus que cinquante mille francs.

Alors il se fit en lui une réaction étrange : lui qui venait d'abandonner cinq millions, il essaya de sauver les cinquante mille francs qui lui restaient ; plutôt que de donner ces cinquante mille francs, il se résolut de reprendre une vie de privations, il eut des lueurs d'espoir qui touchaient à la folie ; lui qui depuis si longtemps avait oublié Dieu, il y songea pour se dire que Dieu parfois avait fait des miracles.

Trois jours se passèrent ainsi, pendant lesquels le nom de Dieu fut constamment, sinon dans son cœur, du moins sur ses lèvres ; par intervalles il avait des instants de délire pendant lesquels il croyait, à travers les fenêtres, voir dans une pauvre chambre un vieillard agonisant sur un grabat.

Ce vieillard, lui aussi, mourait de faim.

Le quatrième jour, ce n'était plus un homme, c'était un cadavre vivant ; il avait ramassé à terre jusqu'aux dernières miettes de ses anciens repas et commencé à dévorer la natte dont le sol était couvert… Alors il supplia Peppino, comme on supplie son ange gardien, de lui donner quelque nourriture ; il lui offrit mille francs d'une bouchée de pain… Peppino ne répondit pas.

Le cinquième jour, il se traîna à l'entrée de la cellule. Puis, se relevant avec une espèce de désespoir :

« Le chef! cria-t-il, le chef!

— Me voilà! dit Vampa, paraissant tout à coup; que désirez-vous encore?

— Prenez mon dernier or, balbutia Danglars en tendant son portefeuille, et laissez-moi vivre ici, dans cette caverne; je ne demande plus la liberté, je ne demande qu'à vivre.

— Vous souffrez donc bien? demanda Vampa.

— Oh! oui, je souffre, et cruellement!

— Il y a cependant des hommes qui ont encore plus souffert que vous.

— Je ne crois pas.

— Si fait! ceux qui sont morts de faim. »

Danglars songea à ce vieillard que, pendant ses heures d'hallucination, il voyait à travers les fenêtres de sa pauvre chambre, gémir sur son lit... Il frappa du front la terre en poussant un gémissement.

« Oui, c'est vrai; il y en a qui ont plus souffert encore que moi, mais au moins ceux-là c'étaient des martyrs.

— Vous repentez-vous, au moins? » dit une voix sombre et solennelle, qui fit dresser les cheveux sur la tête de Danglars.

Son regard affaibli essaya de distinguer les objets, et il vit derrière le bandit un homme enveloppé d'un manteau et perdu dans l'ombre d'un pilastre de pierre.

« De quoi faut-il que je me repente? balbutia Danglars.

— Du mal que vous avez fait, dit la même voix.

— Oh! oui, je me repens! je me repens! » s'écria Danglars.

Et il frappa sa poitrine de son poing amaigri.

« Alors je vous pardonne, dit l'homme en jetant son manteau et en faisant un pas pour se placer dans la lumière.

— Le comte de Monte-Cristo ! dit Danglars, plus pâle de terreur qu'il ne l'était, un instant auparavant, de faim et de misère.

— Vous vous trompez ; je ne suis pas le comte de Monte-Cristo.

— Et qui êtes-vous donc ?

— Je suis celui que vous avez vendu, livré, déshonoré ; je suis celui dont vous avez prostitué la fiancée ; je suis celui sur lequel vous avez marché pour vous hausser jusqu'à la fortune ; je suis celui dont vous avez fait mourir le père de faim, qui vous avait condamné à mourir de faim, et qui cependant vous pardonne, parce qu'il a besoin lui-même d'être pardonné : je suis Edmond Dantès ! »

Danglars ne poussa qu'un cri et tomba prosterné.

« Relevez-vous, dit le comte, vous avez la vie sauve, pareille fortune n'est pas arrivée à vos deux autres complices : l'un est fou, l'autre est mort ! Gardez les cinquante mille francs qui vous restent, je vous en fais don ; quant à vos cinq millions volés aux hospices, ils leur sont déjà restitués par une main inconnue… Et maintenant, mangez et buvez ; ce soir je vous fais mon hôte… Vampa, quand cet homme sera rassasié, il sera libre. »

Danglars demeura prosterné tandis que le comte s'éloignait ; lorsqu'il releva la tête, il ne vit plus qu'une espèce d'ombre qui disparaissait dans le corridor, et devant laquelle s'inclinaient les bandits.

Comme l'avait ordonné le comte, Danglars fut servi

par Vampa, qui lui fit apporter le meilleur vin et les plus beaux fruits de l'Italie, et qui, l'ayant fait monter dans sa chaise de poste, l'abandonna sur la route, adossé à un arbre.

Il y resta jusqu'au jour, ignorant où il était.

Au jour il s'aperçut qu'il était près d'un ruisseau ; il avait soif, il se traîna jusque-là.

En se baissant pour y boire, il s'aperçut que ses cheveux étaient devenus blancs.

74

Le cinq octobre

C'était sur les six heures du soir ; un jour couleur d'opale, dans lequel un beau soleil d'automne infiltrait ses rayons d'or, tombait du ciel sur la mer bleuâtre.

Un léger yacht, pur et élégant de forme, glissait dans les premières vapeurs du soir. Son mouvement était celui du cygne qui ouvre ses ailes au vent, et qui semble glisser sur l'eau. Il s'avançait, rapide et gracieux à la fois et laissant derrière lui un sillon phosphorescent.

Debout sur la proue, un homme de haute taille, au teint de bronze, à l'œil dilaté, voyait venir à lui la terre sous la forme d'une masse sombre disposée en cône, et sortant du milieu des flots comme un immense chapeau de Catalan.

« Est-ce là Monte-Cristo ? demanda d'une voix grave et

empreinte d'une profonde tristesse le voyageur aux ordres duquel le petit yacht semblait être momentanément soumis.

— Oui, Excellence, répondit le patron, nous arrivons.

— Nous arrivons ! » murmura le voyageur avec un indéfinissable accent de mélancolie.

Dix minutes après, on carguait les voiles, et l'on jetait l'ancre à cinq cents pas d'un petit port.

Le canot était déjà à la mer avec quatre rameurs et le pilote ; le voyageur descendit, et, au lieu de s'asseoir à la poupe, garnie pour lui d'un tapis bleu, se tint debout et les bras croisés.

En un instant on fut dans une petite anse formée par une échancrure naturelle ; la barque toucha sur un fond de sable fin.

Le jeune homme dégagea ses jambes de la barque, et se laissa glisser dans l'eau, qui lui monta jusqu'à la ceinture.

« Ah ! Excellence, murmura le pilote, c'est mal ce que vous faites là, et vous nous ferez gronder par le maître. »

Le jeune homme continua d'avancer vers le rivage, suivant deux matelots qui choisissaient le meilleur fond.

Au bout d'une trentaine de pas, on avait abordé ; le jeune homme secouait ses pieds sur un terrain sec, cherchait des yeux autour du lui le chemin probable qu'on allait lui indiquer, car il faisait tout à fait nuit.

Au moment où il tournait la tête, une main reposait sur son épaule, et une voix le fit tressaillir.

« Bonjour, Maximilien, disait cette voix ; vous êtes exact, merci !

— C'est vous, comte ! s'écria le jeune homme avec un

mouvement qui ressemblait à de la joie, et en serrant de ses deux mains la main de Monte-Cristo.

— Oui, vous le voyez, aussi exact que vous ; mais vous êtes ruisselant, mon cher ami : il faut vous changer. Venez donc, il y a par ici une habitation toute préparée pour vous, et dans laquelle vous oublierez fatigue et froid. »

Morrel regarda le comte avec étonnement.

« Comte, lui dit-il, vous n'êtes plus le même qu'à Paris.

— Comment cela ?

— Oui, ici vous riez. »

Le front de Monte-Cristo s'assombrit tout à coup.

« Vous avez raison de me rappeler à moi-même, Maximilien, dit-il : vous revoir était un bonheur pour moi, et j'oubliais que tout bonheur est passager.

— Oh ! non, non, comte, s'écria Morrel, en saisissant de nouveau les deux mains de son ami ; riez au contraire, soyez heureux, vous, et prouvez-moi par votre indifférence que la vie n'est mauvaise qu'à ceux qui souffrent. Oh ! vous êtes charitable, vous êtes bon, vous êtes grand, mon ami, et c'est pour me donner du courage que vous affectez cette gaieté.

— Vous vous trompez, Morrel, dit Monte-Cristo, c'est qu'en effet j'étais heureux.

— Alors vous m'oubliez moi-même ; tant mieux !

— Comment cela ?

— Oui, car vous le savez, ami, comme disait le gladiateur entrant dans le cirque au sublime empereur, je vous dis à vous : "Celui qui va mourir te salue."

— Vous n'êtes pas consolé ? demanda Monte-Cristo avec un regard étrange.

— Oh ! fit Morrel avec un regard plein d'amertume, avez-vous cru réellement que je pouvais l'être ? Mon ami, continua-t-il, voyant que le comte se taisait, vous m'avez désigné le 5 octobre comme le terme du sursis que vous me demandiez... mon ami, c'est aujourd'hui le 5 octobre. »

Morrel tira sa montre.

« Il est neuf heures, j'ai encore trois heures à vivre.

— Soit ! répondit Monte-Cristo, venez. »

Morrel suivit machinalement le comte, et ils étaient déjà dans la grotte que Maximilien ne s'en était pas encore aperçu.

Il trouva des tapis sous ses pieds ; une porte s'ouvrit, des parfums l'enveloppèrent, une vive lumière frappa ses yeux.

Morrel s'arrêta, hésitant à avancer ; il se défiait des énervantes délices qui l'entouraient.

Monte-Cristo l'attira doucement.

« Ne convient-il pas, dit-il, que nous employions les trois heures qui nous restent comme ces anciens Romains qui, condamnés par Néron, leur empereur et leur héritier, se mettaient à table couronnés de fleurs, et aspiraient la mort avec le parfum des héliotropes et des roses ? »

Morrel sourit.

« Comme vous voudrez, dit-il ; la mort est toujours la mort, c'est-à-dire l'oubli, c'est-à-dire le repos, c'est-à-dire l'absence de la vie, et par conséquent de la douleur. »

Il s'assit, Monte-Cristo prit place en face de lui.

On était dans une merveilleuse salle à manger, où des statues de marbre portaient sur leurs têtes des corbeilles toujours pleines de fleurs et de fruits.

Morrel avait tout regardé vaguement, et il était probable qu'il n'avait rien vu.

« Ne regrettez-vous rien? demanda Monte-Cristo.

— Non! répondit Morrel.

— Pas même moi? » demanda le comte avec une émotion profonde.

Morrel s'arrêta; son œil si pur se ternit tout à coup, puis brilla d'un éclat inaccoutumé; une grosse larme en jaillit et roula creusant un sillon d'argent sur sa joue.

« Quoi! dit le comte, il vous reste un regret de la terre, et vous mourez!

— Oh! je vous en supplie, s'écria Morrel d'une voix affaiblie, plus un mot, comte, ne prolongez pas mon supplice! »

Le comte crut que Morrel faiblissait.

Cette croyance d'un instant ressuscita en lui l'horrible doute déjà terrassé une fois au château d'If.

« Je m'occupe, pensa-t-il, de rendre cet homme au bonheur, je regarde cette restitution comme un poids jeté dans la balance en regard du plateau où j'ai laissé tomber le mal. Maintenant, si je me trompais, si cet homme n'était pas assez malheureux pour mériter le bonheur, hélas! qu'arriverait-il de moi, qui ne puis oublier le mal qu'en me retraçant le bien! »

« Écoutez, Morrel, dit Monte-Cristo, je n'ai aucun parent au monde, vous le savez. Je me suis habitué à vous regarder comme mon fils; eh bien! Morrel, je possède près de cent millions, je vous les donne; avec une pareille fortune vous pouvez atteindre à tous les résultats que vous vous proposez. Êtes-vous ambitieux? toutes les carrières vous seront ouvertes. Remuez le monde, changez-en la face, livrez-vous à des pratiques insensées, soyez criminel s'il le faut, mais vivez.

— Comte, j'ai votre parole, répondit froidement Morrel; et, ajouta-t-il en tirant sa montre, il est onze heures et demie.

— Morrel ! y songez-vous, sous mes yeux, dans ma maison ?

— Alors laissez-moi partir, dit Maximilien devenu sombre, ou je croirai que vous ne m'aimez pas pour moi, mais pour vous ! »

Et il se leva.

« C'est bien, dit Monte-Cristo dont le visage s'éclaircit à ces paroles ; vous le voulez, Morrel, et vous êtes inflexible ; oui ! vous êtes profondément malheureux, et, vous l'avez dit, un miracle seul pourrait vous guérir ; asseyez-vous, Morrel, et attendez. »

Monte-Cristo se leva et alla chercher dans une armoire soigneusement fermée, et dont il portait la clef suspendue à une chaîne d'or, un petit coffret d'argent merveilleusement sculpté et ciselé. L'ouvrant, il en tira une petite boîte d'or dont le couvercle se levait par la pression d'un ressort secret.

Cette boîte contenait une substance onctueuse à demi solide, dont la couleur était indéfinissable, grâce au reflet de l'or poli, des saphirs, des rubis et des émeraudes qui garnissaient la boîte.

Le comte puisa une petite quantité de cette substance avec une cuiller de vermeil, et l'offrit à Morrel en attachant sur lui un long regard.

On put voir alors que cette substance était verdâtre.

« Voilà ce que vous m'avez demandé, dit-il. Voilà ce que je vous ai promis.

— Vivant encore, dit le jeune homme prenant la cuiller des mains de Monte-Cristo, je vous remercie du fond de mon cœur. »

Et lentement, Morrel avala ou plutôt savoura la mystérieuse substance offerte par Monte-Cristo.

Alors tous deux se turent. Ali, silencieux et attentif, apporta le tabac, et les narguilés, servit le café et disparut.

Peu à peu les lampes pâlirent dans les mains des statues de marbre qui les soutenaient, et le parfum des cassolettes sembla moins pénétrant à Morrel.

Assis vis-à-vis de lui, Monte-Cristo le regardait du fond de l'ombre, et Morrel ne voyait briller que les yeux du comte.

Une immense douleur s'empara du jeune homme ; il sentait le narguilé s'échapper de ses mains ; les objets perdaient insensiblement leur forme et leur couleur ; ses yeux troublés voyaient s'ouvrir comme des portes et des rideaux dans la muraille.

« Ami, dit-il, je sens que je meurs ; merci. »

Il fit un effort pour lui tendre une dernière fois la main, mais sa main sans force retomba près de lui.

Alors il lui sembla que Monte-Cristo lui souriait, non plus de son rire étrange et effrayant qui plusieurs fois lui avait laissé entrevoir les mystères de cette âme profonde, mais avec la bienveillante compassion que les pères ont pour leurs petits enfants qui déraisonnent.

En même temps le comte grandissait à ses yeux ; sa taille, presque doublée, se dessinait sur les tentures rouges ; il avait rejeté en arrière ses cheveux noirs, et il apparaissait debout et fier comme un de ces anges dont on menace les méchants au jour du jugement dernier.

Morrel, abattu, dompté, se renversa sur son fauteuil : une torpeur veloutée s'insinua dans chacune de ses veines. Un changement d'idées meubla pour ainsi dire son front, comme une nouvelle disposition de dessins meuble le kaléidoscope. Ses yeux chargés de langueur se fermèrent malgré lui; cependant derrière ses paupières s'agitait une image qu'il reconnut malgré cette obscurité dont il se croyait enveloppé.

C'était le comte qui venait d'ouvrir une porte.

Aussitôt une immense clarté rayonnant dans une chambre voisine, ou plutôt dans un palais merveilleux, inonda la salle où Morrel se laissait aller à sa douce agonie.

Alors il vit venir au seuil de cette salle et sur la limite des deux chambres une femme d'une merveilleuse beauté. Pâle et doucement souriante, elle semblait l'ange de miséricorde conjurant l'ange des vengeances.

« Est-ce déjà le ciel qui s'ouvre pour moi? pensa le mourant; cet ange ressemble à celui que j'ai perdu. »

Monte-Cristo montra du doigt à la femme le sofa où reposait Morrel.

Elle s'avança vers lui les mains jointes et le sourire sur les lèvres.

« Valentine! Valentine! » cria Morrel du fond de l'âme.

Mais sa bouche ne proféra point un son; et, comme si toutes ses forces étaient unies dans cette émotion intérieure, il poussa un soupir et ferma les yeux.

Valentine se précipita vers lui.

Les lèvres de Morrel firent encore un mouvement.

« Il vous appelle, dit le comte; il vous appelle du fond de son sommeil, celui à qui vous aviez confié votre destinée, et la mort a voulu vous séparer! mais j'étais là par bonheur, et j'ai vaincu la mort! Valentine, désormais vous ne devez plus vous séparer sur la terre; car, pour vous retrouver, il se précipitait dans la tombe. Sans moi, vous mouriez tous deux; je vous rends l'un à l'autre, puisse Dieu me tenir compte de ces deux existences que je sauve! »

Valentine saisit la main de Monte-Cristo, et dans un élan de joie irrésistible elle la porta à ses lèvres.

« Oh! remerciez-moi bien, dit le comte; oh! redites-moi, sans vous lasser de me le redire, redites-moi que je vous ai rendue heureuse; vous ne savez pas combien j'ai besoin de cette certitude.

— Oh! oui, oui, je vous remercie de toute mon âme, dit Valentine; et si vous doutez que mes remerciements soient sincères, eh bien! demandez à Haydée, interrogez ma sœur chérie Haydée, qui depuis notre départ de France m'a fait attendre patiemment, en me parlant de vous, l'heureux jour qui luit aujourd'hui pour moi.

— Vous aimez donc Haydée? demanda Monte-Cristo avec une émotion qu'il s'efforçait vainement de dissimuler.

— Oh! de toute mon âme!

— Eh bien! écoutez, Valentine, dit le comte, j'ai une grâce à vous demander.

— A moi, grand Dieu! suis-je assez heureuse pour cela?...

— Oui; vous avez appelé Haydée votre sœur : qu'elle soit votre sœur en effet, Valentine; rendez-lui à elle tout ce que vous croyez me devoir à moi; protégez-la, Morrel et vous, car (la voix du comte fut prête à s'éteindre dans sa gorge), car désormais elle sera seule au monde...

— Seule au monde ! répéta une voix derrière le comte, et pourquoi ? »

Monte-Cristo se retourna.

Haydée était là debout, pâle et glacée, regardant le comte avec un geste de mortelle stupeur.

« Parce que demain, ma fille, tu seras libre, répondit le comte ; parce que tu reprendras dans le monde la place qui t'est due, parce que je ne veux pas que ma destinée obscurcisse la tienne. Fille de prince ! je te rends les richesses et le nom de ton père. »

Haydée pâlit, ouvrit ses mains diaphanes comme fait la vierge qui se recommande à Dieu, et d'une voix rauque de larmes :

« Ainsi, mon seigneur, tu me quittes ? dit-elle.

— Haydée ! Haydée ! tu es jeune, tu es belle ; oublie jusqu'à mon nom et sois heureuse !

— C'est bien, dit Haydée, tes ordres seront exécutés, mon seigneur : j'oublierai jusqu'à ton nom et je serai heureuse. »

Et elle fit un pas en arrière pour se retirer.

« Oh ! mon Dieu ! s'écria Valentine, tout en soutenant la tête engourdie de Morrel sur son épaule, ne voyez-vous donc pas comme elle est pâle ? ne comprenez-vous donc pas ce qu'elle souffre ? »

Haydée lui dit avec une expression déchirante :

« Pourquoi veux-tu donc qu'il me comprenne, ma sœur ? il est mon maître et je suis son esclave : il a le droit de ne rien voir. »

Le comte frissonna aux accents de cette voix qui alla éveiller jusqu'aux fibres les plus secrètes de son cœur ; ses yeux rencontrèrent ceux de la jeune fille et ne purent en supporter l'éclat.

« Mon Dieu ! mon Dieu ! dit Monte-Cristo, ce que vous m'aviez laissé soupçonner serait donc vrai ! Haydée, vous seriez donc heureuse de ne point me quitter ?

— Je suis jeune, répondit-elle doucement, j'aime la vie que tu m'as toujours faite si douce, et je regretterais de mourir.

— Cela veut-il donc dire que si je te quittais, Haydée...

— Je mourrais, mon seigneur, oui !

— Mais tu m'aimes donc ?

— Oh ! Valentine, il demande si je l'aime ! Valentine, dis-lui donc si tu aimes Maximilien ! »

Le comte sentit sa poitrine s'élargir et son cœur se dilater ; il ouvrit ses bras, Haydée s'y élança en jetant un cri.

« Oh ! oui, je t'aime ! dit-elle, je t'aime comme on aime son père, son frère, son mari ! je t'aime comme on aime sa vie, comme on aime son Dieu, car tu es pour moi le plus beau, le meilleur et le plus grand des êtres créés !

— Qu'il soit donc fait ainsi que tu le veux, mon ange chéri ! dit le comte : Dieu qui m'a suscité contre mes ennemis et qui m'a fait vainqueur, Dieu, je le vois bien, ne veut pas mettre ce repentir au bout de ma victoire ; je voulais me punir, Dieu veut me pardonner. Aime-moi donc, Haydée ! Qui sait ? ton amour me fera peut-être oublier ce qu'il faut que j'oublie.

— Mais que dis-tu donc là, mon seigneur ? demanda la jeune fille.

— Je dis qu'un mot de toi, Haydée, m'a plus éclairé que vingt ans de ma lente sagesse ; je n'ai plus que toi au monde, Haydée ; par toi je me rattache à la vie, par toi je puis souffrir, par toi je puis être heureux !

— L'entends-tu, Valentine! s'écria Haydée; il dit que par moi il peut souffrir, par moi qui donnerais ma vie pour lui? »

Le comte se recueillit un instant.

« Ai-je entrevu la vérité? dit-il. Oh! mon Dieu! n'importe, récompense ou châtiment, j'accepte cette destinée. Viens, Haydée, viens... »

Et jetant son bras autour de la taille de la jeune fille, il serra la main de Valentine et disparut.

Une heure à peu près s'écoula pendant laquelle, haletante, sans voix, les yeux fixes, Valentine demeura près de Morrel. Enfin elle sentit son cœur battre, un souffle imperceptible ouvrit ses lèvres, et ce léger frissonnement qui annonce le retour de la vie courut par tout le corps du jeune homme.

Enfin ses yeux se rouvrirent, mais fixes et comme insensés d'abord, puis la vie lui revint, précise, réelle; avec la vue le sentiment, avec le sentiment la douleur.

« Oh! s'écria-t-il avec l'accent du désespoir, je vis encore, le comte m'a trompé! »

Et sa main s'étendit vers la table, et saisit un couteau.

« Ami, dit Valentine avec son adorable sourire, réveille-toi donc et regarde de mon côté. »

Morrel poussa un grand cri, et, délirant, plein de doute, ébloui comme par une vision céleste, il tomba sur ses deux genoux...

Conclusion

Le lendemain, aux premiers rayons du jour, Morrel et Valentine se promenaient au bras l'un de l'autre sur le rivage, Valentine racontant à Morrel comment Monte-Cristo était apparu dans sa chambre, comment il lui avait tout dévoilé, comment il lui avait fait toucher le crime du doigt, et enfin comment il l'avait miraculeusement sauvée de la mort, tout en laissant croire qu'elle était morte.

Ils avaient trouvé ouverte la porte de la grotte, et ils étaient sortis ; le ciel laissait luire dans son azur matinal les dernières étoiles de la nuit.

Alors Morrel aperçut dans la pénombre d'un groupe de rochers un homme qui attendait un signe pour avancer ; il montra cet homme à Valentine.

« Ah ! c'est Jacopo ! dit-elle, le capitaine du yacht. »

Et d'un geste elle l'appela vers elle et vers Maximilien.

« Vous avez quelque chose à nous dire ? demanda Morrel.

— J'avais à vous remettre cette lettre de la part du comte.

— Du comte ? murmurèrent ensemble les deux jeunes gens.

— Oui, lisez. »

Morrel ouvrit la lettre et lut.

« Mon cher Maximilien,

« Il y a une felouque pour vous à l'ancre. Jacopo vous conduira à Livourne, où M. Noirtier attend sa petite-fille, qu'il veut bénir avant qu'elle vous suive à l'autel. Tout ce qui est dans cette grotte, mon ami, ma maison des Champs-Élysées et mon petit château du Tréport sont le présent de noces que fait Edmond Dantès au fils de son patron Morrel. Mlle de Villefort voudra bien en prendre la moitié, car je la supplie de donner aux pauvres de Paris toute la fortune qui lui revient du côté de son père devenu fou, et du côté de son frère, décédé en septembre dernier avec sa belle-mère.

« Dites à l'ange qui va veiller sur votre vie, Morrel, de prier quelquefois pour un homme qui, pareil à Satan, s'est cru un instant l'égal de Dieu, et qui a reconnu, avec toute l'humilité d'un chrétien, qu'aux mains de Dieu seul est la suprême puissance et la sagesse infinie. Ces prières adouciront peut-être le remords qu'il emporte au fond de son cœur.

« Quant à vous, Morrel, voici tout le secret de ma conduite envers vous : Il n'y a ni bonheur ni malheur dans ce monde, il y a la comparaison d'un état à un autre, voilà tout. Celui-là seul qui a éprouvé l'extrême infortune est apte à ressentir l'extrême félicité. Il faut avoir voulu mourir, Maximilien, pour savoir combien il est bon de vivre.

« Vivez donc et soyez heureux, enfants chéris de mon cœur, et n'oubliez jamais que jusqu'au jour où Dieu daignera dévoiler l'avenir à l'homme, toute la sagesse humaine sera dans ces deux mots :

« *Attendre et espérer !*

« Votre ami,
EDMOND DANTÈS,
comte de Monte-Cristo. »

Pendant la lecture de cette lettre, qui lui apprenait la folie de son père et la mort de son frère, mort et folie qu'elle ignorait, Valentine pâlit, un douloureux soupir s'échappa de sa poitrine, et des larmes qui n'en étaient pas moins poignantes, pour être silencieuses, roulèrent sur ses joues ; son bonheur lui coûtait bien cher.

Morrel regarda autour de lui avec inquiétude.

« Mais, dit-il, en vérité le comte exagère sa générosité ; Valentine se contentera de ma modeste fortune. Où est le comte, mon ami ? conduisez-moi vers lui. »

Jacopo étendit la main vers l'horizon.

« Quoi ! que voulez-vous dire ? demanda Valentine ; où est le comte ? où est Haydée !

— Regardez », dit Jacopo.

Les yeux des deux jeunes gens se fixèrent sur la ligne indiquée par le marin ; et sur la ligne d'un bleu foncé qui séparait à l'horizon le ciel de la Méditerranée ils aperçurent une voile blanche grande comme l'aile d'un goéland.

« Parti ! s'écria Morrel ; parti ! Adieu, mon ami, adieu, mon père.

— Partie ! murmura Valentine. Adieu, mon amie ! adieu, ma sœur !

— Qui sait si nous les reverrons jamais ! fit Morrel en essuyant une larme.

— Mon ami, dit Valentine, le comte ne vient-il pas de nous dire que l'humaine sagesse était tout entière dans ces deux mots :

« *Attendre et espérer !* »

Table

Pour aller plus loin…

Qui est Alexandre Dumas ?

NOM :	Dumas
PRÉNOM :	Alexandre
NÉ LE :	24 juillet 1802
À :	Villier-Cotterêts (Aisne)
NATIONALITÉ :	française
DÉCÉDÉ LE :	5 décembre 1870
SIGNE PARTICULIER :	il est l'auteur des *Trois Mousquetaires*...

LES DÉBUTS D'UN PROVINCIAL AMBITIEUX

Issu d'un milieu plutôt modeste, Alexandre Dumas a débuté dans la vie à l'âge de vingt ans comme clerc d'avoué, mais il a compris très rapidement que sa passion était l'écriture. Peu cultivé mais très ambitieux, il quitte sa Picardie natale et se fait une situation à Paris : il s'intègre au milieu littéraire en écrivant des vaudevilles et de petites pièces. Il a tout juste vingt-six ans quand il connaît son premier succès en 1829 avec sa pièce *Henri III et sa cour*, présentée à la Comédie-Française. Le soir de la première, tout le monde est présent : le poète Alfred de Vigny, son ami Victor Hugo, le duc d'Orléans… Un sacré hommage pour ce provincial aux origines métisses, débarqué à Paris trois ans plus tôt, sans un sou !

Une Production au Kilomètre

À partir de ce moment-là, Dumas fait preuve d'une capacité d'écriture hors du commun. Ses textes, qu'il écrit au kilomètre, sont presque tous des succès car, pour se faire connaître, il a souvent publié ses écrits dans des journaux populaires sous forme de feuilletons. Parmi les plus célèbres, citons *Les Trois Mousquetaires*, qu'il a édité en 1844, ou *La Reine Margot* (1845). Il a écrit tellement de livres (en quarante ans de carrière, il signera plus de quatre-vingt-dix pièces de théâtre et une centaine de romans, auxquels il faut encore ajouter ses *Mémoires* et ses *Impressions de voyage* !), qu'on lui a même reproché de ne pas en être l'auteur. Il a répondu lui-même à ses détracteurs dans ses *Causeries* : « On s'était toujours fort inquiété de savoir comment s'étaient faits mes livres, et surtout qui les avait faits. Il était si simple de croire que c'était moi, que l'on n'en a pas eu l'idée. Et naturellement ce sont ceux de mes ouvrages qui ont obtenu le plus de succès dont on me conteste le plus

(D.R.)

obstinément la paternité. » Même si ces accusations n'étaient pas toujours fondées, il est vrai aussi qu'Alexandre Dumas a fait travailler plusieurs écrivains dans l'ombre. Il a même eu un "nègre" célèbre, Auguste Maquet, avec qui il a produit ses plus grands chefs-d'œuvre, comme *Le Comte de Monte-Cristo*, paru en 1844.

Une Activité Militante

Très vite, son immense popularité l'a rendu riche, et, en 1845 Dumas inaugure son propre théâtre, le Théâtre-Historique. Républicain dans l'âme bien qu'il ne fût pas révolutionnaire, il est toujours resté fidèle à ses convictions : la défense de la liberté de parole, la dénonciation des abus et les vices du pouvoir et des atteintes aux droits de l'homme… Pour diffuser ses idées, il se fait aussi journaliste et crée des journaux : *Le Mois* en 1848, puis *Le Mousquetaire* en 1853 et *Le Monte-Cristo* en 1857.

La censure ne le lâchera jamais, depuis les années 1830, sous la monarchie de Juillet, jusqu'à la fin du Second Empire. Parallèlement à son activité de journaliste, il s'essaie à une carrière d'homme politique et

(D.R.)

soutient officiellement, aux côtés de Victor Hugo, la candidature de Louis-Napoléon Bonaparte en 1848.

Ruine d'un bourgeois

Finalement tous ces combats lui coûteront cher. Sa fortune, pourtant considérable, va tourner court ; son théâtre est mis en faillite en 1850. Accablé de dettes, Dumas sera par ailleurs de moins en moins populaire. Sa réflexion sur la liberté n'est plus du tout à la mode : désormais, on va au théâtre surtout pour se distraire. À partir de ces années-là, il fuit à Florence, à Naples, en Allemagne, en Autriche, en Bohême… Et c'est presque dans la misère qu'il s'éteint le 5 décembre 1870, aux environs de Dieppe, chez son fils Alexandre Dumas, troisième du nom et auteur de *La Dame aux Camélias*.

Romans d'Alexandre Dumas disponibles

- *Les Trois Mousquetaires* (Hachette jeunesse)
- *La Reine Margot* (Le Livre de poche)
- *Vingt ans après* (Le Livre de poche)

Le comte de Monte-Cristo

Où ?

À Paris, entre la rue du Helder, les Champs-Elysées, la rue de la Chaussée-d'Antin, le faubourg Saint-Honoré, Auteuil, le bois de Boulogne…

Quand ?

De 1829 à 1839.

Qui ?

Le comte de Monte-Cristo, les familles de Morcerf, Danglars et de Villefort, mais aussi les belles Valentine et Haydée…

Quoi ?

Sorte de surhomme mystérieux et invincible, le comte de Monte-Cristo (Edmond Dantès) s'est introduit dans la haute société parisienne en cachant son passé et son identité réelle. Incarnation de la Providence, il se venge des trois hommes qui jadis ont brisé sa vie, convaincu de servir la justice divine.

Le Comte de Monte-Cristo en 7 mots

Assises

Encore un autre symbole du roman de Dumas... Gérard de Villefort est procureur du roi et, à ce titre, siège à la cour d'assises, créée au début XIXe du siècle pour juger les auteurs de crime et de certains autres délits graves. «Ce que je veux, c'est que justice soit faite. Je suis sur terre pour punir...», fait dire Alexandre Dumas à M. de Villefort vers la fin de son roman. Douteuse justice en fait que cette justice humaine, nous laisse entrevoir le romancier : le procureur du roi commet l'injustice de faire enfermer Edmond Dantès au château d'If et se révèle être l'auteur d'un horrible crime. Symboliquement, c'est justement dans l'enceinte des assises que Dumas choisit de faire éclater le scandale au grand jour.

Chambre des Pairs

En arrivant au pouvoir en 1814, le roi Louis XVIII octroya une constitution aux Français qu'il appela «charte». Son but : essayer de conserver quelques acquis de la Révolution et de l'Empire tout en renouant avec l'Ancien Régime et la tradition royaliste. C'est pourquoi ce nouveau régime s'appela la monarchie constitutionnelle. Deux assemblées détenaient le pouvoir législatif, dont la Chambre des pairs. Louis XVIII gardait le pouvoir exécutif et également une bonne partie du pouvoir législatif : c'est lui qui désignait à vie les membres de cette Chambre. Quant aux députés, il étaient élus au suffrage censitaire, c'est-à-dire par les citoyens qui payaient le cens électoral.

ESCLAVAGE

L'histoire de l'esclavage s'étend sur plusieurs millénaires. La trace la plus ancienne que nous en ayons remonte à l'Antiquité égyptienne et au royaume de Babylone, il y a quatre millénaires ! Jusqu'au XVIIIe, voire au XIXe siècle, l'esclavage a constitué la forme principale d'organisation du travail partout dans le monde. En France, c'est sous la IIe République qu'il a été officiellement aboli, par un décret du gouvernement provisoire daté du 4 mars 1848, confirmé par la Constitution de 1848, et à l'initiative de Victor Schœlcher: «L'esclavage ne peut exister sur aucune terre française», indiquait-elle dans son article 6. Sur le plan mondial, l'abolition de l'esclavage a été réaffirmée le 10 décembre 1948, dans la Déclaration universelle des droits de l'homme de l'Organisation des Nations Unies.

EXPIATION

C'est le sens de l'épreuve que le comte de Monte-Cristo inflige à chacun de ses ennemis. L'expiation correspond à une souffrance imposée ou acceptée, conséquence d'une faute commise. Elle permet en quelque sorte de racheter sa faute. Dans la religion chrétienne, cela consiste à faire pénitence. Celui qui a commis un péché a la possibilité de réparer sa faute en la confessant devant Dieu et en acceptant d'en subir les punitions éventuelles.

Janina

Ou Ioannina. Il s'agit de l'une des principales villes de l'Épire, dans la région des Balkans, dont Ali Pacha de Tepelenë devint le pacha en 1788. Ce dernier avait en effet créé dans la région un État indépendant de l'Empire ottoman. Toléré jusqu'en 1819, cet État fut finalement attaqué en 1820 par les troupes turques. Après quinze mois de siège, Ioannina fut prise et Ali Pacha mourut assassiné. C'est de lui qu'il est question dans le roman : Fernand, alias M. de Morcerf, qui fit carrière dans l'armée, fut à son service contre les Turcs.

Paris

Paris, durant la première moitié du XIXe siècle, ne ressemblait pas à ce qu'est devenue la ville actuelle. Sa superficie était moindre. La majeure partie de ses arrondissements n'était formée que de villages de campagne, comme Auteuil, ou encore Montmartre ou Bercy. La ville conservait parfois, en son centre, un aspect médiéval. La périphérie était constituée, à l'époque, par des quartiers d'hôtels particuliers qui marquaient la transition entre la ville et la campagne. Malgré sa moindre taille, Paris était déjà la capitale d'une France très centralisée, et ce depuis la fin du XVIIe. C'est à Paris que tout se jouait : la politique, le pouvoir, les affaires, la corruption, la réussite… D'où l'expression «monter à Paris». C'est ce qu'ont fait les personnages du roman, les Danglars, de Villefort et autres de Morcerf. Dumas lui-même n'est-il pas monté à Paris pour faire fortune ?

POISON

L'un des éléments du suspens dans le roman. La famille de Villefort est victime d'une série de décès dus à l'absorption d'un poison. Seuls Noirtier et finalement Valentine vont être sauvés grâce à la méfiance du grand-père. Ce dernier a en effet immunisé sa petite fille (et lui-même) en lui faisant prendre régulièrement un peu du fameux poison, qui tue dans la maison Villefort. Il s'agit d'une nouvelle référence de Dumas à l'Orient, en l'occurrence à Mithridate VI Eupator, un roi qui régna entre 111 et 63 avant J.-C. sur le Pont, en Asie Mineure. L'histoire raconte que par méfiance à l'égard de ses ennemis, il s'était immunisé contre les poisons en en absorbant chaque jour une dose infime, si bien que le jour où il voulut se donner la mort, le poison n'eut pas d'effet sur lui. Pour mourir, il dut alors faire appel à l'un de ses soldats.

3 clés pour un roman

Monte-Cristo ou l'homme Providence

Fascination et mystère

Pourquoi Dumas a-t-il imaginé la présence d'un trésor sur l'île de Monte-Cristo ? Dans Monte-Cristo, il y a «Christ» et il est difficile de ne pas faire le rapprochement entre les deux, au fur et à mesure qu'on avance dans le roman… Personnage ordinaire au début du récit, Edmond Dantès ne se transfigure-t-il pas en un être surnaturel, presque d'ordre divin ?

Pour décrire au lecteur cet être hors du commun, Dumas utilise alternativement deux points de vue. Tout d'abord celui des autres personnages du roman à qui le comte inspire tout à la fois admiration, curiosité et frayeur. Son entrée dans la société parisienne est extrêmement remarquée. À chaque fois qu'il se présente quelque part, on ne parle que de lui. Et ceux à qui il adresse la parole se sentent honorés. « Nous l'avons déjà dit, le comte, soit prestige factice, soit prestige naturel, attirait l'attention partout où il se présentait. Il pouvait y avoir des hommes plus beaux, mais il n'y en avait certes pas de plus significatifs : tout dans le comte voulait dire quelque chose, et avait sa valeur ; car l'habitude de la pensée utile avait donné à ses traits, à l'expression de son visage et au plus insignifiant de ces gestes, une souplesse et une fermeté incomparables », écrit Dumas. Nabab oriental ou grand voyageur, le comte fascine par son élégance et ses manières aristocratiques, tout en faisant planer autour de lui comme un mystère effrayant. Sa supériorité, il ne la tient pas d'un physique ni d'un courage exceptionnel. Il est plutôt dépeint comme un être pâle, on ne le voit jamais se battre… Pourtant il paraît invincible. C'est en la décrivant du point de vue du comte que Dumas nous donne l'explication de cette supériorité.

Une mission providentielle

En effet, après avoir traversé l'épreuve du château d'If, Edmond Dantès est animé par une volonté de vengeance qui s'apparente plutôt à une mission divine : le comte de Monte-Cristo est convaincu que son rôle sur terre est de faire justice. Et quand il se venge de ses ennemis personnels, il pense que c'est la justice de Dieu qui s'exerce, et non pas la sienne propre. Il ne suit la doctrine d'aucun maître, son seul moteur pour agir est la Providence, un mot qui revient très souvent dans sa bouche. «Toujours la Providence ! murmura-t-il ; ah ! c'est aujourd'hui seulement que je suis bien certain d'être l'envoyé de Dieu ! », lui fait dire Dumas. Ou ailleurs :

«[…] j'aurais cru commettre un sacrilège en m'opposant aux intentions de la Providence.»

Lorsqu'il se met à douter du bien-fondé de cette mission, vers la fin du roman, il revient sur les lieux de son supplice, le château d'If : nouvelle mise à l'épreuve sur le lieu où son père spirituel, l'abbé Faria, a vécu ses derniers instants. Il a aussi une dette à son égard et de là, convaincu de son destin, il semble repartir de plus belle, mais sa mission s'arrête définitivement quelques pages plus loin. Dans sa lettre à Maximilien, le comte reconnaît finalement avoir outrepassé son droit : en jouant avec la vie des autres, il s'est attribué un rôle qui n'appartient qu'à Dieu, explique-t-il. Son aveu à Maximilien n'est rien moins qu'une confession par laquelle il déchoit de son statut de surhomme pour redevenir homme. Désormais, il doit lui aussi se soumettre à son destin. Pour expier sa faute, il n'a d'autre issue que de se retirer du monde : se punir et mourir. Finalement, il reçoit la déclaration d'amour d'Haydée comme un signe de pardon divin : «Ai-je entrevu la vérité ? dit-il. Oh ! mon Dieu ! n'importe, récompense ou châtiment, j'accepte cette destinée. Viens Haydée, viens… ». Mais le lecteur ne sait quelle sera cette destinée. Et si ce départ vers un monde inconnu signifiait sa séparation définitive d'avec les hommes ?

L'AMOUR ET LES FEMMES

PASSION ET RAISON

(D.R.)

Quelle place l'amour tient-il dans le roman ? À première vue, Dumas ne nous en donne qu'une image bien médiocre. Ou bien il décrit un amour-passion mais impossible : c'est celui qui unit Mercédès à Edmond Dantès, brisé dès les premières pages. Ou bien il s'agit d'un amour de raison qui ne rime guère avec passion : celui qui aurait pu unir Albert de Morcerf et Eugénie Danglars. Faut-il y voir l'amertume d'un écrivain qui eut un nombre impressionnant de maîtresses tout au long de sa vie ? Ou bien encore la dénonciation d'un travers de l'époque où l'on attachait souvent plus d'importance aux biens matériels qu'aux sentiments ? Toujours est-il que la plupart des couples du roman ne connaissent pas vraiment l'amour. Ils sont généralement issus de mariages d'intérêt et d'argent. À propos de M. de Villefort fiancé à Mlle de Saint-Méran au début du récit, Dumas écrit par exemple : «[…] il épousait une jeune et belle jeune personne qu'il aimait non passionnément, mais avec raison comme un substitut du procureur du roi peut aimer…» Et c'est encore pour une affaire d'argent que M. Danglars refusera finalement le mariage entre sa fille et Albert de Morcerf… Ailleurs, on découvre le secret inavouable qui lie Mme Danglars et M. de Villefort… Bref, pas la moindre trace de sentiment amoureux entre ces hommes et ces femmes. Pourtant, l'amour occupe une place réelle dans le roman.

Amour rime avec toujours…

Alexandre Dumas nous livre en effet trois vraies histoires d'amour qui sont liées à trois figures de femmes "pures". Trois, c'est peu comparativement à la profusion des personnages, mais Dumas leur donne tellement d'ardeur qu'elles soutiennent une bonne partie de l'intrigue. Ces histoires vont de pair avec sincérité, éternité et intensité, trois ingrédients de la passion. Elles proposent ainsi une lecture plus humaine du roman.

La grande histoire d'amour du livre, celle qui unit Edmond à Mercédès, tourne court rapidement, puisqu'elle est littéralement suspendue par l'emprisonnement d'Edmond. Pour autant, elle continue à jouer un rôle sous-jacent jusqu'à la fin. Le lecteur n'est-il pas en effet en droit de se demander si le comte et Mercédès vont, ou non, renouer et reprendre leur histoire là où ils l'ont laissée ? Cette possibilité d'une nouvelle histoire entre les deux protagonistes, Didier Decoin, qui a signé l'adaptation du dernier téléfilm sur Monte-Cristo, a d'ailleurs eu envie d'y croire jusqu'au bout. Sur les dernières images du film, il réunit définitivement le comte et Mercédès.

Mis à part cette histoire principale, Dumas en a imaginé deux autres. Celle entre Maximilien Morrel et Valentine, et celle, plus platonique mais aussi plus ambiguë, entre Haydée et le comte. La première est tellement forte qu'elle brave les effets mortels du poison et voit les deux amants finalement réunis. La seconde sert de conclusion à Dumas et lui permet d'achever son roman sur une note romantique, celle d'un amour fidèle et éternel.

La Vengeance et la Promesse

Vengeance pour les uns...

Une fois évadé du château d'If, Edmond Dantès n'a qu'une seule idée en tête : se venger de ses ennemis. C'est cette volonté de vengeance qui le pousse à agir jusqu'à ce qu'il ait épanché toute sa haine. Alors seulement il peut quitter le monde pour un autre qu'on imagine meilleur.

Sa volonté de vengeance se manifeste principalement contre les trois hommes qui ont directement causé son malheur, Danglars, M. de Morcerf et M. de Villefort, et plus généralement contre les figures masculines qui symbolisent le mal chez l'auteur. Ce sont les pères qui sont visés, et non les fils. Albert, Maximilien et leurs amis ont plutôt les faveurs du comte. Finalement, tout ce passe comme si les fautes des pères ne rejaillissaient pas sur leurs fils : la vengeance n'est pas la vendetta… La vengeance qui domine toute la dernière partie du roman fait du comte un être terrifiant, inhumain, froid et calculateur. Mais son personnage comporte une autre facette, beaucoup moins machiavélique, quand il est question de ses relations avec les autres hommes.

… Promesse pour les autres

En effet, à propos de l'abbé Faria et des fils des pères ennemis, ce n'est plus le motif de la vengeance qui anime le roman, mais celui de la promesse. À l'abbé, Edmond Dantès promet de retrouver le trésor sur l'île de Monte-Cristo. À Maximilien, il promet qu'il guérira de son malheur ou qu'il mourra. Il va même plus loin. Lorsque Maximilien lui demande : «[…] vous me promettez cela, comte ?», il répond : «Je ne te le promets pas, je te le jure». Quant à Albert de Morcerf, c'est à sa mère qu'il adresse sa promesse, puisque c'est elle qu'il aime :

«Vous avez dit que mon fils vivrait ; il vivra n'est-ce pas ?», lui demande Mercédès alors qu'Albert a provoqué le comte en duel. Et il répond : «Il vivra, oui, madame.»

Ainsi grâce aux promesses réalisées, le comte conserve-t-il son caractère mystérieux, mais il a perdu sa figure terrifiante de vengeur. Il est alors capable des plus grands miracles : il s'évade du château d'If et retrouve le trésor, il ressuscite Valentine sous les yeux de Maximilien, il fait d'Albert, ce fils qui aurait dû être le sien, un homme libre, lui qui connaît le prix de la liberté. Dans ces moments-là, s'il est encore une sorte de surhomme envoyé de Dieu, il est paradoxalement plus humain.

À vos plumes

- À l'exception de Mercédès, personne ne reconnaît spontanément Edmond Dantès dans la personne de Monte-Cristo. Imaginez qu'au contraire **l'un de ses ennemis découvre sa réelle identité** et s'en serve contre lui. Quel autre roman écririez-vous alors ?

- **De retour d'Orient,** le comte de Monte-Cristo retrouve Mercédès. Et si après la mort de de Morcerf, ils choisissaient de passer le reste de leur vie ensemble ? Imaginez une autre fin au roman.

- Maximilien et Albert se retrouvent, vingt ans après… **et ils évoquent le souvenir du mystérieux comte.** Imaginez leur conversation.

« Citations & expressions »

Le thème de la vengeance a nourri bien des proverbes dans le monde entier mais toutes les cultures ne l'abordent pas forcément de la même façon. Sagesse pour les unes, folie pour les autres, les dictons populaires ne sont pas tous à l'unisson !

« LA VENGEANCE EST UN PLAT QUI SE MANGE FROID » : il faut prendre le temps de préparer sa vengeance si l'on veut qu'elle réussisse…

« D'UN PETIT DROIT, LA VENGEANCE FAIT UN GRAND TORT » : il est souvent légitime de vouloir se venger mais pas forcément de le faire ! En effet, pensent les Allemands, car les effets de la vengeance sont disproportionnés par rapport à sa cause.

« L'AMBITION ET LA VENGEANCE ONT TOUJOURS FAIM » : une façon de dire que celui qui veut se venger, tout comme celui qui fait preuve de trop d'ambition, ne sera jamais satisfait. Car ce sont, pour les Danois, deux sentiments impossibles à apaiser !

« IL Y A DANS LE PARDON UN PLAISIR QUE L'ON NE RETROUVE PAS DANS LA VENGEANCE » : que de sagesse dans cette sentence que l'on doit aux grands penseurs persans. Selon eux, seul le pardon, qui est aussi une valeur morale, engendre vraiment du plaisir !

Autour du Comte de Monte-Cristo

Dans *Ferragus*, l'un des trois romans qui composent son *Histoire des Treize*, Honoré de Balzac a imaginé un personnage qui endosse tour à tour plusieurs identités. Tantôt clochard, tantôt bourgeois respectable, tantôt ambassadeur, Ferragus (c'est son nom) est vu ici par un jeune officier qui l'a suivi dans la rue.

« Cet homme long et sec, dont le visage plombé trahissait une pensée profonde et glaciale, séchait la pitié dans le cœur des curieux, par une attitude pleine d'ironie et par un regard noir qui annonçaient sa prétention de traiter d'égal à égal avec eux. Sa figure était d'un blanc sale, et son crâne ridé, dégarni de cheveux, avait une vague ressemblance avec un quartier de granit. Quelques mèches plates et grises, placées de chaque côté de sa tête, descendaient sur le collet de son habit crasseux et boutonné jusqu'au cou. Il ressemblait tout à la fois à Voltaire et don Quichotte ; il était railleur et mélancolique, plein de mépris, de philosophie, mais à demi aliéné. Il paraissait ne pas avoir de chemise. Sa barbe était longue. Sa méchante cravate noire tout usée, déchirée, laissait voir un cou protubérant, fortement sillonné, composé de veines grosses comme des cordes. Un large cercle brun, meurtri, se dessinait sous chacun de ses yeux. Il semblait avoir au moins soixante ans. Ses mains étaient blanches et propres. Il portait des bottes éculées et percées. Son pantalon bleu, raccommodé en plusieurs endroits, était blanchi par une espèce de duvet qui le rendait ignoble à voir. Soit que ses vêtements mouillés exhalassent une odeur fétide, soit qu'il eût à l'état normal cette senteur de misère qu'ont les taudis parisiens, de même que les bureaux, les sacristies et les hospices ont la leur, goût fétide et rance, dont rien ne saurait donner l'idée, les voisins de cet homme quittèrent leur place et le laissèrent seul ; il jeta sur eux, puis reporta sur l'officier son regard calme et sans expression, le regard si célèbre de M. de Talleyrand, coup d'œil terne et sans chaleur, espèce de voile impénétrable sous lequel une âme forte cache de profondes émotions et les plus exacts calculs sur les hommes, les choses et les événements. Aucun pli de son visage ne se creusa. Sa bouche et son front furent impassibles ; mais ses yeux s'abaissèrent par un mouvement d'une lenteur noble et presque tragique. Il y eut enfin tout un drame dans le mouvement de ses paupières flétries. »

Dans *Jacquou le croquant,* le héros voit son père condamné aux galères par la faute du comte de Nansac, et y mourir : après avoir juré à sa mère de le venger, il met le feu aux bois du comte.

« Merci à mon petit four, on crut que le feu avait été mis par des enfants en s'amusant ; ils furent interrogés, tous ceux de par là, à tour de rôle, mais inutilement : le comte de Nansac en fut pour six ou sept cents journaux de bois brûlés.
Dès lors, il me sembla que je devenais un homme. L'orgueil de ma mauvaise action me grisait ; je mesurais ma force à son étendue, et je me complaisais dans le sentiment de ma haine satisfaite. De remords, je n'en avais pas l'ombre, pas plus que le sanglier qui se retourne sur le veneur, pas plus que la vipère qui mord le pied du paysan. Au contraire, la réussite de mon projet m'affriandait jsuqu'à me faire songer aux moyens de me venger encore.
Le dimanche, quand vint ma mère passer la journée à la tuilière, elle me demanda si je n'avais pas eu peur, la nuit de l'incendie, à quoi je répondis que non, et que, tout à l'opposé, je m'étais réjoui en voyant brûler les bois du comte.
À l'air dont je dis cela, elle me regarda, prise d'un soupçon, et puis, comprenant tout à coup, se jeta sur moi, m'enleva contre sa poitrine et m'embrassa furieusement. "Ah ! dit-elle en me reposant à terre, il ne sera jamais assez puni ! »

(*Jacquou le croquant*, Le Livre de Poche Jeunesse).

Le Bossu, de Paul Féval, roman de cape et d'épée, est l'un des plus fameux romans-feuilletons du XIXe siècle. Le duc de Nevers est victime d'une embuscade, et Lagardère, dit le Parisien, à qui Nevers a confié sa fille, n'aura de cessse de venger son compagnon d'armes. Voici le récit de la fin du combat.

« Un cri de "sauve qui peut !" se fit entendre.

— En avant ! dit le Parisien bouillant.

— En avant ! répéta le duc.

Et tous deux :

— J'y suis ! j'y suis !

Tout plia devant Lagardère qui, en un clin d'œil, fut au bout du fossé.

Mais le duc trouva devant lui un mur de fer.

Tout au plus son élan gagna-t-il quelques pas.

Il n'était pas homme à crier au secours. Il tenait bon, et Dieu sait que les trois Espagnols avaient de la besogne ! Pinto et Saldagne étaient déjà blessés tous les deux.

À ce moment, la grille de fer qui fermait la fenêtre basse tourna sur ses gonds. Nevers était à trois toises environ de la fenêtre. Les contrevents s'entrouvrirent. Il n'entendit pas, environné qu'il était de mouvement et de bruit. Deux hommes descendirent l'un après l'autre dans la douve. Nevers ne les vit point. Ils avaient tous deux à la main leurs épées nues.

Le plus grand avait un masque sur le visage.

— Victoire ! cria le Parisien qui avait fait place nette autour de lui.

Nevers lui répondit par un cri d'agonie. »

Le Bossu, Paul Féval (Le Livre de Poche Jeunesse, collection Gai Savoir).

Bibliographie

JEAN-PAUL GOURÉVITCH

Les tribulations d'Évariste : sous la Restauration, le jeune Evariste est enlevé par erreur et mêlé à un complot politique… (Le Livre de Poche Jeunesse).

FRÉDÉRIC PUYRAVAUD

Un pirate dans la maison : une petite fille découvre un pirate dans son salon, le capitaine Jacodimo, qui n'est autre qu'un héros de roman… (Le Livre de Poche Jeunesse).

WENDY ROBERTSON

Pour venger mon copain : Tony est blessé par des inconnus à tête de punk. Son copain Stewart va tout faire pour le venger (Le Livre de Poche Jeunesse).

Filmographie

Le Comte de Monte-Cristo *a inspiré de nombreux cinéastes. Voici une sélection de films adaptés du roman d'Alexandre Dumas :*

LE COMTE DE MONTE-CRISTO

d'Henri Fescourt, sur un scénario d'Armand Salacrou (France, 1928).

LE COMTE DE MONTE-CRISTO

de Claude Autant-Lara, sur un scénario de Jean Halain, avec Louis Jourdan (film franco-italien, 1961).

LE COMTE DE MONTE-CRISTO

un téléfilm mis en scène par Josée Dayan sur une adaptation de Didier Decoin, avec Gérard Depardieu dans le rôle de Dantès (France, sortie prévue au printemps 1998).

Multimédia

Quelques CD-ROM pour compléter votre connaissance de l'auteur et de son époque

Alexandre Dumas, un aventurier de génie

Une biographie de l'écrivain suivie de son œuvre : 33 romans, 3 drames romantiques, 3 journaux (édité par Académia, distribué par Cefilm, France Cd, OCD, avril 1997).

XIXe siècle, le siècle de Victor Hugo

Les faits marquants du XIXe, une anthologie de l'écrivain, des tableaux et des portraits de personnages célèbres (Arborescence, Havas Edition Electronique).Académia, distribué par Cefilm, France Cd, OCD, avril 1997).

Témoignage

JEAN-PHILIPPE ABRIL CRÉE DES COSTUMES POUR LE THÉATRE, LE CINÉMA ET LA TÉLÉVISION DEPUIS BIENTÔT TRENTE ANS. C'EST LUI QUI A CONÇU CEUX DU DERNIER TÉLÉFILM INSPIRÉ DU COMTE DE MONTE-CRISTO GÉRARD DEPARDIEU DANS LE RÔLE PRINCIPAL.
IL EST AUSSI L'AUTEUR DES DESSINS QUI SUIVENT, VÉRITABLES DOCUMENTS DE TRAVAIL.

Quel est le rôle du costume dans un film historique comme celui-là ?

Le costume doit donner un certain nombre d'informations sur un personnage, raconter ce qui s'est passé avant le lever de rideau mais pas plus. Il ne doit pas tout dire sinon le comédien n'a plus rien à jouer. Par contre, c'est à nous, costumiers, de trouver les détails qui peuvent l'aider à jouer son rôle le mieux possible. Le costume peut aussi servir à montrer des aspects du texte d'origine qui ont disparu à l'adaptation. Par exemple, dans ce dernier film sur Monte-Cristo, tous les passages sur l'Orient ont sauté, alors j'ai réintroduit l'aspect orientaliste dans les vêtements des serviteurs du comte que j'ai tous transformés en laquais turcs.

(D.R.)

De quelle manière avez-vous travaillé ?

Sur environ 120 rôles importants et 4 000 costumes en tout , on en n'a pas fabriqué plus de 300. Il a fallu trouver le reste auprès de fournisseurs de costumes de spectacles à Londres, Madrid, Paris et Rome. Le travail se fait en plusieurs étapes, avant même qu'on ait le texte final de l'adaptation, et parfois, quand on le reçoit, il arrive qu'on découvre des éléments qui doivent être modifiés. Par exemple des épisodes de l'histoire ont disparu, et donc certains costumes ne servent pas. Inversement, des épisodes peuvent être privilégiés et nécessiter plus de costumes qu'on ne l'avait prévu. Enfin, l'adaptation peut aussi introduire des personnages nouveaux. Ce fut le cas, dans le film, avec Camille de la Richardais, une maîtresse du comte qui n'est pas dans le roman de Dumas.

Combien de temps de travail en dehors du tournage ?

J'ai eu deux mois de préparation. Nous faisons un très gros travail de recherche et de documentation en amont. À partir de dessins, de gravures, de peintures, de photos. Une fois que nous connaissons la distribution des acteurs, nous démarrons le travail des maquettes et des costumes à partir des dessins que je réalise et des tissus que l'on a pu trouver. Et nous recherchons des ateliers de fabrication. Pour ce film, la plupart des costumes ont été fabriqués à Rome car les ateliers français disparaissent tous ! En France, on trouve de moins en moins de petits métiers, tels que brodeurs, perruquiers, fabricants de fleurs artificielles, etc.

Et tout doit être prêt au moment du tournage ?

Les costumes arrivent au compte-gouttes, car ce sont des pièces très longues à fabriquer. Le plus difficile, c'est de les avoir en même temps que les décors correspondants, cela nécessite une grande coordination. Autre difficulté : tous les costumes sont essayés à Paris, ce qui implique un gros travail d'intendance pour le transport. Quand je suis rentré de Naples où a eu lieu une partie du tournage, j'avais 200 m3 de costumes avec moi. Imaginez le nombre de portants, de cintres, etc.

Combien de costumes pour Edmond Dantès ?

Une trentaine au départ, mais finalement moins, car on s'est rendu compte que les costumes clairs n'allaient pas très bien à Gérard Depardieu. C'est un aspect important de ce métier : savoir s'adapter aux comédiens au dernier moment. Cela ne sert à rien de leur imposer des choses dans lesquelles ils se sentent mal à l'aise. Depardieu ne porte pas non plus de chapeau haut de forme, pourtant très à la mode à cette époque.

Vous êtes présent sur le tournage ?

Toujours. Beaucoup de choses se décident à ce moment-là, et les acteurs ont besoin qu'on s'occupe d'eux. Sur ce film, j'ai travaillé avec deux assistantes, plus quatre personnes en permanence sur le plateau et sept personnes à l'habillage et la couture. Et jusqu'à vingt habilleuses en plus pour les grosses journées de tournage qui pouvaient rassembler jusqu'à 500 personnes.

(D.R.)

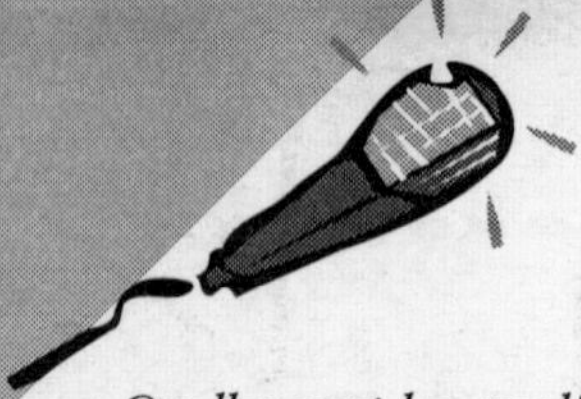

Quelles sont les qualités requises pour faire ce métier ?

De la curiosité et de la culture. Ce n'est pas seulement au travers des costumes qu'on apprend à faire des costumes. Il faut s'intéresser à la façon dont vivaient les gens à l'époque, penser qu'ils ne se lavaient pas par exemple, s'imprégner de la musique qu'ils écoutaient, de leur rythme de vie, des proportions utilisées dans les décors et les bâtiments, etc.

(Propos recueillis par C. Gonthier)

CONCEPTION : Solange de Fréminville & Anne-Laure Brisac
ÉDITION : Valérie Einhorn
RÉDACTION : Corinne Gonthier
MAQUETTE : Les créations Sauvage
ICONOGRAPHIE : Photothèque Hachette (droits réservés) et Jean-Philippe Abril (pp.502, 503), droits réservés.

IMPRIMÉ EN FRANCE PAR BRODARD ET TAUPIN
Usine de La Flèche, 72200.
Dépôt légal imprimeur : 6929U-5 – Éditeur : 1554
32-10-1627-02-2 – ISBN : 2-01-321627-2

Loi n° 49-956 du 16 juillet 1949 sur les publications destinées à la jeunesse.
Dépôt légal : septembre 1998.